岩 波 文 庫

32-618-1

戦 争 と 平 和

(一)

トルストイ作
藤 沼 貴 訳

岩 波 書 店

Л. Н. Толстой

ВОЙНА И МИР

1865 - 1869

目次

第一部
第一篇……一七
第二篇……二八九
『戦争と平和』年表

コラム

ロシア人とフランス語 28　ロシアの暦 36
名の日とロシア人の姓名 105　貨幣価値 157
兵役・貴族の勤務義務 170　遺産相続，持参金 223
軍の組織と部隊の種類 298

全巻目次

（一）
第一部 第一篇
第二篇
（二）
第一部 第三篇
第二部 第一篇
第二篇
（三）
第二部 第三篇
第四篇
第五篇
（四）
第三部 第一篇
第二篇
（五）
第三部 第三篇
第四部 第一篇
第二篇
（六）
第四部 第三篇
第四篇
エピローグ 第一篇
第二篇
〈付録〉『戦争と平和』という
本について数言

『戦争と平和』系図

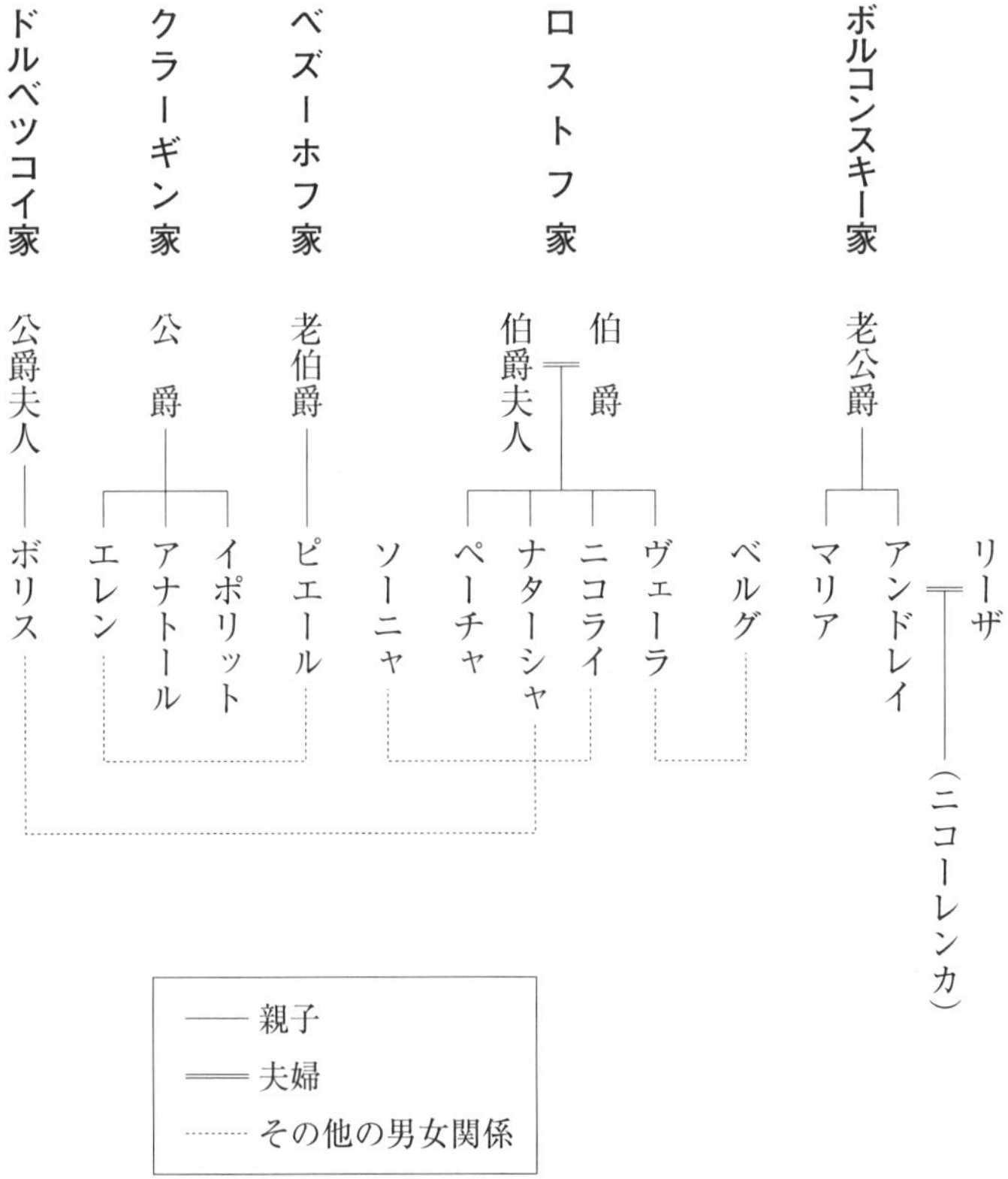
ボルコンスキー家
老公爵
アンドレイ
マリア
リーザ
(ニコーレンカ)
ロストフ家
伯爵
伯爵夫人
ヴェーラ
ニコライ
ナターシャ
ペーチャ
ソーニャ
ベルグ
ベズーホフ家
老伯爵
ピエール
クラーギン家
公爵
イポリット
アナトール
エレン
ドルベツコイ家
公爵夫人
ボリス
親子
夫婦
その他の男女関係

主要人物紹介

◆作中人物

ピエール・ベズーホフ　ロシアの大貴族ベズーホフ伯爵と庶民の女性の間に生まれ、パリで西欧の教育を受けたが、内からあふれるロシア的奔放さに突き動かされて、迷走、失敗を繰り返す。しかし、人生の試練と思想的探求を経た末、ナポレオン戦争を体験し、ついに、『戦争と平和』の中核となる独特のロシア的生命観に到達する。最初の結婚に失敗するが、理想の女性と再婚し、幸福な家庭を築く。

アンドレイ・ボルコンスキー　西洋文化を完璧に吸収した代表的なロシア貴族・知識人。妻をはじめ周囲の俗世間に幻滅し、アウステルリッツ戦に向かうが、死の淵をのぞき、第二のナポレオンをめざす野心に挫折する。

マリア　アンドレイの妹。敬虔《けいけん》なキリスト教徒。田舎の父の領地で、神を愛し、父に仕える禁欲的生活を送る。

ボルコンスキー老公爵　前皇帝パーヴェル一世の重臣。志なかばで退職させられ、田舎の領地ルイスイエ・ゴールイで満たされない生活を送る。その不満とわがままな気性によって、娘のマリアや周囲の人間を苦しめる。しかし、高潔な心の持ち主。

リーザ　アンドレイの妻。妊娠中。「小さな公爵夫人」と呼ばれる社交界の人気者だったが、凡俗を軽蔑する夫のために不幸な結婚生活を送っている。

ブリエンヌ　ボルコンスキー家に住み込んでいるフランス女性。マリアの話し相手《コンパニオン》。

ニコライ・ロストフ　ロストフ家の長男。ナポレオン戦争の二つの激戦に参加。平凡だが堅実な地主貴族の人間像。

ヴェーラ　ロストフ家の長女。ニコライの姉。軍人ベルグと恋仲。

ナターシャ　ロストフ家の次女。ニコライの妹。衝動のままに愛を追い求める自由で快活な美少女。自己中心的な愛を突き抜けて、無限の愛を与える「母」に変身。作者が全力をこめて創造した典型的なロシア女性像。

ソーニャ　孤児で、ロストフ家に引き取られた親類の娘。ナターシャの親友。ニコライを愛しているが、その境遇と内気な性格のために身を引く。

ペーチャ　ロストフ家の次男。純真な少年で、戦争にあこがれている。

ロストフ伯爵　善良だが意志薄弱な地主貴族。冬はモスクワ、夏は田舎の領地オトラードノエに住む。家計が逼迫《ひっぱく》しているのに、生活の楽しみを切り詰めることができない。

伯爵夫人　平凡な地主貴族夫人。家計の苦境、子どもたちの結婚に頭を悩ます。

クラーギン公爵　ロシアの大貴族で政界・社交界で勢力を持つが、利己的でモラルの低い人間。

アナトール　クラーギン家の次男。富裕な生活のなかで堕落した、上流社会のならず者。

エレン　クラーギン家の長女。絶世の美貌の下に低劣な品性を隠し持つ。巨万の富を相続したピエールを誘惑して結婚。

イポリット　クラーギン家の長男。頭は弱いが、社交界で潤滑油の役をなす凡庸な貴族。

ボリス　ロストフ家の遠縁。立身出世だけが目的の美青年。少女時代のナターシャの恋愛ごっこの相手。

ドルベツコイ公爵夫人　夫に先立たれ、一人っ子のボリスを溺愛《できあい》、その出世を生き甲斐にする。

＊本書では、物語の理解を容易にするため、登場人物名は最も簡素な形に統一した。ロシア人名の長い正称や外国語表記の愛称は省き、既婚女性の姓は原則として姓の男性形で表記した。

◆歴史上の人物

ナポレオン・ボナパルト（一七六九―一八二一）　イタリア南西、コルシカ島の小貴族出身。一介の青年将校がフランス大革命の混乱を収束して国民的英雄となり、一八〇四年皇帝の位についた。だが世界改革の夢は世界支配の野望に変わり、諸国を征服して、一二年ロシアに侵攻したが惨敗。一四年退位、流刑。翌年再起を図ったが失敗し、セント・ヘレナ島に幽閉、同地で死去。

アレクサンドル一世（一七七七―一八二五。在位一八〇一―二五）　ロシアの皇帝。女帝エカテリーナ二世の孫。革新的皇帝として登場したが、実質的な改革はできなかった。一八一二年、ロシア征服をこころみたナポレオン軍を壊滅させて、戦後のウィーン体制の中心となり、ヨーロッパ近代化の流れの中で、保守的な役割を果たした。

クトゥーゾフ（一七四五―一八一三）　ミハイル・イラリオノヴィチ　ロシア最高位公爵。元帥。対トルコ、対フィンランドなどの戦争で勲功をあげ、大将に昇進。一八〇二年退役。〇五年現役に復帰したが、アウステルリッツ戦後、中枢から遠ざけられた。ナポレオンのロシア侵攻後、戦局深刻化の中で切り札として総司令官に任命され、撤退、ボロジノ戦、モスクワ明け渡しという捨て身の作戦によってナポレオン軍を壊滅させた。一三年陣中で死去。

バグラチオン（一七六五―一八一二）　ピョートル・イワノヴィチ　公爵。北カフカス、ダゲスタン地方の名門の出身。黒髪で肌浅黒く精悍《せいかん》な風貌。ロシア語にも訛《なまり》があった。指揮官として非凡な才能を発揮、ナポレオン戦争中、アウステルリッツ戦でロシア軍の撤退を成功させるなど、数々の勲功があった。ボロジノ戦で重傷を負い死去。

スペランスキー（一七七二―一八三九）　ミハイル・ミハイロヴィチ　伯爵。庶民的な司祭の家に生まれたが、明晰《めいせき》な頭脳と実務的手腕でアレクサンドル一世の側近となる。一八〇九年から農奴制漸次廃止など改革事業を主導したが受け入れられず、一二年に罷免、流刑。一六年官職に復帰、一九年シベリア総督。二一年中央に返り咲き、二六年以降新帝ニコライ一世の下で法制の確立に従事した。

アラクチェーエフ（一七六九―一八三四）　アレクセイ・アンドレヴィチ　伯爵。軍人。政治家。一八〇五年、アウステルリッツ戦の際アレクサンドル一世の随員となる。〇八―一〇年軍事大臣。一〇年以降も軍の実権を握り、アレクサンドル一世の側近として権力を振るった。兵農兼業の屯田兵制度を推進、軍事的専制国家を形成しようとした。アレクサンドル一世の死で権力は失われたが、彼の構想した国家の構造はニコライ一世に受け継がれた。

ラストプチン（一七六三―一八二六）　フョードル・ワシリエヴィチ　伯爵。ナポレオン侵攻の時のモスクワ総督。モスクワ大火は彼の指示によるという説もある。一八一四年退職。

ミュラ（一七六七―一八一五）　ジョアシャン　ナポレオン側近の将軍。一八〇〇年ナポレオンの妹カロリーヌと結婚。一二年のロシア遠征を含め、ナポレオン軍の騎兵隊の総帥。〇八―一四年ナポリ王。一五年オーストリア軍に捕らえられ、死刑。

主要戦場	遠征時期
①アブキール	エジプト/シリア(1798-99)
②マレンゴ	イタリア(1800)
③トラファルガー	オーストリア(1805)
④アウステルリッツ	オーストリア(1805)
⑤イェーナ	プロシア(1806)
⑥アウエルシュタット	プロシア(1806)
⑦アイラウ	ポーランド(1806-07)
⑧ワグラム	オーストリア(1809)
⑨ボロジノ	ロシア(1812)
⑩ライプツィヒ	オーストリア(1813)
⑪ワーテルロー	ベルギー(1815)

ナポレオンの流刑地
セント・ヘレナ島(1815-21)

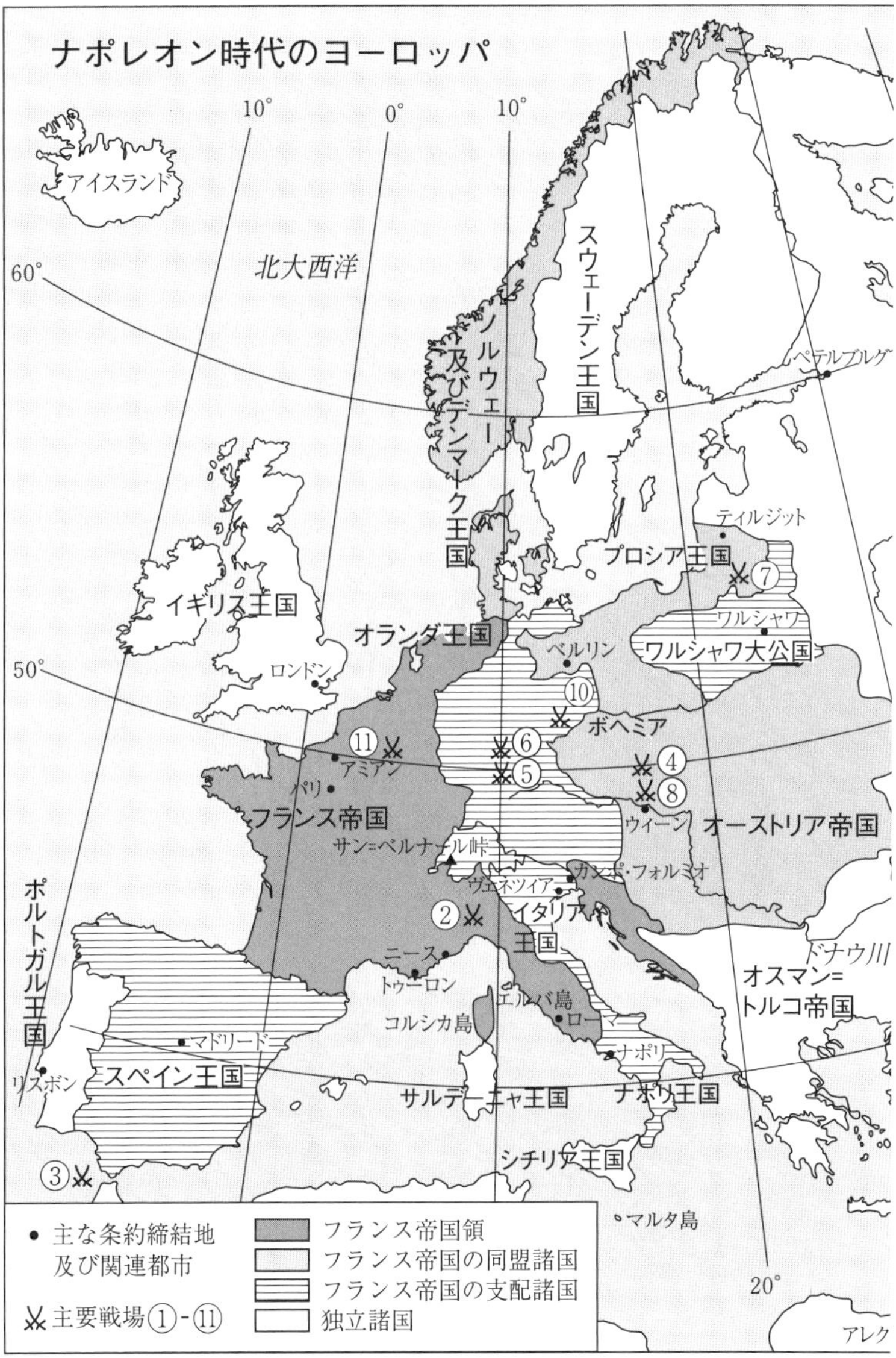

ナポレオン時代のヨーロッパ

『戦争と平和』の背景と第一巻の展望

フランス大革命のあと、フランスの危機を救った無名の青年士官ナポレオン。まもなく皇帝となり、ヨーロッパに新風を吹き込むと同時に、その新秩序を他国にも強制する、独裁者ナポレオン。自らの力を信じる英雄への憧れと、自分以外を信じない怪物への恐怖。それは、宇宙を人間が支配する栄光の時代への序曲か、それとも、神と人倫のない悲惨な時代の前兆か。

重層的な生活体験、深い思想、大軍の激突と恋の心理を同時に描く、力強くて繊細な描写力――それらをあわせ持つトルストイにしてはじめて、この激動の時代を活写することができたのです。ナポレオン時代の無数の本の中で『戦争と平和』は今も群を抜いて輝いています。

『戦争と平和』のクライマックスはナポレオン軍がロシアに侵攻し、モスクワを占領した一八一二年ですが、作品の冒頭は一八〇五年七月の首都ペテルブルグ。迫りくる対ナポレオン戦争前夜の不安と動揺の中で、この作品の主軸になるボルコンスキー家、ベズーホフ家、クラーギン家、ドルベツコイ家の人々などが次々に登場します。やがて場面はモスクワに移り、ロストフ家の生活が描かれ、ボルコンスキー家の田舎の領地の生活も描かれて、第一篇が終わります。

こうしたさまざまな生活が交錯して「人間の歴史」が織りなされる一方、それらを巻き込みながら、「非人間的な歴史」の力が、敗北に終わる一八〇五年十一月のアウステルリッツ戦へとロシアを導いていきます。それが第一巻の内容です。

〔訳者〕

第一部

第一篇

1

「ねえ《エー・ビアン》、公爵さま《モン・プランス》、ジェノヴァとルッカはボナパルト家のアパナージ、つまり領地にすぎませんわ（ジェノヴァとルッカは北イタリアの都市。ナポレオンはジェノヴァに共和国を建てたが、のち一八〇五年にフランスに併合した。ルッカには公国をつくり、同年に妹のエリーザに与えた）。いいえ、あたくし、あらかじめ申し上げておきますけれど、あなたが、あたくしたちは戦争をしているのだとおっしゃらず、あの反《アンチ》キリストの（ほんとに、あたくしそう信じていますのよ）、恥知らずな、身ぶるいするようなしわざをなにもかも、いまだに言いつくろおうとなさるのでしたら、あたくしはもうあなたとは赤の他人、あなたはあたくしのお友だちでもなければ、あなたがおっしゃっているように、あたくしのヴェールヌイ・ラープ（忠実な奴隷）でもありませんわ。ま、ともかく、ようこそ、ようこそ。あたくしなんだか、あなたを脅かしているみたい。お座りくださいまし。そして、お話を聞かせてくださいまし」

一八〇五年の七月に、こんなふうにフランス語で話していたのは、女官でマリア皇太后の側近である、その名も高いアンナ・シェーレルで、そのイブニング・パーティに真っ先にやって来た、大物で要職にあるワシーリー公爵を迎えながらであった。アンナは四、五日ほど咳《せき》をしており、彼女が言うには、流感《グリップ》だった(グリップというフランス語は、当時ごくまれな人たちしか使わない、新しいことばだった)。午前中に赤い服の従僕といっしょにあちこちに差し向けられた短い手紙には、どれも一様にこう書かれていた。

「伯爵さま(または公爵さま)、もしこれにまさるものが何もおありにならず、あわれな病女のもとで、一夕をお過ごしになられるという見通しが、あまりにも恐ろしい気持を起こさせるものでないといたしましたならば、七時から十時のあいだに、小宅にてあなたさまにお目にかかれればうれしゅうございます。　　アンナ・シェーレル」

「いやあ、これは手きびしいお叱《しか》りですな!」こんな出迎えに少しもひるまずに、入ってきた公爵が答えた。廷臣用の刺繍《ししゅう》のついた制服に、ストッキングと短靴をはいて、星形の勲章をいくつもつけ、平べったい顔に明るい表情を浮かべている。

彼は我々の祖父たちが、話すばかりでなく考えるのにも使った洗練されたフランス語で、しかも、上流社会と宮廷で年をとった権勢家特有の、おだやかな、目下をいたわるような抑揚で話していた。彼はアンナのそばに歩み寄り、香水をふりかけた、光りかがやく禿頭《はげあたま》をかがめて、彼女の方に差し出すと、その手にキスをし、ゆったりとソファーに腰を据えた。

「なによりもまず聞かせてください、お具合はいかがですか？　アンナさん。わたしを安心させていただきたいもんですな」彼は声と口調を変えずに言ったが、その口調には礼儀と同情の裏に、無関心と、冷笑までもがにじみ出ていた。

「どうして健康でいられましょう？……精神的に苦しんでいるときに。いったい感じる心を持っていて、今の時代に落ち着き払ったままでいられるものでしょうか？」アンナは言った。「今晩はずっと家にいていただける、と願っておりますけれど？」

「でも、イギリス公使の祝宴は？　今日は水曜でしょう。わたしはあちらへ顔を出さなければ」公爵は言った。「娘がわたしを迎えに来て、連れて行くことになっています」

「あたくし、今日のお祝いはとりやめになったと思っていましたわ。正直のところ、こうしたお祝いだの、花火だのはみんな気乗りのしないものになってきましたもの」

「あなたがそういうご希望だということがわかっていれば、お祝いはとりやめになったでしょうが」と公爵は言ったが、信じてもらいたいと思ってもいないことを、習慣で、ねじを巻いた時計のように、しゃべっていたのだった。

「意地悪はおやめになって。ところで、ノボシリツォフの至急公報（アレクサンドル一世の特命使節として英仏講和調停のためにベルリンに行ったノボシリツォフが、ナポレオンのジェノヴァ、ルッカ占領をアレクサンドルに知らせた至急公報を指す）をもとに、どんなことが決まったんですの？　あなたはなんでもご存じでしょう」

「なんと言いましょうか」公爵は冷ややかな、うんざりしているような口調で言った。「どんなことが決まったか、とおっしゃるんですね？　決まったのは、ボナパルトがあとにひかない決意をしたということですよ。そして、わたしが思うに、我々もまさに、あとにひかない決意をしようとしていますね」

ワシーリー公爵はいつも、役者が古い芝居のせりふを言うように、気のないしゃべり方をした。アンナは、逆に、四十歳になるというのに、活気とほとばしるような熱情に満ちあふれていた。

熱情家だというのが、世間での彼女の所定位置になってしまっていたので、時には、自分がそんなことは嫌なときでも、彼女は自分を知っている人たちの期待を裏切らないために、熱情家になるのだった。アンナの顔にたえず漂っている抑えた微笑は、盛りを過ぎたその顔立ちには似つかわしくなかったけれども、甘やかされた子どものように、自分のかわいらしい欠点をたえず意識していることをあらわしていて、彼女はその欠点を直すのを、望みもしなければ、できもせず、必要と考えてもいないのだった。

政治的な動きのことを話しているうちに、アンナはむきになってしまった。

「まあ、あたくしにオーストリアのことはおっしゃらないでくださいまし！　あたくし何もわかっていないのかもしれませんけれど、オーストリアはいまだかつて戦争をしたがってはいませんでしたし、今もしたがっていないんですわ。オーストリアはあたくしたちを裏切ろうとしているんです。ロシアだけがヨーロッパの救世主にならなければなりません。聖上陛下はご自分の高い使命をご存じですし、それを貫き通されるでしょう。ただこれだけですわ、あたくしが信じているのは。徳高く、比類なくすぐれた陛下の前に、世界でもっとも偉大な役割が待ちかまえているんです。そして、陛下は本当に心ただしく、ごりっぱでいらっしゃいますから、神は陛下をお見捨てになりませんし、陛下は、あの人殺しの悪人(ナポレオン)の姿をとって、今やいちだんと恐ろしいものになっている革命怪獣を圧殺なさるご使命を、お果たしになることでしょう。ロシア人が独力で正義の人の血を贖《あがな》わなければなりません。あたくしたちはだれを当てにすればいいんですの？　お聞きしますけど。……商売根性のイギリスはアレクサンドル皇帝のお心の高さを、あまさず理解することはないでしょうし、また理解することもできません。イギリスはマルタ島から撤兵することを拒否しましたもの。あの国はロシアの行動の裏の考えを、見てとろう、探し出そうとしているんですわ。何を彼らはノボシリツォフに言いましたか？　全然何も。みずからのためには何ひとつお望みにならず、すべてを世界の福祉のために望んでおられる、あたくしたちの皇帝陛下の自己犠牲を、彼らは理解しませんでした。彼らは理解できないんです。それに、何を彼らは約束しましたか？　全然何も。おまけに、約束したものさえ、出てこないでしょうよ！　プロシアはもう公然と言っています、ナポレオンは倒せない、あの男に対して全ヨーロッパは何ひとつできないって……。あたくしハルデンベルク（一八〇五年当時のプロシア外相）だろうと、ハウクヴィッツ（一八〇五年までのプロシア外相）だろうと、ひとことも信じませんわ。その名も高い、あのプロシアの中立なんて、あれは罠《わな》にすぎません。あたくしが信じるのはただ神さまだけ。そして、お恵みぶかいあたくしたちの皇帝さまの気高い運命です。皇帝さまがヨーロッパをお救いになるんです！」彼女は自分がむきになっているのに苦笑して、薄笑いを浮かべると、急に口をつぐんでしまった。

「わたしが思うに」公爵は微笑しながら言った。「気のいいヴィンツィンゲローデ君（ロシアの将軍）のかわりに、もしもあなたを派遣したら、あなたは猛攻撃でプロシア王の同意をとりつけたでしょうね。あなたは実に弁舌さわやかだから。わたしにお茶をいただけますか？」

「今すぐに。ところで」彼女は落ち着きを取り戻しながら、ことばをついだ。「今日うちに、とてもおもろしい方が二人おみえになりますのよ。モルトマール子爵、この方はロアン家の筋から、モンモランシー家と縁つづきでしてね。フランスの最高の名門のひとつですわね。この方はれっきとした亡命者《エミグラント》の一人です、本物ですわよ。それからモリヨ神父。あなたはあの方の深い知性をご存じでいらっしゃいましょう？　あの方は陛下に拝謁を許されましたのよ。ご存じでいらっしゃいますわね？」

「ほう！　それは実に楽しみですな」公爵は言った。「教えていただきたいんですが」彼はまるで何かをたった今思い出したように、ことさら無造作に言ったが、実は、今たずねようとしていることが、彼の訪問のかんじんな目的だった。「本当ですかね？　皇太后陛下はウィーンの第一書記に、フンケ男爵が任命されることをお望みだというのは。あれは、あの男爵は、つまらんやつのように思えますがね」ワシーリー公爵は、マリア皇太后を通じてこの男爵に与えようと画策されているその地位に、自分の息子を据えたいと望んでいたのだった。

アンナは、皇太后が何をよしとされるか、あるいは、何を好まれるかということには、自分も、ほかのだれも、とやかく言うことはできないというしるしに、ほとんど目を閉じてしまった。

「フンケ男爵さまはお妹君を通じて、皇太后さまに推挙されたのです」と、彼女は憂いのこもった、そっけない口調で言っただけだった。アンナが皇太后の名を口にしたとき、その顔は急に、憂いとひとつに溶け合った、深い、真心からの忠誠と尊敬の表情を浮かべた。彼女は雑談のなかで、おそれ多い自分の庇護《ひご》者のことを口にするたびに、そんなふうになるのだった。彼女は、陛下がフンケ男爵にたいそう尊敬をお示しになられたと言った。そしてもう一度、そのまなざしはうっすらと憂いにおおわれた。

公爵はさりげない顔で黙り込んでしまった。アンナは彼女独特の、宮廷人らしくて、女性的な気転と、人あしらいの早技を身につけていたので、皇太后に推薦された人物に対して不遜《ふそん》にもあんな反応をした公爵に、しっぺ返しを食わせてやり、同時に、彼を慰めてもやろうという気になった。

「ところで、あなたのご家族のことですけれど」彼女は言った。「なにしろ、お宅のお嬢さまは、社交の場にお出になられて以来、社交界全体を楽しませてくださっていますものね。日の光のようにおきれいだと、みんなが思っていますわ」

公爵は尊敬と感謝のしるしに一礼した。

「あたくし、よく思いますのよ」アンナはちょっと黙っていたあとで、公爵のそばに寄り、愛想よくほほえみかけながら、ことばを続けた。その態度で、政治や社交の会話が終わり、これから打ちとけた会話がはじまることを示そうとしているようだった。

「あたくし、よく思いますのよ、時によると、人生の幸福は不公平に分配されるものだなあって。なんのおかげであなたに、運命はあんなにすばらしいお子さんを二人さずけたのでしょう——末のアナトールさんは別ですわ、あたくしあの方は好きません（彼女は眉《まゆ》をちょっと上げて、反論を許さない口調で言った）——あんなにりっぱなお子さんを。ところがあなたは、本当に、お子さんの値打ちをだれよりも低く見ていらっしゃる。ということは、あんなお子さんを持つ資格がないんですわ」

そして、彼女は独特の、いかにもうれしそうな笑顔で笑った。

「どうしろとおっしゃるんです？　ラファテール（十八世紀スイスの牧師、作家。人間の性格、能力と体型、頭の形の関係を研究。著書『骨相学』は、ヨーロッパ各国で評判になった）なら、わたしには父性愛の瘤《こぶ》が出ていないと言うところでしょうな」公爵は言った。

「冗談はおやめになって。あたくしまじめにあなたとお話ししたかったんです。実は、あたくしお宅の末の息子さんに感心できませんの。ここだけの話ですが（彼女の顔は憂いを含んだ表情になった）、息子さんのことが皇太后陛下の前で話題になりましてね、あなたがお気の毒だと思われていますわ……」

公爵は答えなかったが、アンナは黙ったまま、意味深長に彼を見まもりながら、答えを待ち受けていた。ワシーリー公爵は顔をしかめた。

「いったいどうすればいいんでしょう？」彼はやっと言った。「ご存じでしょう、わたしはあの子たちの教育のために、父親にできることはなにもかもやりました。そのあげくに、二人とも馬鹿なやつになってしまったんです。イポリットは少なくともおとなしい馬鹿ですが、アナトールはおとなしくない。これがたったひとつの違いです」彼は普段より不自然に、熱をこめて、しかも、口のまわりにできた小じわのなかに、何か思いがけず荒々しくて、不愉快なものをひときわはっきりとむき出しながら、言った。

「いったいなんのために、あなたのような方に子どもが生まれるのでしょうね？　もしもあなたが父親でなかったら、あたくしは何ひとつあなたを責めることができないでしょうに」思いを凝らすように目を上げながら、アンナは言った。

「わたしはあなたのヴェールヌイ・ラープですから、あなたにだけは白状できますが、わたしの子どもは——あれはわたしの人生の枷《かせ》です。あれはわたしの十字架です。わたしはこう自分に言いきかせていますよ。どうしろとおっしゃるんです？」残酷な運命に自分がおとなしく従っていることを、身振りであらわしながら、彼は口をつぐんだ。

アンナは考え込んだ。

「あなたは無軌道息子のアナトールさんを結婚させようとは、一度もお考えになったことがありませんでしょう。人の話では」と彼女は言った。「オールド・ミスは仲人マニアだそうですよ。あたくしはまだ、自分自身そんな弱みを感じてはいませんけれど。おとうさんと暮らしていて、とても不幸せな娘さんがいましてね、あたくしどもの親戚で、ボルコンスキー公爵家のお嬢さんですが」ワシーリー公爵は社交界の人間特有の頭の回転の速さと記憶力を持っていたので、この情報を頭に入れたというしるしに、首を動かしたけれども、返事はしなかった。

「いや、実はね、あのアナトールには年に四万ルーブルもかかるんですからね」彼は自分の考えが気のめいる方にいくのを抑えきれない様子で言った。彼はちょっと口をつぐんだ。

「五年後にはどんなことになるでしょうね、このまま行ったら。こんなことですよ、父親になる得といったら。その人は金持ですか？　あなたのおっしゃる公爵令嬢は」

「おとうさんはとてもお金持で、おまけにけちですわ。田舎に住んでいましてね。ほら、あの有名なボルコンスキー公爵ですよ、亡くなった皇帝陛下がまだご在位中に退職させられて、プロシア王とあだ名された。とても頭のいい人ですけれど、いろいろ変わったところがあって、扱いにくいんですよ。かわいそうな娘さんはまるで石ころのように不幸ですわ。お兄さんがいましてね、ほらこの間、リーザ・マイネンさんと結婚をした、クトゥーゾフ将軍の副官ですよ。この方が今日うちにみえますのよ」

「ねえ、アンナさん」公爵は不意に話し相手の腕を取り、それをなぜか下の方に曲げるようにしながら、言った。「この話の段取りをつけてください。そうしてくだされば、わたしはいついつまでもあなたのヴェルネイシー・ラープ(もっとも忠実な奴隷)になりますよ(うちの村長《むらおさ》が報告書に書いてくる綴《つづ》りだと、発音どおりの誤字にしてますがね)。そのお嬢さんは家柄がよくて、金持だ。わたしに必要なものがそろっている」

そして、ワシーリー公爵は水ぎわ立った、ざっくばらんで打ちとけた、品のいい身のこなしで、アンナの手を取って口づけをし、口づけをすると、肘掛《ひじか》け椅子《いす》にゆったりと体をのばして、わきの方を見ながら、アンナの手を振った。

「ちょっとお待ちになって」アンナは考えをめぐらしながら言った。「あたくし、今日すぐリーザに言いますわ(ボルコンスキー若公爵の奥さんにね)。そうすれば、うまくまとまるかもしれませんわ。お宅のご家族を通じてということになりますわね、あたくしがオールド・ミスの仕事の見習いをさせていただくのは」

コラム1　ロシア人とフランス語

ロシアは十八世紀まで、ヨーロッパから切り離されていたような印象がありますが、実際は東方、北方、南方ばかりでなく、西方のヨーロッパとも、いつも複雑で深刻な関係があり、いろいろ影響も受けていました。フランスとは、外交、貿易面ではあまりうまくいきませんでしたが、食事、服装、遊び、社交などでは圧倒的な影響を受けました。フランス語の影響となると、あまりにも大きすぎて、日本人には異常に思われるほどです。十九世紀後半までのロシアには、国民教育の体系がなく、貴族や金持の子どもたちは家庭で初等・中等教育を受けるのが普通でした。その中心は外国語の勉強で、物心もつかないうちに、ネイティヴの先生から外国語を学ばされたのです。この場合、「先生」や「学ぶ」などの表現は不正確です。「先生」の大部分はあまり教養がなく、母国語の会話ができるのが唯一の取り柄といった人たちで、各家庭に住み込んで、子どもたちの世話や遊び相手をしながら、朝から晩まで母国語で会話をしていたのです。その大半はフランス語でした。子どもたちが「フランス語ぺらぺら」になったのは当然です。

これは理想的な外国語教育とも言えるでしょう。しかし、親の意識が低くて、教育を家庭教師にまかせっきりですと(そのような例が多すぎました)、外国語はネイティヴ並みなのに、ロシア語は片言だったり、話すことはできても、書くことは外国語しかできないといった「ヘンなロシア人」が続出する結果になりました。

『戦争と平和』の中で、トルストイはこの悲しくも滑稽な現象を何度も描いています。それは、軽い皮肉ではありません。ナポレオン戦争という大きな国難が、こうしたロシア文化の歪《ゆが》みをたたき直す鉄槌《てっつい》にもなったことを、示そうとしているのです。

2

アンナの客間は少しずつ混んできた。ペテルブルグ最高の名門の人たちがやって来た。年齢や性格は実にさまざまだが、生きている社会からいえば、みんな同じ種類の人たちだった。ワシーリー公爵の娘で、美人のエレンも来た。いっしょに公使の祝宴に行くために、父を迎えに寄ったのだ。彼女は皇太后の頭文字を組み合わせた女官記章をつけ、舞踏会用のドレスを着ていた。「ペテルブルグでいちばん魅力的な女性」として有名な、若い、小柄なボルコンスキー公爵夫人も来た。去年の冬結婚して、今は妊娠中なので大きな社交界には出ていなかったが、まだ小さなパーティには出入りしていたのだった。ワシーリー公爵の息子である、イポリット公爵がモルトマールといっしょに来て、この男を紹介した。モリョ神父や、そのほかたくさんの人たちも来た。

「あなたはまだお会いになったことがありませんでしたわね」とか、「あなたはまだお知り合いではありませんでしたわね、あたくしの叔母《マ・タント》と」と、アンナはやって来た客に言って、客が到着しはじめるとすぐに、次の部屋からすべるように出て来ていた、高々と蝶結《ちょうむす》びのリボンをつけた小柄なおばあさんのそばに、しごくまじめな顔で連れて行き、ゆっくり目を客からマ・タントに移しながら、客の名を言い、それから、わきへ離れるのだった。

だれからも知られておらず、だれにも興味も必要もない叔母さんに、客はみんなごあいさつの儀式を果たした。アンナは黙ったまま《それでいいのですよ》と認めながら、憂いのこもった、威厳のある関心を持って、そのあいさつを見守っていた。マ・タントはひとりひとりに同じ言いまわしで、相手の健康、自分の健康、そして、今日は、ありがたいことによくなった皇太后陛下の健康のことを話した。そばに歩み寄った者はみんな、礼を失しないために、急ぐ様子をおもてに出さないまま、気の重い義務をすませてほっとした気持で、おばあさんのそばを離れ、パーティのあいだじゅう、もう二度とそのそばに寄ろうとしなかった。

若いボルコンスキー公爵夫人は、金糸で刺繡をしたビロードの袋に刺繡の手仕事を入れて、やって来た。彼女の形がよくて、ほんの少し黒みがかったうぶ毛のはえている上唇は、歯にくらべると短かったが、そのためにかえってかわいらしく開き、時には、そのためにいっそうかわいらしく前に突き出て、下唇の方に垂れさがるのだった。魅力たっぷりな女性によくあるように、彼女の欠点である上唇の短かさと、なかば開いた口が、独特の、まさに彼女らしい美しさのように感じられた。この、健康と生気にみちて、これほど楽々と身重の体に耐えている、きれいな未来の母親を見るのは、だれでも楽しかった。老人や、退屈して気のめいった若者たちは、しばらく彼女といっしょにいて話をすると、自分自身が彼女に似てくるような気がした。彼女と話をして、ひとこと言うたびに、彼女の明るくかわいい微笑と、ひっきりなしにのぞく、光りかがやく白い歯を見た者は、自分がとくべつ今日は愛想がいいのだ、と思った。しかも、だれもがそう思うのだった。

小さな公爵夫人は、体を左右に揺すりながら、刺繍の手仕事の入った袋を手に持って、小刻みの早足でテーブルのわきをまわると、楽しそうにドレスを直しながら、銀のサモワールの近くのソファーに腰をおろした。まるで、自分が何をしても、すべてが自分と自分のまわりの人たちみんなにとって、楽しい遊びになるとでもいうようだった。

「あたくし、仕事を持ってきましたのよ」彼女はビロードの袋を開きながら、いちどきにみんなに向かって言った。

「嫌ですわ、アンナさん、悪い冗談をなさらないでくださいまし」彼女は女主人に向かって言った。「ほんのちょっとしたパーティだって、あなたがお手紙に書いていらしたから。ご覧なさい、あたくしのおかしな格好」

そして、彼女は胸の少し下に広いリボンをベルトのように締めた、レースの、品のいい、グレーのドレスを見せるために、両手を広げた。

「ご安心なさい、リーザさん、あなたはいつでもいちばんおきれいですわ」アンナが答えた。

「ご存じでしょう、主人があたくしを捨てようとしていますの」彼女は将軍に向かって、同じ口調で続けた。「殺されに行くんですわ。教えてくださいまし、なんのためになるんですの？　この嫌な戦争は」彼女はワシーリー公爵に言った。そして、返事を待たずに、ワシーリー公爵の娘である、美人のエレンに話しかけた。

「実に感じのいい人ですな、あの小さな公爵夫人は！」ワシーリー公爵は小声でアンナに言った。

　小さな公爵夫人のすぐあとに入ってきたのは、どっしりとした、太った若い男で、髪を短く刈り上げ、眼鏡をかけ、当時の流行にならって薄い色のズボンをはき、高くもりあがった胸飾りをつけて、茶色の燕尾服《えんびふく》を着ていた。この太った若い男は、有名なエカテリーナ二世の重臣で、今モスクワで死にかけているベズーホフ伯爵の私生児だった。彼はまだどこにも勤務しておらず、教育を受けた外国から帰ってきたばかりで、はじめて社交界に出てきたのだった。アンナは自分のサロンでいちばん低い序列の者たちに対するお辞儀で、彼を迎えた。しかし、等級からすればいちばん低いそのあいさつとはうらはらに、入ってきたピエールを見ると、アンナの顔には、何かあまりにも巨大で、場所柄に合わないものを見たときに現れるような、不安と恐れが浮かんだ。たしかにピエールはその部屋のほかの男たちより、いくらか大きかったけれども、その恐れは、利口そうで、同時に、おずおずとした、観察力のするどい、自然な目つきだけに結びついていたのかもしれない。その目が、この客間のみんなとピエールのきわ立った違いになっていたのだった。

「これはご親切なこと、ピエールさん、あわれな病気の女をお見舞いに来てくださって」アンナはおびえたように叔母さんと目を見かわしながら言った。彼女はピエールを叔母さんの方へ連れて行こうとしていたのだ。ピエールは何かわけのわからないことをぶつぶつ言って、何かを目で探しつづけていた。彼は親しい知人に対する態度で、小さな公爵夫人にお辞儀をしながら、うれしそうに、明るく微笑して、それから、叔母さんのそばに歩み寄った。アンナの恐れは無理もなかった。というのは、叔母さんが皇太后陛下の健康のことを話すのをしまいまで聞かずに、ピエールはそのそばを離れてしまったからだ。

アンナはびっくりして、こんなことばで彼を引きとめた。

「あなたはモリョ神父をご存じありませんか？　とても興味をそそる方ですのよ……」

彼女は言った。

「ええ、僕はあの人の永久平和プランのことを聞きましたし、あれはとてもおもしろいんですが、まずできそうにありません……」

「と、お思いですの？」とアンナは言った。それはともかく何か言って、またこの家の女主人の仕事にとりかかるためだった。ところが、ピエールは裏返しの無礼をやってしまった。さっき彼は、話し相手のことばをしまいまで聞かずに、そばを離れてしまった。今度は、彼のそばから離れなければならない話し相手を、自分の話で引きとめてしまったのだ。彼は首を下に曲げ、大きな足を広げると、なぜ自分が神父のプランを荒唐《こうとう》無稽《むけい》と考えるかを、アンナに証明しはじめた。

「あとでお話ししましょう」アンナは微笑しながら言った。

そして、生きるこつを知らない若者をやっかいばらいすると、彼女はこの家の女主人の仕事に戻り、会話のおとろえかけている地点に援軍を送る構えをしながら、耳をすませ、目を凝らしつづけていた。ちょうど紡績工場の主人が、職工を持ち場につかせて、仕事場をゆっくり歩きまわり、紡錘《つむ》が止まったり、ふだんと違ってきしんだ、大きすぎる音をたてているのに気づくと、急いでやって来て、押さえたり、正常に動かしてやったりするのと同じように、アンナは客間を歩きまわりながら、沈黙してしまったり、しゃべりすぎているサークルに近づいて、ほんの一言さしはさむか、人の配置を変えることで、またリズミカルな、品のいい、会話機械を動かしてやるのだった。しかし、こうした心づかいのあいだにも、とりわけピエールのことをはらはら気にしているのが、彼女のうちにたえず見てとれた。ピエールがモルトマールのまわりで話されていることを聞くために歩み寄り、それから神父が話している別のサークルの方へ離れて行ったあいだ、アンナは彼の方を時々心配そうに見やっていた。外国で育てられたピエールにとって、このアンナのパーティがロシアで見た最初のパーティだった。彼はここにペテルブルグの知識人たちがみんな集められているのを知っていたので、おもちゃ屋に来た子どものように、目移りしてしまっていた。彼は自分が聞けるかぎりの知的な会話を、聞き漏らしてはいけないとたえず思っていた。ここに集められた顔の自信たっぷりな、洗練された表情を見ながら、彼は何かとくべつ知的なことを期待していた。最後に彼はモリヨのそばに近づいた。会話はおもしろそうな感じだったので、彼は自分の考えを言う機会を待ち受けながら——若い人間はそれが好きなものだ——足を止めた。

コラム2　ロシアの暦

モスクワを前にして、ロシア、フランス両軍が激突したボロジノ戦は一八一二年八月二十六日のことです。ところが、トルストイが引用している、会戦前日のナポレオンの作戦命令書の日付は九月六日です。これは誤植でも、作者の勘違いでもありません。当時、ロシアとフランスは別の暦を使っていたからなのです。

当時ロシアではユリウス暦（ユリウス・カエサル〔ジュリアス・シーザー〕）が制定した古い太陽暦）が使われていました。しかし、このユリウス暦は閏年《うるうどし》の置き方が多すぎて、四百年に三日の誤差が出てしまうので、一五八二年にローマ法王グレゴリウス十三世が新しい暦法を制定しました。これはユリウス暦と同じ太陽暦で、四百年に百回だった閏年を九十七回に減らしただけですが、おかげで季節とのずれはほとんどなくなりました。カトリック教国では十六世紀から、新教国でも十七世紀から、このグレゴリウス暦が使われるようになりました。現在日本で使われているのもこの暦です。

ところが、ロシア正教会は伝統に固執し、ロシアの国全体もユリウス暦を使いつづけました。グレゴリウス暦を採用したのは、大革命後の一九一八年のことです。それまでのロシアのカレンダーはユリウス暦だったのです。『戦争と平和』の中の日付も当然、フランス側の文書など以外は、ユリウス暦に従っています。地球の運行とほとんど誤差のないグレゴリウス暦に比べ、ユリウス暦は十九世紀には十二日遅れ、二十世紀、二十一世紀には十三日遅れですから、一八一二年のロシアの八月二十五日はフランスの九月六日なのです。

ちなみに、ロシア正教会は今でもユリウス暦を使っていて、すべての行事がその日付で行われます。ロシアに住んだら、クリスマスを十二月二十五日と一月七日に二度やり、新年を一月一日と十四日に祝い、三週間遊びつづけることも不可能ではありません。

3

アンナのパーティは運転を開始していた。紡錘《つむ》は四方八方からリズミカルに、鳴りやまずに音を立てていた。きらめくばかりのこの一座のなかで、たったひとり、いくらか他所者《よそもの》のような、泣きはらした、痩《や》せた顔の年配の婦人だけしかそばに座っていないマ・タントをのぞくと、一座は三つのサークルに分かれていた。一つの、どちらかといえば男のサークルでは、中心になっているのは神父だった。もう一つの、若い方では、中心はワシーリー公爵の娘である美人の公爵令嬢エレンと、器量よしで、血色がよくて、若いわりには太りすぎている、小さなボルコンスキー公爵夫人。三つめでは——モルトマールとアンナだった。

モルトマール子爵は男前がよく、目鼻立ちと物腰にやわらかみのある若い男で、見るからに、自分を名士とみなしているのだが、礼節をわきまえていればこそ、謙遜《けんそん》して自分を同席のみんなに利用させているといった様子だった。アンナも、見るからにこの男をお客のごちそうに使おうとしていた。汚い調理場で見たら、食べる気のしないひときれの牛肉を、腕ききのコック長が何かこの世のものではない、すばらしいものとして差し出すのと同じように、アンナは今夜はまず子爵を、それから神父を、何かこの世のものではない、洗練されたものとして、お客にサービスしようとしていた。モルトマールのサークルでは、すぐにアンギアン大公殺害が話題になった（フランス皇族のアンギアン大公は、陰謀のかどで銃殺されたが、これはブルボン王朝に対するナポレオンの報復であり、大公は無実だった）。子爵は、アンギアン大公は自分の寛大な心のために身を滅ぼすことになったのであり、ボナパルトの憎しみには一種とくべつの原因があったのだと言った。

「ああ！　そうそう。それを話してください、子爵」この言いまわしがなんとなくルイ十五世みたいだと感じて、うれしくなりながら、アンナは言った。「それを話してくださ い、子爵」

子爵は言われるとおりにするしるしに頭を下げ、うやうやしく微笑した。アンナは子爵のまわりに人の輪をつくり、その話を聞くようにみんなを招いた。

「子爵さまは大公殿下と個人的なお知り合いだったんですのよ」アンナは一人に耳打ちした。「子爵さまは完璧《かんぺき》な話の名手でしてね」彼女はもう一人に言った。「お育ちのよい方という定評のとおりですわね」彼女は三人目に言った。そして、子爵は、熱い皿にのせ、青味を散らしたロースト・ビーフのように、このうえもなく優雅で、しかも、よく見せるように整えられて、みんなの前に出された。

子爵はもう自分の話を始めようとして、品のいい微笑を浮かべた。

「こちらにお移りなさい、エレンさん」別のサークルの中心になって、ちょっと離れたところに座っていた美人の公爵令嬢に、アンナは言った。

公爵令嬢エレンは微笑を浮かべていた。彼女は客間に入って来たときと同じ、いつも変わらぬ、申し分なく美しい女性の微笑を浮かべて腰を上げた。蔦《つた》と苔《こけ》を飾った白い舞踏会用の服《ローブ》をかすかに鳴らし、肩の白さ、髪とダイヤモンドの光をきらめかせながら、彼女は左右に分かれて道をあけた男たちのあいだを通りぬけた。そして、まっすぐ、だれの方も見ずに、それでいて、みんなにほほえみかけて、自分の上体や、肉づきのいい肩や、当時の流行にならって広くあけた胸や背中の美しさにみとれる権利を、愛想よくだれにでも与えてやりながら、まるで自分といっしょに舞踏会のきらめきを持ち込むように、アンナのそばに歩み寄った。エレンはあまりにも美しかったので、彼女のなかには媚《こび》を売る様子が、影ほども認められなかったばかりか、逆に、彼女はまるで自分の疑いようもない、あまりにも強く、勝ち誇ったような威力のある美しさを、きまり悪がっているようだった。彼女はまるで自分の美しさの威力を、小さくしようと願っていて、それができないでいるとでもいうようだった。

「なんてきれいな人でしょう！」彼女を見た者はだれでも言った。まるで何か異常なものに驚いたように、子爵は肩をすくめた。そして、彼女が彼の前にゆったりと腰を据え、あいもかわらぬ同じ微笑の光を彼にも浴びせているうちに、目を伏せてしまった。

「奥さま、こんな方々にお聞きいただくのでは、わたしの話術が不安になります」彼は微笑を浮かべて首をかしげながら、言った。

エレンはむき出しの肉づきのいい腕を小さなテーブルに置いた。それで、何かをことばで言う必要はないという気持だった。彼女は微笑しながら、待っていた。話のあいだずっと彼女はまっすぐ座ったまま、テーブルの上にかるく横たわっている自分の肉づきのいい美しい腕や、それにもまして美しい胸を——その上のダイヤモンドのネックレスを直しながら——時折り見やっていた。何度か自分のドレスのひだを直し、話が感銘を呼びさますと、アンナの方をふり向いて、この女官の顔にあるのと同じ表情をつくり、それからまた安心してかがやくばかりの微笑に包まれるのだった。エレンのあとについて、小さな公爵夫人もお茶のテーブルから移ってきた。

「お待ちになって。あたくし刺繍を取ってまいります」彼女は言った。「ねえ、何を考えていらっしゃるの？」彼女はイポリットに向かって言った。「あたくしの袋を持ってきてくださいな」

公爵夫人は微笑を浮かべて、みんなと話しながら、ふいに席を変えると、ゆっくり腰を落ち着けて、楽しそうに服の乱れをととのえた。

「さあこれでいいわ」彼女は言い添えると、お始めくださいと言って、刺繡にとりかかった。

イポリットは彼女に袋を持ってきてやり、そのあとについて席を変えると、肘掛け椅子を彼女のそばに引き寄せて、そのかたわらに座った。

愛すべきイポリット《ル・シャルマン・イポリット》は美人の妹にめずらしいほど似ていたので、しかも、似ていながら、びっくりするほど男前が悪かったので、なおさら人を驚かした。彼の目鼻立ちは妹と同じだったが、妹の場合は、すべてが生を楽しむ、自分にみちたりた、若々しい、いつも変わらぬ微笑と、並外れた、古代風《アンチック》な肉体の美しさに輝いていた。兄の場合は逆に、同じ顔が知能の低さのためにぼんやりし、うぬぼれた不平がましい表情をいつも変わらず浮かべていたし、体は痩せこけて、弱々しかった。目、鼻、口、すべてが一つに固まって、まるではっきりしない、嫌気のさすようなしかめ面になっているような感じだったし、手と足はいつも不自然な格好をしていた。

「それは幽霊の話じゃありませんか?」彼は公爵夫人のかたわらに腰を据えると、まるでこの道具がなければ、話をはじめることさえできないとでもいうように、急いで柄付き眼鏡《ロルネット》を目のそばに突き立てて、言った。

「いいえ、ちがいますよ、あなた」驚いた話し手は肩をすくめながら言った。

「僕は幽霊の話が大嫌いなものでね」イポリットは、そのことばを口にしてしまってから、あとになってやっと、その意味を悟った、という様子がはっきりわかるような口調で言った。

彼が話しているときの自信たっぷりな様子にまどわされて、だれひとり、彼の言ったことはとても気がきいているのか、それとも、ひどく馬鹿げているのか、わからなかった。彼はダークグリーンの燕尾服を着て、本人の言い方によれば、おびえた水の精《ニンフ》の腿《もも》の色のズボンに、ストッキングと短靴をはいていた。

子爵は当時ひろまっていたゴシップを、とても感じよく話した。それはアンギアン大公がマドモアゼル・ジョルジュとの逢引《あいびき》のためにパリに通っていて、そこでやはりこの有名な女優の情を受けていたボナパルトに会った。そして、そこで大公に会ったときに、偶然ナポレオンは、時々あったことだが、意識を失って倒れてしまい、大公に生殺与奪の権を握られたのに、大公はそれを利用しなかった。ところが、ボナパルトはあとになって、まさにこの寛大さの返礼に、死をもって大公に復讐《ふくしゅう》した、というのだった。話は感じがよくておもしろかった。ライバルがおたがいに突然相手が何者かに気づくというところは、とくにおもしろかったので、ご婦人たちは興奮している様子だった。

「すてきですわね」アンナはたずねかけるように、小さな公爵夫人をふり返りながら、言った。

「すてきですわ」公爵夫人は話のおもしろさとすばらしさが、仕事を続ける妨げになるというしるしのように、刺繍に針を突き刺しながら、声をひそめて言った。

子爵はこの無言の賛辞をありがたく思って、お礼に微笑すると、話の続きをしはじめた。しかしその時、はらはらさせられる若者の方をたえず見やっていたアンナは、その若者があまりにもむきになって、大声で神父と話しているのに気づいた。そして、急いで危険な場所に応援に向かった。たしかに、ピエールは政治的均衡の話を神父と始めることに首尾よく成功し、神父は若者の純真な熱心さに興味をひかれた様子で、自分の得意の考えを彼に向かって展開していた。二人ともあまりにも活気づいて、思いのままに聞いたり、しゃべったりしていた。そして、ほかでもないそれが、アンナの気に入らなかった。

「手段はヨーロッパの均衡と諸国民の法ですね」神父が言った。「蛮勇の誉れ高いロシアのような強力な国家がたったひとつだけでも、ヨーロッパの均衡を目的とする同盟の盟主に、私心を捨ててなりさえすれば――その国が世界を救います！」

「いったいどうやって、あなたはそういう均衡を発見なさるんですかね？」ピエールが言い出しかけた。だが、その時アンナが歩み寄って、厳しい目でピエールを見ると、イタリア人の神父に、こちらの気候はお辛《つら》くありませんかとたずねた。イタリア人の神父の顔は急に変わって、馬鹿にしたように、わざとらしくて甘ったるい表情になった。どうやらそれは、女性と話をするとき、彼の習慣になっていたらしい。

「わたくしは、幸せなことにお招きいただきましたこの集まりの、ことに女性の皆さまの知性と教養のすばらしさに、すっかりうっとりしてしまいまして、まだ気候のことを考えるゆとりがございません」と彼は言った。

アンナはもう神父とピエールを放さずに、監視に都合がいいように、二人をみんなのサークルにくっつけてしまった。

そのとき客間に新しい人物が入ってきた。その新顔はアンドレイ・ボルコンスキー公爵、つまり、小さな公爵夫人の夫だった。アンドレイは背が低く、冷ややかで目鼻立ちのはっきりした、実に美しい青年だった。彼の容姿は、くたびれて、退屈したようなまなざしからはじまって、静かな一定したリズムの歩き方にいたるまで、活気のある小さな妻と、このうえもなく際立った対照をなしていた。彼にとっては、どうやら、客間にいた者はみんな知り合いだったばかりでなく、もうすっかり飽き飽きして、その顔を見るのも、話を聞くのも実に退屈だったらしい。鼻についたみんなの顔のなかで、器量のいい自分の妻の顔に、彼はいちばん飽き飽きしているらしかった。美しい顔がだいなしになるような苦い顔で、彼は妻から目をそむけてしまった。彼はアンナの手に接吻《せっぷん》し、目をなかば閉じて一座を見まわした。

「あなたは戦争のために、軍籍に入ろうとしていらっしゃるんですってね、公爵さま」アンナが言った。

「クトゥゾッフ将軍が」アンドレイはフランス人のように、ゾフという最後の音節に力を入れて言った。「わたくしを副官にという、たってのご希望で……」

「で、リーザさんは、あなたの奥さまは?」

「妻は田舎へまいります」

「まあ、罪なことじゃありませんかしら、すばらしいお宅の奥さまを、あたくしたちから取り上げておしまいになるなんて」

「アンドレイ」彼の妻が、他人に向かって言うのと同じコケティッシュな口調で、夫に向かって、言った。「すてきなお話を子爵さまがしてくださったのよ、マドモアゼル・ジョルジュとボナパルトのことで！」

アンドレイは目を半分閉じて、顔をそむけてしまった。アンドレイが客間に入って来たときから、うれしそうな、親しみのこもった目を離さなかったピエールは、そのそばに歩み寄ると、手をつかんだ。アンドレイは、自分の手にさわっている人間に腹を立てた様子で、ふり向こうともせずに、苦虫を噛《か》みつぶしたように顔をしかめた。しかし、微笑を浮かべているピエールの顔が目に入ると、思いがけず人のよさそうな、感じのいい微笑を浮かべた。

「やあ、こりゃあ！……君まで社交界にね！」彼はピエールに言った。

「あなたが来られるのがわかっていたもので」ピエールは答えた。「僕、お宅に夜食にうかがいます」彼は話を続けている子爵の邪魔をしないように、小声で言い添えた。

「いいですか？」

「いや、だめだ」アンドレイはそんなことは聞く必要もないと、ピエールの手を握りしめて知らせながら、笑って言った。彼は何かもっと言おうとしたが、その時、ワシーリー公爵が娘といっしょに席を立ち、男たちは二人に道をあけるために、立ち上がった。

「どうかご容赦ください、子爵」ワシーリー公爵は相手が立ち上がらないように、愛想よく相手の袖《そで》を椅子の方に引き下げながら、フランス人に言った。「運悪くあの公使の祝宴のおかげで、わたしは楽しみを奪われ、しかも、あなたのお話の腰を折ってしまう。わたしは実に憂鬱《ゆううつ》ですよ、すばらしいお宅のパーティを中座するのは」彼はアンナに言った。

その娘のエレンは、ドレスのひだをかるく押さえながら、椅子のあいだを進みはじめた。そして、微笑がひときわ明るくその顔に輝いていた。ピエールは彼女が自分のそばを通り過ぎるとき、驚きに近い、感きわまった目でこの美人を見ていた。

「とてもきれいだね」アンドレイが言った。

「とても」ピエールが言った。

わきを通り過ぎるときに、ワシーリー公爵はピエールの手をつかみ、アンナに向かって言った。

「教育してくださいよ、このクマさんを」彼は言った。「もうこの男はひと月わたしのうちに暮らしているのに、社交界でお目にかかるのははじめてだ。知性のある女性の集まりほど、若い男に必要なものはないんですがね」

4

アンナは微笑して、ピエールの面倒をみる約束をした。この男がワシーリー公爵とは父方の親類にあたるのを、彼女は知っていた。さっきマ・タントといっしょに座っていた年配の婦人が、急いで立ち上がると、玄関の間《ま》でワシーリー公爵に追いついた。その顔からは、さっきまでの見せかけの興味を示した表情は、すっかり消えてしまっていた。善良そうな、泣きはらしたその顔は、ただ不安と恐怖をあらわしているだけだった。

「いったいどうなんでございましょう、公爵さま、うちのボリスのことは」玄関の間でワシーリー公爵に追いつきながら、彼女は言った。（彼女はボォリスと、名前のO《オー》にとくべつ力を入れて発音していた）。「あたくしはこれ以上ペテルブルグに長居はできません。お教えくださいまし、かわいそうなあの子に、あたくしはどんな知らせを持って帰ってやれるのでございましょうか？」

ワシーリー公爵はこの年配の婦人の話をいやいや、ほとんど無礼な態度で聞いていたし、いらいらした様子までもあからさまに見せていたのに、彼女は愛想よく、情に訴えるようにほほえみかけて、彼が行ってしまわないように、その手をつかんだ。

「あなたさまがひとこと陛下におっしゃってくださりさえすれば、あの子はすぐさま近衛《このえ》連隊に転属になるのです」と彼女は頼んだ。

「お信じくださ い、わたしはできることはなんでもしますよ、公爵夫人《おくさん》」ワシーリー公爵は答えた。「しかし、陛下にお願いするのはわたしにはむつかしい。ルミャンツェフに、ゴリーツィン公爵を通じて、話をもっていくようにおすすめしたいですな。その方が賢いんじゃないですか」

この年配の婦人は、ロシア最高の家柄の一つである、ドルベッコイ公爵夫人という名を持っていたが、貧乏で、だいぶ前に世間から離れてしまって、昔のつながりを失っていた。彼女が今になってやって来たのは、八方手を尽くして、自分の一人息子を近衛連隊に配属してもらうためだった。ただワシーリー公爵に会うだけのために、彼女は自分で申し出て、アンナのパーティにやって来たのだし、ただそれだけのために子爵の話を聞いていたのだった。彼女はワシーリー公爵のことばにびっくりした。昔は美しかったその顔が恨めしそうな表情になったが、それはほんのしばらくのあいだしか続かなかった。彼女はまた微笑して、ワシーリー公爵の手にいっそう強くしがみついた。

「ねえ、公爵さま」彼女は言った。「一度だってあたくしはあなたにお願いをしたことはありません、一度だって今後お願いはいたしません。一度だってあたくしの父があなたに親しくしてさしあげたことを、蒸し返してあなたに申し上げたことはございません。けれども今度は、神かけてお願いいたします。あたくしの息子のためにこのことをかなえてくださいまし。そうすれば、あたくしはあなたさまを恩人と存じることでございましょう」彼女は急いで付け加えた。「いえ、お怒りにならないでくださいまし。あたくしに約束なすってくださいまし。あたくしはゴリーツィンさんには頼みました。あの人は断わったんでございます。お人好しになってくださいまし、昔と同じように」彼女は笑おうと努力しながら言ったけれども、その目には涙が浮かんでいた。

「パパ、遅れるわ」古代的《アンチック》な肩の上で美しい頭をまわしながら、エレンが言った。彼女はドアのわきで待ち受けていたのだった。

しかし、世間における勢力というものは資本であって、消えてなくならないためには、大事にしておかなければならない。ワシーリー公爵はそれを知っていた。そして、自分に頼んでくる者みんなのために、頼み事をしてやりだしたら、やがて自分のために頼むことができなくなる、と判断して以来、彼は自分の勢力をめったに使わなかった。だが、ドルベツコイ公爵夫人の件には、あらためて頼み込まれてみると、何か良心がとがめるようなものを彼は感じた。彼女がワシーリー公爵に思い出させたことは本当だった。彼が勤務で最初の数歩を踏み出せたのは、公爵夫人の父親のおかげだった。そのうえ、彼女はいったん何か思い込むと、その願いがかなえられるまで引き下がらず、かなえられなければ、毎日、分刻みでうるさくつきまとって、くどくどからんだりもしかねない女性の、ことに、そうした母親連中の一人だということを、ワシーリー公爵は彼女の物腰から見て取っていた。この最後の考えが彼をぐらつかせた。

「アンナさん」彼はいつものとおり、声にざっくばらんで、飽き飽きした調子を含ませて言った。「あなたが望んでおられることをするのは、わたしにはほとんど不可能です。しかし、わたしがどれほどあなたに親愛の情をいだいており、亡くなられたご尊父さまの思い出をたいせつにしているかを、はっきりお見せするために、不可能なことをいたします。あなたのご子息は近衛連隊に転属されます。これはわたしが保証いたします。ご満足いただけますね？」

「公爵さま、ご恩に着ます！　あたくし、あなたさまならこうしてくださらないはずはないと思っておりました。あたくし、あなたがどれほどいいお方か、存じておりました」

彼は出て行こうとした。

「お待ちくださいまし、もう一言だけ。もし近衛連隊に移されましたら……」彼女は口ごもった。「あなたはクトゥーゾフさまとはおよろしいのでございましょう、ボリスをあの方の副官にご推薦くださいまし。そうすればあたくしは安心なのでございますが、それにそうなればもう……」

ワシーリー公爵は微笑した。

「それはお約束いたしません。ご存じでしょう、総司令官に任命されて以来、クトゥーゾフがどんなに四方八方から攻めたてられているか。あの男が自分でわたしに言っていましたよ。モスクワの奥さんたちがみんな申し合わせたように、自分たちの子どもをみんな、あの男の副官にしようとしているってね」

「いいえ、お約束くださいまし、あたくしあなたを放しません、ご恩に着ます、公爵さま」

「パパ」また同じ調子で、美人がくり返した。「遅れるわ」

「じゃ、いずれまた。ごめんください。ご覧のとおり……」

「では、あす陛下にご奏上くださいますね？」

「まちがいなく。でも、クトゥーゾフの方はお約束しませんよ」

「いいえ、お約束くださいまし、お約束くださいまし、ワシーリーさん」追いすがるようにドルベツコイ公爵夫人は言って、若い色気をちらつかせる女の微笑を浮かべた。それは、かつてはきっと、彼女にふさわしいものだったのだろうが、今ではやつれきった顔にひどく不似合いだった。

彼女はどうやら自分の年を忘れて、習慣で、昔ながらの女の手管を残らず繰り出したらしかった。しかし、ワシーリー公爵が出て行ってしまったとたんに、その顔はまた、さっきまで浮かんでいたのと同じ、冷ややかな、わざとらしい表情を浮かべた。彼女は子爵が話を続けている人の輪に戻って、また聞いているようなふりをしたが、自分の用事はすんでしまったので、帰る潮時を待ち受けていた。

「でも、ミラノの戴冠《たいかん》式（一八〇五年五月、ナポレオンはイタリア王と自称し、ミラノで戴冠式を行なった）というあの最近の喜劇の顛末《てんまつ》を、あなたはどうご覧になりますの？」アンナは言った。「それにムッシュー・ボナパルトに自分たちの希望を託している、ジェノヴァとルッカの民衆の新しい喜劇。ムッシュー・ボナパルトは玉座に座って、国民の願いをかなえている！　すてきですわ！　いいえ、これじゃ頭がおかしくなってしまいます！　まるで、世界じゅうが正気をなくしてしまったみたい」

アンドレイはアンナの顔をまっすぐ見つめて、薄笑いした。

「「神われに王冠を与えたもう、それに触れるものにわざわいあれ」」と彼は（戴冠のときに言ったボナパルトのことばを）口にした。「このことばを発したとき、彼は実にみごとな男振りだったそうですよ」彼は言い添えて、もう一度そのことばをイタリア語でくり返した。「ディオ・ミ・ラ・ドーナ、グアイ・ア・キ・ラ・トッカ」

「あたくし思いますわ、とどのつまり」アンナがことばをついだ。「それがコップをあふれさせる一滴の水だったんです。国王たちはもうこれ以上、すべての脅威になっている人間を、我慢していることはできません」

「国王たちですって？　わたしはロシアのことを申しているのではありません」子爵はうやうやしく、しかも、あきらめきったように言った。「国王たちですか、奥さん！　国王たちが何をしましたか？　ルイ十六世のために、王妃のために、エリザベット夫人（ルイ十六世の妹）のために。いや、何ひとつ」彼は熱をこめて言い続けた。「それに本当のところ、彼らはブルボン家の大義を裏切った報いに、罰を受けているんです。国王たちですって？　彼らは王位を奪った者に祝辞を捧げるために、使節を派遣しているんですよ」

そして彼は、さげすむように溜《た》め息をつくと、また姿勢を変えた。柄付き眼鏡《ロルネット》ごしに子爵を長いこと見つめていたイポリットは、このことばを聞くと、急にからだ全体を小さな公爵夫人の方に向けて、彼女に針を貸してもらい、針でテーブルの上に絵を描きながら、コンデ家（アンギアン大公の親戚にあたるフランスの名家）の紋章を彼女に示してやりはじめた。彼はまるで公爵夫人から頼まれたような、意味深長な顔つきでその紋章の解説をやっていた。

「動物の口でできていて、空色の口でふち飾りをした杖がコンデ家です」と彼は言った。

公爵夫人は、微笑しながら、聞いていた。

「もしあと一年、ボナパルトがフランスの帝位にとどまったら」子爵は始めかけた話を続けた。それは他人の言うことは聞かずに、自分がだれよりもよく知っている事柄では、自分の考えの道筋だけを追う人間の態度だった。「事態はあまりにも行き過ぎてしまうでしょう。陰謀、暴力、追放、処刑のために、社会は――わたしが申しているのは、いい社会、フランス的な社会のことですがね――永久に壊滅させられてしまうでしょう、そしてそうなれば……」

彼は肩をすくめて、両手を左右に広げた。ピエールが何か言おうとしかけた。この話が彼の興味をそそったのだ。しかし、彼を見張っていたアンナがさえぎった。

「アレクサンドル皇帝は」彼女は皇室のことを話すときに、いつもつきまとう憂いを漂わせて、言った。「政体の選択をフランス人自身にゆだねる、と宣言されました。そして、あたくしが思うに、疑いありませんわ。帝位を奪い取った者から解放されれば、全国民が法にかなった国王の腕のなかに飛び込むでしょう」アンナは亡命の王党主義者に愛想よくしようと努めながら、言った。

「それは疑問ですね」アンドレイは言った。「子爵さんは事態がもう行き過ぎたものになった、とまったく正しい判断をしておられる。わたしが思うに、古いものに戻るのは困難ですよ」

「僕が聞いたかぎりでは」赤くなりながら、またピエールが話に割り込んだ。「貴族はほとんど全部、もうボナパルトの側に移ってしまっています」

「そう言っているのはボナパルト派ですね」子爵はピエールの方を見ずに言った。「今ではフランスの世論を知るのはむつかしいんです」

「ボナパルトがそう言ったんです」アンドレイが薄笑いを浮かべて言った。(明らかに、彼は子爵が気に入らず、そちらを見てはいなかったものの、子爵めがけて自分のことばを浴びせていた)。

「『余は彼らに栄光の道を示した』」彼はちょっと黙っていたあとで、またナポレオンのことばをくり返しながら、言った。「『彼らはそれを望まなかった。余は彼らに余の控えの間を開放した。彼らは群れをなして飛び込んできた……』。彼がこう言ったのがどの程度正当だったのか、わたしにはわかりませんが」

「なんの正当さもありません」子爵がやり返した。「大公殺害のあとは、いちばんボナパルトをひいきにしている連中でさえも、あの男を英雄とは見なくなってしまったんですよ。かりにあいつが一部の人たちにとっては英雄だったにしても」子爵はアンナに向かいながら、言った。「大公殺害のあとは、天上に受難者が一人多くなり、地上に英雄が一人少なくなりましたよ」

アンナやそのほかの者たちがまだ、子爵のこのことばの値打ちを認めて微笑するひまもないうちに、ピエールがまた話に割り込んだ。そして、アンナはこの男が何かはしたないことを言うと予感してはいたものの、もう押しとどめることはできなかった。

「アンギアン大公の処刑は」ピエールは言った。「国家的に必要だったんです。だから僕は、ナポレオンがこの行為の責任を、自分一身に引き受けるのを恐れなかった点に、まさに心の広さを見るんです」

「まあ！　とんでもない！」おびえたように声をひそめてアンナが言った。

「まあ、ピエールさん、あなたは殺人を心の広さとお思いになるんですの？」小さな公爵夫人が微笑して、刺繡を自分の方に引き寄せながら、言った。

「ほう！　へえ！」いろいろな声が言った。

「すばらしいね！」英語で《キャピタル》イポリットが言って、手のひらで自分の膝《ひざ》をたたきだした。

子爵は肩をすくめただけだった。

ピエールは眼鏡の上からものものしく聞き手たちを見た。

「僕がこんなことを言うのはですね」彼は必死になって言いつづけた。「ブルボン家が国民を無政府状態《アナーキー》のままに放置して、革命から逃げようとしていたからです。ところが、ナポレオンだけは革命がどういうものか理解した、つまり、それに打ち勝つことができたんです。だから、万人の幸福のために、ナポレオンはたったひとりの人間の生命の前で足を止めるわけにはいかなかったんです」

「向こうのテーブルにお移りになりません?」アンナが言った。しかし、ピエールは返事もせずに、自分の話を続けた。

「いや」彼はますます熱をこめて言った。「ナポレオンは偉大です。というのは、あの男は革命より高いところに立って、革命の行き過ぎを抑えたんですからね、よいものは全部——国民の平等も、言論や出版の自由も——そのままにしておいたうえで。そして、そうしたからこそ、権力を握ったんです」

「そうですね、かりにあの男が権力をつかんだあと、それを人殺しに使わずに、法にかなった国王に返したとしたら」子爵が言った。「そうすれば、わたしはあの男を偉大な人間と言ったでしょうが」

「そんなことしたくても、できなかったでしょう。国民がナポレオンに権力を渡したのは、ともかくブルボン家から救い出してもらうためだったんです。それに、民衆がナポレオンを偉大な人間と見たからなんです。革命は偉大な事業だったんです」ムッシュー・ピエールはこんなむこうみずな、喧嘩《けんか》を売るようなことばをはさんで、自分のみごとなばかりの若さと、なにもかもなるべく早く言ってしまいたいという気持をむき出しながら、続けた。

「革命と皇帝殺しが偉大な事業ですの？……そんなこと言ってしまったら……ともかく、向こうのテーブルにお移りになりません？」アンナはくり返した。

「社会契約（個人間の自由な契約で社会が成立するという説。ここでは行き過ぎた自由主義という悪い意味で使われている）ですね」ちらっと微笑を見せて、子爵が言った。

「僕が言ってるのは皇帝殺しのことなんかじゃありません。僕が言ってるのは思想のことです」

「そう、強奪、殺人、皇帝殺しの思想だね」また皮肉な声がまぜっ返した。

「ああいうことは極端だったんですよ、もちろん。でも、そんなことにすべての意義があるんじゃありません、意義は人間の権利、偏見からの解放、国民の平等にあるんです。そして、こういう思想を全部ナポレオンは守ったんですよ、その力を少しも弱めずに」

「自由と平等なんて」子爵は馬鹿にしたように言った。まるで、この若造にそのことばのばかばかしさを、残らず証明してやる腹を、ついに固めたようだった。「全部、もうずいぶん前に権威を失墜した、こけおどしのことばです。いったい、自由と平等を好まない者がありますか？　とっくに救世主キリストが自由と平等を教えてるじゃありませんか？　はたして革命のあとで、人間が前より幸福になったでしょうか？　逆です。

わたしたちは自由を望んでいたのに、ボナパルトがそれを根こそぎにしたんです」

アンドレイは微笑を含んでピエールと、子爵と、女主人を交互に見ていた。ピエールがとてつもない態度をとった最初の瞬間、アンナは世慣れてはいたものの、ぞっとした。しかし、ピエールが口にした冒瀆《ぼうとく》的なことばにもかかわらず、子爵が自制を失わなかったのを見て取り、しかも、そのことばをもみ消すことはもうできないと確信すると、彼女は力をふりしぼって、子爵の味方につき、しゃべりたてているピエールに攻めかかった。

「でもね、ピエールさん」アンナは言った。「いったいあなたはどんなふうに説明なさるんですの？　大公を、突きつめて言えば要するに人間を、裁判もしなければ罪もなしに、死刑にすることのできた偉大な人間なんて」

「わたしはおたずねしたいですな」子爵が言った。「このお方が霧《ブリユメール》月十八日をどうご説明になるか？（一七九九年十一月九日（フランス革命暦の霧月十八日）に、ナポレオンはクー・デタを起こして、全権力を三人の執政に移し、事実上第一執政である自分が独裁者となった）。はたしてあれが欺瞞《ぎまん》ではないのでしょうか？　あれは偉大な人間のやり方とは似ても似つかぬ、いかさまです」

「それに、あの男が殺したアフリカでの捕虜は？」小さな公爵夫人が言った。「あれは恐ろしいことですわ！」そして、彼女は肩をすくめた。

「あれは成り上がり者ですよ、なんといっても」イポリットが言った。

ムッシュー・ピエールはだれに答えればよいかわからずに、みんなを見まわして、微笑した。笑顔は彼の場合、ほかの人たちのように、笑わない顔とまじり合っているようなものではなかった。彼の場合は逆に、笑顔が出ると急に、一瞬のうちに、きまじめな、いくらか気むずかしいほどの顔は消えてしまい、別の、子どものような、人のいい、間が抜けた感じがするほどの、まるで赦《ゆる》しを乞うような顔が現れるのだった。はじめてピエールに会った子爵にも、この過激派《ジャコバン》がそのことばほど恐ろしくないことがはっきりした。みんな黙り込んでしまった。

「まさかこの男に、みんなに向かって一度に答えろとおっしゃるんじゃないでしょうね?」アンドレイが言った。「それに、国家的な人物の行為の場合、個人の行為か、司令官や皇帝の行為かを区別する必要がありますね。わたしはそんな気がします」

「そう、そう、もちろんです」自分に助太刀《すけだち》が出てきたのを喜んで、ピエールがすかさず言った。

「認めざるを得ないでしょう」アンドレイが話をつづけた。「ナポレオンは、アルコレ橋（北イタリアにある橋。一七九六年、ナポレオンが軍旗を持って突撃し、偉大な勇気を示した場所）や、ペスト患者たちに手を差しのべたヤッファの病院（一七九九年、フランス軍がシリア（現パレスチナ）の都市ヤッファを占領したとき、ペストが流行し、ナポレオンは病院を訪れて患者を慰めたという）では、人間として偉大です。しかし……しかし、弁護しにくいような、ほかの行為もあります」

ピエールのことばの間の悪さをとりつくろおうと思っていたらしいアンドレイは、帰ろうとして妻に合図しながら、腰を浮かした。


ふいにイポリットが立ち上がると、手振りでみんなを押しとどめ、ちょっと座っているように頼みながら、口を切った。

「そうそう！　今日僕はモスクワの小話をひとつ、すばらしいやつを聞かされましてね、それを皆さんに味わっていただかなければ。申し訳ありませんが、子爵、ロシア語で話さなければならないんです（本巻二八頁のコラム「ロシア人とフランス語」参照）。でないと、この話の塩のきいたところがわかりませんのでね」

そして、イポリットは、一年ほどロシアにいたフランス人がしゃべるような発音で、ロシア語で話し出した。みんな足を止めた。それほど熱心に、しつこくイポリットが自分の話に耳を傾けるように求めたのだ。

「モスクーに一人の奥さん、ユヌ・ダームあります。彼女とてもけちです。彼女一人のお供必要でした、馬車うしろに乗せるです。そして、とても背の大きいの一人います。これ彼女の好みです。そして、一人の女中いました。もっと背が大きいです。彼女言いました……」

ここでイポリットは考えをまとめるのに苦労している様子で、考え込んだ。

「彼女言いました……そう、彼女言いました、「おまえ(女中に向かってですよ)、制服着て、あたしと行くですよ、馬車うしろに乗って、訪問をしに」」

ここでイポリットは吹き出して、聞き手たちよりずっと先に笑いこけてしまった。これは話し手に損になる印象を引き起こした。それでもたいていの者は、年配の婦人やアンナも含めて、微笑した。

「彼女出かけた。急に強い風なったです。女中帽子落としたです。そして、長い髪ほどけたです……」

ここで彼はもうそれ以上がまんできず、きれぎれに笑い声をたてて、その笑い声のかげから言った。

「そして、みんなわかったです……」

それで小話は終わってしまった。なんのために彼がそれを話したのか、なんのためにどうしてもロシア語で話さなければならなかったのか、わからなかった。しかし、アンナもほかの客たちも、感じが悪くて、心づかいに欠けたムッシュー・ピエールのおかしな言動を、こんなに感じよく締めくくったイポリットの、社交的な心づかいに感心した。

この小話のあと、会話はこの次やこの前のダンス・パーティのこと、芝居のこと、いつどこで、だれが会うかということなど、些細《ささい》な、取るに足らない話題にばらけてしまったのだ。

5

アンナにすばらしいパーティのお礼を言って、客たちはそれぞれ家に帰りはじめた。

ピエールは不格好だった。太っていて、人並以上に背が高く、幅が広くて、でっかい赤い手をしていて、彼は俗に言うように、客間《サロン》に入るこつを知らず、それ以上に、サロンから出るこつを、つまり、出る前に何かとくに感じのいいことを言うこつを知らなかった。おまけに、彼はぼんやりしていた。立ち上がるときに、自分の帽子のかわりに、将軍の鳥の羽のついた三角の帽子をつかみ、将軍が返してくれと頼むまで、羽飾りをむしりながら手に持っていた。しかし、彼のぼんやりしたところも、サロンに入るこつや、サロンで話をするこつを知らないところもすべて、善良、素朴、謙遜のにじみ出た表情で償われていた。アンナは彼の方をふり向くと、そのおかしな言動を許してあげるということを、キリスト教徒にふさわしい穏和さで表情に出しながら、彼の方に首を縦に振って、言った。

「またお目にかかれるよう願っております。でも、あなたがご意見を変えてくださるようにとも願っておりますわ、ピエールさん」彼女は言った。

彼女がピエールにこう言ったとき、彼は何も答えず、ただお辞儀をして、みんなにもう一度笑顔を見せただけだった。そして、その笑顔はただこう言っているだけだった。《意見は意見として、僕がどれほど気のいい、すばらしいやつか、ご覧のとおりです》。そして、みんなもアンナも、おのずとそれを感じ取った。

アンドレイは玄関の間に出ると、コートを着せかけてくれる従僕の方に肩を出して、やはり玄関の間に出てきたイポリットと自分の妻のおしゃべりを、冷ややかにじっと聞いていた。イポリットは、器量よしのおなかの大きい公爵夫人のかたわらに立って、柄付き眼鏡《ロルネット》ごしに彼女をまともに、しつこく見つめていた。

「お入りになって、アンナさん、かぜをひきますわ」アンナと別れのあいさつをしながら、小さな公爵夫人が言った。「あれは決まりよ」彼女が小声で言い添えた。

アンナは、アナトールと小さな公爵夫人リーザの義妹のあいだを取り持つ縁談のことを、ひまを盗んでもう、彼女と話し合っていたのだった。

「あたくしあなたを頼りにしていますわ、リーザさん」アンナもやはり小声で言った。

「あのお嬢さんに手紙を出してくださいな。それから、お義父《とう》さんがこの話をどう見るか、知らせてくださいね。ではまた」そして、彼女は玄関の間から出て行ってしまった。

イポリットは小さな公爵夫人のそばに寄ると、自分の顔を彼女の間近に傾けながら、何かささやくように言いはじめた。

二人の従僕――一人は公爵夫人の、もう一人はイポリットの――が、二人の話の終わるのを待ち受けながら、ショールと薄手のしゃれたコートを持って立っていた。そして、彼らにはわからないフランス語の会話を、まるで、何を話しているのかはわかっているが、そんな様子は見せたくないといった顔つきで聞いていた。リーザはいつものとおり、微笑しながら話し、声を立てて笑いながら聞いていた。

「公使の祝宴に行かなくて、とてもよかった」イポリットが言った。「退屈ですよ……こちらは、すばらしいパーティですよね。そうじゃありませんか、すばらしいでしょう？」

「祝宴のダンス・パーティはとてもよさそうだって、みんなが言ってますわ」リーザがうぶ毛のはえた上唇をまくり上げるようにして、答えた。「上流社会のきれいなご婦人が、みんないらっしゃるんですって」

「みんなじゃありませんよ、あなたが行かないんですからね。みんなじゃありません」

イポリットはうれしそうに笑いながら言うと、従僕からショールをひったくり、おまけに従僕を突きのけて、リーザに着せかけはじめた。不器用なせいか、それともわざとか（だれにもそれは見分けがつかなかっただろう）、もうショールはかかってしまっているのに、彼は長いこと手を下ろそうとせず、まるでこの若い婦人を抱こうとしているかのようだった。

彼女は上品な身のこなしだが、あいかわらず微笑したまま、体を離して、ふり返り、夫を見た。アンドレイは目を閉じていた。それほど彼は疲れて、眠そうな様子だった。

「仕度はできましたか？」彼は妻をじろりと見まわしながら、たずねた。

イポリットは新しい型の、踵《かかと》の下まである長い薄手のコートをあわてて着ると、その裾《すそ》にからまりながら、リーザのあとを追って玄関の昇降段に走り出た。従僕が彼女を箱馬車に乗せるところだった。

「公爵夫人、いずれまた」彼は足と同じように、舌をもつれさせながら、叫んだ。

リーザはちょっとドレスを持ち上げながら、箱馬車の暗がりのなかで腰を下ろそうとしていた。夫はサーベルの位置を直していた。イポリットは手助けをするという建て前で、みんなの邪魔をしていた。

「しぃーつれいします、旦那さま」アンドレイは通る邪魔をしているイポリットに向かって、そっけなく、感じの悪い口調で、ロシア語を使って言った。

「待ってるよ、ピエール君」同じアンドレイの声が、愛想よく、やさしく言った。

先頭の馬にまたがった先導御者《フォレイトル》が拍車をくれた。すると、箱馬車が車輪の音をひびかせはじめた。イポリットはとぎれとぎれに笑いながら、玄関の昇降段の上に立って子爵を待っていた。彼は子爵を家まで送りとどける約束をしていたのだった。


「いや、あなた、あなたの小さな公爵夫人は実にいい、実にいい」イポリットと並んで箱馬車に腰を落ち着けると、子爵は言った。「いや、実にいい」彼は自分の指の先にキスをした。「それに、まるでフランス女ですよ」

イポリットは吹き出して、声をたてて笑った。

「それにねえ、あなたは罪のない顔をしてて恐ろしい人ですよ」子爵は続けた。「僕は哀れなご亭主が気の毒になりますよ。堂々たる公爵のような態度をしている、あの貧弱な士官さんがね」

イポリットはまた吹き出して、笑いながら言った。

「あなたはおっしゃいましたね、ロシア女はフランス女ほどの値打ちはないって。うまく勘所を押さえなければね」

　ピエールは先に着くと、身内の人間のように、アンドレイの書斎に通り、すぐに、習慣でソファーに横になり、偶然最初に目に入った本を(それはシーザーの手記だった)本棚から取り、肘をついて、途中から読み出した。

「君はアンナお嬢さまになんということをしたんだ？　今ごろはすっかり病気になりかけてるぜ」書斎に入りながらアンドレイは言った。そして、白い小さな手をこすっていた。

　ピエールはソファーがきしむほどに、全身で寝返りを打ち、生き生きした顔をアンドレイの方に向け、にっこり笑って、片手をひとつ振った。

「いや、あの神父はとてもおもしろい男なんですが、ただ問題をちゃんと理解してないもんで……僕が思うに、永遠の平和は可能なんです。しかし、なんと言ったらいいか、僕の能力では無理です……しかし、ともかく政治的均衡によってじゃありません」

　アンドレイはこうした抽象的な話に、見るからに、興味がなかった。

「だめだよ、君、考えてるかぎりのことをなにもかも、至る所でしゃべっちゃ。ところでどうだい、君はいよいよ何か腹を決めたのかい？　特別近衛騎兵になるのかい、それとも外交官かな？」アンドレイはちょっと黙っていたあとで、言った。

　ピエールは足を尻《しり》の下に折り曲げて、ソファーに座った。

「実はですね、僕はあいかわらずまだわからないんですよ。どれもこれも僕は気に入らなくて」

「しかし、何か腹を決めなくちゃならないじゃないか？　君のおやじさんが待ってる」

ピエールは十歳のときから家庭教師の神父といっしょに外国にやられ、そこで二十歳《はたち》の年まで過ごした。彼がモスクワに戻って来たとき、父は神父にひまをやって、青年になったピエールに言った。「今度はペテルブルグに行って、様子を見て、選ぶんだな。わしはなんでも承知だ。ほら、ワシーリー公爵宛の手紙をやる、それから金もだ。手紙でなんでも知らせろ、わしが万事あと押しをしてやる」。ピエールはもう三か月、出世の道を選ぼうとしながら、何ひとつしていなかった。その選択のことをアンドレイが彼に言ったのだった。ピエールは額をこすった。

「しかし、あいつはフリーメーソン（石工組合にならって、十七世紀にイギリスで作られた秘密結社。十八世紀にロシアにも広まった）にちがいない」彼はパーティで会った神父のことを言った。

「あんなものはみな、たわ言《ごと》だよ」またアンドレイが彼をさえぎった。「肝心なことを話そう。その方がましだ。君は近衛騎兵隊に行ってみたかい？」

「いや、行ってないんですが、こんなことを思いついたもんで、あなたに話したかったんです。今、ナポレオンと戦争をしてますね。これがかかりに自由のための戦いなら、僕はわかります、僕は真っ先に軍務についたはずです。しかし、世界でいちばん偉大な人間を敵にまわして、イギリスとオーストリアを助けるなんて……これはよくありません」

アンドレイはピエールの子どもじみたことばに対して、肩をすくめただけだった。彼はこんな馬鹿げたことには答えるわけにはいかないというふりをした。しかし実は、この素朴な問いに対して、返した答えとは別の何かを答えることはむずかしかった。

「もしみんなが自分の信念にしたがって戦争をするんだとしたら、戦争なんかなくなるだろうね」彼は言った。

「それこそ、すばらしいじゃないですか」ピエールが言った。

アンドレイは苦笑した。

「そうなったらすばらしいっていうことは、まったくそうかもしれん。しかし、そういうことは絶対にないだろう……」

「じゃ、なんのためにあなたは戦争に行くんです？」ピエールがたずねた。

「なんのために？　僕にはわからん。それが必要なんだ。それに、僕が行くのは……」彼はことばを途切らせた。「僕が行くのは、この生活が、僕がここで送っているこの生活が気にくわないからだ！」

6

隣の部屋で女の衣ずれの音がした。はっと我に返ったように、アンドレイは体をふるわせた。そして、その顔はアンナの客間で浮かべていたのと同じ表情になった。ピエールは足をソファーから下ろした。公爵夫人リーザが入ってきた。彼女はもう別の、ホームウエアだが、同じようにエレガントで、真新しい服を着ていた。アンドレイは彼女の方にあらたまった丁重さで肘掛け椅子を引き寄せながら、立ち上がった。

「どうしてなのかしらと、あたくしよく思いますの」彼女は急いで、せかせかと肘掛け椅子に腰を落ち着けながら、いつものとおりフランス語で言いだした。「どうしてアンナさんは結婚しなかったのかしら？　あなたたち男性はみんなお馬鹿さんなのね、あの人と結婚しないなんて。ごめんなさい、でも、あなたたちは女性のことが何ひとつまともにわからないんですもの。あなたはとっても議論好きなのね、ピエールさん！」

「僕はお宅のご主人ともしょっちゅう議論してるんですよ。わかりませんね、なんのためにご主人が戦争に行こうとするのか」ピエールはリーザに向かって、なんの遠慮もなしに（若い男は若い女性に対して遠慮するのがごく普通なのだが）、言った。

リーザはピクリと体をふるわせた。どうやら、ピエールのことばが彼女の急所に触れたようだった。

「ああ、ちょうど同じことをあたしも言っているんですのよ！」彼女は言った。「あたくしわかりませんわ、ぜったいわかりませんわ、どうして男の人は戦争なしでは生きていけないのか。どうしてあたしたち女性は何もほしがらず、あたしたちには何もいらないんでしょう？　ねえ、あなたが白黒をつけてくださいな。あたくしこの人にいつも言ってるんですのよ、ここでこの人はおじさまの副官をしていて、最高にすばらしい地位なんです。みなさんがこの人のことをとてもよく知っていて、とても買ってくださっていますわ。二、三日前あたくしアプラクシンさんのお宅で、あるご婦人がたずねているのを聞きましたのよ、「あれが有名なアンドレイ公爵？」って。本当よ！」彼女は声をたてて笑った。「この人はどこでもそんなふうに見られているんです。侍従武官にだってわけなくなれるんです。ご存じかしら、陛下がとてもおやさしくこの人とお話をしてくださいましてね。あたくしとアンナさんとで話していたんですけれど、その気になれば、わけなく侍従武官になれるはずですわ。あなたはどうお思いになります？」

ピエールはアンドレイを見た。そして、この会話が親友の気に入らないのを見て取って、何ひとつ答えなかった。

「いつ行かれるんですか？」彼はたずねた。

「ああ！　おっしゃらないでください。あたくしにその出発のことをおっしゃらないでくださいな。あたくしそういうお話は聞きたくないわ！」リーザは客間でイポリットと話していたのと同じような、わがままで浮わついた口調で言いだした。ピエールも家族の一員のようなものなのだし、家庭的な団欒《だんらん》の場にその口調は、明らかにふさわしくなかった。「今日、こんなたいせつな結びつきをみんな断ち切らなければならないのだと思ったら……そのうえおまけに……あなたわかるでしょう？　アンドレイ」彼女は意味深長に夫に目くばせをした。「あたし怖い、あたし怖いわ！」彼女は背中をふるわせながら、声をひそめて言った。

夫はまるで自分とピエール以外に、まだだれかが部屋にいるのに気づいて、驚いたような様子で、彼女を見た。しかし、冷たく丁重に、たずねかけるように妻に向かって言った。

「何が怖いんだい？　リーザ。僕にはわからないね」彼は言った。

「ほらこのとおり、男の人ってみんなエゴイストなのよ。みんな、みんなエゴイストなのよ！　自分は自分の勝手気ままで、なんのためかわけもわからず、あたしを放り出して、ひとりぼっちで田舎に閉じ込めようとしてる」

「おやじと妹がいっしょだよ、忘れちゃ困るね」小声でアンドレイが言った。

「どっちにしたって、ひとりぼっちよ、あたしの友だちがいないんですもの……それでいて、あたしに怖がらないでほしいなんて」

その口調はもう愚痴っぽくなって、上唇が少し上にあがり、それがうれしそうな表情ではなく、動物じみた、リスのような表情を顔に添えた。彼女は自分が妊娠していることを、ピエールの前で口にするのははしたないと考えたように口をつぐんだが、実はそこが肝心なところだった。

「それでもやっぱり僕にはわからないね、君が何を怖がっているのか」アンドレイは妻から目を離さずに、ゆっくりと言った。

リーザは赤くなって、どうしようもないというように、両手を振り上げた。

「いいえ、アンドレイ、あなたはすっかり、すっかり変わってしまったって、あたしは言っているのよ……」

「お医者さんがもっと早く寝るようにって言ってるだろ」アンドレイが言った。「寝《やす》んだ方がいいね」

リーザは何も言わなかった。そして、ふいにうぶ毛のはえた短い上唇がふるえ出した。アンドレイは立ち上がり、肩をすくめて、部屋を歩きまわった。

ピエールは眼鏡ごしに、アンドレイとリーザをかわるがわる、不思議そうに、無邪気に見つめていた。そして、自分も立ち上がろうとでもするように、もじもじしたが、また思い直した。

「あたし、どうっていうこともないわ、ここにピエールさんがいらしたって」ふいに小さな公爵夫人が言った。そしてそのかわいらしい顔はふいにくずれて、ゆがんだ泣き顔になった。「あたし、前からあなたに言おうと思っていたのよ、アンドレイ……どうしてあなたはあたしに対してそんなに変わってしまったの？　あたしがあなたに何をしたの？　あなたは軍隊に行く、あなたはあたしがかわいそうだとは思っていない。どうしてなの？」

「リーザ！」アンドレイはそう言っただけだった。しかし、この一言の中に、頼みも、おどかしも、それに、何にもまして、リーザ自身が自分のことばを後悔するに違いないぞという意味もこめられていた。しかし、彼女はせわしなく言いつづけた。

「あなたはあたしを病人か、子どものように扱っているのよ。あたし、なにもかもわかってるわ。いったいあなたはそんなふうだったかしら、半年前は」

「リーザ、お願いだからやめてください」アンドレイはいちだんと意味深長に言った。

この会話《やりとり》のあいだにだんだん興奮してきたピエールは立ち上がると、リーザのそばに寄った。彼は涙を見るのが耐えられないらしくて、自分も泣きそうになっていた。

「気を落ち着けてください、公爵夫人《おくさん》。これがあなたにそんなふうに感じられるのは、なぜかというと、僕の言うことは本当ですが、僕は自分で経験したんですが……なぜ……どうしてかというと……いや、申し訳ありません、他人はこんな場合、役に立たないものです……いや、気を落ち着けてください……失礼いたします……」

アンドレイが彼の手をつかんで引き留めた。

「いや、ちょっと待て、ピエール。リーザはとても気のいい人間だから、君と一晩すごす楽しみを僕から奪うことは望まんだろうよ」

「いいえ、この人は自分のことしか考えていないんですわ」リーザはくやし涙を抑えきれずに言った。

「リーザ!」アンドレイは、我慢の尽きたのがありありとわかるほどに声の調子を高めながら、そっけなく言った。

怒った、リスのようなリーザの美しい小さな顔の表情が急に、魅力的で、同情をかき立てるようなおびえた表情に変わった。彼女は上目づかいにすばらしくきれいな目で夫を見た。そして、おどおどした、自分が悪かったことを認めるような表情が顔に浮かんだ。それはちょうど、垂れたしっぽをせわしなく、それでいて、弱々しく振っている犬のようだった。

「ああ、どうしましょう、どうしましょう！」リーザは言った。そして、片手でドレスのひだを持ち上げると、夫のそばに寄って、その額に接吻した。

「おやすみ、リーザ」アンドレイは立ち上がって、赤の他人にするように丁重に手に接吻しながら、言った。


二人の親友は黙っていた。どちらも口を切ろうとしなかった。ピエールはちらちらアンドレイを見、アンドレイは小さな手で自分の額をこすっていた。

「夜食を食いに行こう」彼は立ち上がってドアの方に向かいながら、溜め息をついて言った。


趣味を凝らして、新しく、豪華に改装した食堂に二人は入った。ナプキンから、銀や陶器や、ガラスの食器にいたるまで、なにもかも若夫婦の所帯によくあるように、新しさがひときわ目立っていた。夜食の途中でアンドレイは肘をつくと、前から何か心にいだいていて、ふいにぶちまける気になった人間といった感じで、神経質にいら立った表情になって言いはじめた。ピエールはこんな様子のアンドレイを、いまだかつて見たことがなかった。

「ぜったいに、ぜったいに結婚なんかするんじゃないぞ、君。これが君に対する僕の忠告だ。結婚しちゃいかん、君ができるかぎりのことはなにもかもやったと言うまでは。しかも、君が選んだ女を愛さなくなって、その女がはっきり見えるようになるまではね。さもないと君は無残な、取り返しのつかないまちがいをすることになる。なんの役にも立たん老人になったら結婚しろ……でないと、君のなかにあるいいものや、りっぱなものがなにもかもだめになる。なにもかも取るに足らんことに使い果たされてしまう。そう、そうさ、そうなんだよ！　そんな、あきれたような顔で僕を見るな。君がこの先自分に何か期待していても、一歩ごとに君は、自分にとってはなにもかも終わってしまった、閉ざされてしまった、残るのは、君が宮廷の下僕や大馬鹿者と同列に立つ客間《サロン》だけだと感じるようになる……まったくどうしようもない！……」

彼は力をこめて片手をひとつ振った。

ピエールは眼鏡をはずして――おかげでその顔は変わってしまい、ますます人のよさを表していたが――驚いて親友を見つめていた。

「僕の女房は」アンドレイは続けた。「すばらしい女だ。あれはいっしょにいても、自分が恥をかくことはないと安心していられる、めずらしい女の一人だ。ところが、あきれたことに、僕は女房持ちでなくなれるなら、今ではなんだって投げ出すだろうな！

僕は君が好きだから、こんなことを君だけに、君にはじめて言うんだよ」

アンドレイはこんなことを言っていると、アンナの家のソファーにのうのうと手足を伸ばして座り、口もろくに開けず、目も半分閉じたまま、フランス語の決まり文句を口にしているあのボルコンスキーとは、ますます別人のようになっていた。ひとつひとつの筋肉が神経質に躍動しはじめて、痩せたその顔全体がふるえていた。さっきは生命《いのち》の火が消えたように見えた目が、今ではきらきらした、明るい光に輝いていた。ふだん生気にとぼしく見える分だけ、彼はいら立ったときには力にあふれているのだ、ということが見て取れた。

「僕がどうしてこんなことを言うのか、君にはわからんだろう」彼は続けた。「なにしろこれは人生の一大事だからな。ボナパルトとその立身出世なんて、君は言ってる」ピエールはボナパルトのことなど言いもしなかったのに、アンドレイは言った。「君はボナパルトなんて言ってる。しかし、ボナパルトは、活動していたときには、一歩一歩目的に向かって進んでいたときには、自由だったんだ。自分の目的以外、あの男には何もなかった。だから目的を達したんだ。ところが自分を女に縛りつけてみろ。足《あし》枷《かせ》をはめられた囚人みたいに、なんの自由もなくなる。そして、君のなかにあるかぎりの希望や力はなにもかも重荷になって、後悔で君を苦しめる。客間、おしゃべり、ダンス・パーティ、虚栄、愚にもつかないこと、これが僕の抜け出られない堂々巡りの環さ。僕は今戦争に行こうとしている、これまであったかぎりでいちばん偉大な戦争にだ。ところが、僕には何ひとつわからないし、なんの役にも立たない。僕はひどく愛想がよくて、ひどい皮肉屋だ」アンドレイは言い続けた。「だからアンナ女史のところで人が僕の話を聞くのさ。僕の女房が生きていくのになくちゃならない、あの馬鹿げた上流社会の連中も、あの女たちも……上品な女がみんな、全体に女がいったいどんなものか、君がせめて知ることができたらね！　僕のおやじの言うとおりだ。エゴイズム、虚栄、頭の悪さ、万事につけてくだらないこと、ありのままに正体を見せれば、これが女さ。社交界で女をちょっと見れば、何かあるような気がする。ところが、何も、何も、何ひとつない！　そうさ、結婚なんかするんじゃないぞ、君、結婚なんかするな」アンドレイは締めくくった。

「おかしいですよ」ピエールは言った。「あなたが自分を、自分を無能と考えたり、自分の人生をだいなしになった人生と考えておられるなんて。あなたはなにもかも、なにもかもこれからですよ。それにあなたは……」

あなたが何なのか、彼は言わなかったが、その口調がもう、親友をどれほど高く買っており、将来彼にどれほど期待しているかを、示していた。

《どうしてこの人が、こんなことを言えるんだろう！》ピエールは思った。ピエールがアンドレイをあらゆる美点の模範と考えていたのは、ほかでもない、ピエールが持っておらず、意志力という概念がおそらくいちばん近い表現になる長所を、アンドレイは全部、最高の形で兼ね備えていたからだった。ピエールは、あらゆる種類の人間に平静に接することのできるアンドレイの能力、その並外れた記憶力、博識（彼はあらゆるものを読み、あらゆることを知っており、あらゆることに意見を持っていた）、そして、とりわけ彼の仕事や勉強の能力にいつも感嘆していた。アンドレイのなかに空想的な思弁の能力の欠けていることが、ピエールを何度となく驚かせたにしても（ピエールはとくに空想的な思弁に傾く方だった）、それさえも彼は欠点ではなくて、力強さとみなしていた。

最高に良い、親密で、ざっくばらんな関係でも、動くためには車に油をさすことが欠かせないのと同じように、お世辞やほめことばは欠かせない。

「僕は終わってしまった人間だよ」アンドレイが言った。「僕のことを話して何になる？　君のことを話そうや」彼はしばらく黙っていてから、気の休まる考えが浮かんだのでにっこりして、言った。その微笑はまたたく間にピエールの顔に移った。

「でも、僕のことを話してもしかたがないでしょう？」ピエールは口を開いて、のんきそうに、明るく微笑しながら、言った。「僕はいったいなんです？ 僕は私生児じゃありませんか！」そして彼は急に真っ赤になった。見受けるところ、彼はこれを言うためにずいぶん努力をしたらしかった。「名もなく、財産もない……。いや、まあいい、実際……」しかし、彼は、何が実際なのか言わなかった。「僕は今のところ自由です。だから僕はいいんです。ただ僕は何を始めればいいかわからなくて。あなたにまじめにご相談したいと思っていたんです」

アンドレイは思いやりのこもった目でピエールを見つめていた。しかし、その親しみのこもった、やさしいまなざしには、やっぱり自分の方が一段高いという意識が表れていた。

「君は僕にとって大事な男だ。とくに、僕らの上流社会のなかでは、君だけが生きた人間だからな。君はいいよ。好きなものを選べばいいじゃないか。そんなこと、なんでも同じだよ。君はどこでもちゃんとやっていける。しかし、ただひとつ、あのアナトール・クラーギンの家に行って、あんな生活をやるのはやめろ。まったくあんなことは君には似合わん。あんなどんちゃん騒ぎの酒盛りはなにもかも、それに軽騎兵式のやりたい放題も、それにありとあらゆる……」

「どうにも仕方がないんですよ、あなた」ピエールは肩をすくめながら言った。「女ですよ、あなた、女ですよ！」

「わからないね」アンドレイは答えた。「まともな女というなら、別問題だ。しかし、アナトールの女たち、女と酒……わからないね！」

ピエールはワシーリー・クラーギン公爵の家に住んでいて、その息子のアナトールの遊び放題の生活に一枚くわわっていた。アナトールというのはほかでもない、まっとうな人間にするためにアンドレイの妹と結婚させられようとしている男だった。

「そうだ！」ピエールはまるで思いがけず幸せな考えが浮かんだように、言った。「まじめな話、僕は前からそれを考えていたんです。あんな生活をしていたら僕は何ひとつ決めることも、よく考えることもできない。頭は痛い、金はない。今日あいつが僕を誘っていたんですが、僕は行きません」

「僕にちゃんと約束しろ、これからは行かない、と」

「ちゃんと約束します！」


ピエールが親友の家を出たのは、もう夜中の一時すぎだった。その夜は六月のペテルブルグの、暮れない夜だった。ピエールは家に帰るつもりで流しの幌馬車《ほろばしゃ》に乗った。しかし、家に近づくにつれて彼は、むしろ夕方か朝に似たこんな夜に眠ることはできないと、ますます強く感じるようになった。行く人もない街路は遠くまで見通せた。途中でピエールはアナトールのところで今夜いつものギャンブル仲間が集まることになっているのを思い出した。その集まりのあとはたいてい、さんざん飲んで、ピエールが好きなある楽しみで締めくくられるのだった。

《アナトールのところに行ったらいいだろうな》彼は思った。しかし、すぐに彼は、アナトールのところに行かないとアンドレイに誓った約束を思い出した。

しかしすぐに、根性がないと言われる人間にありがちだが、すっかりなじんだあのふしだらな生活を、もう一度やってみたくてたまらなくなったので、彼は行くことに決めた。そしてすぐに、約束なんかなんの意味もない、というのは、自分はアンドレイよりも先に、アナトールに約束していたのだから、という考えが頭に浮かんだ。結局彼はこう考えた――こういう約束なんてものはみんな、なんのはっきりした意味も持たない、その時次第のものだ。もしかすると、あすにでも自分が死ぬか、約束も裏切りも、もはやなくなってしまうような、大変なことが自分の身に起こるかもしれない、ということを考えればとくにそうだ。こういったたぐいの理屈が、決心も予定もみんなぶちこわして、しょっちゅうピエールの頭に浮かぶのだった。彼はアナトールのところへ向かった。

近衛騎兵の兵舎に近い、アナトールの住んでいる大きな家の玄関に乗りつけると、彼は明かりのともされた玄関の昇降段をあがり、階段をあがって、開いているドアの中に入った。玄関の間にはだれもいなかった。空《から》の壜《びん》、コート、オーバーシューズがころがっていた。酒のにおいがし、遠くの方で話し声や叫び声が聞こえていた。

ギャンブルと夜食はもう終わってしまったのだが、客たちはまだ帰ろうとしなかった。ピエールはコートをぬぎ捨てると、いちばん手前の部屋に入った。そこには夜食の残りが置きっぱなしになっていて、一人の従僕がだれも見ていないと思って、飲み残しのコップをこっそり飲み干していた。三つめの部屋から馬鹿騒ぎや、高笑いや、聞き覚えのある叫び声とクマの唸《うな》り声が聞こえてきた。七、八人の若い男たちが開いた窓のそばに、心配そうに群がっていた。三人が子グマをいじくりまわし、一人がそれを鎖で引っぱりながら、別の男をおどかしていた。

「スチーヴンスに百ルーブル賭けるぞ！」一人がどなった。

「いいか、つかまったらだめだぞ！」もう一人がどなった。

「おれはドーロホフに賭けるぜ！」三人目が叫んだ。「どっちに賭けたか、見きわめとけよ、アナトール」

「おい、クマ公なんかほっとけ、賭けをやってるんだぞ」

「ひと息にだぞ、でなきゃ負けだ」四人目がどなった。

「ヤーコフ！　一本持ってこい、ヤーコフ！」主人自身が叫んだ。彼は背の高い美男子で、胸の中ほどまではだけた薄いシャツだけを身に着けて、人の輪のなかに立っていた。「ちょっと待ってくれ、みんな。ほら見ろよ、ピエールのピー公」彼はピエールに向かって言った。

別の、澄んだ空色の目をしたあまり背の高くない男の声が、こうしたみんなの酔いどれた声にまじって、冷めた感じでひときわ強い印象を与えながら、窓のあたりから叫んだ。「こっちに来い。賭けを取り仕切ってくれ！」これはアナトールといっしょに暮らしているセミョーノフ連隊の士官で、ギャンブルの腕と決闘好きで有名なドーロホフだった。ピエールは自分のまわりをながめながら、楽しそうに微笑していた。

「さっぱりわけがわからん。どういうことだ？」彼はたずねた。

「待て、こいつは酔ってない。一本よこせ」アナトールは言うと、テーブルからコップを取って、ピエールのそばに寄った。

「まずはじめに飲め」

ピエールはまた窓ぎわに群がった酔った客たちを上目づかいにながめ、その話に聞き耳を立てながら、コップでたてつづけに飲みはじめた。アナトールがピエールにワインを注《つ》ぎながら話してきかせた。ドーロホフがそこに居合わせたイギリス人の船員のスチーヴンスと賭けをして、自分、つまりドーロホフが足を外に垂らして三階の窓に座ったまま、ラム酒を一本飲み干そうというのだった。

「おい、全部飲め」アナトールが最後の一杯をピエールにすすめながら言った。「でなきゃ通さん！」

「いや、ほしくない」ピエールはアナトールを押しのけながら言うと、窓のそばに近寄った。

ドーロホフはイギリス人の手をつかまえたまま、おもにアナトールとピエールを相手にして、はっきり、てきぱきと賭けの条件を言った。

ドーロホフは中背で、ちぢれ毛で、明るい空色の目をした男だった。年は二十五くらいだった。彼はすべての歩兵士官と同じように口ひげをはやしていなかったので、その顔のいちばん人目をひく特徴になっている口が、すっかり見えていた。その口の線は実に微妙に曲がっていた。真ん中のところで上唇が鋭いくさび形になって、しっかりした下唇の方にぐっと下がり、両端にはたえず何か微笑のようなものが二つ、それぞれの端に一つずつ浮かぶのだった。そして、そのなにもかもがいっしょになって、とくに、しっかりした、不敵な、利口そうな目と結びついて、だれもがこの顔に目を留めずにはいられないような印象をつくり出していた。ドーロホフは裕福な人間ではなく、なんの手《て》蔓《づる》もなかった。そして、アナトールの方は何万ルーブルも散財していたのに、ドーロホフは彼といっしょに暮らしていて、アナトールを含めて、二人を知っている者みんなが、アナトールよりドーロホフを尊敬するような立場に自分を立たせることができた。ドーロホフは賭け事はなんでもやり、たいていいつも勝っていた。どんなに飲んでも、けっして頭脳の明晰《めいせき》さを欠くことはなかった。アナトールもドーロホフも、当時ペテルブルグの道楽者と飲んだくれの世界では名が通っていた。

ラム酒が一本はこばれてきた。窓の外の斜面に座るのに邪魔になっていた枠を、二人の従僕がこわしていたが、まわりにいる旦那連中が口を出したり、どなったりするので、見るからにあわてて、おどおどしていた。

アナトールはいつもの勝ち誇ったような様子で窓のそばに寄った。彼は何かをこわしてはずそうと思ったのだ。従僕たちを押しのけて、枠を引っぱったが、枠はびくともしなかった。彼はガラスをたたき割った。

「おいおまえ、力持ち」彼はピエールに向かって言った。

ピエールは横の桟《さん》を握って、引っぱると、メリメリと音を立てて楢《なら》の木の窓枠を一部はむしり取り、一部は引き抜いてしまった。

「全部どけろ。でないと、つかまってると思われるからな」ドーロホフが言った。

「イギリス人が大口たたいてるぞ……どうだ？……いいか？」アナトールが言った。

「よし」ピエールがドーロホフを見ながら言った。ドーロホフはラム酒を一本手に握って、窓の方に歩み寄っていた。窓からは空と空の上で溶け合っている朝焼けと夕焼けの光が見えていた。

ドーロホフはラム酒の壜を手に持ったまま、窓の敷居に跳び乗った。

「聞け！」彼は窓の敷居に立って部屋の中を向きながら、叫んだ。みんな黙った。

「おれは賭けをやる（彼はイギリス人にわかるようにフランス語でしゃべったが、うますぎるようなフランス語ではなかった）。十五ルーブル金貨五十枚で賭けをやる。百枚にしますか？」彼はイギリス人に向かって、付け加えた。

「いや、五十枚だね」イギリス人が言った。

「よし、十五ルーブル金貨五十枚だ。おれがラム酒を一本全部、口から離さずに飲む、窓の外の、ほらここの所に座って（彼は身をかがめて、窓の外の斜めに出っ張った外壁を指した）、なんにもつかまらずに飲む……そうだろ？……」

「よし、そのとおり」イギリス人が言った。

アナトールはイギリス人の方に向き直ると、その燕尾服のボタンをつかんで、上から見おろしながら（イギリス人は背が小さかった）、賭けの条件を英語でくり返しはじめた。

「待て」ドーロホフは自分に注意を向けさせるために、壜で窓をたたきながら言った。「待て、アナトール。聞け。だれか同じことをやったら、おれは十五ルーブル金貨を百枚はらうぞ。いいな？」

イギリス人はうなずいたが、それをどういう意味にとればよいのか、この新しい賭けに同意するつもりなのかどうか、まったくわからなかった。アナトールはイギリス人を放さずに、相手がうなずきながら、すっかりわかったということを知らせているのに、ドーロホフのことばを全部英語で通訳してやっていた。この夜は賭けですっかりすってしまった、若い痩せこけた男の子のような近衛軽騎兵が窓によじのぼると、からだを乗り出して、下を見た。

「ううっ！」彼は窓の外の歩道の敷石を見ながら言った。

「気をつけぇ！」ドーロホフは叫ぶと、士官を窓から引きずりおろした。士官は拍車をからませて、不格好に部屋の中に跳び下りた。

取りやすいように酒の壜を窓の敷居に置くと、ドーロホフは用心深く、静かに窓に上がった。足を垂らし、両手を広げて窓の両端に突っ張ると、彼はうまく位置を定め、しっかり腰を据え、手を離し、ちょっと左右に体を動かして、壜を取った。もうすっかり明るかったのに、アナトールがロウソクを二本持ってきて、窓敷居に立てた。白いシャツを着たドーロホフの背中と毛のちぢれた頭が両側から照らされた。みんなが窓のそばに群がった。イギリス人がいちばん前に立っていた。ピエールは微笑を浮かべたまま、何も言わなかった。そこに居合わせた者の一人で、ほかの連中よりいくらか年上のが、びっくりして怒った顔で、急に前に進み出ると、ドーロホフのシャツをつかもうとした。

「諸君、これは馬鹿げてる。こいつはぶち当たって死んでしまうぞ」ほかの連中より分別のあるこの男が言った。

アナトールが押しとどめた。

「さわるな、君こそこいつをびっくりさせて、けがのもとになる。え？　そうなったらどうする？……え？……」

ドーロホフはふり返り、体勢をととのえながら、また両手を広げて突っ張った。

「もしだれかがまたおれにちょっかい出したら」食いしばった、薄い唇の隙間《すきま》から、きれぎれにことばを出しながら、ドーロホフが言った。「おれはそいつをすぐさま突き落とすぞ、ほらここに。いいか！……」

「いいか！」と言うと、彼はまた向きを変え、手を離し、壜をつかんで口に近づけ、頭を後ろにのけぞらせると、バランスをとるために空いている方の手を上に振り上げた。ガラスを拾いはじめていた従僕の一人が、窓とドーロホフの背中から目を離さずに、かがんだままの姿勢ですくんでしまった。アナトールは目をかっと開いて、まっすぐ立っていた。イギリス人は唇を前に突き出して、横を向いていた。止めようとした男は部屋の隅に駆け寄ると、壁の方に顔を向けてソファーに横たわってしまった。ピエールは手で顔をおおった。そして、その顔は今ではおびえた、恐ろしそうな表情になっていたのに、力ない微笑が、我を忘れて、そのまま残っていた。みんな黙っていた。ピエールは目から手を離した。ドーロホフはあいかわらず同じ姿勢で座っていた。ただ頭が後ろにのけぞっているので、後頭部のちぢれた毛がシャツの襟にさわっていた。そして、壜を持った手はふるえて、力をこめながら、しだいに高く上がっていった。壜がだんだん空になっていったらしく、それにつれて上にあがって、頭をのけぞらせていた。《なんでこんなに長く？》ピエールは思った。彼は三十分以上たったような気がした。急にドーロホフは後ろへ下がるような動きをした。そして手がひきつったようにふるえ出した。そんなふうにふるえただけで、斜面に座っていたからだ全体がずり下がった。全身がずり下がり、片手と頭が、緊張して、ますます激しくふるえだした。窓の敷居につかまるために片方の手が上がったが、また下りてしまった。ピエールはまた目を閉じて、もう二度と開けるまいと心のなかで言った。ふいに彼は、あたり全体が揺らいだのを感じた。見ると、ドーロホフが窓の敷居に立っていた。その顔は青ざめて、楽しそうだった。

「空っぽだ！」

彼は壜をイギリス人に投げ、イギリス人はそれを器用に受け取った。ドーロホフは窓から跳び下りた。ラム酒のにおいがひどくしていた。

「いいぞ！　えらい！　すごい賭けだ！　こん畜生め！」叫び声が四方八方から上がった。

イギリス人は財布を出して、金を数えていた。ドーロホフはしかめ面をして、黙っていた。ピエールが窓に跳び上がった。

「諸君！　だれかおれと賭けをやらないか？　おれはおんなじことをやってみせる」いきなり彼はどなった。「賭けなんか必要ない、いいな。酒を一本持ってこさせろ。おれはやるぞ……持ってくるように言え」

「やらせろ、やらせろ！」ドーロホフがにやにや笑いながら言った。

「なんだおまえ、気が狂ったのか？　だれがおまえにそんなことさせる？　おまえは梯子《はしご》にのぼっても目がくらむくせに」四方八方から言いはじめた。

「おれは飲むぞ、ラム酒を一本よこせ！」あとに引きそうもない、酔った身ぶりでテーブルをたたきながら、ピエールはどなると、窓の外に這《は》い出ようとした。

だれかがその手をつかんだ。しかし、ピエールはひどく力が強かったので、そばに寄った者を遠くまで突きとばした。

「いや、そんなことじゃあいつは絶対言うとおりにならん」アナトールが言った。「待て、おれがごまかす。おい、おれがおまえと賭けるよ、ただし、あしただ。今はみんなで＊＊＊のところに行くんだ」

「行こう」ピエールが叫んだ。「行こうぜ！……クマ公もいっしょに連れて行こうや……」

そして、彼はクマをつかまえると、抱きかかえて持ち上げ、かかえたまま部屋をぐるぐるまわり出した。

7

ワシーリー公爵は、一人息子のボリスのことを頼みこんだドルベツコイ公爵夫人に、アンナの家のパーティでした約束を果たした。ボリスのことは皇帝に奏上され、異例の扱いで、近衛部隊のなかでセミョーノフ連隊に少尉補として配属された。しかし、母親が八方手を尽くし、ありったけの策を弄《ろう》したのに、副官、つまり、クトゥーゾフの側近には、ボリスはやはり任命されなかった。アンナのパーティのあとすぐに、ドルベツコイ公爵夫人はモスクワに戻り、裕福な親類であるロストフ家に直行した。彼女はモスクワではこの家に泊まっていたし、軍人になったばかりで、たちまち近衛少尉補に加えられた、目の中に入れても痛くないかわいいボリスが子どものころからこの家で育てられ、何年も暮らしていたのだった。近衛部隊はもう八月十日にペテルブルグを出てしまっており、制服をととのえるためにモスクワに残っていた息子は、ラジヴィーロフ（リトアニア南西部の都市。ドイツ名ケーニヒスベルグ）へ向かう途中で、部隊に追いつかなければならなかった。

　ロストフ家ではナターリア、つまり、母親と末の娘（ナターシャは、ナターリアの愛称）の名の日だった（本巻一〇五頁のコラム「名の日とロシア人の姓名」参照）。朝からひっきりなしに馬車が続々と来たり帰ったりして、ポヴァルスカヤ通りにある、モスクワじゅうに知られている、大きなロストフ伯爵夫人の家に、お祝いの客を運んできた。伯爵夫人は美人の上の娘や、次々に来てはひっきりなしに入れかわる客たちといっしょに、客間に座っていた。

　伯爵夫人は痩せた東洋的なタイプの顔をした、四十五、六の女性で、十二人もできた子どもたちのために、見るからに疲れはてていた。動作と話し方がゆっくりしているのは、体力がおとろえているせいだったが、尊敬の念を呼びさますような、重みのある様子を伯爵夫人に添えていた。ドルベツコイ公爵夫人は身内の人間として、お客の接待や話し相手の仕事を手伝いながら、すぐそばに座っていた。若い者たちは儀礼的な訪問を受ける役目に加わる必要はないと考えて、奥の部屋にいた。伯爵は客を出迎えたり、送り出したりしながら、みんなを食事に招待していた。

「本当に、本当に感謝しております、あなた《モン・シェール》（マ・シェールあるいはモン・シェールということばを彼は、自分より目上の者にも、目下の者にも、みんなに例外なく、なんのニュアンスもつけずに使うのだった）、わたしとしましても、名の日のお祝いの二人といたしましても。よろしいですね、食事にいらしてくださいよ。恨みますよ、あなた。家族一同を代表して、心からお願い申しますよ、あなた」ふっくらして、陽気な、きれいにひげを剃《そ》った顔に同じような表情を浮かべ、同じようにきつく手を握りしめ、ひょこひょこお辞儀をくり返しながら、例外なく一様に、みんなに、彼はこのことばを言うのだった。一人の客を送り出してしまうと、伯爵はまだ客間にいる男や女の客のところに戻ってくる。肘掛け椅子を引き寄せ、楽しく生きることが好きで、そのこつも知っている人間らしい様子で、威勢よく足を広げ、膝に両手を置くと、もったいぶって体を左右に揺すりながら、時にはロシア語、時には、ひどく下手だが、自信たっぷりのフランス語で、天気の当てっこをしようと言ったり、健康の相談をしたりしては、また、くたびれてはいるけれども、義務を果たすことはゆるがせにしない人間といった様子で、禿頭の上のまばらな白髪をなでつけながら、客を送りに行き、やはりまた食事に呼ぶのだった。時には、玄関の間から戻る途中に、彼は花の置いてある部屋と給仕部屋を通り抜けて、食卓に八十人分の食器を用意している大きな大理石造りの広間に立ち寄ると、銀器や陶製の食器を運んだり、伸縮式のテーブルを伸ばしたり、緞子《どんす》のテーブル・クロスを広げたりしている給仕たちをながめながら、伯爵の家の仕事いっさいをやってくれている、貴族のドミートリー・ワシーリエヴィチをそばに呼んで、言うのだった。

「ちょっと、ちょっと、ドミートリー君、いいかね、万事うまくいくようにな。よし、よし」彼は大きく広げた伸縮式のテーブルを満足そうにながめまわしながら言うのだった。「肝心なのは食卓のととのえ方だ。いいね……」そして、彼は得意そうにふうっと息をついて、また客間に戻って行った。

「カラーギン夫人とご令嬢さま！」伯爵夫人の外出用の馬車に乗る大男の従僕が、客間のドアのなかに入りながら、低音《バス》で報告した。伯爵夫人はちょっと考えて、夫の肖像のついた金のタバコ入れから、かぎタバコをちょっとかいだ。

「へとへとですよ、こんなお義理の訪問のおかげで」彼女は言った。「そうね、カラーギンさんに会っておしまいにしましょう。堅苦しい人ですけどね、とても。お通しなさい」彼女はまるで、さあ、いっそ息の根を止めてちょうだいと言わんばかりの、悲しそうな声で従僕に言った。

背が高くて、肉づきのいい、お高くとまった感じの貴婦人が、にこにこ笑っている丸顔の娘をしたがえて、衣ずれの音を立てながら、客間に入ってきた。

「伯爵夫人《おくさま》、お久しぶり……この子はかわいそうに病気をしていまして……ラズーモフ家のダンス・パーティで……アプラクシン伯爵夫人も……あたくしもう、うれしくって……」活気づいた女たちの声が我先に、衣ずれの音や椅子を引き寄せる音にまじりながら、聞こえはじめた。話がいったん途切れたらすぐに立ち上がり、衣ずれの音を立て、「まあ、ほんとにうれしゅうございます。母の体の具合は……アプラクシン伯爵夫人も……」などと言い、また、衣ずれの音を立てて、玄関の間に出、毛皮コートかマントを着て帰って行くだけのために交わされる会話が始まった。話題は当時のモスクワでいちばん大きなニュース、つまり、有名な富豪で、エカテリーナ時代の色男だったベズーホフ老伯爵の病気と、その私生児のピエールのことになった。ピエールというのはアンナ・シェーレルの家のパーティで実に不作法な態度をとった男だった。

「あたくし、お気の毒な伯爵さまがかわいそうでなりませんわ」一人の女の客が言った。「お具合がそれでなくてもお悪かったのに、今度はああして息子さんのためにご心痛。あれが命取りになってしまいます！」

「なんですの？　いったい」伯爵夫人はまるで、客がなんの話をしているのかわからないかのようにたずねたが、その実、彼女はベズーホフ伯爵の心痛の原因を、もう十五回ぐらいは聞いていたのだった。

「こういうものですのね、今どきの教育って！　まだ外国にいるうちから」客は続けた。「あの若い人はしたい放題を許されて、今度はペテルブルグであんまりひどいことをさんざんやったもので、警察の護衛付きで追い出されてしまったという話ですわ」

「まさか！」伯爵夫人が言った。

「あの人は友だちの選び方が悪かったんでございます」ドルベツコイ公爵夫人が口をはさんだ。「ワシーリー公爵の息子さんと、あの人と、ドーロホフ家の一人、この連中はとんでもないことをやっていたそうですよ。それで二人そろって痛い目にあったんでございます。ドーロホフは兵隊に格下げ、ベズーホフさんのご子息はモスクワに追放。それでアナトールさん、あの方はおとうさまがなんとかもみ消してしまいましたけど。それでもやっぱりペテルブルグから追放で」

「それにしても、いったいどんなことをしたんですの？」伯爵夫人がたずねた。

「あれはまったくごろつきですわ、ことにドーロホフさんはね」客が言った。「あの人はマリア・ドーロホフさんの、あんなにりっぱなご婦人の息子さんのくせに、いったいなんということでしょう！　ご想像になれますかしら、あの人たちは三人でどこからかクマを手に入れてきて、自分たちといっしょに馬車に乗せて、女芸人たちのところに連れて行ったんですのよ。警察が駆けつけてやめさせようとする。三人は署長をつかまえると、背中合わせにクマに縛りつけて、クマをモイカ川(ペテルブルグの市中を流れる小さな川)に放したんです。クマは泳ぎまわる、署長の方はその背中に乗っている」

「傑作ですな、あなた、その署長の格好は」伯爵は笑いころげながら、大声で言った。

「まあ、なんて恐ろしいことを! 笑ってる場合じゃありませんわ、伯爵さま」

しかし、女たちは自分でも思わず笑ってしまった。

「やっとのことで、その気の毒な署長を助けたんですのよ」客は続けた。「ほんとにベズーホフ伯爵の息子さんときたら、なんてお利口さんなふざけ方をするんでしょう!」

彼女は言い添えた。「とてもしつけがよくて、頭がいいという噂《うわさ》でしたのにね。こんなものですわよ、外国でいろいろ教育したあげくに行きつく果ては。お金はあるにしても、モスクワではだれもあんな人、寄せつけないだろうと思いますわ。あの人をあたくしに紹介したいと言う人があったんですが、あたくしきっぱりお断わりしました……うちには娘がいますので」

「どうしてあなたは、あの若い方がそんなにお金持だとおっしゃるんですの?」伯爵夫人は、とっさに聞いていないようなふりをした若い娘たちを避けるように、身をかがめながら、たずねた。「ベズーホフさんには私生児しかいないんでございましょう。多分……ピエールさんも私生児で」

客はどうにも仕方がないというように、片手をひとつ振った。

「あの人は私生児が二十人もいると思いますわ」

ドルベッコイ公爵夫人が話に口をはさんだ。自分にはいろいろな手蔓があることと、ありとあらゆる上流社会の事情に通じていることを、ひけらかしたかったらしい。

「そこが問題でございましてね」彼女は意味ありげに、やっぱりちょっと声をひそめて言った。「ベズーホフ伯爵の評判はご承知のとおりで……自分の子どもの数が勘定できないほどでございますけれど、あのピエールさんはお気に入りでございましてね」

「ほんとにきれいなおじいさんでしたわ」伯爵夫人が言った。「まだ去年はね！　あれ以上の男前は見たことがありませんわ」

「今ではずいぶん変わってしまいまして」ドルベッコイ公爵夫人が言った。「それはそうと、あたくしお話ししようと思っていたんでございますが」彼女は続けた。「奥さまの血筋からすると領地全部の直系の相続人はワシーリー公爵なんでございますけれど、ピエールさんをおとうさまがとてもかわいがっていらして、あの方の教育をなすって、陛下に手紙も書いたんでございますのよ……そんなわけで、もしベズーホフ伯爵がお亡くなりになったら（あの方はとてもお悪うございましてね、いつなんどきそうなるかもしれませんし、ペテルブルグからは名医のロランが来ていますし）、あの莫大な財産がだれのものになるのやら、ピエールさんかワシーリー公爵か、だれにもわからないんでございます。四万の農奴と何百万ルーブルものお金でございますよ。あたくしこのことはよく存じております、ご本人のワシーリー公爵があたくしに話してくださいましたから。それにベズーホフ伯爵もあたくしの母のまたいとこに当たるんでございます。うちのボリスの洗礼に立ち会ってくだすったのもあの方で」彼女はこんなことにはなんの意味も認めないと言わんばかりの様子で言い添えた。

「ワシーリー公爵はきのうモスクワに来られましたね。監査の出張に行かれるところだと聞きましたが」客が言った。

「ええ、でも、ここだけの話でございますが」公爵夫人は言った。「それは口実で、実は、ベズーホフ伯爵のところへ来たんでございますよ、容態がとてもお悪いのを知って」

「それはともかく、あなた、あれは実にみごとないたずらだ」伯爵は年上の女客が彼の話に耳を貸そうとしないのに気がついて、今度はお嬢さん連中に向かって言った。

「署長の格好は傑作だったでしょうな、さぞかし」

そして彼は署長が手をばたばたやった様子を思い浮かべると、またよく通るバスで、丸っこいからだ全体を揺すって、大笑いした。それはいつもよく食べ、とくによく飲んでいる人間の笑い方だった。「それはそうと、どうぞ、わたくしどもへ食事にいらしてくださいよ」彼は言った。

コラム3　名の日とロシア人の姓名

九七ページの「名の日」は誕生に関係がありますが、必ずしも誕生日ではありません。ロシア正教には（カトリックなども）教会カレンダーがあって、それぞれの日を記念日とする聖者の名が書かれています。子どもが生まれると、その中から、よさそうな名前（たとえばナターリア）を選んでつけるのが一番無難な方法です。この方法で命名すると、そのナターリアの日が生まれた子の「名の日」になり、それは誕生日と一致します。

しかし、この方法は義務ではありません。生まれた日にちなむ聖者に関係なく、親や、親戚、尊敬する人の名がつけられることもよくあります。この場合は、名の日は誕生日と必ずしも一致しません。つけられた名前（たとえばナターリア）と同名の聖者の記念日とされている日が、その子の「名の日」になります。この場合、誕生日とは一致しませんが、名の日に誕生のお祝いが行われたのでした。

現在ではロシアでも、名の日ではなく、誕生日を祝うのが普通になりました。一九一七年の大革命後、宗教と生活の関係が薄れたこと、キリスト教徒以外の文化が表面に出るようになったことなどが原因でしょう。それでも、いまだにロシア人は伝統的な名前が好きで、男ならアンドレイ、ニコライ、女ならアンナ、ソフィアなど、昔ながらの名前が普通で、日本のように両親が新しい名前を「発明」することはほとんどありません。

ついでに言いますと、本訳では略しましたが、ロシア人のフルネームは本来、「名前＋父称＋姓」の三つの部分からできています。父称は父親の名前を明らかにするもので、父がキリルですと、その息子の父称はキリーロヴィチ、娘ならキリーロヴナです。アンドレイ公爵のフルネームがアンドレイ・ニコラーエヴィチ・ボルコンスキーなのは、父の名がニコライだからですね。

8

沈黙がおとずれた。伯爵夫人は感じのいい微笑を浮かべて女の客を見ていたが、この女の客が立ち上がって帰ってしまっても、もうちっともがっかりしないということを、隠そうとはしなかった。女の客の娘がたずねかけるように母親を見ながら、もうドレスをととのえていたちょうどその時、ふいに隣の部屋からドアの方へ走ってくる数人の男女の足音や、引っかけられて倒れた椅子の騒々しい音が聞こえた。そして、短いモスリンのスカートの前を掻き合わせて何かを隠したまま、部屋のなかに十二、三の女の子が駆け込むと、真ん中に立ち止まった。どうやら、彼女は当てもなく走った勢いで、思わずこんな遠くにまで駆け込んでしまった様子だった。それと同時に、ドアのところに深紅の襟の学生と、近衛士官と、十四、五の女の子と、子ども用のジャケツを着た、太った、赤い頰《ほお》の男の子が姿を現した。

伯爵はさっと立ち上がると、体を大きく左右に揺すりながら、駆け込んできた女の子を抱くように両手を大きく広げた。

「ああ、ほらこの子ですよ！」笑いながら、彼は言った。「名の日のお祝いの主ですよ！　わたしのかわいい、名の日の子です！」

「あなた、何事にも時と場合がありますよ」厳しそうなふりをしながら、伯爵夫人が言った。「あなたったら、この子を甘やかしてばっかり」彼女は夫に向かって言い添えた。

「こんにちは、お嬢さん、おめでとう」女の客が言った。「なんてすばらしいお子さんでしょう」彼女は母親に向かいながら、言い添えた。

瞳《ひとみ》が黒く、口が大きくて、美人ではないけれども、生き生きした女の子は、速く走ったので、子どもっぽい素肌の小さな肩は服からはみ出てしまい、黒い巻毛は後ろの方でもつれたまま、細い手はむき出しで、足にはレースのパンタロンと甲の広くあいた靴をはいており、女の子がもう子どもではないけれども、まだ一人前の娘にはなっていないという、あのかわいらしい年頃だった。父親の手からすり抜けると、彼女は母親のそばに駆け寄り、その厳しいお小言を全然気にしないで、真っ赤になった顔を母のケープのレースのなかにうずめて、笑いだした。彼女はスカートのかげから引っぱり出した人形のことを、とぎれとぎれに説明しながら、なにかしら笑っていた。

「見える？……お人形が……ミミがね……見えるでしょ」

そして、ナターシャはそれ以上しゃべることができなかった（彼女にはなにもかもおかしく感じられたのだ）。彼女は母親の膝に倒れ伏して、大きなよく通る声で笑いころげたので、みんな、気むずかしい女客まで、笑うまいとしながら笑ってしまった。

「さあ、あっちへ行って、行って。この不格好なお人形といっしょに」母親は怒ったふりをして、娘を押しのけながら言った。「これはうちの末の娘でしてね」彼女は客に向かって言った。

ナターシャは母親のレースのネッカチーフからちょっと顔を離すと、笑いすぎて涙をこぼしながら、下から母親を見上げ、また顔をうずめてしまった。

家庭生活のひとこまを見物させられるはめになった女の客は、それに何か一役加わらなければいけないと思った。

「教えてくださいな、お嬢さん」彼女はナターシャに向かって言った。「そのミミちゃんはあなたの何に当たるの？　娘さんでしょ、きっと」

ナターシャはこの客が自分に話しかけたときの、へりくだって上から子どもの話におりてくるような口調が気にくわなかった。彼女は何も答えずに、きまじめな顔で客を見た。

一方そのうちに、若い世代の連中はみんな——士官で、ドルベツコイ公爵夫人の息子のボリスも、学生で、ロストフ伯爵の長男のニコライも、伯爵の姪《めい》で十五歳になるソーニャも、末の息子の小さなペーチャも——みんな客間のあちこちに座を占め、まだ顔のはしばしにあふれている活気と楽しさを、礼儀作法の枠のなかに抑えようと、見るからに一生懸命努力していた。この連中がそろって、あんなにまっしぐらに駆け出してきた、向こうの奥の部屋では、この客間でかわされている町のゴシップや、天気や、アプラクシン伯爵夫人の話より、もっと楽しい会話があったらしい。時たま彼らはおたがいに顔を見合わせて、やっとのことで笑いをこらえていた。

二人の若者、学生と士官は子ども時代からの親友で、同い年で二人とも美男だったが、おたがいに似ていなかった。ボリスは背の高い金髪の青年で、端整で繊細な目鼻立ちの、もの静かな美しい顔をしていた。ニコライは背のあまり高くないちぢれ毛の青年で、親しみやすい顔の表情をしていた。上唇にはもう黒いひげのようなものが見えはじめており、顔全体にはひたむきで、熱しやすい気性があらわれていた。ニコライは客間に入った瞬間に赤くなった。彼は言うべきことばを探していて、それが見つからずにいる様子だった。ボリスは逆に、すぐさまその場に応じて、この人形のミミを自分はまだ鼻の欠けていない若い娘のころから知っているということや、それが自分の記憶にある五年のあいだに老《ふ》けこんでしまったことや、頭蓋骨《ずがいこつ》の端から端までとどくほど頭にひびが入ってしまったことなどを、落ち着きはらって、面白おかしく話した。その話がすむと、彼はナターシャを見た。ナターシャはボリスから顔をそむけて、弟を見た。弟は目を細め、声を殺して笑いながら、体を揺すっていた。すると、ナターシャはそれ以上こらえることができずに、跳びはねると、すばしっこい足が許すかぎりの速さで、部屋から走り出て行ってしまった。ボリスは笑わなかった。

「おかあさまはお出かけになるおつもりでしたね？　馬車がいりますでしょう？」彼は微笑を浮かべて母親に向かいながら言った。

「そう。行って、行って馬車の支度をするように言いつけてちょうだい」母親は微笑しながら言った。

ボリスは静かにドアから出て、ナターシャのあとについて行った。太った男の子はまるで自分の仕事がぶちこわされたのがしゃくにさわったかのように、憤然として二人のあとを追って走って行った。

9

若い人たちのなかで、ロストフ伯爵夫人の長女と(これは妹より四つ年上で、もう大人として振る舞っていた)客の令嬢を数に入れなければ、客間に残ったのはニコライと姪のソーニャだった。ソーニャはきゃしゃな、小づくりの黒髪《ブルネット》の娘で、まなざしは長いまつげで陰影がついて、やわらかみがあり、濃く黒いおさげ髪を二まわり頭に巻き、顔の肌と、とくに、むき出しで、痩せこけているのに品のいい、筋肉質の手や首の肌は、黄色みがかっていた。動作は軽快だし、小づくりの手足はやわらかみがあって、しなやかだし、物腰はちょっと抜け目がなくて慎重なので、この娘は美しいけれども、まだ大人になりきっておらず、やがてみごとな雌猫になりそうな、子猫を思わせた。彼女は微笑を浮かべて、みんなの会話に関心のある様子を見せるのが礼儀だと考えているらしかった。しかし、その気持にさからって、彼女の目は軍隊に行こうとしている従兄《いとこ》を、けがれのない乙女の、激しくひたむきな愛をこめて、長く濃いまつげの下から見つめていたので、その笑顔は一瞬も人目を欺くことができず、この雌猫がちょっと座っているのはただ、ボリスとナターシャと同じように、彼女が従兄とこの客間を抜け出したらすぐに、前よりもっと力いっぱい跳びはね、彼とじゃれ合うためなのだ、ということが見て取れた。

「まったくの話、あなた」老伯爵が客に向かって、ニコライを指さしながら言った。「なにしろこいつの親友のボリス君が士官に任命されたもんで、友情にかけて後れを取りたくないんですな。大学もわたしも、この老人も投げ捨てて――軍務につこうというんですよ、あなた。いや、もう古文書保管所に勤め口があったのに、万事休すですよ。これが友情というやつなんですかね」伯爵はたずねかけるように言った。

「ええ、なにしろ宣戦が布告されたという噂ですものね」と女の客が言った。

「前からそんな噂ですがね」伯爵は言った。「また噂が次々に出て、あげくの果てはそのまま立ち消えです。あなた、これが友情というやつなんですね！」彼はまた言った。「この子は軽騎兵になろうというんです」

客はなんと言ってよいかわからずに、首を振った。

「全然友情のためなんかじゃありません」ニコライはさっと赤くなると、まるで恥になる中傷をはねのけようとでもするように、答えた。「全然友情なんかじゃありません。ただ、軍務は使命だと感じるんです」

彼は従妹《いとこ》とお客の令嬢をふり返った。二人ともそのとおりだというような微笑を浮かべて、彼を見つめていた。

「今日うちで、シューベルトが食事をすることになっていましてね、パヴログラード軽騎兵連隊の連隊長なんですが。休暇でここに来ていて、この子を連れて行こうとしているんです。どうにもしょうがないでしょう?」伯爵は肩をすくめながら、さんざん悲しい思いをさせられたらしいことを、冗談まじりに言った。

「僕はもう言ったでしょう、おとうさん」息子が言った。「もしおとうさんが僕を行かせたくないのでしたら、僕は残りますって。でも、僕はわかってるんです、軍務以外、僕はなんの役にも立ちませんよ。外交官でもだめ、役人でもだめ、感じていることを隠しておけないんですからね」異性の気をひきたいという美しい青春時代特有の気持で、ソーニャと客の令嬢をたえずちらちら見やりながら、彼は言った。

雌猫は、食い入るように彼を見つめながら、今にもじゃれはじめて、猫の本性をありったけ見せてしまいそうな様子をしていた。

「まあ、まあいいさ！」老伯爵は言った。「いつもカッカしておる。やっぱりボナパルトがみんなの頭を狂わしてしまったんだ。あの男はいったいどうやって中尉からひょっこり皇帝になったんだろうと、みんなが考えておる。まあいい、うまくやってくれ」彼は女の客の馬鹿にしたような薄笑いに気づかずに、言い添えた。

大人たちはボナパルトのことを話しはじめた。カラーギン夫人の娘のジュリーがニコライに話しかけた。

「本当に残念でしたわ、あなたが木曜にアルハーロフさんのお宅にいらっしゃらなくて。あたくし退屈でしたわ、あなたがおみえにならなかったから」彼女はニコライに甘くやさしい笑顔を見せながら言った。

甘いことばでいい気持になった青年は、女心をくすぐるような青春の微笑を浮かべて、もっとそばに座り直すと、笑顔のジュリーと二人だけで話を始めてしまい、無意識に浮かべたこの自分の微笑が、顔を赤くして、作り笑いをしているソーニャの心を嫉妬《しっと》の刀で切ったことには、まったく気づかなかった。話の途中で彼はソーニャの方をふり返った。ソーニャは燃える思いと恨みをこめて彼を見た。そして、目には涙を、唇には作り笑いをやっと保って、立ち上がると部屋から出て行ってしまった。ニコライの元気はすっかり消えうせた。彼は話の最初の切れ目を待つと、気分がぶちこわしになった顔でソーニャを探しに部屋を出た。

「だれでも、ああいう若い人たちの秘密ときたら、白い糸で縫ったみたいに見えすいていますわね！」出て行くニコライの方を指しながら、ドルベツコイ公爵夫人が言った。

「いとこ同士は危険な隣人」彼女は言い添えた。

「そうね」あの若い世代の連中といっしょに客間に差しこんでいた日の光が消えてしまってから、伯爵夫人が言った。それはまるで、だれからもたずねられたわけではないのに、たえず自分の心をとらえていた疑問に答えるようだった。「今ごろの年になったら、あの子たちを見て喜べるようにと思って、ずいぶん悩み、ずいぶん心配に耐えてきたのに！　ところが今でも、ほんとに、うれしいことより、怖いことの方が多いんですものね。いつもはらはら、はらはらしどおし！　女の子にしても、男の子にしても、ちょうど危険のとても多い年頃で」

「万事、しつけ次第ですわ」女の客が言った。

「そう、おっしゃるとおりね」伯爵夫人は言いつづけた。「今までのところ、あたくしはおかげさまで、自分の子どもたちの仲のいい友だちでしたし、子どもたちからすっかり信頼されていますわ」自分の子どもは親に隠し事をしないと考える、多くの親と同じ思い違いをくり返しながら、伯爵夫人が言った。「あたくしわかっています。あたくしはいつでも娘たちが最初に心を打ち明ける相手になるでしょうし、ニコライはあの熱しやすい気性ですから、やんちゃなことはするにしても（男の子はそうじゃなくちゃすみませんものね）、やっぱり、あのペテルブルグの人たちとはわけが違います」

「うん、すばらしい、すばらしい子どもたちだよ」なんでもすばらしいと考えることで、自分には手の負えない問題をいつも解決してきた伯爵が相槌《あいづち》を打った。「ま、しょうがない！　軽騎兵になりたくなったんだ！　いやまったく、しょうがないでしょう、あなた！」

「本当にかわいいお子さんですわね、下のお嬢さまは！」女の客が言った。「はちきれんばかり！」

「ええ、はちきれそうでしてね」伯爵が言った。「わたしに似たんですな！　それに声がなんとも言えん。わが子ながら、本当の話、歌の名手になりますよ、サロモーニ（オペラ歌手。ドイツ・オペラの一員として一八〇五―〇六年モスクワに来演した）の再来だ。うちでは、あの子を教えさせるためにイタリア人を雇いましたよ」

「早くありませんかしら？　あの年頃に練習するのは声に悪いと言いますけれど」

「いやとんでもない、早いなんて、そんな！」伯爵が言った。「じゃどうして、わたしらの母親たちは十二、三で嫁に行ったんです？」

「あの子だって今からもう、ボリスさんに恋をしていますわ！　なんという子でしょう」伯爵夫人は静かに微笑して、ボリスの母親を見ながら言うと、いつも自分をとらえている思いに答えるような様子で、続けた。「ねえ、おわかりでしょう、あたしがあの子を厳しく抑えていたら、してはいけないと言っていたら……あの二人は何をしたかわかったものではありませんわ(伯爵夫人は二人がキスをするようなことになったかもしれないとほのめかしたのだった)。ところが、今のところあたくしはあの子の言ったことを残らず知っていますものね。あの子の方から夜あたくしのところに駆けこんで来ては、なにもかも話してくれるんですのよ。もしかすると、あたくし、あの子を甘やかしているのかもしれません。でも、ほんとに、その方がかえっていいような気がします。あたくし上の娘には厳しくしましたけれど」

「ええ、あたくしはまるで違ったしつけを受けましたわ」長女の、美しい伯爵令嬢ヴェーラが微笑しながら、言った。

しかし、その微笑は普通の場合と違って、ヴェーラの顔を美しくはしなかった。逆に、その顔は不自然になり、そのために、嫌な感じになった。長女のヴェーラはきれいで、頭も悪くなく、勉強はすばらしくよくできたし、よくしつけられていて、声は感じがよく、言うことはまともで時と場合にかなっていた。しかし、奇妙なことに、みんな、客も伯爵夫人も、なんのためにヴェーラがそんなことを言ったのか、腑《ふ》に落ちないように、彼女の方をふり向いた。そして、ばつの悪さを感じた。

「かならず上の子のときは手のこんだやり方をして、何か変わったことをやろうとするものですね」客が言った。

「恥を隠してもはじまりませんよ、あなた。うちの奥さんはヴェーラのときは手のこんだことをやりましてね」伯爵が言った。「まあ、それでいいんですよ！　やっぱり、すばらしい娘になりましたからな」彼はこれでいいんだというように、ヴェーラにウィンクをしながら、言い添えた。

親子の客は立ち上がると、食事に来ることを約束して、帰って行った。

「なんでしょう、あのやり方！　長々と座りこんで！」伯爵夫人は客を送り出してしまうと、言った。

10

ナターシャは部屋を出て走りだしたが、花の部屋までしか行かなかった。この部屋で彼女は立ち止まり、客間の話し声に聞き耳をたてながら、ボリスが出てくるのを待ち受けていた。彼がすぐには来そうもないので、ナターシャはもう我慢しきれなくなりはじめて、小さな足をトンと一つ踏み鳴らすと、今にも泣き出しそうになった。その時、静かでもなければ、早くもなく、節度をわきまえた若い男の足音が聞こえた。ナターシャは花の植わった木《き》桶《おけ》（ロシアでは大きな植木鉢の代わりに木桶や木箱を使うことがよくある）の間にすばやく駆け込んで、身を隠した。

　ボリスは部屋の真ん中に立ち止まり、あたりを見まわし、制服の袖の埃《ほこり》を手ではらい落として、自分の美しい顔をためつすがめつながめながら、鏡に近づいた。ナターシャはボリスが何をするのか待ち受けながら、息をひそめて、自分の隠れ家からのぞいていた。ボリスは鏡の前にしばらく立って、にっこり笑うと、出口の方へ歩き出した。ナターシャは呼び止めようと思ったが、やがて気が変わってしまった。

「探させておけばいいわ」彼女は自分に言った。ボリスが出て行くとまもなく、別のドアから、真っ赤になったソーニャが、涙を浮かべて何かくやしそうにつぶやきながら、出て来た。ナターシャは最初ソーニャの方に走り出るような動きをしかけたが、それを抑えて、姿を隠す魔法の帽子をかぶったように、この世で起こっていることをじっくり見きわめながら、自分の隠れ場所にじっとしていた。彼女はめったにない新しい楽しみを味わっていた。ソーニャは客間のドアの方をふり返りながら、何かつぶやいていた。

ドアからニコライが出て来た。

「ソーニャ！　どうしたの？　変じゃないか？」ニコライはソーニャのそばに駆け寄りながら、言った。

「なんでもありません、なんでもありませんわ、放っておいてください！」ソーニャはわっと泣きだした。

「いや、わかってるよ、どうしてか」

「へえ、わかっていらっしゃるのね、それは結構ですこと。お行きなさいな、あの人のところに」

「ソォーニャ！　一言だけ言わせて！　こんなに僕と自分を苦しめていいのかな、ありもしないことを考えて」ニコライは彼女の手をつかんで、言った。

ソーニャはその手を振りほどこうとはせずに、泣きやんでしまった。

ナターシャは身じろぎもせず、息もせずに、キラキラ光る目で自分の隠れ場所から見守っていた。《どうなるんだろう、これから？》彼女は思った。

「ソーニャ！　僕は世界の全部だっていらないよ！　君だけが僕にはすべてなんだ」ニコライは言った。「僕はそれを証明してみせる」

「あたし嫌いだわ、あなたのそういう言い方」

「そう。じゃ言わないよ、ごめんね、ソーニャ！」彼はソーニャを引き寄せて、キスをした。

《わっ、すてき！》ナターシャは思った。そして、ソーニャとニコライが部屋を出てしまうと、そのあとについて行き、ボリスを呼び寄せた。

「ボリスさん、こちらへ来てくださいな」彼女は意味深長な、何かたくらみのありそうな様子で言った。「あたくし、あなたに言わなくちゃならないことがひとつありますの。こっち、こっちよ」彼女は言って、自分が隠れていた花の部屋の植木の桶のあいだの場所に、ボリスを連れて来た。

「なんですかいったい、ひとつのことって？」彼はたずねた。

彼女はもじもじして、自分のまわりを見まわした。そして、桶の上に放り出してあった自分の人形を見つけると、それを手に取った。

「キスをしてください、お人形に」彼女は言った。

ボリスは注意を集中した、やさしい目で、ナターシャの生気にみちた顔を見つめて、何も答えなかった。

「嫌なんですか？　そう、じゃこちらへいらっしゃい」彼女は言うと、もっと花の奥の方に入りこんで、人形をほうり出した。「もっとそばに、もっとそばに！」彼女はささやいた。そして、両手で士官の制服の袖の折り返しをつかんだ。赤くなったその顔には、厳粛な気持と怖さがにじみ出ていた。

「じゃ、あたしにならキスをしたいですか？」彼女は上目づかいにボリスを見て、微笑しながら、しかも、興奮のあまり泣きそうになって、やっと聞きとれるほどの声でささやいた。

ボリスは赤くなった。

「おかしな人だなあ！」彼はナターシャの方に身をかがめ、ますます赤くなりながら、そのくせ何もしようとはせずに、待ちかまえたまま、言った。

彼女はいきなり桶の上に跳び乗った。するとボリスより背が高くなった。両手で彼を抱くと細いむき出しの腕がボリスの首より上にからみついた。そして、頭を振って髪の毛を後ろにはね上げると、唇にまともにキスをした。

彼女は花の向こう側の植木鉢のあいだにすべりおりると、頭を垂れて、立ちすくんだ。

「ナターシャ」ボリスは言った。「あなたは知っているでしょう、僕があなたを好きなことは。でも……」

「あなた、あたしに恋をしているの？」ナターシャはボリスのことばをさえぎった。

「ええ、恋をしています。でも、どうか、今のようなことは、しないようにしましょう……あと四年……そうしたら僕はあなたに申し込みをするつもりです」

ナターシャは考えた。

「十三、十四、十五、十六……」彼女は細い指を折ってかぞえながら、言った。「すてき！　それでおしまいね？」

そして、うれしそうな、ほっとした微笑が生き生きしたその顔を明るく輝かせた。

「おしまいです！」ボリスが言った。

「永久に？」まだ小さな女の子が言った。「死ぬまでずっと？」

そして、ボリスの腕を取ると、彼女は幸せそうな顔で彼と並んで、静かに休息室の方へ歩き出した。

11

伯爵夫人は格式ばった訪問ですっかり疲れてしまったので、もうだれも面会は受けつけないように言いつけた。そこで、まだこれからお祝いに来る人たちはみんな、ぜひお食事にと招くだけにとどめるよう、玄関番に命令が出された。伯爵夫人は子ども時代からの親友であるドルベツコイ公爵夫人と二人さし向かいで話がしたかった。彼女がペテルブルグから来て以来、伯爵夫人はゆっくり顔を合わせていなかったのだ。ドルベッコイ公爵夫人は泣きはらした、感じのいい顔で、伯爵夫人の肘掛け椅子のそばににじり寄った。

「あなたが相手だと、あたし本当にざっくばらんになれるわ」ドルベッコイ公爵夫人は言った。「すっかり残り少なくなってしまったわね、昔の友だちが！　だから、あたしはとてもあなたとのお付き合いがたいせつなの」

公爵夫人はヴェーラを見て、口をつぐんだ。伯爵夫人は親友の手を握った。

「ヴェーラ」伯爵夫人は、あきらかに嫌っている上の娘に向かって言った。「どうしてあなたは何事にも分別がないんでしょうね？　いったい、気がつかないのかしら、あなたがここにいると邪魔だっていうことが。妹たちのところへ行きなさい。でなければ……」

美しいヴェーラは、少しも気を悪くしていない様子で、馬鹿にしたように微笑した。

「もしもっと前に言ってくだされば、あたしすぐに出て行ったんですのに、ママ」彼女は言って、自分の部屋に向かった。しかし、休息室のわきを通りかけて、彼女はその部屋の二つの窓のそばに、左右対称《シンメトリック》に二組の男女が座っているのを見つけた。彼女は足を止めて、馬鹿にしたように微笑した。ソーニャはニコライに寄りそって座り、ニコライははじめて自分がつくった詩を、彼女に書き写してやっていた。ボリスとナターシャは別の窓のそばに座っていて、ヴェーラが入ってくると、黙りこんでしまった。ソーニャとナターシャは後ろめたいような、幸せそうな顔をして、ヴェーラを見た。

恋をしているこんな女の子を見るのは楽しくて、胸ときめくものだが、二人の様子は、明らかに、ヴェーラにはいい感じを呼び覚まさなかったらしい。

「何度頼んだかしら」彼女は言った。「あたしの物に手を出さないで、って。あなたたちは自分の部屋があるんですからね」彼女はニコライからインク壺《つぼ》を取り上げた。

「すぐだよ、すぐなんだ」彼はペンをひたしながら、言った。

「あなたたちはなんでも、しちゃいけない時にするのが上手なこと」ヴェーラは言った。「客間に駆け込んで来たりして。あんなことをするから、あなたたちのおかげで、みんな恥ずかしくなってしまったわ」

ヴェーラの言ったことはまったくそのとおりだったのに、いや、そのとおりだったからこそ、だれも返事をせずに、四人はみんなおたがいにただ目を見合わせているだけだった。ヴェーラはインク壺を手に持って、部屋のなかでぐずぐずしていた。

「それに、そんな年頃で、ナターシャとボリスや、あなたたち二人のあいだに、何か秘密があったりするかしら。ばかばかしいだけじゃない、なにもかも」

「でも、あなたになんの関係があるの？　ヴェーラ」小さな声で、助太刀にナターシャが言った。

彼女は、どうやら、この日はいつにもまして、みんなにやさしく、親切だったらしい。

「ほんとにばかばかしい」ヴェーラは言った。「あたし、あなたたちのことが恥ずかしいわ。なんの秘密なのかしらね？……」

「だれにだって自分の秘密があるわ。あたしたち、あなたとベルグさんのことに口出しはしてないでしょ」ナターシャがだんだんむきになって言った。

「口出しはしていないと思うわ」ヴェーラは言った。「それは、あたしのしていることに、一度も何ひとつ悪いことがありっこないからよ。でも、あたし、ママに言ってやるわ、あなたがボリスとどんな付き合い方をしてるか」

「ナターシャさんは、僕ととてもりっぱなお付き合いをしてくださっています」ボリスが言った。「文句のつけようがありません」彼は言った。

「おやめなさい、ボリスさん、あなたはたいした外交官だから（子どもたちは外交官ということばに、とくべつの意味を含ませていて、その意味でこのことばは彼らのあいだでとてもよく使われていた）、うんざりするぐらいよ」ナターシャはしゃくにさわったような、ふるえる声で言った。「なんだって、この人はあたしにいちいちうるさく言うのかしら？」

「こんなこと、あなたにぜったいわかるもんですか」彼女はヴェーラに向かって言った。「あなたは一度もだれも好きになったことがないんですからね。あなたはハートがないのよ、あなたはジャンリス夫人（十八世紀後半の児童文学作家。長大な道徳・教訓小説は当時のヨーロッパで大人気で、ロシアでも多数翻訳された。十九世紀以降は退屈な作品として敬遠された）っていうだけのことよ（ひどい侮辱だと思われているこのあだ名は、ニコライがヴェーラにつけたものだった）。そして、あなたのいちばんの楽しみは、嫌がることを人にすることなのよ。あなたは好きなだけベルグさんといちゃいちゃしてればいいじゃない」彼女は早口に言った。

「でもあたしは、多分、お客さまの前で若い男の人のあとを追っかけたりはしないでしょうね……」

「さあこれで、気がすんだだろ」ニコライが割って入った。「みんなにさんざん嫌なことを言って、みんなの気分をこわして。行こうよ、子ども部屋に」

四人はみんな、追い立てられた鳥の群れのように立ち上がり、部屋を出ようとした。

「あたしはさんざん嫌なことを言われたけど、あたしはだれにも何も言わなかったわ」ヴェーラは言った。

「ジャンリス夫人！　ジャンリス夫人！」笑う声がドアの向こうから言った。

みんなをこれほどいらいらさせ、不愉快になるようにした美人のヴェーラは微笑して、言われたことは気にもならない様子で、鏡のそばに寄り、ショールと髪型を直した。自分の美しい顔をながめているうちに、彼女はますます冷ややかになり、落ち着いてしまったようだった。

客間では会話が続いていた。

「ああ！　あなた」伯爵夫人は言った。「あたしの人生なんて、なにもかもバラ色というわけにはいかないわ。あたしに察しのつかないわけはありませんものね。今やっているような調子だと、うちの財産は先が長くないわ！　それでいて、あいかわらずあして、クラブと、あのお人好し。田舎で暮らしていて、あたしたちが休まると思う？　芝居、猟、なんだかわけのわからないもの。でも、あたしのことなんか話してもしょうがないわ！　ねえ、あなたいったいどういうふうにして、あんなことをすっかりうまくまとめたの？　あたしあなたを見ていて不思議になることがよくあるわ、アンナさん。よくもあなたは、その年で、たったひとり馬車でとびまわれるわね。モスクワ、ペテルブルグ、大臣やお偉方のところに片っ端から全部。だれでも如才なく相手にできるんですもの、驚いてしまうわ！　ねえ、いったいどんなふうにしてあんなことがうまくまとまったの？　あたしなんか何ひとつできやしない」

「ああ、あなた！」ドルベッコイ公爵夫人は答えた。「頼るものもなく、目に入れても痛くないほどかわいい息子をかかえて、夫に死なれるのがどんなに辛いことか、あなたがそれを知るようになったら大変だけど。どんなことでも経験で身につけてしまうものね」彼女はちょっと得意そうに言った。「訴訟のおかげで、あたしは習い覚えたのよ。もしだれか大物に会わなければならないとすると、あたしは簡単な手紙を書くの。『公爵夫人何某《なにがし》がだれそれさまにお会いしたいと存じております』って。そして、自分で流しの馬車を拾って行くの、二度でも、三度でも、四度でも——必要なものを手に入れるまではね。あたしのことを人がなんと思おうと、平気よ」

「ねえ、いったいどうやって、だれにボリスのことを頼んだの？」伯爵夫人はたずねた。「だってほら、お宅のはもう近衛士官でしょ、ところがうちのニコライときたら見習士官で行くのよ。根回しする人がいないんですもの。あなただれに頼んだの？」

「ワシーリー公爵よ。あの人とても親切だったわ。すぐなにもかも承知して、陛下に奏上してくれたの」ドルベッコイ公爵夫人は、自分の目的を遂げるためにくぐり抜けた屈辱を全部忘れて、感激して言った。

「どう、老けたでしょ？　ワシーリー公爵は」伯爵夫人がたずねた。「あたしルミャンツェフさんのお宅でお芝居が何度かあったあと、あの人に会っていないわ。だから、あたしのこと忘れてしまった、と思うわ。あの人ね、あたしのことを追いかけまわしていたのよ」伯爵夫人は思い出して微笑した。

「あいかわらずおんなじよ」ドルベツコイ公爵夫人が答えた。「親切で、お世辞たらたらで。偉くなっても気性は変わらないわ。「あんまり少しのことしかあなたにしてさしあげられなくて残念ですよ、公爵夫人《おくさん》」って、あの人はあたしに言うのよ。「なんなりとお申しつけください」ってね。いいえ、あの人はすばらしい人だし、とてもいい親戚《しんせき》よ。でも、あなた知っているでしょ、ナターリアさん、あたしが息子をかわいがっていることは。あの子の幸せのためなら、あたしのしないことがあるかしら……わからないわ。ところが、うちの内情はとても悪くて」ドルベツコイ公爵夫人は悲しそうに、声を低めながら続けた。「とても悪くて、今じゃこれ以上ないほどひどい状態なの。運の悪い訴訟が、あたしの持っているものをだんだん食いつぶしていって、おまけに進まないんですものね。あたしはね、想像がつくかしら、文字通りびた一文お金がないのよ。だから、何を当てにしてボリスの制服をととのえてやればいいか、わからないの」彼女はハンカチをひっぱり出して、泣きだした。「五百ループルいるのに、二十五ルーブルのお札一枚しかないんですもの。あたしこんなありさまなの……今じゃ望みはただひとつ、ベズーホフ伯爵よ。もしあの人が洗礼に立ち会った子どもを支えてやって――たしかにあの人はボリスの洗礼に立ち会ったんですからね――あの子に何か援助の費用をあてがってやろうという気をおこさなかったら、あたしの苦労はすべて水の泡……あたしはあの子の制服をととのえてやるお金がないんですもの」

伯爵夫人はもらい泣きして、黙ったまま何か思案していた。

「よく思うの、もしかすると、こんなことは罪なのかもしれないけど」公爵夫人が言った。「よく思うのよ、ああやってベズーホフ伯爵はたったひとりで暮らしていて……あの莫大《ばくだい》な財産……いったいなんのために生きてるのかしら？　あの人は生きてるのが苦しみになっている、ボリスの方はやっと生きるのを始めなくちゃならない」

「あの人は、きっと、ボリスに何か遺《のこ》してくれるわよ」伯爵夫人が言った。

「わかるもんですか、あなた！　ああいうお金持や偉い人たちは大変なエゴイストですからね。でも、あたしはともかく今すぐボリスを連れてあの人のところに行くわ。そして、あからさまに事情を話すわ。人はあたしのことを好きなように考えればいい。あたしは、ほんとに、平気よ、息子の運命がかかっているんですもの」公爵夫人は立ち上がった。「今二時で、四時にお宅はお食事ね。行って来るひまがあるわ」

そして、時間を使うのがうまい、ペテルブルグのてきぱきした奥さんのやり方で、ドルベッコイ公爵夫人は息子を呼びに行かせ、息子といっしょに玄関の間に出た。

「じゃ失礼、あなた」彼女は玄関のドアまで自分を送ってくれた伯爵夫人に言った。「祈ってちょうだい、あたしがうまくいくように」彼女は息子に聞こえないように声をひそめて、言い添えた。

「ベズーホフ伯爵のところへですかな？　あなた」やっぱり玄関の間へ出ながら、伯爵が食堂から言った。「伯爵が持ち直してたら、ピエールをうちの食事に呼んでください。あの男は時々うちに来て、子どもたちとダンスをやっていたんですからな。呼んでくださいよ、きっと、あなた。ねえ、見ようじゃないですか、今日は料理人のタラスがどんな腕前を披露するか。今日のうちほどの食事は、オルロフ伯爵（女帝エカテリーナ二世の最初の愛人）のところでもなかったたって、言ってますよ」

12

「ねえボリス」二人の乗っているロストフ伯爵夫人の箱馬車が、藁《わら》を敷いた街路を通り抜けて、ベズーホフ伯爵邸の広い敷地に入ったとき、ドルベッコイ公爵夫人は息子に言った。「ねえボリス」古いコートの下から手を抜き出して、おずおずとしたやさしい動作で、息子の手の上にのせながら、母親が言った。「愛想よくするのよ、粗相のないようにね。ベズーホフ伯爵はともかくあなたの洗礼立会人なんですし、あなたのこれからの運命はあの人にかかっているんですからね。これを覚えておきなさい、ボリス、できるだけ感じよくするのよ……」

「それで、卑屈な思い以外に何かほかの結果が出ることがわかっていればね……」息子は冷ややかに言った。「でも、僕はおかあさんに約束したんですし、おかあさんのためにこんなことをしてるんですよ」

どこかの家の箱馬車が車寄せのそばに止まっているのに、玄関番は母親と息子の風体をじろりと見ると(二人は自分たちのことを取り次がないよう命じて、外壁のくぼみに並んだ二列の彫像の間を通って、ガラス戸の玄関のなかにいきなり入って行ったのだ)、古ぼけたコートを意味深長に見やって、だれに用なのか、公爵令嬢たちになのか、伯爵になのかとたずねた。そして、伯爵に用だと知ると、閣下は本日はご容態が悪化しており、だれにもご面会あそばされないと言った。

「帰ってもいいですよ」息子がフランス語で言った。

「ボリスさん！」母親はまた息子の手にさわりながら、哀願するような声で言った。まるで手をさわることで息子を落ち着かせたり、奮い立たせたりすることができるかのようだった。

ボリスは口を閉じて、軍服のコートをぬごうともせずに、たずねかけるように母親を見つめていた。

「ねえ、おにいさん」ドルベツコイ公爵夫人は玄関番に向かって猫なで声で言った。「わかってますよ、伯爵さまがご重病だということは……だからこそ来たんです……あたくしは親戚でね……ご迷惑はおかけしませんよ、おにいさん……あたくしはね、ただワシーリー公爵さまにお目にかかりさえすればいいんです。たしか、公爵さまはここにお泊まりなんでしょう。どうぞ、取り次いでちょうだい」

玄関番はむっとした顔で二階に通じるベルの紐《ひも》を引っぱって、後ろを向いた。

「ドルベツコイ公爵夫人、ワシーリー公爵さまへ」ストッキングと短靴に、燕尾服という姿で、上から駆けおりて来て、階段の張り出した壁のかげからのぞいた給仕に、玄関番が叫んだ。

母親は染め直した絹のドレスのひだをととのえて、壁にはまった継ぎ目のないヴェネツィア風の鏡をのぞいた。そして、元気よく、はきつぶした靴で、階段の絨毯《じゅうたん》をのぼりはじめた。

「ボリスさん、あなた、あたしに約束してくれましたね」彼女は手にさわって息子を奮い立たせながら、もう一度彼に言った。

息子は目を伏せて、おとなしくそのあとについて行った。

二人は広間に入った。そこからドアの一つが、ワシーリー公爵にあてがわれている部屋に通じていた。

親子は部屋の真ん中に出た。そして、二人が入って来るとさっと立ちあがった給仕に、道順をたずねようと思っていたとき、一つのドアの青銅《ブロンズ》のノブが回って、ワシーリー公爵がビロードの半コートに、一つだけ勲章をつけた、家にいる普段の格好で、髪の黒い美男を送り出しながら、出て来た。この男が有名なペテルブルグの医者ロランだった。

「それは確実ですか？」ワシーリー公爵は言った。

「公爵、〈誤るは人の常〉（エラーレ・フマヌム・エスト）ですが、しかし……」医者はラテン語をフランス語のように発音しながら答えた。

「けっこう、けっこうです……」

息子を連れたドルベツコイ公爵夫人に気づくと、ワシーリー公爵は一礼して医者を帰らせ、黙ったままだが、たずねかけるような顔で二人の方に歩み寄った。息子は、急に母親の顔に深い悲しみの表情が浮かんだのを見て取って、薄笑いした。

「ほんとに、なんという悲しいめぐりあわせのなかで、あたくしたちはお目にかかることになったのでございましょう、公爵さま……ねえ、いかがでございます？　ご病人さまは」彼女は自分を見すえている冷たい、蔑《さげす》むような目に気づかないようなふりをして、言った。

ワシーリー公爵はたずねかけるように、わけがわからないと言わんばかりに彼女を見、それからボリスを見た。ボリスはうやうやしくお辞儀をした。ワシーリー公爵はそのお辞儀には応えずに、ドルベッコイ公爵夫人の方に向きなおり、頭と唇を動かすことで、彼女の質問に答えた。それは病人には最悪の見込みしかないという意味だった。

「まさか？」ドルベッコイ公爵夫人は叫んだ。「まあ、それは恐ろしいことですわ！考えるのも恐ろしいこと……これはあたくしの息子でございます」彼女はボリスを指しながら言い添えた。「この子が自分であなたさまにお礼を申し上げたいと」

ボリスはもう一度うやうやしくお辞儀をした。

「本当に、公爵さま、あなたさまがあたくしどもにしてくださったことを、母親の心はけっして忘れはいたしません」

「あなたがたに喜んでいただけるようなことができて、うれしいですよ、公爵夫人《おくさん》」ワシーリー公爵はシャツの胸飾りを直しながら、面倒を見てやっているドルベッコイ公爵夫人の前で、ペテルブルグのアンナのパーティのときより、このモスクワでは、いちだんとはるかに偉そうな感じを、身振りにも声にもにじませながら、言った。

「よくご奉公して、りっぱにやるように努力してください」彼は厳しくボリスに向かって言い添えた。「わたしはうれしいですよ……あなたは休暇でここにいるのですか？」

彼は例によって感情のない口調で棒読みのように言った。

「新しい任務にしたがって赴任すべく、命令を待っているのでございます、閣下」ボリスは公爵の険《けん》のある口調に腹を立てた様子も、話に加わりたい様子も見せずに、ひどく落ち着きはらって、丁重に答えたので、公爵はまじまじとその顔を見つめたほどだった。

「あなたはおかあさんといっしょに暮らしているんですか？」

「わたくしはロストフ伯爵夫人の家で暮らしております」ボリスはまた「閣下」と付け加えて、言った。

「ナターリア・シンシンと結婚したイリヤ・ロストフのことで」ドルベツコイ公爵夫人が言った。

「知ってます、知ってます」ワシーリー公爵は例の一本調子な声で言った。「どうにもわかりませんでしたよ、どうしてナターリアさんがあの不細工な男と結婚する気になったのか。まったく間の抜けた、おかしな男で。それにギャンブル好きだというじゃないですか」

「でも、とても正直な人ですわ、公爵さま」ドルベッコイ公爵夫人はロストフ伯爵がそんなふうに言われるのは当然だが、気の毒な老人を哀れんでいただきたいと言わんばかりに、人の胸を打つような微笑を浮かべながら、意見をさしはさんだ。

「なんとおっしゃっていますの？　お医者さまは」ちょっと黙っていたあとで、泣きはらした顔にまた深い悲しみの表情を浮かべながら、公爵夫人がたずねた。

「望みはほとんどありません」公爵が言った。

「あたくしはぜひもう一度おじさまにお礼を申し上げたいと存じましてね、あたくしとボリスにいろいろとよくしてくださったお礼を。この子はあの方に洗礼の立ち会いをしていただいたのでございます」彼女はこう知らせればワシーリー公爵がひどく喜ぶにちがいないと言わんばかりの口調で付け加えた。

ワシーリー公爵は考え込んで、顔にしわを寄せた。ドルベッコイ公爵夫人は、ベズーホフ伯爵の遺言のことで自分が競争相手になるのを、ワシーリー公爵が恐れているのだと悟った。彼女は急いで彼を安心させにかかった。

「あたくしが心からおじさまを愛し、ご心服申し上げているのでなければ」彼女はとくべつ自信たっぷりに、さりげなくおじさまということばを口にしながら、言った。

「あたくしはあの方のご気性を存じております、折り目ただしくて、まっすぐで。でも、なにしろおそばには公爵令嬢たちしかおられませんもの……あの方たちはまだお若くて……」彼女は首をちょっと曲げ、声をひそめて付け加えた。「伯爵さまは最後の義務をお果たしになりましたの？　公爵さま。本当に大切でございますわよ、この最後のわずかな時間が！　これ以上悪くなることはないんでございましょう？　それほどお悪いのなら、ぜひとも準備をととのえなければ。あたくしたち女は、公爵さま」彼女はねっとりした微笑を浮かべた。「こういうことをどんなふうに話せばいいか、いつでも心得ております。ぜひあの方にお目にかからなければ。それがあたくしにはどんなに辛いことにせよ、あたくしはもう苦しむことには慣れております」

公爵はどうやらわかったようだった。しかも、アンナのパーティのときと同じように、ドルベツコイ公爵夫人をやっかいばらいするのはむずかしいということも、わかったようだった。

「そのご面会が伯爵にご無理でなければいいんですがね、公爵夫人《おくさん》」彼は言った。「晩まで待ってみましょう、山になりそうだと医者が言ってましたんでね」

「でも、待っているわけにはまいりませんよ、公爵さま、こんな時に。考えてもごらんなさいまし、あの方の魂をお救いしようというのでございますよ……ああ、恐ろしいこと、キリスト教徒の最後の義務を……」

いくつもある奥の部屋からドアがひとつ開いて、公爵令嬢の一人が出てきた。これは伯爵の姪で、陰気で冷たい顔と、足につりあわない、びっくりするほど長い胴体をしていた。

ワシーリー公爵はそちらをふり向いた。

「どうだね？ 容態は」

「あいかわらず同じですわ。ま、お好きなようになされればいいことですけれど、この騒がしさは……」公爵令嬢はドルベッコイ公爵夫人を、見たことのない人間だと思って、じろじろながめながら、言った。

「まあ、お嬢さま、見違えてしまいましたわ」身軽に素早く、伯爵の姪のそばに駆け寄りながら、ドルベッコイ公爵夫人は幸せそうな微笑を浮かべて言った。「あたくしは今まいったところでございまして、おじさまのお世話をさせていただきたいのでございます。お察し申し上げますわ、さぞやご苦労なすったことでございましょう」彼女は同情の思い入れで白目をむき出しながら、言い添えた。

公爵令嬢は何も答えず、にこりともせずに、すぐに出て行ってしまった。ドルベッコイ公爵夫人は手袋をぬぎ、占領した陣地で、肘掛け椅子に腰を据え、自分のそばに座るようにワシーリー公爵にすすめた。

「ボリス！」彼女は息子に言って、微笑した。「あたくしは伯爵のところへ、おじさまのところへまいります。あなたはそのあいだにピエールさんのところへお行きなさい、ボリス。それから、ロストフさんのお宅からのご招待をお伝えするのを忘れないようにね。お食事にいらしてくださいって言ってますから。ピエールさんはいらっしゃらないと思いますけど」彼女は公爵に向かって言った。

「それどころか」公爵は機嫌を悪くした様子で言った。「あなたがあの若造をやっかいばらいしてくれれば、わたしは大喜びですよ……ここに座り込んでいるんですよ。伯爵は一度もあの男のことをたずねなかったのに」

彼は肩をすくめた。給仕がボリスを下へ連れて行き、それから別の階段を通って上のピエールの部屋に連れて行った。

13

ピエールはペテルブルグで職を選ぶひまもまったくないまま、乱暴な行為をしたかどで、本当にモスクワに追放されてしまった。ロストフ伯爵のところでみんなが話していたことは事実だった。ピエールは警察署長をクマにくくりつけるのに一役買っていたのだった。彼は数日前に着いて、いつものとおり、父親の家に泊まった。自分の事件はもうモスクワで知られており、父の身のまわりにいて、いつも自分に悪意を持っている女たちが、この出来事を利用して、伯爵の気持をいら立てるようにするだろうとピエールは予想していたけれども、やはり着いた日には、父の部屋のある方に行った。ふだん公爵令嬢たちが腰を据えている客間に入ると、彼は刺繍台や本を前にして座っている女性たちにあいさつした。一人が声を出して本を朗読していた。令嬢たちは三人だった。いちばん年上の、きれい好きで、胴の長い、厳しい娘は、ドルベツコイ公爵夫人の前に出て来たあの令嬢で、朗読をしていた。二人とも血色がよくて、器量よしで、違いといえば、一人の唇の上にほくろがあって、それが唇をとてもきれいに見せているというだけにすぎない年下の令嬢たちは、刺繍台で針仕事をしていた。ピエールは幽霊かペスト患者のように迎えられた。上の公爵令嬢は朗読を途中でやめて、おびえた目で黙ったまま彼を見た。妹のほくろのない方も、まったく同じ表情をした。いちばん年下の、ほくろのある、陽気で笑い上戸の方は、身をかがめて、笑いを隠そうとしていた。おもしろくなりそうな予感のする場面が目の前に迫っているので、笑いがこみあげてきたらしかった。彼女は毛糸を一本下に引っぱって、まるで模様をしらべるようなふりをして、やっとのことで笑いをこらえながら、身をかがめていた。

「こんにちは、従姉《ねえ》さん」ピエールは言った。「僕がだれかわかりませんか?」

「あなたがどなたか、わかりすぎるほどよくわかってますわ、ええ、わかりすぎるほど」

「伯爵の具合はどうですか? 僕、会えますか?」ピエールはいつものとおり口下手だが、まごつかずに言った。

「伯爵さまは肉体的にも精神的にも苦しんでおられます。そして、あなたは伯爵さまになるべくたくさん精神的苦痛を感じさせるように、気をつかってくださったようですわね」

「僕、伯爵に会えますか?」ピエールはくり返した。

「ふん!……あなたが伯爵さまを殺したい、きれいさっぱり殺したいとお望みなら、会えますよ。オリガ、行って見てらっしゃい、おじさまのブイヨンができているかどうか。まもなく時間ですからね」彼女はこう言って、自分たちは忙しいのだ、おまけにピエールの父親を楽にしてあげるために忙しいのだ、それにひきかえ、ピエールは、まちがいなく、伯爵に嫌な思いをさせるためだけに忙しいのではないか、ということを思い知らせながら、言い添えた。

オリガは出て行った。ピエールはしばらく突っ立っていて、姉妹たちを見てから、頭を下げて、言った。

「じゃ、僕は自分の部屋に行きます。会えるようになったら、おっしゃってください」

彼は出て行った。すると、ほくろのある妹のよく通るけれども、あまり大きくない笑い声が背後に聞こえた。

次の日、ワシーリー公爵がやって来て、伯爵家に落ち着いた。彼はピエールを自分のところに呼んで、言った。

「ピエール君、君がここでペテルブルグと同じようなことをやったら、非常によくない結果になりますよ。わたしが言うことはこれに尽きる。伯爵はとても、とても病気が重いんだ。君は伯爵にはぜったい会っちゃいかん」

それ以来ピエールはほうりっぱなしにされていたので、一日じゅう一人で、二階の自分の部屋で過ごしていた。

ボリスがその部屋に入ったとき、ピエールは部屋を歩きまわりながら、時たま隅に立ち止まって、まるで目に見えない敵を剣で突き刺そうとでもするように、壁に向かっておどかす身振りをし、眼鏡の上から厳しい目でにらんでは、またうろうろ歩きはじめ、よく聞き取れないことばを言ったり、肩をすくめたり、両手を広げたりしていた。

「イギリスは命脈尽きた」彼は眉をひそめ、何者かを指さしながら、言った。「ピット氏（イギリスの政治家。いわゆる小ピット。対仏同盟を結成して、ナポレオンと戦った）は、国家、および人々の権利の裏切り者として、その罪……」彼はこの瞬間、自分をナポレオンその人のように空想しながら、自分の英雄といっしょにもう危険なドーバー海峡横断をやってのけ、ロンドンを占領してしまって、ピットに刑を宣告しようとしたが、最後まで言い終わらないうちに、自分の部屋に入って来た、若くて、すらりとした、美男の士官に目を留めた。彼は立ち止まった。ピエールはボリスが十四歳の少年のときに別れてしまい、全然おぼえていなかった。しかし、それでもやはり、持ち前の、すばやい、親身な態度でボリスの手を握り、人なつっこい笑顔を浮かべた。

「僕を覚えておられますか？」落ち着きはらって、感じのいい微笑を浮かべながら、ボリスは言った。「僕はおふくろといっしょに伯爵のところに来たんですが、どうも、伯爵はちょっと具合が悪いようですね」

「ええ、どうもよくないようですね。あの人はしょっちゅういらいらさせられている」ピエールはこの若者がだれなのかを思い出そうと努めながら、答えた。

ボリスは自分が何者なのか、ピエールがわからずにいるのを感じ取っていたが、自分の名を言う必要はないと考えて、少しも悪びれずに、ピエールの目をまっすぐ見つめていた。

「ロストフ伯爵が本日お食事にいらしていただきたいと申しておりました」彼はかなり長くて、ピエールにはばつの悪い沈黙のあとで言った。

「ああ！　ロストフ伯爵！」うれしそうにピエールが言い出した。「じゃ、あなたはロストフ伯爵の息子さんのイリヤさんですね。僕は、とんでもないことに、最初ちょっと、あなたがわかりませんでした。覚えていらっしゃるでしょう、僕たち雀《すずめ》が丘（モスクワ南端の丘。ソ連時代のレーニン丘）にマダム・ジャコーといっしょによく行ったのを……ずいぶん昔に」

「あなたは勘違いしておられます」少しもあわてず、大胆な、ちょっと馬鹿にしたような微笑を浮かべて、ボリスは言った。「僕はボリスで、ドルベツコイ公爵夫人の息子です。ロストフ家は父親がイリヤという名で、息子はニコライです。それに、僕はマダム・ジャコーなんて全然知りません」

ピエールはまるで蚊《か》か蜂《はち》にでも襲われたように、両手と首を振った。

「ああ、こりゃいかん！　僕はなにもかもごちゃごちゃにしてしまった。モスクワにはあんまり親戚が多いもんで！　あなたはボリス君ですよね……そうだ。よし、これで僕らは話がついた。ところで、あなたはブーローニュ遠征をどう思いますか？（ブーローニュは北フランスの小都市。一八〇三―〇五年にナポレオンがイギリス上陸作戦の基地をここにつくったが、イギリス攻略は失敗した）。なにしろ、ナポレオンが海峡を越えさえすれば、イギリスはひどいことになるでしょう？　この遠征は大いに見込みがあると僕は思いますね。ヴィルヌーヴ（フランスの提督。トラファルガーの海戦で、ネルソンの率いるイギリス艦隊に大敗し、この会話のピエールの予想は裏切られた）ならへまはしないでしょうからね！」

ボリスはブーローニュ遠征のことは何も知らなかった。彼は新聞を読んでいなかったし、ヴィルヌーヴのことははじめて聞いたのだった。

「このモスクワでは、僕たちは政治よりも食事の会や噂話に忙しくて」彼は例の落着きはらった、馬鹿にしたような口調で言った。「僕はそういうことは何も知りませんし、考えてもいません。モスクワでは噂話が第一の仕事なんです」彼は言いつづけた。「今はあなたと伯爵のことが話題ですよ」

ピエールはいつもの人のよさそうな微笑を浮かべた。それはまるで、この男が何か後悔するようなことを言わなければいいがと、話し相手のことを心配しているようであった。しかし、ボリスはピエールの目をまともに見ながら、てきぱきと、明快に、そっけなくしゃべっていた。

「モスクワでは噂話以外、することがないんです」彼は続けた。「伯爵が財産をだれに残すかで持ち切りですよ。もしかすると、伯爵は僕たちのだれよりも長生きするかもしれませんし、僕は心からそれを願っていますけれども……」

「ええ、こういうことはなんでも実に嫌ですね」ピエールがすかさず言った。「実に嫌だ」ピエールはこの士官が自分自身きまりの悪くなるような話に、うっかりはまりこんでしまわないかと、たえず心配していた。

「あなたの感じではきっと」ボリスはちょっと赤くなったものの、声と姿勢は変えずに言った。「あなたの感じではきっと、みんなが金持から何か手に入れることだけにとらわれている、という気がするでしょうね」

《まさにそのとおりだ》ピエールは思った。

「で、誤解を避けるために、僕が言いたかったのはまさにそこなんですが、僕と僕の母をそういう人間のなかに入れておしまいになると、あなたは大変なまちがいをなさることになりますよ。僕たちはとても貧乏ですが、僕は少なくとも自分のために言っておきます。あなたのおとうさんが金持だからこそ、僕は自分をあの方の親戚と考えないことにしているんです。そして、僕も母も、ぜったい何ひとつあの方にくださいとは申しませんし、受け取りもしません」

ピエールは長いあいだわけがわからなかったが、わかってしまうと、はじかれたようにソファーから立ち上がり、彼独特のすばやさと不器用さで、下からボリスの手をつかんで、ボリスよりはるかに真っ赤になり、恥ずかしさといまいましさのまじった気持で、言いはじめた。

「妙なことですよ！　僕がまさか……いや、だれがいったいそんなことを考えたり……僕はよく知ってますよ……」

しかし、ボリスはまたピエールの話をさえぎった。

「僕はすっかりぶちまけてしまって、うれしいですよ。もしかすると、あなたには不愉快かもしれませんね、申し訳ありません」彼はピエールに慰められるかわりに、ピエールを慰めながら、言った。「でも、僕はあなたの気を悪くしなかっただろうと思っていますよ。僕はなんでも率直に言う主義なんです……どんな伝言をすればいいですか？　ロストフ家の食事に来られますか？」

そして、ボリスは嫌な義務を自分の肩からおろした様子で、自分はばつの悪い立場から抜け出し、相手をその立場に立たせてしまうと、またすっかり感じのいい人間になった。

「いや、つまりね」ピエールは落ち着きを取り戻しながら、言った。「あなたはすばらしい人だ。あなたが今言ったことは実にいい、実にいいですよ。もちろん、あなたは僕のことを知らない。僕たちはほんとに長いこと会いませんでしたからね……子どもでしたよね、まだ……あなたは予想しているのかもしれない、僕という人間が……僕はあなたの気持がわかります……実にわかりますよ。僕だったらこんなことはしなかったでしょう、僕はそこまで勇気がなかったでしょうね。でも、あなたが言ったのはとてもいい。僕は実にうれしいですよ、あなたと知り合いになって。変だなあ」彼はちょっと口をつぐんでから、笑顔で言った。「あなたが僕のことをあんなふうに予想していたなんて！」彼は声を立てて笑い出した。「いや、ま、どうってことないじゃないですか？　僕たち、もっとよく知り合うようになるでしょうよ。どうぞよろしく」彼はボリスの手を握った。「あなた知ってますか、僕は一度も伯爵のそばに行ってないんですよ。伯爵は僕を呼んだことがないんです……僕はあの人を、一人の人間として、気の毒に思うんですけど……でも、どうにもしょうがないでしょう？」

「で、あなたはナポレオンが、首尾よく軍隊を海峡横断させられるとお思いなんですか？」ボリスが微笑しながら、たずねた。

ピエールはボリスが話題を変えたがっているのを悟って、彼の気持に従いながら、ブーローニュ作戦の利点と欠点を述べたてはじめた。

従僕が公爵夫人のところへ戻るように、ボリスを呼びに来た。公爵夫人は帰るところだった。ピエールはボリスともっと近しくなるために、食事に行くことを約束して、眼鏡ごしにやさしく彼の目を見ながら、その手をしっかり握った……。ボリスが出て行ったあと、ピエールはまだ長いこと自分の部屋を歩きまわっていたが、もう目に見えない敵を剣で突き刺そうとはせずに、あの感じがよくて、頭のいい、しっかりした若者のことを思い出しながら、微笑を浮かべていた。

ごく若いころに、とくに孤独な状態のときによくあるように、彼はあの若者に理由のない愛着を感じて、ぜひともあの青年と親しい友だちになろうと心に誓った。

ワシーリー公爵は公爵夫人を送り出しに行った。公爵夫人は目もとにハンカチを当てていた。そして、その顔は涙に濡れていた。

「こんなことって恐ろしい！　恐ろしいことですわ！」彼女は言った。「でも、たとえどんな犠牲をはらおうとも、あたくしは自分のするべきことをやりとげます。あたくし、泊まりにまいります。伯爵さまをあのままほうっておくわけにはまいりません。一刻一刻がたいせつでございます。お嬢さまたちは何をぐずぐずしておられるのか、あたくしにはわかりません。もしかして、あたくしに神さまのご加護があって、あの方の今わの準備をする手だてが見つかるかもしれません……失礼いたします、公爵さま、どうか神さまがあなたをお守りくださいますように……」

「失礼します、公爵夫人《おくさん》」ワシーリー公爵は彼女の方に背を向けながら、答えた。

「ああ、あの人はひどい状態ですよ」二人がまた箱馬車に乗ろうとするとき、母親が息子に言った。「ほとんどだれの見分けもつかないの」

「僕はわからないんですがね、おかあさん、あの人はピエールさんにどういう態度なんです?」息子がたずねた。

「すべては遺言状が語ってくれますよ、ボリス。あたしたちの運命もそれにかかっているんです……」

「でも、あの人が僕らに何か残してくれるだろうなんて、どうして考えるんです?」

「まあ、あなた! あの人はとてもお金持で、あたしたちはとても貧乏じゃありませんか!」

「いや、それじゃまだ理由が不十分ですね、おかあさん」

「ああ、どうしましょう! どうしましょう! あの人はとっても悪いんですよ!」

母親は叫んだ。

14

ドルベツコイ公爵夫人が息子をつれてベズーホフ伯爵のところへ出かけてしまうと、ロストフ伯爵夫人はハンカチを目に当てて、長いこと一人で座っていた。やっと彼女はベルを鳴らした。

「どうなさったのかしら、あなた」二、三分待たせた小間使いに、彼女は腹を立てて言った。「お勤めが嫌とでもおっしゃるの。それなら、あたくしが口を見つけてさしあげますよ」

伯爵夫人は自分の親友の悲しみと体面を傷つけるほどの貧しさに心が乱れてしまい、そのために機嫌が悪かった。小間使いに「あなた」と言ったり、丁寧すぎることばを使うのは彼女の場合、いつでも機嫌の悪いしるしだった。

「悪うございました」小間使いは言った。

「ここへ伯爵さまを呼んでくださいな」

伯爵は体を揺すりながら、いつものとおり、ちょっと申し訳なさそうな顔でやって来た。

「ねえ、うちの奥方さま！　すばらしいエゾヤマドリのマデイラ酒ソテーができるよ、あんた！　味見をしてみたんだがね。むだじゃないよ、タラスのやつに千ルーブル出したのは。値打ちがあるね！」

彼は両肘を小粋に膝につき、白髪《しらが》を掻《か》きむしりながら、妻のそばに座った。

「なんのご用ですかな？　奥方さま」

「用というのはね、あなた……どうしてここを汚したの？」彼女はチョッキを指さしながら、言った。「これはソテーね、きっと」彼女はにこやかに笑いながら、言った。「用というのは、あなた……あたしお金がいるの」

彼女の顔は悲しそうになった。

「いやはや、奥方さま！……」そう言って伯爵は紙入れを出しながら、そわそわしだした。

「あたし、たくさんいるのよ、あなた。五百ルーブルいるの」そして、彼女は上等な麻のハンカチを出して、夫のチョッキを拭《ふ》いた。

「今すぐ、すぐだよ。おい、だれかそこにおらんか？」彼はどなった。そんな声でどなるのは、自分に呼びつけられた者は、一目散に呼ばれた方に飛んでくる、と信じている人間だけであった。「ドミートリー君をわしのところに呼べ！」

貴族の息子で、伯爵の家で育てられ、今では家政をいっさい取りしきっているドミートリーが静かな足取りで部屋に入って来た。

「実はね、君」入って来た丁重な物腰の若者に、伯爵は言った。「持って来てくれんかね……」彼は考え込んだ。「そう、七百ルーブルだな、そう。だけどいいかね、この前みたいな破れた汚いのを持って来ちゃいかんよ、きれいなやつをね、奥さんのだから」

「そうなの、ドミートリーさん、どうぞ、小ぎれいなのをね」伯爵夫人は悲しそうに溜め息をつきながら、言った。

「御前さま、いつお届けするようにお命じでございましょうか？」ドミートリーが言った。「ご承知おきいただきたいのでございますが……しかしながら、ご心配あそばされませんように」彼はもう伯爵が荒く、せわしく息をしはじめたのを見て取って、言い添えた。それはいつでも、怒りかけているしるしだった。「ちょっと度忘れしそうになりましたので……即刻お届けせよとお命じでございましょうか？」

「そう、そう、そのとおりだ、持って来てくれ。奥さまに渡すんだ」

「いやあ、うちの宝だね、あのドミートリーは」若者が出て行ってしまうと、伯爵はにこにこ笑いながら、言い添えた。「できんなんて言うことはない。わしは、できんなんて、我慢がならんからね。なんでもできるんだよ」

「ああ、お金、お金。あなた、お金のためにこの世にどれだけ嫌なことが！」伯爵夫人は言った。「ところが、そのお金があたしにはどうしてもいるの」

「あんたは、奥方さん、人も知る浪費家だからね」伯爵は言うと、妻の手にキスをして、また自分の書斎に引っ込んだ。

ドルベツコイ公爵夫人がベズーホフ家から戻って来たとき、伯爵夫人のところにはもう金が、全部新しい札で、サイド・テーブルの上にハンカチをかぶせて置いてあった。そして、ドルベッコイ公爵夫人は伯爵夫人が何かひどくそわそわしているのに気づいた。

「ねえ、どうだった？　アンナさん」伯爵夫人がたずねた。

「ああ、あの方ほんとにひどい状態なの！　もとの面影もないわ、とても悪いのよ、とても悪いの。あたしほんのちょっといて、ほとんど何も言わなかった……」

「アンナさん、お願い、断わらないで」伯爵夫人は赤くなって――それは彼女の若くない、痩せた、もったいぶった顔には実にちぐはぐだった――ハンカチの下から金を取り出しながら、ふいに言った。

ドルベッコイ公爵夫人はとっさに事の次第を悟った。そして、しかるべき瞬間にすばやく伯爵夫人を抱きしめるために、もう身をかがめた。

「これ、ボリスにあたしから、制服の仕立て代……」

ドルベッコイ公爵夫人はもう彼女を抱いて、泣いていた。伯爵夫人もやはり泣いていた。二人が泣いていたのは、自分たちの仲のよさのためだった。それに、自分たちの心がやさしいことにも、自分たち、青春時代の親友が、金などという、こんなはしたないことに憂き身をやつしていることについてもだった。そして、自分たちの青春が過ぎてしまったことにも……しかし、二人の涙はこころよかった……。

コラム4　貨幣価値

『戦争と平和』の時代は日本では江戸時代の文化年間。その直後の文政年間に発行された文政小判は金と銀から鋳造されていましたが、純金に換算すると七・八グラム。今の金相場を一グラム千五百円として単純に掛け算をすれば、小判一枚、つまり一両は、今の約一万円になります。しかし、こんな単純な計算は成り立ちません。昔は現代より金の産出量がはるかに少なく、金の値段は今より高かったからです。いろいろな物価などを比較して、二百年前の一両は今の十万円になると言う人もいます。

十九世紀前半のロシアの五ルーブル金貨（チェルヴォーネツ）は純金換算で三・四グラム、今の金相場で五千百円。一ルーブルは約千二十円になります。しかし、一両小判を十万円と評価する人の意見に従えば、一万二百円です。十九世紀半ばの農村の司祭の年収が百―二百ルーブル、裕福な自営農家の一年の収入や支出が千ルーブルという資料などを考え合わせると、十九世紀中頃のロシアの一ルーブルは、少なくとも今の日本の一万円ぐらいになるのではないでしょうか。ただし、これは金貨の場合。ロシアでは同じ額面でも、金貨、銀貨、紙幣で実質価格が異なり、紙幣は金貨の五分の一の価値しかないこともありました。

この本の九一ページで、窓の外の壁の斜面に座ってラム酒を一気飲みできるかどうかに、ドーロホフが金貨七百五十ルーブルを賭けますが、これはなんと七百五十万円の大金！　貴族のどら息子たちはこんな馬鹿なことをしながら、一人で一年に数万ルーブル（数億円！）も浪費していたのです。それに比べれば、ロストフ伯爵夫人がドルベツコイ公爵夫人に子息ボリス出征の餞別《せんべつ》として紙幣で七百ルーブル贈ったのはささやかなものでした。といっても、これは農奴農民の一年の現金収入の百倍にあたる額ですが。

15

ロストフ伯爵夫人は娘たちや、もうたくさん集まった客たちといっしょに、客間に座っていた。伯爵は物好きで集めたトルコのパイプのコレクションを見るようにすすめながら、男の客たちを書斎に案内した。時折り彼は出てきて、まだ来ていないかとたずねた。上流社会で「おそろしい竜」とあだ名されていて、財力や地位ではなく、考え方が率直だし、態度がざっくばらんで飾り気がないために有名な女性、マリア・アフローシモワを待っていたのだった。アフローシモワは皇帝一家にも知られ、モスクワとペテルブルグじゅうに知られていた。そして、どちらの都市でも、彼女にはあきれて、そのがさつさをこっそり笑っており、彼女にまつわる小話《アネクドート》（半ばリアルで半ば創作的な皮肉でおもしろいひと口話）を話していた。そのくせ、例外なくみんなが彼女を尊敬し、恐れていた。

煙でいっぱいの書斎では、詔勅で宣戦された戦争のこと、徴兵のことが話題になっていた。詔勅はまだだれも読んでいなかったが、みんなそれが出たことを知っていた（モスクワで詔勅が発表されたのは九月一日。このロストフ家のお祝いは八月二十六日）。伯爵はタバコを吸いながら話している両隣の客のあいだの、背もたれのないオットマン・ソファーに座っていた。伯爵は、自分はタバコも吸わず、話もしなかったが、時には右に、時には左に首をかしげて、タバコを吸っている連中をいかにも満足そうにながめ、自分がけしかけて議論をさせた両隣の客の話を聞いていた。

話している客の一人は文官で、しわだらけの、癇《かん》の強そうな、ひげを剃りあげた、痩せた顔をしており、最新流行の若者のような服装をしていたけれども、もう年寄りに近い男だった。彼は身内の人間の態度でオットマン・ソファーに足をのせて座り、横っちょから口の奥の方に琥珀《こはく》のパイプを突っ込んで、とぎれとぎれに煙を吸いこんでは、目を半分閉じるように細めていた。これは伯爵夫人の従兄弟《いとこ》にあたる、独身老年のシンシンで、モスクワのサロンの噂《うわさ》では、毒舌家だった。彼は、話し相手の水準までおりていこうとしているらしかった。もう一人の、若々しい、バラのような色つやの、非の打ちどころがないほどきれいに顔を洗いたて、きちんとボタンをかけ、きちんと髪をとかした近衛士官は、琥珀のパイプを口の中ほどにくわえ、バラ色の唇で、かるく煙を吸い込んでは、それを輪にして美しい口から吐き出していた。これはセミョーノフ連隊の士官ベルグ中尉で、この男といっしょにボリスは連隊に行くことになっていたし、ナターシャがこのベルグを結婚相手と言って姉のヴェーラを冷やかしたのだった。伯爵は二人のあいだに座って、熱心に聞いていた。大好きなトランプのボストン(カード・ゲームの一種)を例外とすれば、伯爵にとっていちばん楽しいことは、聞き手の立場になることで、おしゃべりな二人の話し手をうまく嚙み合わせることができたときは、なおさらだった。

「いや、あたりまえですよ、あんた、敬愛するベルグさん」シンシンはちょっと笑い声をまじえながら、いちばん素朴で民衆的なロシア語の表現と、洗練されたフランス語の言いまわしを、いっしょにくっつけ合わせながら(これが彼の話し方の特徴だった)、言った。「あなたは国家から収入を期待しておられるんですか、中隊から小金《こがね》をもらいたいんですかね?」

「そうではございません、シンシンさん、わたくしはただ、歩兵にひきかえ、騎兵ははるかに不利だということを、はっきりさせたいと存じているだけでして。現に今も、シンシンさん、わたくしの境遇をよくお考えいただきたいのです」

ベルグはいつでも実に正確、冷静、丁重な口のきき方をした。彼の話題はいつでも自分のことだけに限られていた。人が何か自分に直接かかわりのないことを話しているあいだは、ベルグはいつでも静かに黙っていた。しかも、少しも気まずさを感じず、人にも感じさせずに、そんなふうにして黙っていることが、彼には何時間でもできた。ところが、話が自分自身のことに関係してくると、彼はいかにも満足そうに、長広舌を振るいだすのだった。

「わたくしの境遇をよくお考えになってください、シンシンさん。わたくしが騎兵でしたら、四か月にせいぜい二百ルーブルしかもらっていなかったでしょう、中尉の階級でもですよ。ところが現在わたくしは二百三十ルーブルもらっております」彼はシンシンと伯爵をながめわたしながら、うれしそうな、感じのいい笑顔を見せて言った。まるで自分の成功は、いつでもほかのあらゆる人の大きな希望の的になることが、自分にはよくわかっていると言わんばかりだった。

「しかもですね、シンシンさん、近衛連隊に移ってから、わたくしは人目を引くようになりまして」ベルグは続けた。「それに、近衛歩兵ならポストがあく機会もはるかに多いんです。そのうえ、ご自分でよくお考えください、わたくしが二百三十ルーブルでどんなふうに生活を安定させることができたか。わたくしはですね、天引き貯金をして、おまけに父に仕送りをしているのですよ」彼は煙の輪を吐き出しながら続けた。

「まさに的を射ていますね……ドイツ人は斧《おの》のみねで籾殻《もみがら》をたたき取るって、ことわざに言うけれど」シンシンは琥珀のパイプを口の反対側に移しかえながら言って、伯爵にウィンクした。

伯爵は大声で笑った。ほかの客たちはシンシンが話をしているのを見て、聞くためにそばに寄ってきた。ベルグは冷笑も、無関心も目に入らずに、近衛連隊に移ったために、自分が士官学校時代の友だちより、すでに一階級得をしていることや、戦時は中隊長が戦死することもあるので、自分が中隊で隊長の次の位にいれば、ごく簡単に中隊長になれるということや、連隊で自分はみんなに好かれているということや、おやじが自分を得意にしていることなどを話しつづけた。ベルグはこういうありとあらゆることを話しながら、見るからに、悦に入っていた。そして、ほかの人たちにもそれぞれの関心があるかもしれないなどとは、思いもよらない様子だった。しかし、彼が話していたことは実に感じがよくて、きちんとしていたし、青春特有のエゴイズムの無邪気さがあまりにもはっきり表れていたので、聞いている者は反対する気もなくなってしまうのだった。

「いや、あんた、あんたは歩兵でも騎兵でも、どこでも伸《の》していくよ。こいつはあたしが予言するね」シンシンは彼の肩をたたいて、足をオットマン・ソファーから下ろしながら言った。

ベルグはうれしそうに微笑した。伯爵は、そのあとについて客たちも、客間に出た。

それは招待ディナーの前のひとときで、集まった客たちが前菜に呼ばれるのを期待して、長い会話は始めないのに、それでいながら、食卓につくのを少しもあせってはいないという様子を見せるために、多少の動きをして、黙り込まないようにしなければならないと考えている時だった。主人の側はちらちらドアの方を見て、時たまおたがいに目を見合わせている。客はその目つきを見て、まだだれかを、あるいは何かを待っているのか――遅れたたいせつな親戚なのか、それとも、まだ出来上がっていないごちそうなのか――突きとめようと骨折っている。

ピエールは食事のすぐ前にやって来ると、偶然最初にぶつかった客間の真ん中の肘掛け椅子に、みんなの通り道をふさいで、ぎごちなく座っていた。伯爵夫人は彼にしゃべらせようとしたが、彼はだれかを探してでもいるように、眼鏡を通して無邪気に自分のまわりをながめ、伯爵夫人のどんな質問にも短い一言で答えるだけだった。彼ははにかみ屋で、しかも、自分だけがそれに気づいていなかった。ピエールのクマの一件を知っているたいていの客は、この大柄の、太った、おとなしい男をおもしろ半分にながめながら、どうしてこんなにのっそりして、遠慮がちな男が、警察署長にあんなとんでもないことをすることができたのかと、不思議に思っていた。

「あなたは最近こちらにいらしたんですの?」伯爵夫人がピエールに聞いた。

「はい、伯爵夫人《おくさま》」彼はあたりを見まわしながら、答えた。

「うちの主人にはお会いになりませんでしたわね?」

「ええ、伯爵夫人《おくさま》」彼はまるで見当ちがいなときに、にっこり笑った。

「あなたは最近までパリにいらしたようですわね? さぞおもしろいでしょうね」

「とてもおもしろいです」

伯爵夫人はドルベツコイ公爵夫人と目を見合わせた。公爵夫人は、この若い男の相手をしてくれと自分に頼んでいるのだなと悟って、ピエールのそばに座ると、父親のことを話しはじめた。しかし、彼は伯爵夫人に対するのと同じように、短い一言で答えるだけだった。客たちはみんな自分たち同士の話に忙しかった。

「ラズモフスキーさんのお宅は……」「それはすばらしかったわ……」「これはどうもご親切に……」「アプラクシン伯爵夫人は……」などと、四方八方から聞こえていた。

伯爵夫人は立ち上がって、広間に向かった。

「マリア・アフローシモワさんは?」広間から彼女の声が聞こえた。

「ほら、ここよ」それに答えて、太い女の声が聞こえた。そして、その声を追うようにアフローシモワが部屋に入ってきた。

娘たちと一人前の婦人たちまでもが、ごく年配の者をのぞいて、みんな立ち上がった。アフローシモワは戸口のところに立ち止まって、でっぷりした体のはるか上の方から、白髪《しらが》のちぢれた五十がらみの頭を高く立てたまま、客をながめまわした。そして、まるで腕まくりをするように、ドレスの広い袖をゆっくりととのえた。アフローシモワはいつもロシア語でしゃべっていた。

「名の日のお祝いの主《ぬし》とチビさんたちのところに来たのよ」彼女はほかの音を全部圧倒する、大きな、太い声で言った。「あんた、どうなの、道楽じいさん」彼女は自分の手にキスしているロストフ伯爵に向かって言った。「おおかた、モスクワで退屈してるんでしょ？　犬を駆けまわらせる所がないからね。でも、あんた、しょうがないさ、ほら、このひよこさんたちが大きくなっていくんだからね……」彼女は娘たちを指さした。「いやでも応でも、婿《むこ》さんを探さなきゃならないもの」

「ところで、どうだい、コサックさん？（アフローシモワがコサックさんと呼んでいたのはナターシャのことだった）」彼女は怖がりもせず、明るい顔で自分の手を求めて近づいてきたナターシャを、手で愛撫《あいぶ》しながら言った。「わるい娘《こ》だとわかっているんだけど、好きだね」

彼女はひどく大きなバッグから洋梨の形をした宝石のイヤリングを取り出した。そして、いかにも名の日のお祝いらしく、光りかがやいて、真っ赤な顔をしているナターシャにそれを渡してしまうと、すぐにそちらには背を向けて、ピエールに声をかけた。

「へえ！　これはこれは！　ちょいとこちらにいらっしゃいな」彼女はわざと小さな、細い声で言った。「いらっしゃいな、おにいさん……」

そして、彼女は凄味《すごみ》をきかせて、袖をもっと上までまくり上げた。

ピエールは眼鏡ごしに、無邪気に彼女を見つめながら、そばに寄った。

「いらっしゃい、いらっしゃい、おにいさん！　あたしだけはね、あんたのおとうさんが寵臣《ちょうしん》だった時分にだって、本当のことを言っていたけれど、あんたには神さまも本当のことを言えってご命令だし」

彼女はちょっと口をつぐんだ。みんな成り行きを待ち受けながら、まだほんの序の口だと感じて、黙っていた。

「たいしたもんだ、言うことなしだよ！　たいした小僧さ！……父親が臨終の床についてるというのに、こっちはおもしろおかしくやって、警察署長をクマの上に乗っけてる。恥ずかしいことだよ、あんた、恥ずかしいよ！　戦争に行った方がましさ」

彼女は背を向けると、やっと笑いをこらえている伯爵に手を差し出した。「ところで、どうなの、食卓についてもいいころだと思うけど」アフローシモワは言った。

先頭に立って歩き出したのは伯爵とアフローシモワ。その次が伯爵夫人で、そのエスコートをしたのは軽騎兵連隊長。これはニコライがいっしょに連隊に追いつくことになっている、かけがえのない人物だった。ドルベツコイ公爵夫人はシンシンといっしょだ。ベルグはヴェーラに腕を貸した。にこにこ笑っているカラーギン家の令嬢ジュリーはニコライといっしょに食卓に向かった。そのあとからさらにほかのペアも、広間いっぱいに延びて、進んで行った。そして、いちばん後ろは一人ずつで、子どもたちと男女の家庭教師だ。給仕たちが動き出し、椅子がガタガタ音を立て、楽隊の席では音楽が鳴り出し、お客たちがそれぞれの席についた。伯爵のおかかえ楽団の音に代わって、ナイフやフォークの音、客の話し声、給仕たちの静かな足音が聞こえ出した。テーブルの一方の端の上座には伯爵夫人が座っていた。右はアフローシモワ、左はドルベツコイ公爵夫人とほかの女の客たち。反対の端には伯爵、その左には軽騎兵連隊長、右にはシンシンとほかの男性の客たちが座っていた。長いテーブルの片側には年上の若者たち——ヴェーラとその隣にベルグ、ピエールとその隣にボリス。反対側には、子どもたちと男女の家庭教師が座っていた。伯爵はボトルと、果物を盛ったボウルのカット・グラスのかげから、妻と空色のリボンのついた彼女の高いボンネットをちらちら見ながら、自分の両隣に、自分にも忘れずに、かいがいしくワインを注《つ》いでいた。伯爵夫人もやはりパイナップルのかげから、女主人のつとめを忘れずに、夫に意味深長な視線をとばしていた。夫の禿頭《はげあたま》と顔が赤くなって、ひときわくっきりと白髪からきわ立っているように、伯爵夫人には思われた。女性の側では一定のリズムのおしゃべりが続いていた。男の方ではだんだん声が大きくなり、とくに軽騎兵連隊長の声が目立った。連隊長が大いに食い、飲み、だんだん赤くなっていくので、伯爵がもうこの人はほかのお客の模範だなどと言うほどだった。ベルグは甘い微笑を浮かべて、愛はこの世のものならぬ、天上の感情だというようなことを、ヴェーラ相手に話していた。ボリスは新しい友だちのピエールに、食卓についている客たちの名前を教えてやりながら、自分の向かいに座っているナターシャと目を見かわしていた。ピエールは目新しい顔を見まわしながら、ほとんどしゃべらず、大いに食っていた。自分はウミガメの方を選んだ二種類のスープとパイから始まって、エゾヤマドリにいたるまで、彼は一皿ものがさなかったし、召使頭がボトルをナプキンにくるんで、「ドライ・マデイラ」とか、「ハンガリアン」とか、「ライン・ワイン」などと言いながら、隣の客の肩ごしに何か神秘めかしてのぞかせてくるワインも、一つとしてのがさなかった。彼はめいめいの食器の前に立っている、伯爵の組み合わせ頭文字のついた、四つのカット・グラスの杯のうちから、手当たりしだいに一つを差し出しては、うまそうに飲みながら、ますます楽しそうな顔でお客たちをちらりちらりながめていた。その向かいに座っているナターシャは、十二、三の女の子がついさっきはじめてキスをかわしたばかりの、好きな男の子を見る目つきで、ボリスを見ていた。そのままのナターシャの視線が時折りピエールに向けられた。するとこのおかしな、活気づいた女の子の視線を浴びて、彼は自分も何がおかしいのかわからぬまま、声をたてて笑いたくなるのだった。

ニコライはソーニャから遠く離れて、ジュリーのわきに座っていた。そして、またさっきと同じように、知らず知らず微笑を浮かべて、何かジュリーと話していた。ソーニャはあでやかに微笑していたが、見るからに、嫉妬にさいなまれているようだった。青くなったり、赤くなったり、ニコライとジュリーが二人だけで話していることに、精一杯、聞き耳を立てたりしていた。女の家庭教師は、万一だれかが子どもたちに無礼をはたらいたら、反撃しようと身構えてでもいるように、心配そうに周囲を見まわしていた。ドイツ人の家庭教師はドイツにいる家族たちへの手紙になにもかもくわしく書いてやるために、料理と、デザートと、ワインの種類を全部おぼえようと苦労していた。そして、ナプキンにくるんだボトルを持って召使頭が彼のわきを素通りしてしまうと、すっかり腹を立てた。ドイツ人は眉をしかめて、自分はそのワインをもらいたいわけではない、自分がワインを必要としているのは、渇きをいやすため、つまり、さもしい根性のためではなく、良心に恥じない知識欲のためなのに、だれもそれをわかってくれようとしないから腹が立つのだ、という様子を見せようと一生懸命になっていた。

コラム5　兵役・貴族の勤務義務

国家がしっかりしているということは、古今東西を問わず、兵制が確立していることを意味しています。名君とか大帝と呼ばれる人たちが、まず必死になってしたことは軍隊の整備でした。日本でも大化の改新後、七世紀には兵制が整備されていました。ロシアでも国家が成立した九世紀、遅くとも十五世紀には、なんらかの形で徴兵が行われていた、と考える方が無理のないところです。

ロシアで徴兵制度が施行されたのは一八七四年だと言う人がいますが、これは近代的な兵役義務制度のことで、十八世紀初頭(ピョートル大帝時代)からは、徴兵義務が存在しており、大体一年に一回ほど、農奴五百人から五人の新兵が徴集されていました。十九世紀初めのナポレオン戦争の時に機能していたのもこの制度です。ただ、ナポレオン戦争中にはそれが強化され、一八一二―一三年には五回徴集が行われ、農民五百人に対して十二人徴集される地方もありました。その結果、一八一二―一三年の二年間に集められた新兵は四十二万(もっと多いという説もあります)にもなったのです。

正規軍のほかに、民兵の募集も行われました。民兵は義勇軍とも呼ばれますが、ロシアの場合はいわゆる必任(割当て制の)義勇軍で、地主が政府の要請に応じて農民から集め、その費用も寄付したものです。一八一二年にその総数は三十万に達していました。

貴族は(聖職者や大商人も)兵役義務から免れていましたが、十八世紀末まで存在した「貴族の国家奉仕義務」の意識はまだ生きていて、多くの貴族がもともと軍に勤務していましたし、そうでない者も、国難を前にして、進んで軍隊に入り、戦地に赴いたようです。

一方、ロシアに侵攻した六十万のナポレオンの大軍は、大半が傭兵《ようへい》の外人部隊でした。

16

食卓の男性の側では、会話がしだいに活気づいてきた。連隊長は宣戦布告の詔勅がすでにペテルブルグで出て、その一通が今日、急使によって総司令官のもとに届けられた、私が自分でそれを見た、と話した。

「いったいなんのために、我々は、ボナパルトと戦うような災難にあってるんですかね?」シンシンが言った。「あの男はもうオーストリアの高慢の鼻をへし折ってしまいましたよ。今度は我々の番でなければいいんですが」

連隊長はがっしりして、背の高い、精力的なドイツ人で、忠勤な愛国者らしかった。彼はシンシンのことばに腹を立てた。

「なんのためーかと言えばですね、あなーた」彼は外国なまりの発音で言った。「皇帝陛下そのことを知ているからでーす。陛下詔勅で言いましたでーす、ロシアおびやかしてる危険平気で見てることできなーい、帝国の安全、帝国の尊厳、同盟の神聖でーす」彼はなぜか「同盟」ということばにとくべつ力を入れながら言った。まるでこのことばに問題の核心がすべて含まれているようだった。

そして、この男特有の正確無比な、官僚式の記憶力で、詔勅の冒頭のことばをくり返した。「しかして、朕の唯一必須の目的をなす希求、すなわち、固き礎《いしずえ》のもとにヨーロッパに平和を確立せんとする思いにより、今、軍の一部を国外に動かし、かかる意図の達成に新しき努力をなさんと決せり」

「こういうことのためでーす、あなーた」彼はワインを一杯飲み干しながら、応援をもとめて伯爵の方をふり返り、教えさとすように締めくくった。

「ご存じでしょう、こういうことわざを。〈エリョーマ、エリョーマ、おまえは家でじっとして、自分の紡錘《つむ》を研《と》いでいな〉」シンシンは顔をしわくちゃにして笑いながら、言った。「これはまさに我々にぴったりですよ、びっくりするほど。いざとなればスヴォーロフを引っぱり出すんだが。そのスヴォーロフだってペチャンコにたたきのめされてしまったじゃないですか。ところが、今じゃロシアのどこにスヴォーロフのような男がいますか？　ちょっとお聞きしたいもんですよ（スヴォーロフはロシアの名将。シンシンが言っている敗北は、一七九九年のスイス遠征のこと。スヴォーロフは一八〇〇年に死去し、この会話の時点では、彼に匹敵する名将がロシアにいなかった）」。ひっきりなしにロシア語からフランス語に飛び移りながら、彼は言った。

「われわーれは最後の血の一滴まーで、戦わなければなりませーん」連隊長がテーブルをたたきながら言った。「そして、皇帝陛下のたーめ死ぬのでーす。そうすれば、すーべてよいのでーす。理屈なーるべーく（彼は「なるべく」ということばでとくに長く声を引っぱった）、なーるべーく少なーくすることでーす」彼はまた伯爵の方を向いて、こう締めくくった。「年とった軽騎兵こう考えます。それ以外ありませーん、あなたどう考えますか？　わかーい人、わかーい軽騎兵」彼はニコライに向かって言い添えた。ニコライの方は戦争のことが話題になっているのを聞きつけて、話し相手の令嬢を放り出すと、目をせいいっぱい開いて連隊長を見つめ、せいいっぱい耳をすましてその話を聞いていた。

「あなたのおっしゃることにまったく賛成です」ニコライは急に真っ赤になると、まるでちょうど今大変な危険にさらされているような、決然とした、必死の顔つきで皿をひねくりまわし、グラスを右に置いたり、左に置いたりしながら、答えた。「ロシア人は死ぬか、勝つか、どちらかでなければならないと、僕は信じてます」と彼は言ったが、そのことばがもう口から出てしまったあとで、自分自身も、ほかの者たちと同じように、そのことばが今の場合にはあまりにも熱烈で、大袈裟《おおげさ》すぎて、そのために気まずいものだと感じていた。

「すてきですわ、今あなたのおっしゃったこと」彼のそばに座っていたジュリーが溜め息をつきながら言った。ソーニャは、ニコライがしゃべっているうちに、体じゅうをふるわせはじめ、耳まで赤くなり、耳の後ろから首や肩まで赤くなった。ピエールは連隊長のことばにじっと耳をかたむけながら、そのとおりだというように、うなずいていた。

「こいつはすばらしい」彼は言った。

「ほーんものの軽騎兵だ、きーみ！」連隊長がまたテーブルをたたいて、叫んだ。

「何をあんたたちそこで騒いでるの？」突然テーブルをへだてて、アフローシモワの低い声が聞こえた。「なんだってあんたはテーブルをたたいているのさ?」彼女は軽騎兵連隊長に向かって言った。「だれを相手にカッカしてるんだい?　多分、このあんたの目の前にフランス兵がいるとでも思ってるんだろうね」

「わたしほーんとのこと言てまーす」笑顔を見せながら、軽騎兵連隊長が言った。

「戦争の話ばっかりだ!」テーブルごしに伯爵が叫んだ。「ねえ、うちの息子が行くんですよ、アフローシモワさん、息子が行くんですよ」

「あたしなんか息子が四人軍隊に行ってるけど、くよくよしないね。何事も神さまの思し召し次第さ。ペチカの上に横になって死ぬのも、戦争で天国に召されるのも」テーブルの向こうの端から、なんの苦もないアフローシモワの太い声がひびいてきた。

「そりゃそうですがね」

そして会話はまた焦点がしぼられた。女の話はテーブルの女性の側に、男の話は男性の側に。

「ほらみろ、聞かないじゃないか」小さな弟がナターシャに言った。「みろ、聞かないくせに!」

「聞くわよ」ナターシャが答えた。

その顔は必死で、しかも、おもしろそうに覚悟をかためた表情を浮かべながら、燃えるように赤くなった。彼女は自分の向かいに座っているピエールに、よく聞いていてくださいねと目顔で頼みながら、腰を浮かすと、母親に向かって言った。

「ママ!」食卓のすみずみまで彼女の子どもっぽい、胸から出る声がひびきわたった。

「なあに?」伯爵夫人はびっくりしてたずねたが、娘の顔から、これはいたずらだなと見て取ると、首を動かして、許しませんよというような、いけませんよというような仕草をしながら、娘に向かって厳しく手を振った。

話し声が静まった。

「ママ! どんなデザートが出るの?」いちだんとはっきり、ひるみもせずに、ナターシャのかわいい声がひびいた。

伯爵夫人は苦い顔をしようとしたが、できなかった。アフローシモワは太い指を立てて、許さないよというような仕草をした。

「コサック!」彼女は許さないぞというように、言った。

ほとんどの客は、この突拍子もない態度をどう受け取ればよいのかわからずに、年配の者たちを見守っていた。

「承知しませんよ!」伯爵夫人が言った。

「ママ! なんなのデザートは?」ナターシャは、自分の突拍子もない態度がよい受け取られ方をするだろうと、あらかじめ信じきって、もう臆《おく》することなく、やんちゃに明るく叫んだ。

ソーニャと太ったペーチャは笑うまいと身をすくめていた。

「ほら、聞いたでしょ」ナターシャはまたピエールをちらっと見て、彼と小さな弟にささやいた。

「アイスクリーム、ただし、あんたはもらえないよ」アフローシモワが言った。

ナターシャは何も怖がることはないと見て取っていたので、アフローシモワも恐れなかった。

「アフローシモワおばさん！　どんなアイスクリーム？　あたし、普通のクリームのは嫌い」

「ニンジンのさ」

「うそ、どんなの？　おばさま、どんなのよ？」彼女はほとんど叫ぶように言った。

「あたし知りたいわ！」

アフローシモワと伯爵夫人が笑い出した。するとお客がみんなそれにならった。みんなが笑ったのはアフローシモワの答えではなくて、アフローシモワにこんな態度をとることができるし、恐れずそれをやってのけた、この少女の不思議な大胆さと対応の早さに対してだった。

ナターシャはパイナップルのだと教えられて、やっと引き下がった。アイスクリームの前にシャンパンが出た。また音楽が鳴りはじめ、伯爵がいとしい伯爵夫人と接吻をかわし、お客たちは立ち上がって、伯爵夫人にお祝いを述べ、テーブルをへだてて伯爵や子どもたちと、それから、お客同士でグラスを触れ合わせた。また給仕たちが走りはじめ、椅子がガタガタ鳴りはじめた。そして、さっきと同じ順序だが、さっきより赤い顔で、客が客間と伯爵の書斎に戻った。

17

ボストンのテーブルが広げられ、組が決まった。そして、伯爵の客たちは二つの客間と、休息室と、書庫に分かれて座を占めた。

伯爵はカードを扇子のように広げると、食後にひと眠りする癖をやっとのことでこらえながら、何を見ても聞いても笑っていた。若い者たちは、伯爵夫人にけしかけられて、クラヴィコード（ピアノの前身の打弦楽器）とハープのまわりに集まった。ジュリーが真っ先に、みんなにせがまれて、ちょっとした変奏曲をハープで演奏した。そして、音楽の才能があるという評判のナターシャとニコライに何か歌ってほしいと、ほかの娘たちといっしょに頼みはじめた。大人のように扱われたナターシャは、見るからに、それを大いに得意がっているようだったが、それでいて、怖いような気もしていた。

「何を歌いましょうか?」彼女は聞いた。

「〈泉〉だな」ニコライが答えた。

「じゃ、早いとこやりましょう。ボリス、こちらへいらっしゃい」ナターシャは言った。「あら、どこに行ったのかしら? ソーニャは」

ナターシャはあたりを見まわして、ソーニャが部屋にいないのを見て取ると、走って呼びに行った。

ソーニャの部屋に駆け込んで、そこに自分の親友がいないのがわかると、ナターシャは子ども部屋まで走って行った。そこにもソーニャはいなかった。ナターシャは、ソーニャが廊下の物入れ箱の上にいるのだと悟った。廊下の物入れ箱はロストフ家の娘たちの嘆きの場所だった。たしかに、ふわっとしたピンクのかわいいドレスを着たソーニャは、その服をしわくちゃにして、汚い縞《しま》模様のばあやの羽ぶとんにうつ伏せになって、物入れ箱の上に横たわっていた。そして、小さな指で顔をおおって、むき出しの細い肩をふるわせながら、声をあげて泣いていた。生き生きして、一日じゅういかにも名の日のお祝いらしく晴れやかだったナターシャの顔が急に変わった。目が据わり、それから幅の広い首がふるえ、唇の両端が下がった。

「ソーニャ！　どうしたの？　何が、何があったのよ？　う・う・うっ！……」

そして、ナターシャは大きく口を開けると、すっかり醜い顔になって、理由もわからず、ただソーニャが泣いているからというだけで、赤ん坊のようにワッと泣きだした。ソーニャは頭を上げようとした、返事をしようとした。しかし、それができずに、ますます顔を隠してしまった。ナターシャは青い羽ぶとんに座って、仲よしのソーニャを抱きしめながら、泣いていた。力をふりしぼってソーニャは身を起こすと、涙を拭きはじめ、話し出した。

「ニコライが一週間後に行くのよ、あの人の……書類が……出たのよ……あの人、自分であたしに言ったの……でも、あたし泣いてばかりいちゃいけない(彼女は手に握っていた一枚の紙を見せた。それはニコライが書いた詩だった)……あたし、泣いてばかりいちゃいけない、でも、あなたにはわからない……だれにもわからないわ、あの人の心がどんなものか」

そして、ニコライの心が本当にすばらしいことを思って、ソーニャはまた泣きはじめた。

「あなたはいいわ……あたし羨《うらや》んでるんじゃない……あたし、あなたが好きよ、ボリスもだわ」ソーニャはいくらか力をふるいおこして言った。「ボリスはやさしいし……あなたたちには障害がないもの。ニコライはあたしの従兄《いとこ》でしょ……府主教さまじきじきに……必要でしょ……それだってだめだわ（ロシア正教では、いとこ同士の結婚は禁じられている）。おまけに、もしママが（ソーニャは伯爵夫人を母親のように思って、そう呼んでもいた）……ママがあたしはニコライの出世をだいなしにしてる、あたしには思いやりがない、あたしは恩知らずだとおっしゃったら、本当は……このとおり神さまに誓って（彼女は十字を切った）……あたしはママもあなたたちみんなもとても好きなのに、ただ、ヴェーラだけは……なんの報いなの？　あたしがあの人に何をしたというの？　あたしはあなたたちのことをとてもありがたいと思っているわ。だから、よろこんでなにもかも犠牲にしたいけど、犠牲にするものがあたしにはない……」

ソーニャはそれ以上口をきくことができずに、また頭を手と羽ぶとんにうずめてしまった。ナターシャは落ち着きを取りもどしはじめたが、仲よしのソーニャの悲しみの深刻さをすべて理解しようとしていることが、その顔からはっきり見て取れた。

「ソーニャ！」彼女は従姉《いとこ》の悲しみの本当の原因を突き止めたかのように、ふいに言った。「きっと、ヴェーラが食事のあとであなたと話をしたんでしょ？　そうでしょ？」

「ええ、この詩をニコライが自分で書いてくれて、あたしはもうひとつの詩を書き写したの。ヴェーラがそれをあたしの机の上に見つけて、ママに見せるって言ったの。おまけに、あたしは恩知らずだ、ニコライがあたしと結婚することなんか、ママが絶対に許さない、あの人はジュリーと結婚するんだって言ったのよ。あなた気がついてるでしょ、あの人とジュリーが一日じゅう……ナターシャ！　なんの報いなの？……」

そしてまた、ソーニャは今までよりもっと悲しそうに泣きだした。ナターシャはソーニャを抱き起こし、抱きしめ、泣き笑いしながら、慰めはじめた。

「ソーニャ、本気にしちゃだめよ、あの人の言うことなんか。ねえ、本気にしちゃだめ。覚えてるでしょ、あたしたちがみんな三人で、夜食のあとにニコライと休息室で話したことを、覚えてるでしょ？　あたしたちなにもかもはっきりさせたじゃない、これからどうなるかって。どうなるんだったか、あたしもう覚えていないわ。でも、なにもかもすてきで、どんなことでもありそうな感じだったことは覚えている。ほら、シンシンおじさんの弟なんか従姉妹《いとこ》と結婚してるでしょ、あたしたちはまたいとこなのよ。それに、ボリスがそんなこと十分できるって言ってるわ。あのね、あたしなにもかもボリスに話したの。だって、あの人はとても頭がよくて、とてもいい人なんですもの」ナターシャは言った。「あなた、ソーニャ、泣いちゃだめ、大好きな、かわいいソーニャ」

そして、ナターシャは笑いながら、ソーニャにキスをした。「ヴェーラって意地悪なのよ、あんな人ほっておきなさい！　なにもかもうまくいくわ、ヴェーラはママに言ったりなんかしないわよ。ニコライが自分で言うでしょ。それにニコライはジュリーのことなんか考えてもいないわ」

そう言って、彼女はソーニャの頭にキスをした。ソーニャは身を起こした。すると、かわいい子猫は生気を取りもどした。目がかがやき出し、子猫は今にもしっぽを振り上げて、やわらかい足で跳び上がり、いかにも子猫らしく、また糸玉にじゃれかかりそうに見えた。

「そう思う？　ほんと？　心底から？」彼女はすばやくドレスと髪を直しながら、言った。

「ほんとよ！　心底からよ！」ナターシャはソーニャの編んだ髪の下にはみ出した、かたい髪の房を直してやりながら、答えた。

そして、二人とも笑い出した。

「さあ、〈泉〉を歌いに行きましょう」

「行きましょう」

「ねえ、あたしの前に座ってた、太っちょのピエールさんね、とてもおかしな人よ」

ナターシャが足を止めながら、ふいに言った。「あたし、とっても楽しいわ！」

そして、ナターシャは廊下を走って行った。

ソーニャは羽毛のくずを払い落とし、胸骨が浮き出た首のあたりの内ふところに詩をしまい込むと、軽い、楽しそうな足取りで、顔を真っ赤にして、ナターシャのあとを追いながら廊下を走って、休息室へ向かった。客たちにせがまれて、若者たちは〈泉〉の四重唱を歌い、みんなにとても好評だった。それから、ニコライが新しく覚えた歌をうたった。

〈こころよき夜　月の光に
思えば幸せ身にしむ――
この世にかの人ありて
汝《な》がことを思うと！
美しきその手は
金色《こんじき》の竪琴かなで
切なき音色もて
汝れを呼ぶと！
やがて天上の国きたらん。

されどああ、汝がいとしき人
その日を待たず世を去らむ。〉

そして、彼がまだ最後のことばを歌い終わらないうちに、ホールでは若者たちがダンスの準備をととのえ、楽隊席では楽士たちが足を踏み鳴らしたり、咳《せき》をしたりしはじめた。

ピエールが腰を据えていた客間では、シンシンがピエールを相手に、外国帰りの人間を相手によくすることだが、ピエールには退屈な政治談義をやりはじめ、ほかの者たちもそれに加わった。音楽が鳴りはじめると、ナターシャが客間に入って来て、まっすぐピエールのそばに歩み寄り、目で笑いながら、赤くなって、言った。

「ママの言い付けですの、あなたをダンスにお誘いするようにって」

「心配ですね、ステップをまちがえそうで」ピエールは言った。「でも、あなたが僕の先生になってくださるのでしたら……」

そして、彼は太い手を低く下げて、痩せっぽちの少女に握らせた。

ペアがあちこちに組まれて、楽隊が音を合わせているあいだ、ピエールは小さな自分のパートナーといっしょに座っていた。ナターシャはこのうえもなく幸せだった。彼女は外国から帰って来た、大人と踊ろうとしているのだ。彼女はみんなによく見える所に座って、大人のようにピエールと話をしていた。彼女は一人の令嬢がしばらく貸してくれた扇子を手に握っていた。そして、このうえもなく洗練された、上流社会の人間らしい身のこなしで（いったい、どこで、いつ、こんなことを身につけたものか）、扇子であおいだり、扇子のかげから笑ったりしながら、自分のパートナーと話していた。

「どうでしょう？　どうでしょう？　ご覧なさい、ご覧なさいよ」老伯爵夫人がホールを通りながら、ナターシャを指さして言った。

ナターシャは赤くなって、笑い出した。

「あら、なんですの？　ママ。いやだわ、おせっかいね。なにも驚くことなんかないでしょ？」

三度目のエコセーズ（古いスコットランドの民間起源のダンス。数人が組になって踊る）の途中、客間で椅子が動きはじめた。そこでは伯爵やアフローシモワがカード・ゲームをしていたのだが、偉いお客の大部分と老人たちが、長く座っていたあとなので伸びをし、ポケットに札入れや財布をしまいながら、広間の入り口に出て来た。先頭には、アフローシモワが伯爵といっしょに歩いていた。二人とも楽しそうな顔だ。伯爵はおどけて丁重に、なにかバレエのような格好で、アフローシモワに丸い腕を貸した。彼はまっすぐ体を立て、顔には一種独特でいなせな、抜け目のなさそうな微笑をかがやかせていた。そして、みんながエコセーズの最初のステップを踊り終わるとすぐに、楽士たちにポンとひとつ手を打ち鳴らし、楽隊席の第一ヴァイオリンに向かって叫んだ。

「セミョーン！　ダニーロ・クーポルを知ってるな？」

それは、伯爵がまだ若いころに踊っていた、お気に入りのダンスだった（ダニーロ・クーポルは、厳密に言えばアングレーズ（古いイングランド風のダンス。軽快活発なステップが特徴）のひとつのステップだった）。

「ご覧なさい、パパを！」ホールいっぱいにナターシャが叫んで（大人と踊っていることをすっかり忘れてしまったのだ）、巻毛の頭を膝《ひざ》の方までかがみこませながら、ホールの隅々にひびきわたる、よく通る声で笑いだした。

たしかに、ホールのなかの者はみんな、楽しそうな老人を、うれしそうな笑顔で見つめていた。老人の方は自分より背の高い、威風堂々としたパートナーのアフローシモワと並び、拍子をとって腕を揺すりながら、それを丸く曲げて腰にあて、肩をぐっと張り、軽く足踏みをしながら、両足をがに股に曲げ、丸い顔にだんだん笑いをひろげながら、見ている者たちに、これから起こることへの心の準備をさせていた。底抜けに楽しい口シア風のタップ・ダンスに似たダニーロ・クーポルの陽気な、いどむような音が聞こえはじめたとたんに、ホールのドアは全部、陽気に騒いでいるご主人さまを見るために出て来た召使いたちの——片側は男たち、反対側は女たちの——にこにこ笑っている顔ですっかりふさがれてしまった。

「どうだい、うちの旦那さま！　かっこいいね！」ひとつのドアの奥から大きな声でばあやが言った。

伯爵はダンスがうまかったし、それを承知してもいたが、パートナーの方はうまく踊ることがまったくできず、その気もなかった。彼女の巨体は、頑丈な腕をだらりと下にさげたまま（彼女はバッグを伯爵夫人に渡してあった）、まっすぐ突っ立っていた。ただ、いかついけれども、美しい顔だけが踊っていた。伯爵の丸っこい姿いっぱいににじみ出ているものが、アフローシモワの方では、笑いのだんだん広がっていく顔と、上にそっくり返っていく鼻だけに現れていた。しかし、その代わり、伯爵の方がますます元気づいて、しなやかな足をすばしこくひねったり、軽くジャンプさせたり——意表をついて、見る者をひきつけていたのにひきかえ、アフローシモワはターンや足踏みのあいだに、肩を動かしたり、腕を丸めたりしながら、ごく些細な努力で、負けず劣らずよくやっているという感じを与えていた。彼女がでっぷり太っていて、いつもいかめしいので、なかなかやるねとだれもが認めたのだ。ダンスはますます活気づいてきた。向かい合っている男女たちはほんの少しの間も自分たちに人の目を向けさせることができなかったし、だれもそんなことをしようとさえしなかった。みんな伯爵とアフローシモワに気をとられていた。ナターシャは、踊っている二人からもともと目を離さずにいる、広間の中の者たちみんなの袖や服を引っぱって、パパを見るようにせがんだ。伯爵はダンスの切れ目で荒い息づかいをしながら、もっと速く演奏しろと、楽隊に手を振って、どなった。ますます速く、速く、速く、ますますすばしこく、すばしこく、すばしこく伯爵は動きまわって、時には爪先で、時には踵《かかと》をつけて、アフローシモワの周囲をすばやく回り、最後にパートナーの体を初めに座っていた場所に向けると、自分のしなやかな片足を後ろから上げ、汗の噴き出た頭と笑っている顔をかしげ、拍手と笑い声の――とくにナターシャの拍手と笑い声の――どよめきの中で、右手を丸く振りまわして、締めくくりのステップを踏み終えた。踊っていた二人はどちらも、大きく息をついて、上等の麻のハンカチで汗を拭きながら、足を止めた。

「こんなふうに、昔は踊ったもんですよ、あなた」伯爵は言った。

「いやあ、すごいね、ダニーロ・クーポルは！」ふうっと、ゆっくり息を吐き出して、袖をまくりあげながら、アフローシモワが言った。

18

ロストフ家では、疲れて音程の狂い出した楽隊の音に合わせて、広間では六度目のアングレーズを踊り、疲れた給仕やコックたちが夜食の用意をととのえていたころに、ベズーホフ伯爵には、もう六度目の発作が起こった。回復の見込みはないと、医者たちが宣告した。病人には無言の懺悔《ざんげ》（重病で口のきけない者が身振りで、または、司祭が代弁して行う懺悔のこと）と聖餐《せいさん》（キリストの血と肉を象徴するブドウ酒とパンを与える儀式）がほどこされた。塗油《とゆ》（瀕死の病人の体に油を塗る儀式。昔は治療的効果もあると信じられていた）の準備が行われ、家の中は、こういう時によくあるあわただしさと、成り行きを待ち受ける不安に包まれた。家の外では、伯爵の豪勢な葬儀の注文を期待して、葬儀屋たちが、乗りつけてくる馬車から身を隠しながら、門のかげに群がっていた。伯爵の病状を知るためにひっきりなしに副官たちを使いによこしていたモスクワ総督が、この夜は高名なエカテリーナ女帝の重臣、ベズーホフ伯爵に別れを告げるために自分自身でやって来た。

　豪壮な控えの間は人でいっぱいだった。総督が病人とさし向かいで三十分ほどいて、軽くみんなの挨拶に応え、自分にじっと向けられている医者、僧侶、親族たちの視線をなるべく早く避けて通ろうと努めながら出て来たとき、みんなはうやうやしく立ち上がった。この数日のあいだに痩せて、青白くなったワシーリー公爵は総督を送り出しながら、何か二、三度、小声で彼にくり返して言った。

総督を送り出すと、ワシーリー公爵はホールでただひとり椅子に座り、足を高々と組み、片方の膝に肘をついて、手で目をふさいだ。彼はそのまましばらく座っていてから、立ち上がると、いつになく急ぎ足で、おびえた目であたりを見まわしながら、長い廊下を通って、家の奥の方にある一番年上の公爵令嬢の部屋に向かった。

弱い明かりに照らされている部屋にいた者たちは、高低の入りまじったひそひそ声で、おたがいに話し合っていた。そして、瀕死《ひんし》の人の部屋に通じていて、だれかが出たり入ったりすると、かすかな音を立てるドアを、音がするたびごとに口を閉じて、問いと期待にみちた目でふり返るのだった。

「人間には限界というものが」年寄りの僧侶が、自分のかたわらに座って、素朴に耳をかたむけている婦人に言った。「限界が定められておりまして、それを越えることはできぬのです」

「あたくしが思いますに、塗油をするのは遅いのではないでしょうか？」僧侶の肩書きを付け加えて呼びかけながら、婦人はこういうことについては自分の意見を何も持っていないようなふりをして、たずねた。

「秘儀は、奥さま、偉大なるものでありまして」僧は、撫《な》でつけた半白の髪の束が三つ四つ縦に並んでいる禿頭を、片手でさわりながら、答えた。

「あれはだれなんですか？　総督ご本人だったんですか？」部屋の反対側の端で、たずねる声がした。「いやあ、若く見えますねえ……」

「それが六十過ぎですって！　どうです、伯爵はもう人の見分けがつかないそうですね？　塗油をするつもりだったんでしょう？」

「わたしはある男を知ってますよ。七回も塗油をしたんです」

二番目の公爵令嬢が泣きはらした目で病人の部屋から出てくると、医者のロランのかたわらに座った。ロランの方はテーブルに肘をついて、気取った格好でエカテリーナ女帝の肖像画の下に座っていた。

「実にいいですね」天気のことをたずねられたのに答えて、医者が言った。「実にいいですよ、お嬢さま。それにモスクワは田舎のような感じがしますね」

「さようでございますか？」公爵令嬢は溜め息をつきながら、言った。「ところで、病人は何か飲んでもよろしいのでしょうか？」

ロランは考え込んだ。

「薬は飲みましたか？」

「はい」

医者は時計を見た。

「煮沸《しやふつ》した水カップ一杯に、クレモルタルターリ（酒石酸。ブドウ酒のしぼりかすや沈殿物に含まれる。医薬、清涼飲料などに使用）をひとつまみ入れてください……」（彼はひとつまみがどれくらいという意味なのか、自分の細い指でやって見せた）。

「例なかったです」ドイツ人の医者がたどたどしいロシア語で副官に言った。「三べん発作あと生き残ったの」

「いや、実に水もしたたるような男性でしたがね！」副官が言った。「それに、あの財産がだれのところに行くんですかね？」彼は小声で言い添えた。

「欲しい人出てくる」笑いながら、ドイツ人が答えた。

みんながまたドアをふり返った。ドアがきしんだ。そして、次女の公爵令嬢がロランに指示された飲み物をこしらえて、病人のところに運んで行った。ドイツ人の医者がロランのそばに歩み寄った。

「まだ、あすの朝までもつかもしれませんね？」へたな発音のフランス語で、ドイツ人がたずねた。

ロランは唇をひきしめて、厳しく、否定のしるしに鼻の前で指を一本振った。

「今夜です、せいぜい」自分は病人の状態をはっきり理解しているし、口に出すことができるのだという得意の微笑を、品よく浮かべながら小声で言うと、ロランはわきに離れてしまった。


一方、ワシーリー公爵は公爵令嬢の部屋のドアを開けた。

部屋の中は薄暗かった。ただ聖像の前の二つの灯明だけがともっていて、香と花のいい香りがしていた。部屋いっぱいに小物入れ、小さな戸棚、サイド・テーブルなどのこまごました家具が並べてあった。衝立《ついたて》のかげから、高い羽ぶとんのベッドの白いカバーが見えていた。

小さな犬が吠え出した。

「まあ、あなたでしたの？　お従兄《にい》さま」

彼女は立ち上がると、髪の毛をちょっと直した。それはいつでも、今のような時でさえ、ひどくなめらかで、まるで頭と一緒のひとつの塊からできていて、漆《うるし》で塗りかためられているようだった。

「どうしました、何かありましたの？」彼女はたずねた。「あたくし、とてもびっくりしてしまいましたわ」

「べつに、あいかわらず同じさ。わしはおまえと大事なことを話そうと思って来たんだよ、エカテリーナ」公爵は令嬢が立ち上がった肘掛け椅子に、くたびれたように腰を下ろしながら、言った。「座り込んで、ずいぶん椅子を温めてしまったもんだね、それにしても」彼は言った。「まあ、こちらに座りなさい、話をしよう」

「あたくし、何か起こったのじゃないか、と思いましたわ」公爵令嬢はそう言うと、いつも変わらぬ、石のように厳しい表情で、話を聞く身構えをしながら、公爵の前に座った。

「眠ろうとしたんですけど、お従兄《にい》さま、眠れませんの」

「ところで、どうだい？　エカテリーナ」ワシーリー公爵は令嬢の手を取ると、いつもの癖でその手を下の方にちょっと曲げながら、言った。

この「ところで、どうだい？」というのは、はっきり言わなくても、二人ともわかっているような、いろいろな問題にかかわっているようだった。

公爵令嬢は足に釣り合わない、長くて、痩せた、まっすぐな胴体を立てて、ちょっと飛び出た灰色の目で、まっすぐ、冷ややかに公爵を見ていた。彼女は頭をひとつ振ると、溜め息をついて、聖像を見た。その動作は悲しみと献身の表れのようにも、また、疲れと、早く休みたいという願いの表れのようにも解釈できた。ワシーリー公爵はこの動作を疲労の表れと解釈した。

「でも、わしの方が」彼は言った。「楽だと思うかね？　わしは駅馬車の馬みたいにへとへとだ。しかし、ともかくおまえと話をしなければね、エカテリーナ。それも、ごくまじめに」

ワシーリー公爵は口をつぐんだ。すると、その頰《ほお》が神経質に右や左にひきつりはじめて、客間にいる時にはその顔に絶対表れないような、嫌な感じの表情がのぞいた。その目もやはり、いつもとは違っていた。時にはそれは、あつかましく、からかうように見つめ、時には、おどおどとあたりを見まわしていた。

公爵令嬢は脂肪のない、痩せた手で膝の上に犬を抱いたまま、ワシーリー公爵の目を注意ぶかく見つめていた。しかし、たとえ朝まで沈黙していなければならないにしても、彼女はその沈黙を破って、たずねかけることはなさそうに見えた。

「実はね、わしの大事な従妹《いとこ》で公爵令嬢のエカテリーナさん」ワシーリー公爵はどうやら、心の中でちょっと何かと闘っている様子で話を続けながら、ことばを継いだ。「今のような時にはあらゆることを考えておかなければならないんだよ。将来のこと、おまえたちのことを考えておかなければ……わしはおまえたちがみんな、わが子のようにかわいい。それはおまえもわかっているね」

公爵令嬢はあいかわらず光のない目で、じっと彼を見ていた。

「最後にもうひとつ、わしの家族のことも考えなきゃならんし」怒ったようにサイド・テーブルを突きのけながら、公爵令嬢の方を見ずに、ワシーリー公爵はことばを続けた。「わかってるだろう、エカテリーナ、おまえたち、マーモントフ家の三人姉妹と、それにうちの女房、このわしらだけが伯爵の直系の相続人なんだ。わかってる、わかってる、こんなことを言ったり考えたりするのが、おまえにどれほど辛《つら》いか。わしだってておまえより楽というわけじゃない。しかしだね、エカテリーナ、わしはもう五十過ぎだ、どんなことも覚悟しておかなくちゃならん。わしがピエールを呼びに使いを出したことや、伯爵がピエールの肖像をまっすぐ指さして、あの男を呼ぶように言ったことは知ってるね」

ワシーリー公爵はたずねかけるように公爵令嬢を見たが、自分の言ったことを彼女が考えているのか、それともただ自分を見ているだけなのか、わからなかった……。

「あたくしがずっと神さまにお祈りしているのは、ただひとつですわ、お従兄《にい》さま」彼女は答えた。「神さまが伯爵さまにお慈悲を垂れてくださって、あのお美しい魂が安らかにこの世を去るように……」

「うん、そりゃそうだ」ワシーリー公爵は禿頭をぬぐって、押しのけたテーブルをまたいましそうに自分の方に引き寄せながら、いらいらしてことばを続けた。「しかし、要するに……要するに、問題は、おまえが自分で知ってるように、去年の冬、伯爵が直系の相続人であるわしらをさしおいて、ピエールに全財産をやるという遺言状を書いたことなんだよ」

「伯爵がお書きになった遺言状は一つや二つじゃありませんわ」落ち着きはらって公爵令嬢が言った。「でも、ピエールさんに譲る遺言を書いたなんて、そんなはずはありません！　ピエールさんは私生児です」

「ねえ、エカテリーナ」ワシーリー公爵はテーブルをぐっと引き寄せ、勢いづき、早口になって、だしぬけに言った。「でも、どうだね、もしも皇帝陛下宛に手紙が書かれていて、伯爵がピエールを正式の子どもにする願いを出していたら？　いいかね、伯爵の功労からして、願いは尊重されるよ……」

公爵令嬢は微笑した。それは話している相手より、自分の方が問題点をよく知っていると思っている人間の微笑だった。

「もっと言うとね」ワシーリー公爵は令嬢の手をつかみながら、続けた。「手紙は書かれてるんだ、出されてはいないけれど。そして、陛下はそれを知っておられたんだ。問題はただ、それが破棄されたかどうかということだ。もしされていないとすると、すべてが終わってしまうとすぐに」ワシーリー公爵は「すべてが終わってしまう」ということばで自分が何を意味しているのかわからせるために、溜め息をついた。「伯爵の書類が開かれて、遺言状が手紙といっしょに陛下に提出される。そして、伯爵の願いは、多分、尊重される。ピエールが正式の息子として、全部もらうことになるんだよ」

「じゃ、あたくしたちの取り分は？」どんなことでも起こりかねないけれども、そのことに限ってはありえないというように、公爵令嬢は皮肉な薄笑いを浮かべた。

「いや、かわいそうだがね、エカテリーナ、これは火を見るより明らかだよ。そうればあの男だけが全部の正式の相続人で、おまえたちはこれっぽっちももらえない。おまえは知っておかなくちゃならないんだよ、エカテリーナ、遺言状と手紙が書かれたかどうか、そして、破棄されたかどうか。そして、もし何かの理由でそれが忘れられているなら、おまえはそれがどこにあるか知って、見つけ出さなくちゃいけない。というのは……」

「まさか、そんなこと！」公爵令嬢はさげすむように薄笑いをしながら、目の表情は変えずに、ワシーリー公爵をさえぎった。「あたくしは女です。あなたたちから見れば、あたくしたちはみんな馬鹿なんですわ。でも、あたくし、私生児が遺産相続できないことぐらいは知っています……一介の私生児《アン・バタール》なんかが」彼女はこんなふうにフランス語に翻訳することで、ワシーリー公爵の心配の根拠のなさを決定的に思い知らせているつもりで、言い添えた。

「どうしてわかってくれないのかね、いい加減に、エカテリーナ！　おまえは本当に頭がいいのに、どうしてわからないのかね。もし伯爵が息子を認知したいとお願いする手紙を陛下に書いたら、つまり、ピエールはもうピエールではなくて、ベズーホフ伯爵なんだよ。そして、そうなればあの男が遺言状にしたがって全部受け取ることになるんだ。そして、もし遺言状と手紙が破棄されていなければ、おまえは徳の高い人間だという慰めの気持と、それがもたらす結果以外、何ひとつ残らないのさ。それはまちがいない」

「あたくし、遺言状が書かれたことは知っています。けれども、それが無効だということも、あなたがあたくしをまるっきりお馬鹿さんだと考えていらっしゃるらしいことも知っていますわ、お従兄《にい》さま」何か皮肉のきいた、相手の体面を失わせるようなことを言ったと思い込んでいる女性の表情で、公爵令嬢が言った。

「ねえ、わしの大切なエカテリーナさん！」我慢しきれずに、ワシーリー公爵が言い出した。「わしがおまえのところに来たのは、皮肉の応酬をするためじゃなくて、親戚として、りっぱな、心の正しい、本当の親戚として、おまえ自身の利益になることを話すためなんだよ。わしは十遍も言うが、もし陛下宛の手紙とピエールに有利な遺言状が伯爵の書類のなかにあれば、いいかねエカテリーナ、おまえは――妹たちも含めて――相続人ではない。おまえがわしを信じないなら、その道に通じている連中を信じることだね。わしは今ドミートリー・オヌーフリッチ(これは一家の弁護士だった)と話したんだが、あの男もやっぱり同じことを言ったよ」

どうやら、公爵令嬢の考え方に、突然何か変化が起こったようだった。薄い唇が青ざめた(目はそのままだった)。そして、彼女が口を開いたとき、声は、おそらく、自分でも予期していなかったような、すさまじい響きでとぎれとぎれになった。

「そうなれば結構ですわね」彼女は言った。「あたしは何も欲しくありませんでしたし、今も欲しくなんかありません」

彼女は小犬を膝から払いのけて、服のひだを直した。

「これがお礼のしるしなんですわ、これが感謝のしるしなんですわ、あの方のためになにもかも犠牲にした人間に対する」彼女は言った。「りっぱなものね！　本当におみごとだわ！　あたし何もいりゃしません、公爵」

「うん、しかし、おまえ一人じゃない、おまえには妹たちがいる」ワシーリー公爵は答えた。

しかし、公爵令嬢は彼の言うことを聞いていなかった。

「ええ、あたしはこんなことずっと前からわかっていたわ。ただ、忘れていたのよ、卑劣、ごまかし、妬《ねた》み、陰謀以外、恩知らず、それも、いちばん意地の悪い恩知らず以外、あたしはこの家で何ひとつ期待できなかったっていうことをね……」

「そうだ。しかし、知ってるのかね、知らないのかね、あの遺言状がどこにあるか」ワシーリー公爵はさっきよりもっと頬をひきつらせて、たずねた。

「ええ、あたしは馬鹿だったのよ。あたしはまだ人間を信じて、愛して、自分を犠牲にしてきたのよ。それだのに、うまくやるのは卑劣で、いやらしい人間ばかり。あたしわかってるわ、これがだれの陰謀か」

公爵令嬢は立ち上がろうとしたが、ワシーリー公爵がその腕をつかんで押しとどめた。令嬢は突然、人類全体に絶望してしまった人間のような顔をしていた。彼女は自分の話し相手を恨めしそうに見つめていた。

「まだ時間はあるよ、おまえ。忘れちゃいけない、エカテリーナ。あれはみんなちょっとしたはずみに、カッとなって、病気になったときにしてしまったことで、あとになって忘れてしまったんだ。わしらのつとめは、いいかね、伯爵のまちがいを正してあげることだ、こんな不公平なことをさせないように、何人かの人間を不幸にしたという思いのまま死なせないようにして、あの人の今わの際《きわ》を楽にしてあげることだ……」

「不幸にされたのは、伯爵のためになにもかも犠牲にした者たちよ」公爵令嬢があとを受けて言いながら、身をふりほどくようにして立ち上がろうとしたが、公爵が放さなかった。「犠牲を払ってもらったありがたみを、あの人はわかったためしがないのよ。いいえ、お従兄《にい》さま」彼女は溜め息をつきながら言い添えた。「あたし覚えておきますわ、この世で見返りを期待してはいけないということ、この世には信義も正義もないということを。この世では、ずるくて、悪人にならなくちゃいけないんです」

「まあ、まあ、落ち着きなさい。わしはおまえのすばらしい心を知ってるよ」

「いいえ、あたくしの心はねじけています」

「わしはおまえの心を知っている」公爵はくり返した。「わしがおまえと仲よくやっているのはありがたいことだよ。おまえもわしのことを同じように考えてくれていればいいと思うんだがね。気を落ち着けて、筋道立てて話をしよう、時間のあるうちにね。まる一日かもしれんし、一時間かもしれん。なにもかも話してくれ、遺言状の件でおまえが知っていることを。それから、なによりも、どこに遺言状があるかということをね。おまえは知ってるにちがいないんだから。わしらが今すぐそれを持って行って、伯爵に見せよう。伯爵は、おそらく、もうあんなものは忘れていて、破棄する気になるよ。わかってるだろう、わしのただひとつの望みは、伯爵の意志を神聖に果たすことだ。わしはただそのために、ここへ来たんだ。わしはただただ伯爵とおまえたちを助けるために、ここにいるんだ」

「今になって、あたくしなにもかもわかりました。あたくし知っています、これがだれの陰謀か。あたくし知っているわ」公爵令嬢は言った。

「そういうことじゃないよ、問題は、エカテリーナ」

「これはあなたが目をかけている、あなたのお気に入りのドルベツコイ公爵夫人です。あたしだったら女中にもしたくありませんけれどね、あんな低級な、いやらしい女」

「時間をむだにつぶすのはよそう」

「ああ、黙っててください！　この冬、あの女はこの家にもぐり込んできて、あたしたちみんなのことで、とくにソフィーのことで、本当にひどいこと、いやらしいことを、さんざん伯爵に吹き込んで——あたくし、そのことばどおり言うことなんてできませんわ——そのあげく、伯爵は病気になって、二週間あたしたちの顔を見ようともしなかったんです。その時に——あたくし知ってますわ——あのひどい、いやらしい書類を書いたんです。でも、あたくし、あんな書類はなんの意味もないと思っていました」

「そこなんだよ、どうしておまえは今までわしに何も言わなかったのかね？」

「伯爵が枕の下に入れているモザイク模様のカバンのなかよ。今になって、わかったわ」公爵令嬢は返事もせずに、言った。「そうよ、もしあたしに罪があるとしたら、大きな罪があるとしたら、それはあのいけ好かない女を憎んでいることだわ」公爵令嬢はすっかり変わってしまって、ほとんど叫ぶように言った。「それになんだってここにもぐり込んでくるの！　でも、あたしあの女になにもかも言ってやるわ、なにもかも。その時が来るわ！」

19

控えの間と公爵令嬢の部屋でこんな会話が交わされているあいだに、一台の箱馬車がピエールと（彼を迎えに使いが差し向けられたのだった）ドルベッツコイ公爵夫人を乗せて（彼女はピエールといっしょに行く必要があると考えたのだ）、ベズーホフ伯爵邸の敷地内に入ってきた。窓の下に敷いてある藁《わら》の上で、箱馬車の車輪の音がやわらかくなりはじめたとき、ドルベッツコイ公爵夫人は付き添って来たピエールに慰めのことばをかけたが、馬車の隅で眠っているのがわかったので、目を覚まさせた。我に返って、ピエールはドルベッツコイ公爵夫人のあとから馬車を降り、そこでやっと、自分を待ち受けている危篤の父との面会のことを考えた。彼は自分たちが表玄関ではなく、裏口の方に乗りつけたのに気づいた。彼が馬車のステップを降りかけたとき、小商人特有の服を着た二人の男があわてて入り口から壁のかげに走り込んだ。ちょっと足を止めて、ピエールは家のかげの両側に、まだ数人同じような人間を見つけた。しかし、その連中がよく見えなかったドルベッコイ公爵夫人も、従僕も、御者も、そんなものは気にも留めなかった。とするとつまり、これはこうでなければならないのだ、とピエールはひとり腹のなかで決めて、ドルベッコイ公爵夫人のあとについて行った。公爵夫人は弱い明かりに照らされたせまい石の階段を急ぎ足でのぼりながら、自分の後ろの方に遅れてしまったピエールを呼び寄せた。ピエールの方は、大体なんのために伯爵のところに行く必要があるのかもわからなかったのだが、なぜ裏の階段から行かなければならないのかは、なおさらわからなかった。しかし、公爵夫人の自信のある態度と急いでいる様子から判断して、これはどうしてもこうでなければならないのだと、心のなかで決めてしまった。長靴をガタガタ鳴らしながら、二人の方に向かって駆け降りてきた、数人のバケツを持った召使いらしい連中が、階段の中ほどであやうく二人を突き落としそうになった。その連中はピエールと公爵夫人を通すために壁に身を寄せたが、二人を見ても少しも驚いた様子を示さなかった。

「こちらがお嬢さまたちの部屋に行く方ね?」公爵夫人がそのうちの一人にたずねた。

「こちらです」従僕が、まるで今はもう何をやってもかまわないのだというように、遠慮なく、大きな声で答えた。「左側のドアです、奥さま」

「もしかすると、伯爵は僕なんか呼ばなかったんじゃないでしょうか」踊り場に出たときに、ピエールは言った。「僕は自分の部屋に行った方がいいんじゃありませんか?」

公爵夫人はピエールのわきに並ぶために、立ち止まった。

「まあ、あなた!」彼女は朝、息子にやったのと同じ身振りで、ピエールの手にさわりながら、言った。「本当に、あたくし、あなたと同じくらい辛い思いをしていますのよ。でも、あなたは男らしくなすってくださいまし」

「本当に、僕が行くんですか?」ピエールは眼鏡ごしに愛想よく公爵夫人を見ながら、たずねた。

「まあ、あなた、お忘れなさい、何かあなたにまちがったことをしたかもしれませんけれど、ようございますか、これはあなたのお父さまですよ……もしかすると、今わの際かもしれないんでございますよ」彼女は溜め息をついた。「あたくしはひと目であなたが自分の息子のように好きになりました。あたくしを信頼してくださいまし、ピエールさん。あたくしはあなたのためになることを忘れはいたしません」

ピエールは何もわからなかった。彼はまた前にもまして強く、これはこうあるべきなのだという気がした。そして、彼はもうドアを開けようとしている公爵夫人のあとにおとなしくついて行った。

ドアは裏の入口の間に通じていた。隅には令嬢たちの召使いをしているじいさんが座って、靴下を編んでいた。ピエールは屋敷のこちら側に一度も入ったことがなかったし、こんな部屋があることさえ予想していなかった。公爵夫人は二人を追い越そうとした、水差しを盆にのせて運んでいる女中に(ねえ、かわいらしいおねえさん、などと言いながら)、令嬢たちは元気かとたずね、石の廊下を通って、もっと奥にピエールを引きつれて行った。廊下から、左手のいちばん手前のドアが令嬢たちの居室に通じていた。女中は水差しを持って急いで(この時にこの家では何をするにも急いでいた)、ドアも閉めなかったので、ピエールと公爵夫人はわきを通り過ぎながら、自然とその部屋の中をのぞいた。そこでは、いちばん年上の令嬢とワシーリー公爵が話をしながら、おたがいにくっつくように座っていた。通り過ぎる二人を見ると、ワシーリー公爵はいら立った身振りをして、後ろにそっくり返った。公爵令嬢はさっと立ち上がると、やけくそな手つきで力いっぱいバタンと音をたてて、ドアを閉めた。

その動作は公爵令嬢のいつもの落ち着きにあまりにも似つかわしくなかったし、ワシーリー公爵の顔にあらわれた恐怖が、彼の尊大な態度にあまりにもそぐわなかったので、ピエールは足を止めて、たずねかけるように眼鏡ごしに自分の指南役を見た。公爵夫人は驚いた様子を見せずに、こんなことは予想していたというように、ただちょっと薄笑いをして、溜め息をついただけだった。

「男らしくね、ピエールさん、あなたの利益を守るのは、あたくしがいたしますから」彼女はピエールの目つきに答えて言うと、いっそう足を速めて廊下を進んで行った。

ピエールは何が問題なのかわからなかったし、「あなたの利益を守る」というのがどういう意味なのかは、なおさらわからなかったが、こういうことはなにもかもこうでなければならないのだ、ということはわかっていた。廊下を通って、二人は伯爵の控えの間に接している、ほの暗い広間に出た。それはピエールが表玄関の昇降段から見て知っていた、寒くて豪華な部屋の一つだった。ところが、この部屋にまで、真ん中に空《から》の浴槽が置いてあって、絨毯《じゅうたん》に水がこぼれていた。二人の方に向かって、二人には目もくれずに、忍び足で、召使いと、手さげ香炉を持った下っぱの僧侶が出て来た。公爵夫人とピエールは冬の庭に面した二つのイタリア風の窓と、エカテリーナ女帝の大きな胸像と等身大の肖像画のある、ピエールになじみ深い控えの間に入った。あいかわらず同じ連中が、ほとんど同じ姿勢で、ささやき交わしながら、控えの間に座っていた。入って来た、泣きはらして、青い顔のドルベツコイ公爵夫人と、頭を垂れておとなしくそのあとに従っている、太った大きなピエールを、みんなが口をつぐんでふり返った。

公爵夫人の顔には、決定的瞬間が来たという意識がにじみ出ていた。彼女はやり手のペテルブルグの貴婦人らしい態度で、ピエールを自分のそばから離さずに、朝よりもっと無遠慮に部屋に入った。彼女は、死に瀕している人が会いたがっている人間を後ろに引きつれている以上、自分が通してもらえるのはまちがいないと感じていた。部屋にいたみんなを、すばやく目を動かして見わたし、伯爵の懺悔聴聞僧を見つけると、彼女は身をかがめたというわけではないのに、急に背が小さくなって、小きざみな駆け足で、泳ぐように聴聞僧のそばに駆け寄り、うやうやしく一人の僧に、それからもう一人の僧に十字を切ってもらった。

「ありがたいことに、間に合いました」彼女は僧侶に言った。「わたくしども、親族はみな、とても心配しておりました。ここにおります若者が伯爵のご子息でございます」彼女はいっそう声をひそめて言った。「おそろしい時でございます!」

こんなことばを言ってしまうと、彼女は医者のそばに寄った。

「先生」彼女は医者にフランス語で言った。「この若者は伯爵のご子息です……望みはありますでしょうか?」

医者は黙ったまま、すばやい動作で目と肩を上にあげた。公爵夫人もそっくり同じ動作で目と肩をあげ、ほとんど目を閉じて溜め息をつき、医者のそばを離れてピエールの方に寄った。彼女はことさら丁重に、やさしさと悲しみを織りまぜて、ピエールにことばをかけた。

「神さまのお慈悲をお信じくださいまし」彼女はピエールにそう言うと、座って自分を待っているように、小さなソファーを指さして、自分はみんなが見つめているドアの方に音を立てずに足を向けた。そして、そのドアがやっと聞こえるほどの音を立てたのに続いて、奥に姿を消した。

ピエールはなにもかも自分の指南役に従うことに腹を決めて、彼女が指さした小さなソファーの方に足を向けた。ドルベツコイ公爵夫人が姿を消したとたんに、部屋にいたみんなの視線が好奇心や関心を超えて、自分にじっと向けられたのに、彼は気づいた。みんなが自分の方を目顔で示しながら、まるで恐ろしさと、卑屈な気持さえ抱いているような様子で、ささやき合っているのに彼は気づいた。人々は彼に向かって、いまだかつて一度も見せたことのないような尊敬を見せていた。僧侶たちと話をしていた、ピエールには見覚えのない婦人が自分の席を立って、彼に座るようにすすめた。副官はピエールが落とした手袋を拾って渡した。彼がそばを通りすぎるときに、医者たちはうやうやしく口をつぐんで、彼に道をあけるためにわきに寄った。ピエールははじめ、婦人に迷惑をかけないために、別の席に座ろうとしたし、手袋は自分で拾おうとし、全然自分の通り道に立っているわけでない医者たちを、よけて行こうとした。しかし、彼はそんなことをするのはかえって失礼にあたりそうだと、ふいに感じた。自分は今夜はみんなが待ち受けている、恐ろしい儀式を行わなければならない人間なのだ、だから自分はみんなから世話をしてもらうのが当然なのだ、と彼は感じた。彼は黙って副官から手袋を受け取り、自分の大きな腕を左右対称に立てた膝の上に置いて、エジプトの像のような素朴な姿勢で、婦人の席に座った。そして、こういうことはみな、まさにこういうふうでなければいけないのだ、自分は今夜はうろたえたり、馬鹿なことをやらないために、自分の考えにしたがって行動をするべきではない、自分をあやつっている連中の意志に、すっかり自分をゆだねてしまう必要があるのだ、と心のなかで決めた。

ものの二分もたたないうちに、ワシーリー公爵が勲章の三つついた長上着《カフタン》を着て、威風堂々と、頭を高く上げて部屋に入ってきた。彼は朝より痩せたように見えた。部屋を見まわして、ピエールを見つけたとき、その目はいつもより大きくなった。彼はピエールのそばに寄って、手を取り（そんなことを彼は今まで一度もしたことがなかった）、まるでその手がしっかりくっついているかどうか調べようとするように、下の方に引っぱった。

「元気を出すんだ、元気を出すんだよ、ピエール君。伯爵があんたに会いたいとおっしゃったんだ。これはいいことだ……」そう言って、彼は行こうとした。

しかし、ピエールはたずねる必要があると考えた。

「容態は……」彼は危篤の人を伯爵と呼んでも無礼にならないかどうかわからずに、口ごもった。父と呼ぶのは気がとがめた。

「また発作があったんだよ、三十分前にね。また発作があったんだ。元気を出したまえ、ピエール君」

ピエールは頭がすっかり混乱していたので、「発作《ウダール》」というのがなにか、体を打撃《ウダール》したかのように思えた。彼は不審に思って、ワシーリー公爵を見た。そして、それからやっと、ウダールというのは病気のことだと判断した。ワシーリー公爵は歩きながら、ロランに二言三言いうと、忍び足でドアのなかに入った。彼はうまく忍び足で歩くことができずに、からだ全体で不細工に跳ねとぶようにして行った。そのあとから長女の公爵令嬢が入り、それから格の高い僧侶と低い僧侶が入り、召使いたちもドアのなかに入った。そのドアの奥では、何かを移し変える音が聞こえた。そして、最後に、あいかわらず青ざめているけれども、断固として義務を果たそうとする顔で、ドルベツコイ公爵夫人が走り出てきた。そして、ピエールの手にさわって、言った。

「神さまのお慈悲は尽きることがありません。最後の塗油の儀式が始まるところでございます。いらしてください」

ピエールはやわらかい絨毯を踏んで、ドアの奥に入った。そして、副官も、だれか知らない婦人も、それから召使いのうちのだれかも、みんな、まるで今となってはもうこの部屋に入る許可をもとめる必要はないというように、自分のあとについて入って来たのに気づいた。

20

ピエールは円柱の列とアーチで仕切られ、全体にペルシャ絨毯を張ったこの大きな部屋をよく知っていた。円柱の奥の部分には、絹のカーテンを上に吊《つ》るした背の高いマホガニーのベッドが片側に、聖像をおさめたひどく大きな厨子《ずし》が反対側にあって、夜の礼拝式のときの教会のように、赤く、明るく照らされていた。照らされている厨子の金銀の飾りの下に、ヴォルテール風の高い背のついた、長い深々とした肘掛け椅子があって、たった今とりかえられたばかりらしい、真っ白な、しわの寄っていないクッションを、左右と後ろに置いてあるその椅子の上に、あざやかなグリーンの掛けぶとんを腰まで掛けて、ピエールになじみ深い、自分の父、ベズーホフ伯爵の堂々とした体が横たわっていた。広い額の上の方には、あいかわらずライオンを思い起こさせる、白髪のたてがみがあり、美しい、赤みがかった黄色い顔には、あいかわらず、独特の品格のあるしわが刻まれていた。彼は聖像の真下に横たわっていた。太い、大きな腕は両方とも掛けぶとんの下から抜き出されて、その上に置かれていた。手のひらを下にむけて置かれている右手の、親指と人さし指のあいだに、ロウソクが立てられ、それを椅子の後ろから身をかがめて、年とった召使いが押さえていた。堂々とした、きらめくばかりの服を着た僧侶たちが、長い髪を服の上に垂らし、火のともったロウソクを手に持って、椅子を見下ろすように立ち、ゆっくり、おごそかに祈禱《きとう》をつとめていた。その少し後ろには、年下の二人の令嬢がハンカチを手に持って目もとに当てながら、また、その前には長女のエカテリーナが、恨みのこもった、きっとした顔で、一瞬も聖像から目を離さずに立っていた。それはまるで、後ろをふり返ったら最後、自分は何をやりだすかわからないと、みんなに向かって言っているようだった。ドルベツコイ公爵夫人はおだやかな悲しみと、すべてを許す気持を顔に浮かべ、見知らぬ婦人はドアに寄り添って、立っていた。ワシーリー公爵はドアの反対側の、伯爵の肘掛け椅子に近い、彫刻をほどこした、ビロード張りの椅子の後ろに立ち、椅子の背を自分の方に向けて、ロウソクを持った左手の肘をその上につき、右手で十字を切りながら、指を額に当てるたびごとに、目を上に向けていた。その顔は静かな敬虔《けいけん》の念と、神の意志に身をゆだねる気持をあらわしていた。《もしもおまえたちがこうした気持を理解しないならば、おまえたちにとっていっそう悪いことになる》彼の顔はそう言っているように思えた。

その後ろには副官と、医者たちと、男の召使いたちが立っていた。まるで教会のように、男と女が分かれていた。みんな黙って、十字を切っていた。聞こえるのはただお祈りを唱える声と、抑えた、太いバスの歌声と、沈黙の一瞬に足を踏みかえたり、溜め息をついたりする音だけだった。ドルベツコイ公爵夫人は、自分がしていることをよくわかっている様子をありありと見せた、ものものしい顔つきで、部屋を端から端まで突っ切ってピエールのそばに寄り、彼にロウソクを一本渡した。ピエールはそれに火をつけると、まわりの者を見るのに気を取られて、ロウソクを持っている方の手で十字を切りはじめた。

年下の、頬の赤い、笑い上戸の公爵令嬢ソフィーは、ほくろのある顔で、ピエールを見ていた。彼女はちょっと笑って、ハンカチで顔を隠し、長いこと隠したままだった。だが、ちらっとピエールを見ると、また笑い出してしまった。彼女はどうやら、笑わずにこの人を見てはいられないという気がしていたようだったが、彼を見ないように我慢することもできなかったので、その誘惑からのがれるためにそっと柱の後ろに移ってしまった。祈禱の途中で僧侶たちの声が突然とだえた。僧たちはひそひそ声でおたがいに何か言った。伯爵の手を押さえていた年とった召使いが立ち上がって、婦人たちの方を向いた。ドルベツコイ公爵夫人が前にすすみ出、病人の上にかがみ込むと、背中のかげから指でロランを招き寄せた。このフランス人の医者は、火をともしたロウソクを持たずに、柱に身を寄せかけて、信仰は違うけれども、今おこなわれている儀式の重大さは十分よくわかるし、それをよいこととさえ思っている、ということを見せる外国人のうやうやしい姿勢で立っていたのだが、足音を立てずに、壮年の精力をいっぱいみなぎらせて、病人のそばに寄り、白い細い指でロウソクを持っていない方の伯爵の手をグリーンの掛けぶとんの上からつまみ上げた。そして、顔を横に向けて脈をさわりはじめ、考え込んだ。病人に何か飲み物が与えられ、そのまわりでちょっと動きが生じた。それからまたそれぞれの場所に分かれて、祈禱が再開された。この中断のあいだにピエールは、ワシーリー公爵が例の椅子の背の後ろから抜け出し、あいかわらず、自分は何をしているのか心得ているし、他人《ひと》がおれのことを理解しなければ、当人たちにとっていっそう悪い結果になるのだ、ということを見せつける顔で、病人のそばには寄らず、そのわきを通りすぎて、長女の公爵令嬢の横にくっついて、彼女といっしょに、寝室の奥の、絹のカーテンの下の背の高いベッドの方に向かったのを見て取った。ベッドから離れると、公爵も公爵令嬢も二人とも後ろのドアに姿を消したが、祈禱が終わる前に一人ずつあとを追うように自分の場所に戻った。ピエールは今晩自分の前で起こっていることはみんな、どうしてもこうでなければならないのだと、きれいさっぱり頭のなかで決めてしまっていたので、こうしたことには、ほかのすべてのことと同じ程度にしか注意を払わなかった。

聖歌のひびきがとだえ、秘儀を受けたことをうやうやしく病人に祝福する僧侶の声が聞こえた。病人はあいかわらず、死んだように、じっと横たわっていた。そのまわりではなにもかもが動きだし、足音とささやき声が聞こえだした。そして、そのなかでドルベツコイ公爵夫人のささやき声が、いちばんはっきり耳についた。

ピエールは彼女が言うのを聞いた。

「ぜひともベッドに移しませんとね、ここではどうしてもいけません……」

病人を医者や、令嬢たちや、召使いがすっかり取り巻いてしまったので、ピエールにはもう白髪のたてがみのついた、赤黄色い顔が見えなかった。ほかの顔も見えていたのに、塗油式のあいだずっとそれは、一瞬もピエールの目から離れなかったのだった。ピエールは椅子を取り巻いている人たちの用心ぶかい動作から見て、瀕死の病人を持ち上げて、移そうとしているのだと察した。

「おれの手につかまるんだ、それじゃ落としちまうぞ」一人の召使いのびっくりしたようなささやき声がピエールの耳に入った。「下から支えろ……もう一人」何人かの声が言った。そして、運んでいる重荷がまるで自分たちの力を上回っているように、人々の大きな息づかいと足の運びがせわしくなった。

運んでいる者たちが――そのなかにはドルベッコイ公爵夫人もいた――ピエールのすぐ横に来た。すると、一瞬、その連中の背中と襟首のかげから、病人の高く盛り上がった、脂肪太りのはだけた胸と、わきの下をかかえている者たちにちょっと持ち上げられている、でっぷり太った肩と、ちぢれた白髪の、ライオンのような頭が見えた。その頭と顔は、額と頬骨がなみはずれて広く、口は美しく官能的で、目つきはいかめしく冷ややかで、死が迫っているのに醜くなってはいなかった。それは三か月前、伯爵にペテルブルグへ行けと言われたときに、ピエールが見ていたのと同じままだった。しかし、その頭は、運んでいる者たちのふぞろいな歩調のために、力なく揺れ動き、冷ややかな、無関心なまなざしは、どこに留まればよいのかわからずにいた。

背の高いベッドのまわりであわただしい動きが起こり、数分すぎた。病人を運んでいた者たちはそれぞれの場所に分かれた。ドルベッコイ公爵夫人はピエールの手にさわって、彼に言った。「いらしてください」ピエールは彼女といっしょにベッドのそばに歩み寄った。おそらく、たった今なしとげられた秘儀に関係があるのだろう、晴れやかな姿勢で、病人が横たえられていた。病人は枕の上に高く頭をのせて、横たわっていた。その手はグリーンの掛けぶとんの上に、手のひらを下にして左右対称に出されていた。ピエールが歩み寄ったとき、伯爵はまっすぐ彼の方を見ていたが、しかし、人間にはその意味も意義もわからないようなまなざしで見ていた。あるいは、そのまなざしはまったく何ひとつ語っておらず、ただ、目があるかぎり、何かを見なければならないというだけに過ぎなかったのか、あるいは、あまりにも多くのことを語っていたのか、どちらかだった。ピエールはどうすればよいかわからずに突っ立って、たずねかけるように自分の指南役のドルベッコイ公爵夫人をふり返った。公爵夫人は彼に急いで目くばせをして、病人の手の方を示し、唇で遠くからその手に投げキッスをして見せた。ピエールは掛けぶとんをひっかけないように、一生懸命首をのばして、公爵夫人の忠告を果たし、骨太の肉の厚い手に唇を押しあてた。伯爵の手も、顔の筋肉のひとつも、ピクリとも動かなかった。ピエールはまたたずねかけるように公爵夫人を見た。それは、今度は何をすればいいのですかという質問だった。公爵夫人はベッドのわきにある肘掛け椅子を、ピエールに目で示した。ピエールは教えられるままに肘掛け椅子に腰を下ろそうとしながら、自分はするべきことをしたのでしょうかと、目でたずねつづけていた。公爵夫人はそれでよいというしるしにうなずいた。ピエールは自分の不細工で、太った体がこんなに大きな空間を占めているのは申し訳ないと思って、できるだけ小さく見えるようにせいいっぱい気をつかっている様子で、またエジプトの像のような、左右対称の素朴な姿勢をとった。彼は伯爵を見つめていた。伯爵はピエールが立っていたときに、その顔があった場所を見ていた。ドルベツコイ公爵夫人はこの父と子の対面の最後のひとときの感動的な重大さを意識している様子を、自分の表情にあらわしていた。それはものの二分ほどしか続かなかったが、ピエールには一時間にも思えた。ふいに伯爵の顔の大きな筋肉としわのあいだに痙攣《けいれん》が起こった。痙攣はしだいに強まって、美しい口がゆがみ（その時になってやっと、ピエールは父がどれほど死に近づいているかを悟った）、ゆがんだ口からはっきりしない、しゃがれた音が聞こえた。公爵夫人は懸命に病人の目を見つめて、彼が何を求めているのか悟ろうと努めながら、ピエールを指さしたり、飲み物を指さしたり、小声でたずねるようにワシーリー公爵の名を言ったり、掛けぶとんを指さしたりした。病人の目と顔はいら立った色を見せていた。彼は病床の枕元に離れずついている召使いの方を見るために、力をふりしぼった。

「反対側に向きを変えてほしいとおっしゃるんで」召使いはささやいて、顔が壁の方を向くように伯爵の重い体の向きを変えるため、立ち上がった。

ピエールは召使いに力を貸すために、立ち上がった。

伯爵の向きを変えているあいだ、その片方の手は力なく後ろの方に投げ出されてしまっていた。そして、伯爵はそれを前の方に引っぱり寄せようと、むなしい努力をしていた。その生命の尽きた腕を見つめているピエールの恐怖のまなざしに、伯爵は気づいたのか、それともこの瞬間彼の死んでいく頭のなかに、何か別の考えがひらめいたのか、ともかく、彼は言うことをきかない手を見、ピエールの顔の恐怖の表情を見、そして、もう一度手を見た。すると、その目鼻立ちにはあまりにもそぐわない、弱々しい、苦悩の微笑が顔にあらわれた。それはまるで自分の無力をあざ笑っているようだった。その微笑を見て、思いがけずピエールは胸がふるえ、鼻のなかがくすぐられるように感じた。そして、涙が視界をくもらせた。病人は壁の方に向きを変えてもらい、ふうっと息をついた。

「お寝《やす》みになられました」ドルベツコイ公爵夫人は交代しに来た公爵令嬢に目を留めて、言った。「まいりましょう」

ピエールは出て行った。

コラム6　遺産相続、持参金

遺産が多くても、少なくても、遺産争いは必ず起こると言われていますが、ベズーホフ伯爵家の場合は遺産が莫大なので、大騒ぎでした。

十九世紀ロシアでは、「被相続人の直系卑属が親等の近い順に遺産の相続人になる」と法律で定められていました。日常の言葉で言えば、親の遺産は子どもが分け合うということです。子どもや孫がいなければ、傍系親族が親等の近い順に相続人になりました。

老ベズーホフ伯爵の場合、愛人の子どもしかおらず、そのうち誰も嫡出子として認知されていませんでした。それで、同居していた姪の公爵令嬢たちやワシーリー・クラーギン公爵が遺産の相続人になるために、瀕死の伯爵に遺言状を書き替えさせようとまでします。これは犯罪行為すれすれですね。その遺言状で伯爵は「ピエールを私の嫡出子として認知する」と書いており、皇帝にピエールを嫡出子として認めてくれるようにお願いする手紙を添えていたようです。その結果、ピエールが唯一の相続人となり、伯爵の称号と巨万の富を一手に収めました。

遺産分割は男子の間では均等、女子は男子より取り分が少ないのが普通でした。これは男女差別ではなく、結婚の時に持参金として、多少の財産を娘に持たせる習慣があったからでしょう。男の子がいなければ、もちろん、遺産は全部娘たちが相続します。この持参金や遺産は男性にとっては魅力で、不器量なために婚期の遅れた富豪の令嬢と結婚して、生活を安定させるのは、当時の処世術の一つでした。このことにトルストイも大いに関心があって、そういう「魅力的な」令嬢との結婚に成功した例、失敗した例、偶然そういう女性と結婚して、家計が安定した例、全部で三つもの例を、この作品で描いています。

　さて、ニコライ、アナトール、ボリスのうち、だれがどの例に当てはまるでしょうか?

21

　控えの間には、エカテリーナ女帝の肖像画の下に座って、何かさかんに話しているワシーリー公爵といちばん年上の公爵令嬢のほか、もうだれもいなかった。指南番にともなわれたピエールを見たとたんに、二人は口をつぐんだ。公爵令嬢は何かをしまいこんで――とピエールには思えた――ひそひそ声で言った。

「あの女は見るのも嫌ですわ」

「エカテリーナが小さな客間にお茶を出させておきましたよ」ワシーリー公爵はドル

ベッコイ公爵夫人に言った。「さあどうぞ、公爵夫人。お気の毒に、何か召し上がらないと、もちませんよ」

ピエールに向かって彼は何も言わず、ただ肩の少し下の二の腕のあたりを、思い入れをこめて握っただけだった。ピエールと公爵夫人は小さな客間に通った。

「夜眠らなかったあとで、すばらしいロシアのお茶を一杯飲むほど、元気回復するものはありませんね」ロランがあふれる精気を抑えた表情で言いながら、小さな丸い客間のなかのテーブルの前に立って、取手のついていない、薄い中国風の茶碗《ちゃわん》からお茶をすすっていた。そのテーブルにはお茶のセットと冷製の夜食がのっていた。この夜ベズーホフ伯爵の家にいた者みんなが、力をつけるために、テーブルのまわりに集まっていた。ピエールは鏡と小さなテーブルがいくつもあるこの丸い客間をよく覚えていた。伯爵家のダンス・パーティのとき、うまく踊れないピエールは、この小さな鏡の間に座って、観察するのが好きだった。ダンス・パーティの装いをして、あらわな肩にダイヤや真珠をつけた婦人たちが、この部屋を通りながら、幾重にも重ねてその姿を映してくれる、明るく照らされた鏡をのぞいて、自分をながめまわしているのだった。今はその同じ部屋が二本のロウソクでかすかに照らされて、たったひとつだけの小さなテーブルに、お茶のセットと皿が雑然と置かれ、種々雑多な、華やかさのない人たちが、夜半に、たがいにひそひそ声で話しながらこの部屋に座って、今寝室で生じていること、これから生じるはずのことを、だれひとり忘れていないのを、動作のひとつひとつ、ことばのひとつひとつにあらわしているのだった。ピエールはとても腹がへっていたが、食べようとしなかった。彼はたずねかけるように自分の指南役をふり返った。すると、彼女が忍び足でまた、ワシーリー公爵と長女の公爵令嬢の残っている控えの間に出て行くのが見えた。ピエールはこれもこうでなければならないのだろうと考えた。そして、ちょっとためらってから、そのあとについて行った。公爵夫人は令嬢のそばに立ち、二人とも興奮した低い声で、同時にしゃべっていた。

「失礼ですけれど、奥さま、何が必要で、何が必要でないかは、あたくしに心得させておいてくださいまし」公爵令嬢は自分の部屋のドアをバタンと閉めたときと同じ興奮状態にいる様子で、言った。

「でもね、お嬢さま」寝室からの通り道をふさいで、令嬢を通さないようにしながら、ドルベツコイ公爵夫人はおだやかに、諭すように言った。「お寝《やす》みにならなければならないこんなときに、そんなことはおかわいそうなおじさまに、あまりにも辛いことじゃございませんでしょうか？　この世の話などを、おじさまの魂がもう準備をととのえているこんなときに……」

ワシーリー公爵は、いつものくだけた姿勢で、高く足を組んで、肘掛け椅子に座っていた。その頬はひどくふるえ、垂れ下がって、下の方がふくらんだように見えた。しかし、彼は二人の女性の話にはあまりかかわりのない人間のようなふりをしていた。

「いかがです、公爵夫人、エカテリーナのしたいようにさせておやりなさい。ご承知でしょう、伯爵がどんなにこの娘《こ》をかわいがっておられるか」

「あたくし全然知りません、この書類に何が書いてあるか」公爵令嬢はワシーリー公爵に向かって言いながら、自分が手にかかえているモザイク模様の書類カバンを指さした。

「あたくしが知っているのはただ、本当の遺言状はあの方の机のなかにあって、これは忘れられた書類だということだけです……」

彼女はドルベツコイ公爵夫人をよけて通ろうとしたが、公爵夫人はそちらに跳び移って、また令嬢の道をふさいだ。

「あたくしは存じておりますよ、ねえ、お嬢さま」公爵夫人は片手で、それも、すぐには離しそうもないほどしっかりカバンをつかんで言った。「お嬢さま、お願いです、手を合わせてお願いします、伯爵さまをお気の毒だと思し召して。お願い申し上げます……」

令嬢は黙っていた。ただ懸命にカバンを奪い合う音だけが聞こえていた。もしも彼女が口をきいたら、ドルベッコイ公爵夫人に気持のいいことを言うはずのない様子だった。公爵夫人はしっかり握っていたが、それでいて声の方はいつもの甘ったるい間のびしたテンポと、柔らかさを保ちつづけていた。

「ピエールさん、こちらにいらっしゃい。あたくし、この方は親族会議にいなくてもいい人ではないと思いますけれど、違いますかしら？　公爵さま」

「どうして黙ってらっしゃるの？　お従兄《にい》さま」突然公爵令嬢が、客間にその声が聞こえてみんながびっくりするほど、大声でどなった。「どうして黙っているんですか。ここでどこの馬の骨ともわからない人間が割り込んできて、危篤の病人の部屋の戸口で修《しゅ》羅場《らば》を演じているのに。悪知恵のかたまり！」彼女は低い声で憎々しく言うと、力いっぱいカバンを引っぱった。しかし、ドルベッコイ公爵夫人はカバンから離れないように二、三歩足を運んで、手を持ちかえた。

「ほう！」ワシーリー公爵はなじるように、また、驚いたように言った。彼は立ち上がった。「これは馬鹿げてる。ねえ、お離しなさい。お離しなさいって言ってるでしょう」

令嬢は離した。

「あなたも！」

公爵夫人は言うことを聞かなかった。

「お離しなさいって、言ってるじゃありませんか。わたしがいっさい引き受けます。わたしが行って、伯爵にたずねます。わたしが……それであなたも気がすむでしょう」

「でも、公爵さま」ドルベツコイ公爵夫人が言った。「あのような偉大な儀式のあとですもの、伯爵さまにしばらく休息の時をお与えくださいまし。ねえ、ピエールさん、あなたのご意見をおっしゃってください」彼女はピエールに声をかけたが、彼は三人のすぐそばまで近寄って、憎しみにゆがみ、見栄も体裁もすっかりなくした公爵令嬢の顔と、ぶるぶる引きつっているワシーリー公爵の頬を、びっくりして見つめていた。

「覚えておいてください、結果はすべてあなたが責任を負うことになりますよ」ワシーリー公爵が厳しく言った。「あなたは自分が何をしているのか、わかっていない」

「いけ好かない女！」公爵令嬢がいきなりドルベツコイ公爵夫人に飛びかかって、カバンをもぎ取ろうとしながら、叫んだ。

ワシーリー公爵は頭を垂れて、両手を広げた。

その時、ドアが――実に長いことピエールが見守っていて、今まであれほど静かに開けたてされていた、あの不気味なドアが、すばやく、荒々しい音で開け放され、ガタリと壁にぶつかった。そして、次女の公爵令嬢がそこから走り出て、両手を打ち鳴らした。「何をしているの！」彼女は必死に言った。「ご臨終だのに、あたしをひとり放ったらかして」

上の公爵令嬢はカバンを落とした。ドルベッコイ公爵夫人がすばやく身をかがめて、争いの種をひっつかむと、寝室に駆け込んだ。上の令嬢とワシーリー公爵は、我に返って、そのあとを追った。数分後に寝室から真っ先に上の令嬢が出てきた。顔は青ざめ、無表情で、下唇を噛みしめていた。ピエールを見ると、その顔は抑えきれない憎しみを浮かべた。

「そうね、今こそ喜んだらいいんだわ」彼女は言った。「あなたはこれを待っていたんだから」

そして、ワッと泣き出すと、ハンカチで顔をおおって、部屋から走り出た。

令嬢のあとからワシーリー公爵が出て来た。彼はよろめきながら、ピエールの座っているソファーまでたどり着くと、手で目をおおって、ピエールの方に倒れ伏した。ピエールは公爵が青ざめて、その下顎《したあご》が熱でふるえているように、引きつり、揺れ動いているのを、見て取った。

「ああ、ピエール君！」彼はピエールの肘をつかんで言った。そして、その声には、ピエールが今まで一度もワシーリー公爵のなかに見たことのない、真実味と弱々しさがこもっていた。「どれだけわしらは罪なことをし、どれだけ嘘《うそ》いつわりをやってるんだろう、それもみんななんのためなんだ？　わしは五十の坂を越しているんだよ、ピエール君……ほんとにわしは……なにもかも死ねばおしまいだ、なにもかも。死というのは恐ろしい」彼は泣き出した。

ドルベツコイ公爵夫人は最後に出てきた。彼女は静かな、ゆっくりした足取りでピエールのそばに寄った。

「ピエールさん！……」彼女は言った。

ピエールはたずねかけるように彼女を見た。彼女はピエールの額にキスをして、涙で彼の顔を湿らせた。彼女はしばらく黙っていた。

「お亡くなりになりました……」

ピエールは眼鏡ごしに彼女を見た。

「まいりましょう。あたくしがお伴いたします。精一杯お泣きなさい。涙ほど気持をしずめてくれるものはありません」

彼女は彼を暗い客間に連れて行った。そして、ピエールはそこではだれからも顔を見られないので、うれしかった。公爵夫人は彼から離れて出て行った。そして、彼女が戻って来たとき、ピエールは腕を頭の下にあてがって、ぐっすり眠っていた。

次の朝、公爵夫人はピエールに言った。

「そうですとも、あなた、これはあたくしたちみんなにとって大きな痛手です。あなたは申すに及ばず。でも、神さまがあなたを支えてくださいます。あなたはお若いし、莫大な財産の持ち主になられる、とあたくしは期待しております。遺言状はまだ開かれておりません。あたくしはあなたをよく存じ上げておりますから、こんなことであなたが分別を失わないことはわかっておりますけれども、これはあなたに義務を負わせることになります。ですから、男らしくしなければなりません」

ピエールは黙っていた。

「もしかすると、あとでお話しするかもしれませんが、あたくしがいなければ、いったいどんなことが持ち上がったか、わからないのでございますよ。あなたもご存じでしょうが、おじさまが一昨日また、ボリスのことは忘れないとお約束なすってくださいましてね。でも、時間がなかったのでございます。ねえ、ピエールさん、あなたがお父さまのお志を果たしてくださるものと、期待しておりますよ」

ピエールは何ひとつわからず、黙ったまま、恥ずかしそうに赤くなって、ドルベツコイ公爵夫人を見つめていた。ピエールと話をつけると、公爵夫人はロストフ家へ帰って、寝た。午前中に目を覚まして、彼女はロストフ家の人たちや知人のみんなに、ベズーホフ伯爵の死の一部始終を話して聞かせた。彼女の言うには、伯爵はあたくしもあんなふうに死にたいものだと思うような死に方をし、その最期は感動的なばかりでなく、教訓的でさえあった。父子の最後の対面は、涙なしでは思い起こせないほど感動的だったし、あの恐ろしい瞬間にどちらがりっぱに振る舞ったか――今わの時にすべてのこと、すべての人を思い起こし、実に感動的なことばを息子に言った父親なのか、それとも、打ちひしがれて、それでいながら、死にゆく父の心を痛めないために、自分の悲しみを隠していた、見るも気の毒なピエールなのか、自分にはわからない。「こういうことは辛《つ》ろうございますが、りっぱなことでございます。老伯爵とそれにふさわしいご子息のような人たちを見るのは、心を高めてくれますものね」彼女は言った。公爵令嬢とワシーリー公爵の行いを、彼女はいいこととは認めずに、やはり話して聞かせたが、ごく内緒に、声をひそめてであった。

22

ニコライ・ボルコンスキー公爵の領地ルイスイエ・ゴールイでは、アンドレイ若公爵と夫人の帰郷を毎日のように待ち受けていた。しかし、待っているからといって、老公爵家の生活が進行する整然とした秩序は乱されなかった。世間でプロシア王とあだ名されている大将ニコライ・ボルコンスキー公爵は、パーヴェル（ロシア皇帝。エカテリーナ二世の息子。一七九六―一八〇一在位）在位中に田舎に追放されて以来、娘の公爵令嬢マリア、それに、令嬢付きのお話し相手《コンパニオン》、マドモアゼル・ブリエンヌといっしょに、どこにも出ずに領地のルイスイエ・ゴールイで暮らしていた。そして、新しい治世になると（一八〇一年パーヴェルは暗殺され、代わってアレクサンドル一世が即位）、彼はモスクワとペテルブルグに立ち入りを許されたが、だれか自分に用があれば、その人間の方がモスクワから百五十キロぐらいのルイスイエ・ゴールイまで、やって来るだろうし、自分の方はだれにも、なんの用もないと言って、あいかわらずどこにも出ずに田舎で暮らしていた。彼は人間の悪の根源は二つ――無為と迷信だけだし、善も二つ――活動と知性だけだ、と言っていた。彼は自分で娘の教育にあたっており、彼女のなかに根本的な善を二つとも発達させるために、代数と幾何の勉強を教え、彼女の生活全体を切れ目なく勉強と仕事に割りふっていた。彼自身もたえず自分の回想録の執筆や、高等数学の計算や、旋盤《せんばん》を使うタバコ入れの細工や、庭仕事や、彼の領地でひっきりなしに行われている建築の見まわりなどをやっていた。活動の根本的な条件は秩序正しさだったので、彼の生活様式では秩序正しさが徹底的に厳密なものになっていた。彼が食事に出て来るのは、いつも変わらぬ同じ条件のもとで行われ、時間が同じばかりでなく、分まで同じだった。自分の周囲の人間に対しては、娘から召使いにいたるまで、公爵は厳しくて、いつも変わらず、口やかましかった。だから、冷酷ではなかったのに、彼はこのうえもなく冷酷な人間でも容易に得られないような、恐怖と畏敬の念を感じ取らせていた。彼は退官していて、今では国政になんの重要さも持っていなかったのに、彼の領地がある県の長官はだれでも、彼のところに来るのを義務と考え、建築技師や、庭師や、公爵令嬢マリアとまったく同じように、天井の高い給仕部屋で、公爵の出て来る決まった時刻を待ち受けるのだった。そして、書斎の巨大で丈の高いドアが開き、手は小さくて、脂肪がなく、時折り眉をひそめたときに、利口そうな、若々しい光った目を、垂れ下がった灰色の眉がおおい隠している小柄な老人が、髪粉《パウダー》をふりかけたかつらをかぶって姿を現すと、この給仕部屋にいる者はだれでも、同じ畏敬と恐怖の気持さえ抱くのだった。

若夫婦の着く日、朝いつものとおり、マリアは定刻に、朝のあいさつのために給仕部屋に入って来ると、恐ろしい気持で十字を切り、心のなかでお祈りを唱えた。彼女は入って来ると、この日々くり返される対面が無事にすむようにと、毎日お祈りをするのだった。

給仕部屋に座っていた、髪にパウダーをつけた老人の召使いが、静かな身のこなしで立ち上がり、声をひそめて取り次いだ。「お越しくださいませ」

ドアの奥からは一定の調子の旋盤の音が聞こえていた。公爵令嬢は軽く、すべるように開くドアの奥におずおずと身を運び、入口のすぐそばに立ち止まった。公爵は旋盤に向かって仕事をしていた。そして、ふり向くと、また自分の仕事を続けた。

ひどく大きな書斎には物がいっぱいあって、それはいつも使われている様子だった。本や図面ののっている大きな机、扉に鍵《かぎ》の刺さっている、ガラス戸つきの背の高い本箱、開いたノートがのっている、立ったままものを書くための高い机、旋盤、あちこちに置いてある道具と、あたりに散らばっているかんな屑《くず》——すべてがたえまのない、変化に富んだ、秩序正しい活動を示していた。銀のぬいとりのある、タタール風の長靴をはいた小さな足の動きや、筋ばった、痩せた腕がしっかり押さえているのから見ても、公爵のなかにはまだ頑丈で、多くのことに耐える、みずみずしい老年の力があることがわかった。四、五回まわしてから、彼は旋盤のペタルから足をはずし、のみをぬぐって、旋盤に取り付けてある革製のポケット型の袋に放り込んだ。そして、机のそばに歩み寄ると、娘を呼び寄せた。彼は一度も自分の子どもたちに十字を切ってやったことはなく、まだ今日は剃《そ》っていない、かたい毛のはえた頬を差し出しただけで、厳しく、しかも、それと同時に注意ぶかく、やさしく娘を見まわして、言った。

「元気か？……よし、それじゃ座れ！」

彼は自分の手で書いた幾何のノートを取り、足で自分の肘掛け椅子を引き寄せた。

「あしたの分だ！」彼はすばやくページを探し出して、ひとつのパラグラフから別のパラグラフまで、かたい爪《つめ》で印をつけながら、言った。

マリアは机のノートの上にかがみ込んだ。

「待て、おまえに手紙だ」老人は机に取り付けてあるポケット型の袋から、女の手で上書きをした封筒を取り出して、それを机の上に放り出しながら、言った。

手紙を見て、マリアの顔一面に赤いしみが出た。彼女はあわててそれを取ると、父の方に身をかがめた。

「エロイーズからか？（センチメンタルな手紙のやりとりを、当時人気のあったルソーの『新エロイーズ』にひっかけて皮肉ったもの）」冷ややかに笑って、まだ丈夫で黄色みがかった歯を見せながら、公爵が言った。

「はい、ジュリーからです」マリアはおずおずと目を上げ、おずおずと微笑しながら、言った。

「あと二通は見のがすが、三通目のは読むぞ」厳しく公爵が言った。「どうせ、いろいろくだらんことを書いてるんだろう。三通目は読む」

「お読みになってください、これも。おとうさま」マリアはますます赤くなって、父親に手紙を渡しながら、答えた。

「三通目は、と言ったろう、三通目だ」公爵は手紙を押しのけながら、ことば短くどなりつけると、机に肘をついて、幾何の図の書いてあるノートを引き寄せた。

「さて、お嬢さん」老人は口を切ったが、娘の方に向かって、ノートの上にかがみ込み、マリアの座っている椅子の背に片手を置いたので、マリアはずっと昔から知っている父親の、タバコ臭くて、老人めいた、ツンと鼻を刺すような臭いに、自分が四方から包まれたのを感じた。「さて、お嬢さん、この三角形は相似だ。よろしいですな、角abcは……」

マリアは自分の間近で光っている父の目を、おびえたように見ていた。赤いしみがその顔で濃くなったり、淡くなったりしていた。そして、明らかに、彼女は何もわかっていないし、ひどく怖がっているので、それから先の父の説明はなにもかも、どんなに明快にしろ、恐ろしくてよくわからなかった。先生が悪かったのか、それとも生徒が悪かったのか、ともかく、毎日同じことがくり返されていた。マリアは目がくもって、何ひとつ見えもせず、聞こえもせず、ただ自分のそばに厳しい父の脂肪のない顔を感じ、その息と臭いを感じるだけで、なんとかしてなるべく早く書斎から出て、自分の部屋ののびのびしたところで問題を理解したい、ということしか考えていなかった。老人は我慢ができなくなりかけていた。自分の座っている椅子をガタガタと後ろに下げたり引き寄せたりして、カッとならないために、懸命に自分を抑えていた。それでも、ほとんど毎回カッとなって、どなりつけたり、時にはノートを投げつけたりした。

マリアは答えをまちがえた。

「なんだ、馬鹿なやつ！」公爵はノートを突きのけ、くるりと背を向けてどなったが、すぐに立ち上がって、ちょっと歩きまわってから、手でマリアの髪をさわり、また腰を下ろした。

彼はにじり寄って、説明を続けた。

「だめだな、お嬢さん、だめだ」マリアが宿題を書いたノートを手に取り、それを閉じて、もう出て行こうとしたとき、公爵は言った。「数学はりっぱな仕事なんだぞ、お嬢さん。おまえがこの国の馬鹿な奥さんたちと同じようになるのを、わしは望まん。辛抱すれば……好きになる」彼はマリアの頬を手で軽くたたいた。「馬鹿な考えは頭から抜けて出る」

マリアは出て行こうとした。公爵は身振りで彼女を立ち止まらせ、背の高い机から、新しい、ページを切ってない本を取り出した。

「そら、手紙のほかに『神秘の鍵』とかいうのを、エロイーズさんがおまえに送って来ている。宗教の本だ。ま、わしはだれの信心にも口出しはせん……ちょっと見ただけだ。持って行け。よし、さがれ、さがれ」

彼はマリアの肩を軽くたたき、彼女が出て行くなりすぐに自分でドアを閉めた。

マリアは悲しそうな、おびえた表情で自分の部屋に戻った。その表情はほとんど消えることがなくて、彼女の美しくない、病人のような顔をいちだんと醜くしていた。彼女はミニチュアの肖像画を立て並べ、ノートや本を一面に置いてあるライティング・デスクの前に座った。マリアは父親が几帳面《きちょうめん》なのと同じ程度にだらしがなかった。彼女は幾何のノートを置くと、待ちかねたように手紙の封を切った。その手紙は令嬢の子ども時代からのいちばん親しい友だちからだった。その友だちというのは、ほかでもない、ロストフ家の名の日の祝いに来ていた、あのカラーギン家のジュリーだった。

ジュリーはフランス語で書いていた。

「こよなくいとしいマリアさま、別離とは、なんと恐ろしく、おぞましいものでしょう！　あたくしの生と幸福のなかばはあなたのなかにあるのだし、あたくしたちを引き離している距離をものともせず、二人の心は切れない絆《きずな》で結ばれているのだと、どれほど自分に言い聞かせてみても、あたくしの心は運命にさからってしまい、自分を取り巻く楽しみや気ばらしのかいもなく、あたくしはお別れして以来いだいている何かひそかな悲しみを抑えることができないのです。どうしてあたくしたちは、この夏あなたの大きな書斎の「打ち明け話のソファー」と呼ばれる、青いソファーの上にいたときのように、結びつけられていないのでしょうか？　どうして、あたくしは三か月前のように、あれほどやさしく、あれほど穏やかで、あれほど深く見通すようなあなたの目のなかに、新しい心の力を汲《く》み取ることができないのでしょうか。その目をあたくしは本当にいとおしく思い、あなたにお手紙を書きながらも、その目があたくしの目の前に見えるような思いがしておりますのに」

　ここまで読んで、マリアは溜め息をつき、自分の右手に立っている姿見の方をふり向いた。鏡は美しくない、ひよわな体と、痩せた顔を映し出した。いつも悲しそうな目が、今はとりわけ望みを失ったように、鏡のなかの自分を見ていた。《あの人はあたしにお世辞を言っている》。マリアはそう思って、顔をそむけ、読みつづけた。ジュリーは、しかし、自分の親友にお世辞を言ったのではなかった。本当に、マリアの目は大きくて、深みがあって、光を帯びていて(まるで温かい光の筋が、時折り束になってそのなかから出て来るようだった)、顔全体は美しくないのに、その目が美しさ以上に魅力を持つほど、すばらしかった。しかし、マリアは自分の目のよい表情を、つまり、彼女が自分のことを考えていないときに、目ににじみ出る表情を、一度も見たことがなかった。だれの場合でもそうだが、彼女が鏡をのぞくとすぐに、その顔はとりつくろった、わざとらしい、よくない表情になるのだった。彼女は読みつづけた。

「モスクワじゅうが話といえば戦争のこと。二人の兄のうち、一人はもう国境を越えていますし、もう一人は国境に進軍しようとしている近衛隊に加わっています。敬愛する陛下はペテルブルグを離れ、衆目の見るところ、自らその尊いお命を、戦いの運命のたわむれに委ねるおつもりのようです。願わくは、ヨーロッパの平安を乱しているコルシカの怪物(ナポレオン)が、全能の神によって、慈悲深くも、あたくしたちに君主として授けられた天使(ロシアの皇帝アレクサンドル一世)によって打ち倒されますように。兄のことはさておき、この戦いはあたくしの心にこのうえもなくたいせつな結びつきを奪い去ってしまいました。というのは、ニコライ・ロストフ若伯爵のことで、熱情をいだくあの方は無為に耐えることができず、軍隊に入るために大学を捨てておしまいになったのです。実は、マリアさん、打ち明けて申しますと、あの方がいかにお若いとはいえ、軍隊に入るために行っておしまいになったのは、あたくしには大きな悲しみでした。この夏あたくしがあなたにお話しした、あの若い方は、あたくしたちが生きているこの時代の二十歳《はたち》の老人たちのあいだには、めったに見られないような、りっぱな心と、本当の若さを持っていらっしゃるのです。とりわけ、あの方はあふれるばかりの率直さと温かい心を持っていらっしゃるのです。あの方は本当に純粋で、情緒ゆたかな方ですので、あたくしとあの方とのお付き合いは、束の間のものでしたけれども、もうずいぶん悩みを知ってしまった、哀れなあたくしの心のこのうえもなく甘くこころよい喜びのひとつだったのです。いつの日かあたくしは、あたくしたちの別離と、お別れの時に語られたすべてのことを、お話ししたいと存じております。それはなにもかもまだあまりにも生々しすぎます。ああ、マリアさん、あなたは幸せです、こんな焼けつくような喜びとこんな焼けつくような悲しみを知らないのですから。あなたは幸せです、悲しみが普通は喜びよりも強いのですから。あたくしにとってお友だち以上の何かになるには、ニコライ伯爵があまりにも若すぎることを、あたくしはよく存じておりますが、あの甘くこころよい友情、あれほど詩的で、あれほど純潔な結びつきは、あたくしの心に必要なものだったのです。でも、このことを言うのはもうやめましょう。モスクワじゅうを虜《とりこ》にしている今の大きなニュースは、ベズーホフ老伯爵の死とその相続のことです。考えてもごらんなさい、三人の公爵令嬢はごくわずかなものだけしかもらわず、ワシーリー公爵は何もなく、全部を相続して、おまけに、正式の息子として、ひいては、ベズーホフ伯爵として、また、ロシア最大の財産の持ち主として認められたのは、ピエールさんなのです。人の話では、ワシーリー公爵はこの一件を通じて卑劣な役割を演じ、すっかりいたたまれなくなって、ペテルブルグに去ったということです。

正直なところ、あたくしは遺産や遺言状のことはいっさい、あまりよくわかりません。あたくしにわかっているのは、あたくしたちみんながただピエールさんという名前で知っていた若い方がベズーホフ伯爵になり、ロシア最大の財産の持ち主になってからは、娘を結婚させることに憂き身をやつしているおかあさんたちと、当のお嬢さんたちの、この方に対する——括弧に入れて申しますと、あたくしにはいつもつまらない人に思えていたこの方に対する——調子や態度の変わり方を、あたくしがとても楽しんで観察しているということです。人は二年このかた、たいていはあたくしの知らない方を婚約者として、あたくしに結びつけて喜んでいますが、同じように、モスクワの結婚記事欄もあたくしをベズーホフ伯爵夫人に仕立て上げています。でも、あなたにはおわかりでしょうが、あたくしはそんなものになる気は少しもありません。結婚といえば、実は、つい最近、みんなのおばさんドルベッコイ公爵夫人が、あなたの結婚の計画をごく内密にあたくしに打ち明けてくれました。それはほかでもない、ワシーリー公爵のご子息、アナトールさんで、この方を裕福でりっぱな女性と結婚させて、身持ちをよくさせたいとの考えから、ご両親の選択《おめがね》にかなったのがあなたなのです。あなたがこのことをどうご覧になるか、あたくしにはわかりませんが、ともかく、あらかじめあなたにお知らせするのがあたくしの義務と信じたのです。人の話では、この方はたいへんな美男で、たいへんならず者だそうです。あたくしがこの方について知ることのできたのはこれだけです。

でも、おしゃべりはこれぐらいで沢山です。二枚目が終わりかけていますし、それに、ママがアプラクシン家のディナーに出かけるために、あたくしを呼びに来させました。お送りする、こちらで大評判の神秘主義の本をお読みになってください。この本には、人間のおぼつかない理解では及びがたいものがありますが、読めば心が静まり、高まるすばらしい本です。さようなら。ご尊父さまによろしくご伝言ください。それから、マドモアゼル・ブリエンヌにもよろしく。心をこめてあなたを抱擁いたします。

ジュリー

P・S・　あなたのお兄さまと、魅力的な小さなご夫人の近況をお知らせください」

マリアはちょっと考え、思いに沈んでほほえんだ(すると、光あふれる目に照らされたその顔は、すっかり変わってしまった)。そして、ふいに立ち上がると、重い足取りで、テーブルのそばに移った。彼女は紙を取り出した。そして、その手は紙の上を走りはじめた。彼女は返事にやはりフランス語でこう書いた。

「いとしいジュリーさま。十三日付けのあなたのお手紙、とてもうれしく存じました。

あなたは今も変わらずあたくしを愛してくださっていますのね、心やさしいジュリーさん。離れていても——ずいぶんあなたはそれを悲しんでおられますが——普通よくある作用をあなたはこうむっておられませんのね。あなたは離れていることを嘆いておられますが、もし不平を申す気になれば、あたくしはいったいなんと言えばよいのでしょうか？　たいせつな人とはみんな引き離されてしまっているのですもの。ああ、もしあたくしたちが、自分を慰めてくれる宗教を持っていないとすれば、人生はあまりにも悲しいものになってしまうことでしょう。あの若い方に対する愛情のお話をなさりながら、あなたはなぜあたくしが厳しい見方をするとお考えなのでしょうか？　こういうことについて、あたくしは自分以外の人には厳格ではありませんし、ほかの人たちのそういう気持をあたくしは理解していますし、それを一度も体験せずに認めることはできないにしても、非難はいたしません。ただ、あたくしは、若い男性の美しい目が、あなたのように詩的《ポエチック》で、愛情ゆたかな若い女性のなかに燃え立たせる感情より、キリスト教的な愛、隣人への愛、敵への愛の方が、価値があり、甘美で、すばらしいもののような気がするのです。

ベズーホフ伯爵の死のニュースはあなたのお手紙の前に、あたくしたちのところへ届いておりまして、父はずいぶん衝撃を受けました。あの方は偉大な世紀の最後から二番目の代表者で、今度は自分の番だが、自分の番ができるだけ遅く来るように、できるだけのことをすると、父は言っております。願わくは、そんな恐ろしい不幸が起こりませんように！　あたくしは子どものころから知っているピエールさんについてのあなたのご意見に、与《くみ》することはできません。あの方は、あたくしの感じでは、いつもすばらしい心を持っておられましたし、これはあたくしが人々において何よりも尊く思っている長所なのです。遺産の相続と、そのなかで演じたワシーリー公爵の役割について申せば、これは双方にとって本当に悲しいことです。ああ、ジュリーさん、富める者が神の国に入るより、ラクダが針の穴を通る方がたやすいという救世主のおことばは、恐ろしいほど正しいものですわね。あたくしはワシーリー公爵に同情いたしますし、それにもましてピエールさんがお気の毒です。あれほどお若くて、あのような富の重荷を負ったとすれば、どれほどの誘惑にさらされずにすむでしょうか？　あたくしがなによりもこの世で望むものは何かとたずねられたら、それは乞食《こじき》のなかのもっとも貧しい者より貧しくなることでしょう。ジュリーさん、あなたがお送りくださった、そちらで大評判の著作のこと、幾重にもお礼申し上げます。とはいえ、あなたのお話では、いくつかのよいものにまじって、弱い人間の頭には理解できないものも含まれているとのこと、よくわからないものの読書にふけるのは、あまりにも無益なことのように、あたくしには思えます。それは、よくわからないために、なんの成果もありえないからです。精神に疑惑以外何ものも呼び覚まさず、想像力をかき立て、キリスト教的な単純明快さに正反対の誇張癖を生む神秘主義の本に執着して、みずから判断力を混乱させるような人々の盲目的な情熱を、あたくしはいまだかつて納得できたためしがありません。使徒行伝と福音書を読みましょう。それが秘めている神秘的なものを突き止めようなどとしないことにしましょう。なぜなら、あたくしたちのような哀れな罪人《つみびと》がどうして、摂理のおそろしくも神聖な秘密に分け入ろうなどと、大それた望みをいだくことができるのでしょうか。あたくしたちはこの肉の覆いを身にまとっており、それがあたくしたちと永遠なるもののあいだに、突き破れぬベールをかかげていますのに。この地上におけるあたくしたちの行いのために救世主がお残しくださった崇高な原理を学ぶことだけに、とどめることにいたしましょう。それを守り、それに従うように努めましょう。あたくしたちが自分のかよわい人間の知恵をほしいままにさせることが少なければ少ないほど、神の御心にかなうのです。神は神御自身から発していないすべての知識をしりぞけるのです。そして、神があたくしたちの意識から奪っておく方がよいと考えられたものに、あたくしたちが深入りしようとしなければしないほど、かえって神はその英知をもって、それをあたくしたちに開き示してくださるのです。

父は結婚を申し込もうとしている人のことはあたくしに話さず、ただ、手紙を受け取って、ワシーリー公爵の来訪を待っていると言っただけです。あたくし自身にかかわりのある結婚のお膳立てについて申しますと、親愛なジュリーさん、結婚は、あたくしの思うところ、従わなければならない、神の定めなのです。それがあたくしにとってどんなに辛いにせよ、もし全能の神があたくしに妻と母の義務を負わせ給うのでしたら、神があたくしに夫としてお与えくださる人への自分の気持をたしかめるために心を労することなく、できるかぎり誠実にその義務を果たすように努めます。

夫人同伴でルイスイエ・ゴールイに来ることを知らせた兄の手紙を、あたくしは受け取りました。これは束の間の喜びになってしまうでしょう。なぜなら兄は、どうして、何のためにあたくしたちが引き込まれてしまったのか、わけのわからないこの不幸な戦争に参加するために、あたくしたちのもとを去ってしまうからです。さまざまな出来事や社会の中心になっているあなたたちのところで、戦争のことが話題になっているだけでなく、ここのように、都会の人たちが普通、田舎に思いえがく田園の労働と自然の静寂のただなかでも、戦争のざわめきが聞こえ、重苦しく感じられます。父はあたくしには全然わからない、進撃だの、反転進撃などの話ばかりしております。おととい、村の道をいつものように散歩していたとき、あたくしは胸をかきむしられるような場面を目撃いたしました……それはあたくしたちのところで徴集され、軍隊へ送られる新兵たちの一隊でした……去って行く者たちの母親や、妻や、子どもたちの有様を見、去る者と去られる者のむせび泣きを聞いてみる必要があります！　人類は、侮辱を許すことと愛を教え給うた救世主の掟《おきて》を忘れ、たがいに殺し合う腕前を、このうえもなく大きな美点とみなそうとでもいうのでしょうか。

　さようなら、親愛なジュリーさん、願わくは救世主と聖母さまが、あなたに神聖にして力強いご加護をお与えくださいますように。　　マリア」

「あら、お手紙をお出しになるんですの、お嬢さま。あたくしはもう自分のを出しましたわ。あたくしのかわいそうな母《マ・ポーヴル・メール》に書いたんですの」にこにこ笑っているマドモアゼル・ブリエンヌが、マリアの張りつめた、侘《わ》びしく陰気な雰囲気のなかに、まったく別の軽薄で陽気な、自分に満ち足りた世界を持ち込みながら、r《エル》の音を喉《のど》にこもらせて、感じのいい早口の、しっとりした声で言いはじめた。

「お嬢さま、前もって申し上げておかなければなりませんが」彼女は声を低めながら、言い添えた。「公爵さまが言い争いを……言い争いを」彼女は、r《エル》の音をことさら喉の奥で出して、気持よさそうに自分の発音を聞きながら、言った。「ミハイル・イワーノヴィチと言い争いをなさいまして。とてもご機嫌が悪く、とても気が沈んでおられます。

ご承知おきくださいご存じのように……」

「ああ、ブリエンヌさん」マリアは答えた。「お願いしたでしょう、父の気分を先まわりしてあたくしに知らせるのは絶対にやめてくださいって。あたくし父を批判したくありませんし、ほかの人がそんなことをするのも望みませんの」

マリアは時計を見て、クラヴィコードを弾くために使わなければならない時間を、五分うっかり過ごしてしまったことに気づくと、はっとした様子で休息室へ向かった。十二時から二時のあいだは、決められた日課にしたがって、公爵は休息し、令嬢はクラヴィコードを弾くのだった。

23

白髪の側仕えがうたた寝をしながらも、大きな書斎のなかの公爵のいびきに聞き耳を立てて、座っていた。屋敷の奥の方からは、閉め切ったドアごしに、二十ぺんずつくり返し弾かれる、ドゥーセック（チェコの作曲家、ピアニスト。十八世紀末にロシアでも公演した）のむずかしいパッセージが聞こえていた。

その時、玄関に箱馬車と軽快な旅行用の馬車が乗りつけて、箱馬車からアンドレイ公爵が降り立ち、小柄な妻を降ろし、自分より先に行かせた。かつらをかぶった白髪のチーホンが給仕部屋のドアから体を突き出すと、声をひそめて、公爵はおやすみになっておられますと報告し、急いでドアを閉めてしまった。息子の到着も、どんな異常な事件も、公爵の日課をぶちこわしてはならないと、チーホンは心得ていた。アンドレイも、どうやら、それをチーホンに劣らずよく心得ていたようだった。彼は自分が会わなかったあいだに、父の習慣が変わっていないかどうか、たしかめようとでもするように、時計を見た。そして、変わっていないのを確認すると、妻に向かって言った。

「二十分後に父は起きる。マリアのところへ行こう」彼は言った。

小さな公爵夫人リーザは最近太ってしまったが、うぶ毛が生えていて、微笑を浮かべた短い上唇と目は、彼女が話しはじめると、あいかわらず楽しそうに、かわいらしく上の方にあがるのだった。

「それにしても、これは御殿ね」彼女はあたりを見まわしながら、ダンス・パーティの家の主人にお世辞を言うような表情で、夫に言った。「行きましょう、早く、早く！……」彼女はあたりを見まわしながら、チーホンにも、夫にも、二人を案内していた給仕にもほほえみかけていた。

「マリアさんね、練習なさっているのは。そっと行きましょう、あの方をびっくりさせてあげないと」

アンドレイは礼儀正しくて、憂鬱《ゆううつ》そうな表情でそのあとについて行った。

「年をとったな、チーホン」彼は自分の手に接吻した老人に、通り過ぎながら、言った。

クラヴィコードの聞こえている部屋の前で、わきのドアから器量のいい、金髪のフランス人の女性が飛び出して来た。マドモアゼル・ブリエンヌは喜びのあまり分別を失っているように見えた。

「まあ！　どんなにお喜びでしょう、お嬢さまは！」彼女は言いはじめた。「やっと！あたくし、先にお知らせしなければ」

「いいんです、いいんですのよ、お願いですから……あなたがマドモアゼル・ブリエンヌですわね。あたくしもうあなたを存じ上げていますのよ、義妹《いもうと》があなたとはとても仲よくさせていただいていますから」リーザは彼女とキスを交わしながら言った。「あの人、あたくしたちを待っているわけではないでしょう！」

彼らは何度も何度もくり返されるパッセージが聞こえてくる休息室のドアに近づいた。アンドレイは足を止めて、まるで何か不愉快なものでも待ち受けているように、顔をしかめた。

リーザが中に入った。パッセージが途中でとぎれた。叫び声と、マリアの重い足音と、キスの音が聞こえた。アンドレイが中に入ってみると、彼の結婚式のときにたった一度、ちょっと会っただけのマリアとリーザが手を握り合って、偶然最初に触れたところに、しっかり唇を押しあてていた。ブリエンヌは両手を胸に当て、恐れ多いような微笑を浮かべながら、今にも泣き出しそうなのに、それと同じくらい笑い出しそうな様子で、二人のそばに立っていた。アンドレイは肩をすくめ、ちょうど音楽好きの者がまちがった音を聴いて顔をしかめるように、顔をしかめた。女は二人とも相手を離した。それからまた、後れをとってはいけないというように、おたがいに手を握り、キスをして、手をふりほどこうとし、それからまた、おたがいに顔にキスをしはじめた。そして、アンドレイにはまったく意外なことに、二人とも泣き出して、またキスを交わしはじめた。ブリエンヌも泣き出した。アンドレイは気まずい思いをしているようだった。しかし、二人の女性には、自分たちが泣いていることはごく自然に思えた。この対面がこれ以外のものになることがあろうなどとは、二人は思いもしなかったのだ。

「ああ！　あなた……ああ！　マリアさん……」急に二人の女は言って、笑い出した。

「あたくし、けさ夢に見ましたのよ……じゃ、あたくしたちが来るとは思っていらっしゃらなかったのね？……あら、マリアさん、あなたお痩せになったわ……あなたの方はふっくらなさって……」

「あたくしすぐに奥さまだということがわかりましたわ」ブリエンヌが口をはさんだ。

「あたくしだって迷いませんでしたよ！……」マリアが叫んだ。「あら！　兄さん、あたくし兄さんが目にも入らなかった」

アンドレイは妹とおたがいに手にキスを交わし、おまえはあいかわらず泣き虫だねと、妹に言った。マリアは兄の方を向いた。すると、その瞬間にはすばらしくきれいになった、大きい、光を帯びた目の、愛情のこもった、温かい、やさしいまなざしが涙をすかして、アンドレイの顔に留まった。

リーザは口をつぐむことなくしゃべっていた。うぶ毛のはえた、短い上唇がひっきりなしに一瞬下がり、赤い下唇のしかるべきところに触れては、また開いて、歯と目をきらきら光らせる微笑になるのだった。公爵夫人は身重の彼女には危険なことになりかねなかった、スパースカヤ山での出来事を話し、そのすぐあとで、自分は服を全部ペテルブルグに置いてきたので、ここではなんともわけのわからないものを着て歩くことになるだろうということや、アンドレイがすっかり変わってしまったことや、キティ・オドゥインツォーワが老人と結婚したことや、マリアに本当に花婿候補がいること、しかし、それはあとで話そうなどということを伝えた。マリアはあいかわらず黙って兄を見ていた。そして、そのすばらしくきれいな目には愛情と悲しみがこもっていた。彼女のなかには今、兄嫁の話とはかかわりのない、自分の考えの流れがしっかりできている様子だった。彼女は兄嫁がペテルブルグでの最近の祝日の話をしている途中で、兄に話しかけた。

「で、兄さんはどうしても戦争に行くの？」彼女は溜め息をついて言った。

リーザも溜め息をついた。

「あすにでも」兄は答えた。

「この人はあたしをここに置き去りにして行くんです、それもなんのためかわからずに。行かなくてもこの人は出世できたかもしれないのに……」

マリアはしまいまで聞かずに、自分の考えの糸を繰りつづけながら、やさしい目でそのおなかの方を見やって、兄嫁に言った。

「たしかなの？」彼女は言った。

公爵夫人の顔が変わった。彼女は溜め息をついた。

「ええ、たしかなの」彼女は言った。「ああ！　とっても怖いわ……」

リーザの唇は下がった。彼女は自分の顔を義妹《いもうと》の顔に近づけて、また思いがけず泣き出した。

「この人は休まなければいけないんだ」アンドレイは顔をしかめながら、言った。「そうだね？ リーザ。この人を自分の部屋に連れて行ってくれ、僕はおやじのところへ行く。どうだいおやじは、あいかわらずかい？」

「あいかわらず、あいかわらず同じよ。兄さんの目からはどうか、わからないけれど」うれしそうにマリアが答えた。

「じゃ、同じ時間に並木道の散歩も？ 旋盤も？」アンドレイは、父親をどれほど愛し尊敬しているにしても、その弱点はわかっているという表情の微笑を、目につくかつかないほど浮かべて、たずねた。

「同じ時間に旋盤も、それに数学も、あたしの幾何の授業も」マリアはうれしそうに答えた。それはまるでその幾何の授業が自分の生活のなかで、いちばんうれしい感じを与えてくれるもののひとつだと言うようだった。

　老公爵が起きる時刻までの二十分が過ぎると、チーホンが父親のところへ行くように若公爵を呼びに来た。老公爵は息子の到着に敬意を表して、自分の生活スタイルに例外をつくった——彼は食事の前の着替えのときに、自分の部屋に息子を通すように命じたのだ。公爵は昔ながらに長上着《カフタン》を着、パウダーをつけていた。そして、アンドレイが（あちこちの客間でわざと装っている気むずかしい顔の表情や態度でなく、ピエールと話していたときのような生き生きした顔で）父のところに入って来たとき、老人は化粧室で、幅の広い、山羊《やぎ》革を張った肘掛け椅子に座っており、化粧用の上っ張り《パウダー・マント》を着て、頭をチーホンの手に預けていた。

「おう！　つわもの！　ボナパルトをやっつけようというのか？」と老人は言って、パウダーをふりかけた頭を、チーホンの手に握られて、お下げのように編まれかけている髪の毛が許すかぎりで、振った。「せめておまえぐらいはあいつをしっかり懲《こ》らしめてくれんと、あいつはもうすぐわしらまで自分の国民に組み込んでしまうぞ。よく来た！」そう言って、彼は自分の頬を突き出した。

老人は食事前にひと眠りして、機嫌がよかった（彼は食後は銀の眠り、食前は金の眠りだと言っていた）。彼は濃い、垂れ下がった眉の下から、横目でうれしそうに息子を見た。アンドレイは歩み寄って、父が指さした場所にキスをした。彼は今どきの軍人たち、とくに、ボナパルトを冷やかすという、父の好きな話題には返事をしなかった。

「ええ、おとうさんのところへ帰って来たんです、それも身重の女房を連れて」アンドレイは父親の顔のひだのひとつひとつの動きを、生き生きとした、尊敬のこもった目で追いながら、言った。「ご健康の方はいかがですか？」

「不健康なのは、おまえ、馬鹿と道楽者だけだが、わしはおまえも知ってのとおり、朝から晩まで仕事をして、節制しておる。とすりゃ健康さ」

「神さまのおかげですね」微笑しながら息子が言った。

「神さまなんか関係あるもんか。ま、話して聞かせろ」彼は自分の好きな十八番《おはこ》に戻りながら、続けた。「戦略《ストラテジー》とかいう新しい科学にのっとって戦うのを、ドイツ人とボナパルトがおまえたちにどんな具合に教えてくれたか」

アンドレイは微笑した。

「ちょっと落ち着かせてください、おとうさん」父の弱点も父を愛し尊敬するさまたげにはならないという表情の微笑を浮かべて、彼は言った。「僕はまだちゃんと腰を据える場所もないんですよ」

「馬鹿な、馬鹿なことを言う」老人は、しっかり編めているかどうかためすために、編んだ髪を振りたて、息子の手をつかみながら、叫んだ。「おまえの女房の家は用意してある。マリアが連れて行って、見せて、しこたましゃべるだろう。それがあいつたち女の仕事だ。わしは嫁が来てうれしいぞ。しばらく座って、話して聞かせろ。ミヘルソン(オーストリアの将軍)の軍のことは、わしはわかる、トルストイ(ロシアの将軍)のもだ……同時に上陸だな……南方軍は何をする？　プロシア、中立……これはわしも知ってる。オーストリアはどうだ？」彼は椅子から立ち上がり、部屋を歩きながら言った。それにくっついてチーホンが走りながら、服のいろいろな部分を渡している。「スウェーデンはどうだ？どうやってポメラニアを突破するな？」

アンドレイは、父の要求が頑強なのを見て、はじめはしぶしぶだったが、やがてしだいに活気づき、話の途中で知らず知らず、習慣で、ロシア語からフランス語に移ってしまって、予想される戦争の作戦計画を話しはじめた。プロシアを中立から引っぱり出し、戦争に引き込むために、九万の軍がプロシアを威嚇《いかく》するはずだということ、その軍の一部がシュトラルズント（バルチック海沿岸の小都市）でスウェーデン軍と合流するはずだということ、二十二万のオーストリア軍が十万のロシア軍と合流して、イタリアとライン河畔で行動するはずだということ、また、五万のロシア軍と五万のイギリス軍がナポリに上陸するだろうということも、総計五十万の軍がさまざまな方面からフランス軍に攻撃をしかけるはずだということも話した。老公爵は話のあいだ、まるで聞いていないように、少しの興味も示さなかった。そして、あいかわらず歩いて服を着ながら、三度ふいに息子をさえぎった。一度目は息子の話をさえぎって、どなった。

「白だ！　白だ！」

それはチーホンが公爵に、着ようと思っている白ではないチョッキを渡そうとした、という意味だった。その次は彼は立ち止まって、たずねた。

「で、もうじき生まれるのか?」そして、なじるように頭を振って、言った。「よくない! 続けろ、続けろ」

三度目には、アンドレイが概略の説明を終わりかけたとき、老人が調子はずれな、年寄りくさい声で歌をうたいだした。〈マールバラ（イギリスの将軍。スペイン継承戦争で軍功があった）は戦いに行きぬ。帰る日は神のみぞ知る〉。

息子は微笑しただけだった。

「僕はこれが自分に納得のゆく計画だと言うのじゃありません」息子は言った。「ただおとうさんに、ありのままをお話ししただけです。ナポレオンはもう、これより悪くない自分の計画を立てています」

「ま、新しいことをおまえは何ひとつ言わなかったよ」そして、老人は思いに沈んで、早口ことばのように一人つぶやいた。〈帰る日は神のみぞ知る〉――「食堂に行け」。

24

決まった時刻に公爵は髪にパウダーをふりかけ、ひげを剃って、食堂に出て来た。そこでは、嫁、マリア、ブリエンヌ、それに公爵の建築技師が彼を待ち受けていた。地位からすれば問題にならないこの建築技師は、こんな名誉を期待できるはずはまったくなかったのだが、公爵の奇妙なむら気のために食卓につくことを許されていた。身分の差を、生まれて以来しっかり守って、県の偉い役人たちでさえめったに食卓につくことを許さなかった公爵が、部屋の隅で格子縞のハンカチを使って鼻をかむ、建築技師のミハイル・イワーノヴィチを、突然実験台にして、人間はみんな平等だということを証明しようとし、ミハイル・イワーノヴィチはなにもわしやおまえたちより劣っているわけではないということを、一度ならず娘に吹き込んだ。食事のとき公爵は、黙ってかしこまっているミハイル・イワーノヴィチに話しかけることがいちばん多かった。

この家のあらゆる部屋と同じように、ひどく大きくて天井の高い食堂では、家族と、どの椅子の後ろにも立っている給仕たちが、公爵の出て来るのを待ち受けていた。腕にナプキンを掛けた召使頭は、食器類を見まわしながら従僕たちに目くばせをし、壁の時計からドアの方へ——そこから公爵が姿を現すはずだった——たえず不安そうな目を走らせていた。アンドレイは樹木をかたどったボルコンスキー公爵家の系図の入った、ひどく大きな、初めて見る金の額をながめていた。それは冠をかぶった昔の領主である公の不出来な（多分、この家のおかかえ絵師の手になるものらしい）絵のはまった、やはりひどく大きな額の向かい側にかかっていた。その公はリューリック（ノルマン人の族長。伝説によればスラヴ人の要請により、八六二年にノヴゴロド国を建設し、ロシア国家の基礎を築いた）から発し、ボルコンスキー一族の祖先にあたる者にちがいなかった。アンドレイは首を振りながら、その樹木をかたどった系図を見て、おかしいほど似ている肖像を見ているときのような顔で笑っていた。

「おやじという人がよくよくわかるよ、ここへ来ると！」彼は自分のそばに来たマリアに言った。

マリアはびっくりして兄を見た。彼女は兄が何を笑っているのかわからなかった。父のすることはすべて、批判の余地のない畏怖《いふ》の念を、彼女のなかに呼び覚ましていたのだった。

「だれでも、それなりにアキレス腱《けん》を持っている」アンドレイは続けた。「あんな大変な頭脳を持っていて、こんなおかしなことに本気になるなんて！」

マリアは兄の批判の大胆さが理解できずに、言い返そうとしかけたが、その時、待ち受けていた足音が書斎から聞こえた。公爵が一家の厳しい秩序に、わざとせかせかした態度でコントラストをつけるように、いつもと同じ歩き方で、早足に、楽しそうに入って来た。その瞬間に、大きな時計が二時を打ち、細い声で別のが客間のなかでそれに応じた。公爵は立ち止まった。垂れ下がった濃い眉の下から、生き生きして、光っている、厳しい目がみんなを見わたし、若い公爵夫人の上に留まった。若い公爵夫人はその時、皇帝の出御の際に廷臣たちが感じるような気持を感じた。それはこの老人が身近な人間すべてに引き起こす気持だった。彼はリーザの頭を撫で、ぎごちない手つきでその首筋を軽くたたいた。

「よく来た、よく来た」彼は言って、じっともう一度彼女の顔をまともに見つめると、足早に離れて、自分の席に座った。「座りなさい、座りなさい！ ミハイル・イワーノヴィチ、お座りなさい」

彼は嫁に自分のかたわらの席を示した。給仕が彼女のために椅子を動かした。

「ほほう！」老人は丸くなったその腰を見まわしながら、言った。「あわてたな、よくない！」

彼はいつもの笑い方で、口だけ使って、目は使わずに、そっけなく、冷たく、嫌な感じで笑った。

「歩かなくちゃいかん、歩かなくちゃ。なるべく多く、なるべく多くな」彼は言った。

小さな公爵夫人はそのことばが耳に入らないか、耳に入れる気がなかった。彼女は黙ったまま、困っているように見えた。公爵が彼女に父親のことをたずねた。するとリーザは話を始めて、にっこり笑った。公爵は二人に共通の知人たちのことをたずねた。リーザはいっそう元気づいて話しはじめ、公爵によろしくという伝言や巷《ちまた》の噂話を伝えた。

「アプラクシン伯爵の奥さまは、おかわいそうに、ご主人を亡くされて、涙の涸《か》れるほどお泣きになりましてね」彼女はだんだん元気づいて、言った。

彼女が元気づくにつれて、公爵はますます厳しく彼女を見つめ、ふいに、もう彼女を調べ尽くして、はっきりした自分の考えをつくり上げてしまったかのように、わきを向いて、ミハイル・イワーノヴィチに話しかけた。

「ところで、どうだねミハイル・イワーノヴィチ、われらのボナパルトはよくないことになりそうだぞ。アンドレイ公爵(彼はいつもこんなふうに息子を三人称で呼んでいた)の話だと、ボナパルトをめがけてえらい兵力が集まっておる。ところが、わしやあんたはずっとあいつを、中味のない人間と見ていたんだからな」

ミハイル・イワーノヴィチは、そのわしとあんたとやらがボナパルトのことを、いつそんなふうに言ったのか、まるでわからなかったけれども、好きな話題の前口上をやるために自分が必要になったのだ、ということはのみこめたので、これがどんな成り行きになるのか自分ではわからないまま、怪訝《けげん》そうに若公爵を見た。

「うちのこの人はたいした戦術家でな！」公爵は建築技師を指さしながら、息子に言った。

そして、話はまた戦争のことと、ボナパルトと今どきの将軍や政治家のことになった。

老公爵は今どきの人物はみんな、軍事や政治のＡＢＣもわきまえない小僧っ子で、ボナパルトはただ、彼に張り合わせるポチョムキンやスヴォーロフがいなかったからこそ、うまくやれたけちなフランスの野郎だ、と確信していただけではなかったようだった。そのうえ彼は、ヨーロッパにはなんの政治的難題もなく、戦争もなく、あるのは、今どきの連中がたいしたことをやっているようなふりをして、演じている人形芝居のたぐいだ、ということさえ確信していた。アンドレイは新しい人間たちを父親が笑いとばすのを、明るい顔で辛抱していた。そして、見るからにうれしそうに、父親をあおり立てて話をさせ、それを聞いていた。

「なんでもよく思えるんですね、昔あったことは」彼は言った。「でも、まさにそのスヴォーロフがモローのしかけた罠《わな》にはまって、抜け出すことができなかったんじゃありませんでしたかね？（一七九九年のスヴォーロフのスイス遠征の失敗）」

「そんなこと、だれがおまえに言った？　だれが言った？」公爵はどなった。「スヴォーロフが！」そして、彼は皿を放り投げたが、すばやくチーホンがそれを受け止めた。「スヴォーロフが！……考えたうえでか、アンドレイ公爵。二人だぞ――フリードリヒとスヴォーロフと……モローだと！　スヴォーロフの手が自由だったら、モローは捕虜になったはずだ。だがな、スヴォーロフは宮廷軍事腸詰大酒協議会（オーストリアの宮廷軍事協議会を皮肉ったもの）

をかかえてたんだ。これじゃだれでもたまらん。まあ、行ってごらんになれば、この宮廷軍事腸詰大酒協議会の正体がおわかりになりますよ。スヴォーロフがこれに手こずったとすりゃ、どうしてクトゥーゾフの手に負える⁉　いや、おまえさん」彼は言いつづけた。「あんたとあんたの将軍さんたちとじゃ、ボナパルト相手にやっていけるものか。味方同士がわからずに、味方で同士討ちするには、フランス人を手に入れなくちゃいかん。フランス人のモローを迎えに、ドイツ人のパレンをアメリカの新ヨーク（ニューヨークのこと）に行かせてな」彼はロシア軍に入るように、今年モローに対してなされた招聘《しょうへい》をほのめかしながら、言った（ピシュグリュの反ナポレオン陰謀に連座して、アメリカに追放されたモローをロシア軍に勤務させるため、一八〇五年アレクサンドル一世はドイツのパレン伯爵をアメリカに派遣した）。

「神業だ‼　どうだね、ポチョムキンとか、スヴォーロフとか、オルロフなどという連中はいったいドイツ人だったのかね？　いや、おまえさん、あんたたちがみんな気が狂ったのか、さもなきゃ、わしがもうろくしたのか、どっちかだ。ま、好きなようにやってくれ、わしらは見物してる。ボナパルトがやつらのあいだじゃ偉大なる司令官になったとはね！　ふん！　……」

「僕は命令が全部りっぱだったなどとは、一言も言ってません」アンドレイは言った。

「ただ、僕はおとうさんがどうしてそんなふうにボナパルトのことを決めつけられるのかわかりません。お好きなように笑いとばしてもけっこうですが、ボナパルトはそれでもやっぱり偉大な司令官です！」

「ミハイル・イワーノヴィチ」老公爵は建築技師に向かって叫んだが、相手は自分のことは忘れてくれたものとあてにして、焼肉に専念していた。「わしがあんたに言ったことがあるね、ボナパルトはたいした戦術家だって。ほら、こいつもそう言っているよ」

「ごもっともでございます、御前さま」建築技師は答えた。

公爵はまた例の冷たい笑い方で笑った。

「ボナパルトってやつは生まれながらに運がいい。あいつの兵隊はすばらしい。おまけに最初にあいつが攻めたのはドイツ人だ。ところが、ドイツ人をやっつけないのは、怠け者だけだからな。この世ができて以来、みんながドイツ人をやっつけてきた。ドイツ人の方はだれもやっつけたことがない。ただ、ドイツ人同士でやっただけだ。ボナパルトはこの連中相手に名をあげたのさ」

そして公爵は、あらゆる戦争で、さらには政治でも、彼が見るところでは、ボナパルトが犯した誤りを、残らず分析していった。息子は反論はしなかったが、たとえどんな論証が出されても、老公爵に劣らず、彼も自分の意見を変えることはできそうもないように見えた。アンドレイは反論をひかえながら、聞いていた。そして、この年とった人間が、これほど何年もただひとりで、どこにも出ずに田舎に引っ込んでいながら、ここ数年のヨーロッパの軍事や政治のあらゆる状況を、これほど詳細に、これほど精密に知っており、批判することができるのに、驚かずにはいられなかった。

「わしのような年寄りには、本当の情勢はわからんと、おまえは考えておるんだろう？」彼は締めくくった。「だが、ちゃんと、わしの頭に入っとる！　わしは幾晩も徹夜する。なあ、おまえさんの偉大な司令官はいったいどこで、どこで腕前を見せた？」

「それは長い話になりそうですね」息子は答えた。

「行くがいいさ、おまえさんのボナパルトのところへ。マドモアゼル・ブリエンヌ、あんたの下司《げす》皇帝の崇拝者が、また一人現れたよ！」彼はみごとなフランス語で叫んだ。

「ご存じでいらっしゃいましょう、あたくしがボナパルトびいきではないことは。公爵さま」

「〈帰る日は神のみぞ知る〉」公爵は調子はずれに歌い、それ以上に調子はずれに笑うと、テーブルを離れた。

小さな公爵夫人は議論のあいだもそれ以外のときも、食事のあいだはずっと黙ったまま、時にはマリアを、時には義父を、おびえたようにちらりちらり見やっていた。公爵たちがテーブルを離れると、彼女は義妹《いもうと》の手を取って、別の部屋に招き入れた。

「なんて頭の鋭い方でしょう、あなたのお父さまって」彼女は言った。「あたし、あの方が怖いのは、もしかしたら、そのせいかしら」

「まあ、父はとてもいい人なのよ！」マリアが言った。

25

アンドレイは次の日の夕方、もう出発するところだった。老公爵は自分の日課にそむかずに、食後は自分の部屋に引っ込んだ。小さな公爵夫人は義妹の部屋にいた。アンドレイは肩章のついていない旅行用の軍服を着て、自分にあてがわれた部屋で、側仕えといっしょに荷造りをしていた。自分で幌馬車《ほろばしゃ》と、カバンの積み方を点検してから、彼は馬車に馬をつなぐように命じた。部屋には、アンドレイがいつも肌身はなさず持って行くもの——手箱、大きな銀の食糧入れ、オチャコフ（十八世紀末にロシア軍が占領したトルコの要塞）付近から持ち帰った、父の贈り物である二挺《ちょう》のトルコ風のピストルと短剣——だけしか残っていなかった。この旅行用品を全部、アンドレイはきちんと整えていた。なにもかも新しそうで、きれいで、ラシャのケースに入れて、念入りに紐《ひも》で縛ってあった。

出発とか生活の変わり目のとき、自分の行為をよく考えることのできる人間は、たいてい真刻な考えにとらわれる。そういうときにはたいてい過去が反省され、将来の計画が立てられる。アンドレイの顔はすっかり思いに沈んで、しかも、柔和だった。彼は手を後ろに組んで、自分の前を見つめたまま、足早に部屋を隅から隅へ歩き、時折り思いにふけって首を振っていた。彼は戦争に行くのが恐ろしかったのか、妻を置き去りにするのが悲しかったのか、もしかすると、その両方だったのか、ともかく、自分がそんな様子をしているのを見られるのは嫌だったらしく、入り口に足音が聞こえると、組んでいた手を急いで離し、手箱のケースを縛っていたようなふりをしてテーブルのそばに立ち、いつもの落ち着きはらった、心の内の見通せない表情をつくった。それはマリアの重い足音だった。

「兄さんが馬をつけるように命令したと聞いたんだけれど」彼女は息をはずませて（おそらく、走って来たのだろう）、言った。「あたし、どうしてももう一度、兄さんと二人だけで話がしたかったもので。どれくらいの間また別れ別れになるのか、わからないでしょう。兄さん怒っていないわね？ あたしが来たことを。兄さんはとても変わってしまったんですもの、アンドリューシャ」彼女は自分のこんな質問を説明するように言い添えた。

彼女は「アンドリューシャ」という子どもじみた愛称を口に出してしまって、微笑した。この謹厳で眉目秀麗な男が、瘦せた、いたずらな少年で、子ども時代の遊び相手だった、あのアンドリューシャと同じ人間なのだと思うと、彼女自身奇妙な気がしたようだった。

「リーザはどこ？」彼は微笑だけで妹の問いに答えながら、たずねた。

「すっかり疲れて、あたしの部屋のソファーで眠ってしまったわ。ああ、アンドレイ、本当に宝物のような奥さまね」彼女は兄の前のソファーに腰を落ち着けながら、言った。「あの人はまるっきり子どもなのね、とてもかわいらしい、明るい子どもだわ。あたしすっかりあの人が好きになってしまった」

アンドレイは黙っていたが、マリアは彼の顔に現れた、皮肉で馬鹿にしたような表情を見て取った。

「でも、小さな弱点には寛大にならなければいけないわ。弱点のない人なんているかしら、アンドレイ！　あの人が上流社会でしつけられ、育ったということを、忘れてはだめよ。それに、あの人は今、バラ色っていう状態ではないし。その人その人の立場になってみなければね。すべてを理解する者は、すべてを許す、と言うでしょう。考えてもごらんなさい、かわいそうに、リーザさんは、今まで慣れていた生活のあとで、ご主人と別れて、田舎に、それも、今のような体で、ひとりぼっちで残るのは、どんなことか。それはとても辛いことよ」

アンドレイは妹を見ながら、微笑を浮かべていた。それは我々が、奥底まで見通していると感じている人間の言うことを聞きながら浮かべるのと、同じ種類のものだった。

「おまえは田舎に暮らしていて、その生活をひどいものとは思っていないじゃないか」

彼は言った。

「あたしは別問題よ。なんにもならないわ、あたしのことなんか言っても！　あたし、これ以外の生活は望まないし、それに望むこともできない、何ひとつほかの生活は知らないんだから。でも、兄さんは考えてあげなくちゃ。若くて、上流社会に染まった女の人が、人生のいちばんいい年頃に、田舎で埋もれてしまうことになるのよ。それもひとりぼっちで。だって、おとうさまはいつも忙しいし、あたしの方は……兄さんはあたしのことを知っているでしょう……無調法者だから……よりぬきの上流社会に慣れた女の人にとってはね。ブリエンヌだけが……」

「あの女は実に嫌だな、おまえのブリエンヌさんは」アンドレイは言った。

「まあ、違うわ！　あの人はとても感じがよくて、いい人よ。なによりも、気の毒な娘さんなのよ。あの人はだれも、だれひとり身寄りがないの。本当の話、あたしにはあの人は必要ないどころか、気づまりなの。あたしは、兄さんも知ってるでしょう、ずっとがさつな人間だったし、今ではますますひどくなっている。あたしは一人でいるのが好きなの……おとうさまはあの人をとても好いているわ。あの人とミハイル・イワーノヴィチ、この二人がいつもおとうさまがにこやかに、やさしくしている人なのよ。それはあの人たちが二人ともおとうさまに恩義をこうむっているからだわ。スターン（十八世紀のイギリスの作家。『センチメンタル・ジャーニー』などを書いた）が言っているでしょう、「我々が人を愛するのは、その人たちが我々にしてくれたよいことのためというよりむしろ、我々がその人たちにしてやったよいことのためである」。おとうさまはあの人がみなし子で路頭に迷っているのを拾ったのよ。それにあの人はとても気立てがいいし。おまけにおとうさまはあの人の本の読み方が好きなの。あの人は毎晩おとうさまに朗読をしてあげるのよ。すばらしく上手に読むわ」

「ふうん。でも本当のところ、マリア、おまえでも、時にはおやじの性格が嫌になる、と思うがね」ふいにアンドレイが聞いた。

マリアはその質問がはじめは不思議に思え、やがて、ぎくりとした。

「あたし？……あたしが!? あたしが嫌になるですって!?」彼女は言った。

「おやじは今までもずっと角《かど》があったけれど、今じゃむしろ、嫌な人間になってきていると思うな」アンドレイは、こんなふうに気軽に父親の批評をしながら、どうやら、わざと妹を困らせるか、試すために言った。

「兄さんはなにもかもりっぱな人だわ。でも、考え方になにかプライドがありすぎる」マリアは会話の筋道よりむしろ、自分の考えの筋道を追いながら、言った。「これは大きな罪よ。いったい父親を批判していいものかしら？　それに、たとえ、していいにしても、おとうさまのような方が、尊敬以外、どんな気持を感じさせるのかしら？　それに、あたしはおとうさまといっしょにいて、本当に満足しているし、幸せなのよ！　あたしの望みといえばただ、兄さんたちもみんな、あたしのように幸せになってほしいということよ」

兄は信じられないように首を振った。

「ただひとつだけ、あたしの嫌なことは――正直に言うと、兄さん――それは宗教のことでのおとうさまの考え方なの。あれほどずば抜けた頭を持った人が、どうして火を見るより明らかなことを悟らずに、あんなふうに迷っていられるのか、あたしにはわからない。これだけがあたしのたったひとつの不幸よ。でも、こういう点でも最近よくなるきざしが見えているわ。最近、おとうさまの冷やかしはそれほど意地悪くないし、家に呼ぶ一人の修道僧がいて、その人と長いこと話しているのよ」

「まあね、マリア、おまえとその修道僧が情熱という火薬をむだ使いしてるんじゃないかと思うがね」茶化してはいるものの、やさしくアンドレイが言った。

「まあ、兄さん。あたし、おとうさまがあたしの言うことを聞いてくださるようにと、ただそればかり神さまにお祈りしているし、そうなるものと期待しているのよ。兄さん」彼女はちょっと黙っていたあとで、おずおずと言った。「あたし、兄さんにたいせつなお願いがあるの」

「なんだい？　マリア」

「いいえ、約束してちょうだい、断わらないって。兄さんにはなんの重荷にもならないことだし、何ひとつ兄さんの体面にかかわるようなことはないでしょうし。ただあたしの気を休めてくれることになるだけ。約束して、アンドリューシャ」彼女はバッグに手を突っ込んで、その中で何かを握ったまま、まだそれを見せずに、言った。まるで、自分の握っているものが自分の頼んでいることそのもので、頼みを聞いてくれる約束をとりつけるまでは、その何かをバッグから取り出すことはできない、というようだった。

彼女はおずおずと、哀願するような目で兄を見つめていた。

「かりにそれが僕にとって大変な重荷になるにしてもね……」いったいどういうことなのか察しがつきかけたように、アンドレイは答えた。

「なんでも好きなように考えてちょうだい！　あたしわかってるわ、兄さんはおとうさまと同じような人間なんだから。なんでも好きなように考えていいわ、でも、あたしのためにこれだけはしてちょうだい。してちょうだい、お願い！　これは前におとうさまのおとうさま、あたしたちのおじいさまが、戦争のたびに身に着けていたのよ……」

彼女はあいかわらずまだ、握っているものをバッグから出そうとしなかった。「じゃ、約束してくれるわね？」

「もちろんさ。いったいなんだい？」

「兄さん、あたし兄さんへのはなむけの祝福に、聖像を掛けてあげようと思うの。だから約束してちょうだい、けっしてその聖像を肌身はなさないって……約束してくれる？」

「それが三十キロもあって、首の骨をはずさなければね……おまえの気がすむように……」アンドレイは言った。しかし、その瞬間、その冗談を聞いて妹の顔に浮かんだ悲しい表情を見て取って、後悔した。「うれしいよ。本当に、うれしいよ、マリア」彼は言い添えた。

「兄さんは嫌でも、この方が兄さんを救って、恵みを授けて、兄さんの心をご自分の方に向けるようにしてくださるわ。なぜって、真理も平安もこの方のなかだけにしかないんですもの」彼女はこまかい細工の銀の飾りと銀の鎖のついた、卵形の古い由緒ある黒い顔の小さな救世主の聖像を、おごそかな手つきで兄の前に両手で捧げ持って、興奮にふるえる声で言った。

彼女は十字を切り、聖像に接吻して、それを兄に渡した。

「お願い、兄さん、あたしのために……」

マリアの大きな目から、やさしい、おずおずとした光が輝いていた。その目が病身のような、痩せた顔全体を照らし、すばらしく美しくしていた。兄が聖像を取ろうとしたが、彼女はそれを押しとどめた。アンドレイは悟って、十字を切り、聖像に接吻した。その顔はやさしくて(彼は感動していた)、同時に、茶化しているようだった。

「ありがとう、マリア」

マリアは兄の額にキスをして、もう一度ソファーに座った。二人は黙っていた。

「ね、あたし言ったでしょ、兄さん、やさしい、大きな気持になってちょうだい、今までと同じように。リーザさんに厳しい見方をしないで」マリアは言いはじめた。「あの人はとても感じがよくて、気立てのいい人よ。それに、あの人の体の具合はとても辛いものなのよ、今は」

「僕は何もおまえに言わなかったと思うがね、自分の女房を何か責めているとか、女房に不満だとか。どういうつもりなんだ? そんなことをいろいろ僕に言うのは」

マリアはところどころしみをにじませて赤くなり、まるで自分が悪かったと思っているように、黙り込んでしまった。

「僕は何ひとつおまえに言わなかったのに、もうおまえにだれかが言ってしまったんだ。僕はそういうことが情けない」

赤いしみがいっそうひどくマリアの額や、首や、頬ににじみ出た。彼女は何か言おうとして、言い出せなかった。兄は察した。小さな公爵夫人が食事のあと、泣きながら、お産が不幸なものになりそうな予感がして怖いと言い、自分の運命や、舅《しゅうと》や、夫のことを嘆いたのだ。涙を流したあげく、彼女は眠ってしまった。アンドレイは妹がかわいそうになった。

「これだけは承知しておいてくれ、マリア。僕は僕の女房を何ひとつ責めることはできないし、責めたこともないし、ぜったいに責めるつもりもない。また、女房に対する自分の態度で、自分を責めることもできない。そして、これは僕がどんな立場になろうと、いつも変わらないだろう。しかし、おまえが本当のことを知りたければ……僕が幸福かどうか知りたければ、幸福じゃない。女房は幸福かどうか？　幸福じゃない。なぜそうなのか？　わからない……」

そう言いながら、彼は立ち上がり、妹のそばに寄り、身をかがめて、その額にキスをした。彼のすばらしく美しい目は聡明《そうめい》で心のやさしそうな、いつもとは違った光で輝いていたが、彼が見つめていたのは妹ではなく、その頭を越して、開いたドアの闇の奥であった。

「リーザのところに行こう、別れのあいさつをしなくちゃ！　それより、一人で行って、リーザを起こしてくれ、僕もすぐに行く。ペトルーシカ！」彼は側仕えに叫んだ。「こっちに来て、運び出せ。これは座席の下、これは右脇《みぎわき》だ」

マリアは立ち上がって、ドアの方に向かった。彼女は立ち止まった。

「兄さん、兄さんがもし信仰を持っていたら、兄さんが今感じていない愛を授けてくださるように、神さまにお願いして、その祈りは聞き届けられたでしょうに」

「いや、まさかそれは！」アンドレイは言った。「行きなさい、マリア、僕もすぐに行く」

妹の部屋に行く途中、一つの棟と次の棟をつなぐ渡り廊下で、アンドレイはにこやかにほほえんでいるブリエンヌに出くわした。彼女はこの日のうちにもう三度も、うれしくてたまらないような、無邪気な微笑を浮かべて、人気《ひとけ》のない渡り廊下にひょっこり現れたのだった。

「まあ！　お部屋にいらっしゃるとばかり思っておりましたわ」彼女はなぜか赤くな

って、目を伏せながら、言った。

アンドレイは厳しく彼女を見た。アンドレイの顔にはふいに、怒ったような表情が浮かんだ。彼はブリエンヌに何も言わなかったが、目をまともに見ずに、額と髪の毛を見た。それがあまりにも人を馬鹿にしたようだったので、フランス女は赤くなって、何も言わずに、向こうに行ってしまった。彼が妹の部屋に近づいたとき、リーザはもう目を覚ましていて、忙しそうに次々にことばをくり出している、明るく、かわいらしい声が、開いたドアから聞こえた。彼女はまるで長いこと我慢していたあとで、むだに失われた時を取り返そうとでもするように、しゃべっていた。

「いいえね、考えてもごらんなさい、お年を召したズーボフ伯爵夫人が、つくりものの巻毛をつけて、口にはつくりものの歯をいっぱい入れて、まるで自分のお年など問題にしてないみたい……ほ、ほ、ほ、ほ、マリアさん！」

ズーボフ伯爵夫人を話題にした、これとそっくり同じ言いまわしと同じ笑い声を、もう五度ばかりアンドレイは他人の前で、妻から聞かされていた。彼は静かに部屋に入った。ちょっと太って、血色のいいリーザが、編み物を持って、肘掛け椅子に座り、ペテルブルグの思い出や、決まった言いまわしを、次から次にくり出しながら、休みなくしゃべっていた。アンドレイは歩み寄って、彼女の頭を撫で、旅行の疲れは取れたかとたずねた。彼女は返事をして、同じ話を続けた。

六頭立ての幌馬車が車寄せの横に止まっていた。外は暗い秋の夜だった。御者は馬車のながえも見えなかった。玄関の昇降段では手燭《てしょく》を持ったお屋敷勤めの者たちが忙しく動きまわっていた。豪壮な屋敷は窓ごしに煌々《こうこう》と明かりをきらめかせていた。玄関の間には、若公爵と別れのあいさつをしようとする召使いたちがひしめいていた。広間には、ミハイル・イワーノヴィチ、ブリエンヌ、マリア、リーザなど、身内の者がみんな立っていた。アンドレイは父の書斎に呼ばれていた。父親はさし向かいでアンドレイと別れのあいさつをしたかったのだ。みんなが二人の出てくるのを待っていた。

アンドレイが書斎に入ったとき、老公爵は老眼鏡をかけ、白いガウンを着て――そんな格好では、息子以外のだれにも会わなかったのだが――机に向かって、書き物をしていた。彼はふり返った。

「行くか？」そう言って、彼はまた書き出した。

「お別れのあいさつをしに来たんです」

「接吻しろ、ここに」彼は頰をさし出した。「ありがとう、ありがとう！」

「なんのお礼ですか？」

「出発を延ばさず、女のスカートにしがみついていないからだ。勤務第一。ありがとう、ありがとう！」そして、彼はキシキシ音を立てているペンから、インクのしぶきが飛び散るほどの勢いで、書きつづけた。「何か言わなくちゃならんことがあったら、言え。こんなことは二ついっしょにやれる」彼は言い添えた。

「女房のことなんですが……おとうさんの手に預けて行くのが、まことに申し訳なくて……」

「でたらめ言うな。必要なことをしゃべれ」

「女房がお産をする時期になったら、産婦人科の医者を呼びにモスクワに使いを出してください……医者がここにいてほしいんです」

老公爵は手を止めて、意味がのみこめないように、まじまじと厳しい目で息子を見つめた。

「自然の力がささえてくれないかぎり、だれも役に立たないことは、わかっています」アンドレイは、明らかにためらいながら言った。「百万回に一つしか不幸な例がないことは認めますが、それが女房と僕の頭に浮かぶんです。女房はいろいろ言われて、夢に見たもので、怖がっているんです」

「ふん……ふん……」老公爵は終わりの方を書きながら、口のなかで言った。「呼んでやるよ」

彼は署名をすると、急にすばやく息子の方に向きなおって、笑い出した。

「うまくいってないな、え?」

「何がうまくいってないんですか? おとうさん」

「女房だ!」短く、意味深長に老公爵は言った。

「わかりません」アンドレイは言った。

「ま、どうにもしょうがないな、おまえ」公爵は言った。「女ってみんな、あんなもんだ、別れるわけにもいかん。心配せんでもいい。だれにも言やせん。だが、おまえ自身はわかってる」

彼は自分の骨ばった小さな手で、アンドレイの腕をつかみ、それを振って、人を見通すような、すばしこい目でまっすぐ息子の顔を見て、また例のように冷ややかに笑った。

息子は溜め息をついて、父親が自分を見抜いたことを、その溜め息で認めた。老人はその間ずっと、いつもの手早さで手紙をたたみ、封をしながら、封蠟《ふうろう》や、封印や、紙をつかんだり、放り投げたりしていた。

「しかたあるまい? 美人だからな! わしが万事やる。おまえは安心していろ」彼は封をしながら、きれぎれに言った。

アンドレイは黙っていた。彼は父親に見抜かれたことが愉快でもあり、不愉快でもあった。老人は立ち上がって、手紙を息子に渡した。

「いいか」彼は言った。「女房のことは気にかけるな。できることはする。それでだな、手紙はクトゥーゾフ将軍に渡せ。おまえをいい場所に使ってくれるように、長いこと副官にしておかんように書いてある。副官なんて嫌な仕事だ！　あの男に言ってくれ、わしがあの男を覚えていて、好きだってことをな。それから、あの男がおまえにどんな態度をとるか、手紙で知らせろ。いい態度だったら、勤めろ。ニコライ・ボルコンスキーの息子はお情けじゃ、だれの下にも仕えんぞ。さあ、そいじゃこっちへ来い」

彼はことばの半分は言わずにすますような早口でしゃべっていたが、息子は父の言うことを理解するのに慣れていた。彼は息子を引き出しや棚のついた大きな机のそばに連れて行き、上蓋《うわぶた》をあげ、引き出しを開けて、大きな、細長い、くっつきあった字でぎっしり書き込んであるノートをひっぱり出した。

「まちがいなく、わしはおまえより先に死ぬはずだ。いいか、ここにわしの覚書がある。わしが死んだらこれを陛下にお渡しするんだ。それから、ここに証券と手紙がある。これはスヴォーロフの戦争史を書いた者への賞金だ。アカデミーに送れ。ここにはわしの備忘録がある、わしが死んだら、自分のために読め。役に立つことが見つかる」

アンドレイは、きっとおとうさんはもっと長生きするでしょうと、父に向かって言わなかった。そんなことは言ってはならないのだ、と彼は悟っていた。

「全部ちゃんとやりますよ、おとうさん」彼は言った。

「よし、それじゃ行って来い！」自分の手に接吻させ、彼は息子を抱いた。「ひとつだけは覚えておけよ、アンドレイ公爵。おまえが殺されたら、わしは、年寄りは、辛いぞ……」彼はふいに黙ってしまった。そして急に、叫ぶような声で続けた。「だがな、おまえがニコライ・ボルコンスキーの息子にあるまじき振舞いをしたら、わしは……恥ずかしいぞ！」彼は甲高い声で言った。

「そんなことは僕に向かって言えないはずですよ、おとうさん」微笑して、息子は言った。

老人は口をつぐんだ。

「もうひとつ、僕はおとうさんにお願いしたいんですが」アンドレイは続けた。「もし僕が戦死して、もし僕の息子が生まれたら、きのう申し上げたように、ご自分のもとから離さずに、おとうさんのもとで成人するようにさせてください……お願いです」

「女房に渡しちゃならんか？」と老人は言って、笑い出した。

二人は黙ったまま向き合って立っていた。老人のすばしこい目がまっすぐ息子にそそがれた。老公爵の顔の下の方で、何かがピクリとふるえた。

「別れのあいさつはすんだ……行け！」ふいに彼は言った。「行け！」彼は書斎のドアを開けながら、怒った、大きな声でどなった。

「どうしたの、いったい、どうしたの？」白いガウンを着て、かつらもつけず、老眼鏡をかけて、怒った声でどなっている老人の、一瞬ドアからのぞいた姿と、アンドレイを見て、リーザとマリアがたずねた。

アンドレイは溜め息をついて、何も答えなかった。

「さてと」彼は妻に向かって言った。そしてこの「さてと」ということばには冷たくあざけるようなひびきがあった。それはまるで、さあ今度はおまえたち女がお得意のやつをやってくれ、とでも言っているようだった。

「アンドレイ、もう？」小さな公爵夫人は青ざめて、恐ろしそうに夫を見ながら、言った。

彼は妻を抱いた。彼女は叫び声をあげ、気を失って、夫の肩にくずおれた。

彼は妻がもたれかかっている肩をそっと引き離し、顔をのぞきこんで、用心ぶかく肘掛け椅子に彼女を座らせた。

「さよなら、マリア」彼は小声で妹に言い、手と手にキスを交わし、足早に部屋を出た。

リーザは肘掛け椅子に横たわり、ブリエンヌがそのこめかみをこすっていた。マリアは義姉《あね》を抱き起こしながら、泣き濡れた、すばらしくきれいな目で、アンドレイの出て行ったドアをあいかわらず見つめたまま、彼に向かって十字を切っていた。書斎からは、何度もくり返して老人が鼻をかむ、怒ったような音が、銃声のように聞こえていた。アンドレイが出て行ったとたんに、書斎のドアがすばやく開いて、白いガウンを着た老人のいかめしい姿がのぞいた。

「行っちまったか？　こいつはいい！」彼は気を失った小さな公爵夫人を怒ったようにちらりと見て言い、なじるように首を振って、バタンとドアを閉めてしまった。

第二篇

1

一八〇五年十月、ロシア軍はオーストリア大公国（オーストリア帝国北西部の沿岸地域）の村落や都市に陣を敷き、さらに新手の部隊がロシアから到着して、宿営の苦痛を住民に負わせながら、ブラウナウ（ミュンヘンの東約百キロ。ドナウ川の支流イン川沿岸の町）要塞付近に布陣した。ブラウナウには総司令官クトゥーゾフの本営があった。

一八〇五年十月十一日、ブラウナウ付近に到着したばかりの歩兵連隊の一つが、総司令官の閲兵を待ち受けながら、町から一キロ弱のところに宿営していた。果樹園、石塀、瓦《かわら》屋根、遠くに見える山々など——ロシア的でない土地と環境、ものめずらしそうに兵士たちを見ているロシア人でない民衆をよそに、その連隊の外見は、どこかロシアの真ん中で閲兵の準備をしている、どのようなロシアの連隊ともまったく同じだった。

夕方になってから、行軍の最後の行程にはいったとき、命令が届き、総司令官は連隊を行軍中に閲兵すると伝えられた。命令文のことばが連隊長にはあいまいに思え、それをどのように解釈すべきか――行軍の服装でなのかどうか？　という疑問が生じたものの、礼装で閲兵を受けさせることに、大隊長会議で決定した。それはいつでも、おじぎをし足りないより、おじぎをしすぎる方がいい、という理由からだった。そこで兵士たちは、三十キロの行軍ののち、一睡もせずに、ひと晩じゅう修理をしたり、汚れを落としたりしていた。副官と中隊長たちは計算をしたり、数を差し引いたりしていた。そして、朝までには、連隊はゆうべの行軍のときのような、だらだらと延びた、無秩序な群衆ではなく、整然とした二千人の集団となり、そのひとりひとりが自分の位置と自分のするべきことを心得ており、ひとりひとりの一つ一つのボタンやベルトがあるべき場所にあって、きらめくばかりに清潔だった。外側がきちんとしているばかりでなく、かりに総司令官が制服の下をのぞく気になったとしても、ひとりひとりが同じように清潔な下着を身につけているのを見ただろうし、めいめいの背嚢《はいのう》のなかには所定の数の物を、兵士たちの言う「針っこ、石鹸《シャボン》こ」を見つけたことだろう。ただひとつだけ、だれひとり安心のできないことがあった。それは靴だった。半数以上の者の靴は破れていた。しかし、この欠陥が生じたのは連隊長の責任ではなかった。なぜなら、再三要求したにもかかわらず、オーストリア当局は連隊長に物資を供給しないまま、連隊は千キロ歩き通したのだ。

連隊長は年配の、精力的な、眉や頬《ほお》ひげの白くなりかけた将官で、がっちりして、肩から肩までよりも、むしろ胸から背中までの方が広かった。彼は新しい、おろしたての、折りじわのついた制服を着、金モールをたっぷり使った肩章をつけていたが、それが肉付きのいい彼の肩を押し下げずに、まるで上に持ち上げているように見えた。連隊長は生涯最高の晴れがましい仕事のひとつを、幸せに果たしている人間といった様子をしていた。彼は隊列の前を行き来していた。そして、行き来しながら、ちょっと背中をかがめて、一歩ごとに体をふるわせていた。見るからに、連隊長は自分の連隊に見とれ、自分の連隊のおかげで幸せだったし、彼の精神力はすべて連隊だけに集中していた。しかし、それでいながら、ふるえるようなその歩き方は、まるで戦争への関心以外に、社交生活の興味や女性も、彼の心のなかで少なからぬ場所を占めている、というようだった。

「なあ、ミハイロ・ミトリッチ君」彼は一人の大隊長に声をかけた(大隊長は笑顔で前に進み出た。見るからに二人とも幸せそうだった)。「けさまでひと晩じゅう、ひどい目にあったな。しかしまあ、なんとかよさそうじゃないか、悪くない連隊だろ……え?」

大隊長は明るい皮肉を理解して、笑い出した。

「ツァリーツィン・ルーク（ペテルブルグの都心にあって閲兵式などが行われる広場。現マルス広場）でも広場から追い出されやしませんよ」

「なんだって？」連隊長は言った。

その時、町から通じていて、信号兵が点々と配置されている道に、馬で来る二人の姿が見えた。それは副官と、その後ろに従っているコサック騎兵だった。

副官はきのうの命令であいまいに述べられていたことを、連隊長にはっきりさせるために総司令部から派遣されたのだったが、それはほかでもない、総司令官が連隊を行軍中とまったく同じ状態で、つまり、オーバーコートを着て、軍帽にカバーをかけたまま、なんの準備もしていない姿で見るのを望んでいるということだった。

クトゥーゾフのもとに昨夜ウィーンから宮廷軍事協議会の委員が到着し、フェルディナント大公（オーストリア軍総司令官）とマック（オーストリアの将軍。ウルム付近の戦闘でフランス軍の捕虜となる）の軍に合流するため、なるべく早く進軍するようにという提案と要求をもたらした。そこで、その合流を有利でないとみなしていたクトゥーゾフは、自分の意見につごうのいいほかの証拠に加えて、ロシアから到着する部隊がおちいっているみじめな状態を、オーストリアの将軍に見せつけようという腹だった。彼が連隊を迎えに出ようとしていたのは、そういう目的だった。だから、連隊の状態が悪ければ悪いほど、それは総司令官には気分のいいことだった。

副官はこういう細かいことは知らなかったものの、ともかく、みんなオーバーコートを着用し、カバーをつけるように、それに反した場合は、総司令官は不満足であるという、総司令官の絶対的な要求を連隊長に伝えた。

そのことばを聞き終わると、連隊長は頭を垂れ、肩をすくめ、癇《かん》の強そうな身振りで両手を広げた。

「えらいことやっちまったな！」彼は言った。「だからおれが言っただろう、ミハイロ・ミトリッチ君、行軍中なら、オーバーコートを着たままだって」彼は不平がましく大隊長に言った。「ああ、とんでもないことだ！」と言い添えて、思いきりよく前に進み出た。「中隊長諸君！」彼は号令をかけ慣れた声でどなった。「下士官を召集！……まもなくお越しでしょうか？」彼はやって来た副官に向かって、うやうやしい尊敬の表情で言ったが、その尊敬はどうやら、彼が話題にしている人に向けられているものらしかった。

「一時間後、だと思います」

「着替えるひまがありますかね？」

「わかりません、将軍……」

連隊長は自分で隊列のそばに歩み寄って、もう一度オーバーコートに着替えることを命令した。中隊長たちは走って各中隊に分散し、下士官たちがあわただしく動きまわりだした(オーバーコートは十分には手入れがされていなかった)。そして、その瞬間に、今まで整然として、無言だった四角形の隊列が揺れ動き、長くのびて、話し声がざわざわ聞こえ出した。四方八方で兵士たちが走り去ったり、走り寄ったりし、背中にしょった背嚢を肩で揺すりあげ、頭ごしに引っぱりおろし、背嚢に付けてあるオーバーコートをはずして、腕を高く上げながら袖のなかに突っ込んでいた。

三十分後に、すべてがまた元の秩序に戻った。ただ四角形が黒から灰色になった。連隊長はふるえるような歩き方で連隊の前に出、遠くからそれをながめわたした。

「ありゃなんだ、いったい。ありゃなんだ?」彼は足を止めながら、叫んだ。「第三中隊長を呼べ!……」

「第三中隊長、将軍のところへ!」「隊長、将軍のところへ」「第三中隊、隊長のところへ!……」隊列を伝わる声が聞こえた。そして、副官はぐずぐずしている中隊長を探しに、走って行った。

真剣な声のひびきが、まちがって内容をゆがめながら、しまいに「将軍を第三中隊へ!」と叫んで、めざす方へ届いたとき、呼び出しを受けている士官が中隊の奥から姿を現した。そして、もう年配の男で、走るのに慣れていなかったのに、あぶなっかしく爪先《つまさき》をひっかけながら、駆け足で将軍のところに向かった。この大尉の顔は、暗記していない宿題を言えと命じられた生徒のような不安の色を浮かべていた。赤い（多分、不節制のためだろう）顔にはしみがにじみ出ていたし、口はどんな形をとればよいのか迷っていた。大尉が息をはずませ、近づくにつれて歩幅をおさえながら、駆け寄ってくるあいだ、連隊長は彼を頭のてっぺんから足の先までながめまわしていた。

「君はそのうち、みんなにサラファン（ジャンパースカートに似たロシアの女性用民族衣装）でも着せて、おめかしをさせるのかね？　ありゃなんだ？」連隊長は下顎《したあご》を突き出して、第三中隊の列のなかで、ほかのコートとちがう、工場製の、上等のラシャのような色のコートを着ている兵隊を指し示しながら、どなった。「君はどこにおったのかね？　総司令官を待っておるのに、君は自分の部署を離れておるのかね？　え？　閲兵のときにみんなにでれでれした服を着せるなんて、どういうことか、わしが君に教えてやろうか！……え？……」

中隊長は、上官から目を離さずに、二本の指をますます帽子のひさしに押しあてて挙手の礼をしていた。まるでただこうして指を押しあてていることに、自分の救いを見出しているようだった。

「おい、なんで黙っておる？　あの君の隊でハンガリア人みたいな格好をしておるのはだれなんだね？」連隊長が手厳しい皮肉を言った。

「閣下、閣下とは何か、だれも知らん」

「なに、「閣下」とはなんだ？　閣下！　閣下！　って言ってるくせに、

「閣下……」

「閣下、あれはドーロホフであります、降格されました……」小声で大尉が言った。

「どうなってるんだ、元帥にでも降格になったのかね、それとも兵隊にかね？　兵隊なら、みんなと同じように、型通りの服装をせにゃいかん」

「閣下、閣下ご自身が行軍中はあの男にお許しになったのであります」

「許した？　許しただと？　君らはいつもそうなんだ、若いもんは」連隊長はいささか熱を冷まして言った。「許した？　君らに何か言うと、君らはだな……」連隊長はちょっと口をつぐんだ。「君らに何か言うと、君らはだな……なんだと？」彼はまたいら立って、言った。「みんなにまともな服装をさせていただきたいもんだね」

そう言うと、連隊長は副官をふり返り、例のふるえるような歩き方で、連隊の方に向かった。どうやら、いら立ったことが彼自身には気に入ったらしく、連隊を見まわりながら、もっと怒る口実を見つけようとしていた。記章をきれいに手入れしていないと言って、一人の士官を叱《しか》りつけ、列が乱れていると言って、もう一人の士官を叱りつけてから、彼は第三中隊に近づいた。

「なあぁんという立ち方だ？　どこに足をやっとる？　足はどこだ？」青っぽいコートを着たドーロホフの五人ほど手前からもう、連隊長はやりきれんといった感じを声にひびかせて、どなり出した。

ドーロホフは曲げていた足をゆっくり伸ばし、澄んだ、不敵な目で、まっすぐ将軍の顔を見た。

「どういうつもりだ、青いコートなんか？　ぬげ！……下士官！　着替えさせるんだ、こいつを……このろく……」彼は最後まで言い終わることができなかった。

「将軍、わたしは命令を果たす義務はありますが、我慢をする義務はありません……」

早口にドーロホフは言った。

「隊列で喋《しゃべ》っちゃいかん！……喋っちゃいかん、喋っちゃいかん！……」

「侮辱を我慢する義務はありません」大きな、よく通る声で、ドーロホフが言うだけのことを言った。

将軍と一兵卒の目が合った。将軍はきつく巻いたマフラーを怒ったように下の方に引っぱりながら、黙ってしまった。

「着替えてくださいお願いします」彼は離れながら言った。

コラム7　軍の組織と部隊の種類

近衛騎・歩兵　元来は皇帝の護衛部隊だが、最精鋭なので、決定的場面では戦闘にも参加する。近衛将校は貴族エリート。

胸甲騎兵　文字通り鎧《よろい》のような防具をつけた重装騎兵。大きくて力のある馬に乗り、密集隊形で敵に体当たりする。スピードが優先する近代戦では、その役割が減少。

竜騎兵　時には馬を使わず、歩兵と一緒に活動する。そのため、騎兵の武器であるサーベルとピストルのほかに、歩兵銃と銃剣を持つ。

軽騎兵　迅速な活動が特徴で、偵察、防御、急襲を任務とする。サーベル、ピストル以外に、馬上から射撃できる短い騎兵銃を持つ。騎兵の花形で、ニコライ・ロストフ、デニーソフのように勇敢、豪快を売り物にする者が多かった。

槍騎兵　軽騎兵と基本的に同じ。前列の兵は槍を持っていた。

猟騎兵　隊形を作らず、散開して行動する。複雑な地形の戦場などで有効。

擲弾兵《てきだんへい》　元来は手投げ弾を扱う歩兵。体格がよく力の強い兵隊が集結。銃の射程距離が延びて手投げ弾が使われなくなり、体格のいい精鋭からなる歩兵部隊に変わった。

普通歩兵　歩兵の大多数。一八一二年戦争ではライフル以前の螺旋《らせん》条溝のない銃を使用。

旧式銃歩兵　火縄銃を使用していた昔の歩兵。一八一二年以前に普通歩兵に編成替え。

猟歩兵　任務は猟騎兵と同じ。ライフル銃を持ち、新導入の標的射撃訓練を受けていた。

A 騎　兵	1801年（アレクサンドル1世即位時）	1812年12月17日
Ⅰ近衛騎兵	4 連隊	6 連隊
Ⅱ一般騎兵		
重装騎兵		
胸甲騎兵	13 連隊	8 連隊
竜騎兵	11 連隊	36（20）連隊
軽装騎兵		
軽騎兵	8 連隊	11（12）連隊
槍騎兵	普通騎兵 2 連隊	5（12）連隊
猟騎兵		8 連隊
B 歩　兵		
Ⅰ近衛歩兵		
重装歩兵	3 連隊	4 連隊
軽装歩兵		2 連隊
Ⅱ一般歩兵		
重装歩兵		
擲弾兵	13 連隊	14 連隊
普通歩兵	〔旧式銃〕69 連隊	96 連隊
海兵隊		4 連隊
軽装歩兵		
猟歩兵	18 連隊	50 連隊
Ⅲ守備隊		12 連隊，20 大隊
Ⅳ国内守備隊		42 大隊，4 半個大隊
C 砲　兵		
Ⅰ近衛砲兵		
歩兵隊所属砲兵旅団		1
騎兵隊所属砲兵隊		1
予備砲兵中隊		1
Ⅱ一般砲兵		
野戦隊	歩兵隊所属砲兵 7 連隊	27 旅団，砲 972 門
予備隊	騎兵隊所属砲兵隊 1 連隊	10 旅団，砲 492 門
後備隊	その他 9 連隊	4 旅団，砲 408 門

（　）内は，ナポレオン敗北後の編成替えの後．

2

「接近中！」その時、信号兵が叫んだ。

連隊長は赤くなって、馬のそばに駆け寄ると、ふるえる手であぶみをつかみ、体を跳ね上げて馬にまたがり、姿勢を正し、剣を抜くと、幸せそうな、きっぱりした顔で、口を横に広げ、大声をあげる身構えをした。連隊は羽ばたきながら姿勢をととのえている鳥のように、はたはたと動き、じっと静かになった。

「気をーつけぇー！」連隊長は腹の底を揺さぶるような、自分にとってはうれしく、連隊に対しては厳しく、近づいてくる上官に対してはうやうやしい声で、叫んだ。

広い、両側に木の植わった、舗装していない大きな道を、かすかにスプリングの音をひびかせながら、颯爽《さっそう》とした早足で、縦一列に馬をつないだ、空色で丈の高いウィーン風の幌馬車が走って来た。幌馬車の後ろにはお付きの者たちと、クロアチア人の護衛兵たちが馬を走らせていた。クトゥーゾフの横には、黒い服のロシア兵のあいだでは奇妙な、白い制服を着たオーストリアの将軍が座っていた。幌馬車は連隊のそばで止まった。クトゥーゾフとオーストリアの将軍は何か小声に話していた。そしてクトゥーゾフは、息をつめて彼と連隊長を見つめている、この二千人の人間がまるでそこにいないように、重い足取りでステップから足を下ろしながら、微笑を浮かべた。

命令の声がひびきわたり、連隊はまたカタカタと音を立てて揺れうごき、捧《ささ》げ銃《つつ》をした。死んだような静寂のなかに、総司令官のかすかな声が聞こえた。連隊はわめいた。「閣下《くわっくわ》の、ご壮健をいの・お・お・おる！」。そして、またすっかり静まりかえった。はじめ、連隊が動いているあいだは、クトゥーゾフはひとつの所に立っていた。それから、クトゥーゾフは白服の将軍と並んで徒歩で、お付きの者たちを従えながら、隊列に沿って歩き出した。

連隊長はクトゥーゾフを食い入るように見つめ、体を伸ばしたり、引き締めたりしながら総司令官に敬礼をし、まるで、前に突んのめるようにして、ふるえるような動きをやっと抑えながら、隊列に沿って将軍たちのあとを歩きはじめ、総司令官の一語一語、一挙一動ごとに、飛びつくように走り寄っていたことから判断すると、彼はどうやら上官の義務よりも、部下の義務の方を喜んで果たしていたようだった。連隊長の厳格さと熱心さのおかげで、この連隊は当時ブラウナウ付近に到着するほかの連隊にくらべると、とびきりいい状態だった。落伍者や病人は二百十七名にすぎなかった。しかも、靴以外はなにもかも整備されていた。

クトゥーゾフは時折り足を止めて、トルコ戦争で知っていた士官たちや、時には兵隊たちにまで、二言三言やさしいことばをかけながら、隊列の端から端まで歩き通した。時々靴を見ながら、彼は何度か悲しそうに首を振り、これをだれに咎《とが》め立《だ》てするわけではないにしても、これが実によくないということは、認めずにはいられないというような表情で、オーストリアの将軍にそれを指さして見せた。連隊長は、連隊に関係のある総司令官のことばを聞きもらしては大変とばかり、そのたびごとに前に走り出るのだった。クトゥーゾフの後ろからは、かすかに発音されるどんなことばも聞き取れるぐらいの距離を置いて、二十人ほどのお付きの者たちが歩いていた。お付きのお歴々は、自分たち同士で雑談をし、時には笑っていた。総司令官の後ろの、いちばん近くを歩いていたのは、美男の副官だった。それはアンドレイ・ボルコンスキー公爵だった。彼と並んで歩いていたのは、同僚のネスヴィツキーという佐官で、ひどく太っていて、人のよさそうな、にこにこ笑っている美しい顔と、しっとりした目をしていた。ネスヴィツキーは自分のそばを歩いている黒っぽい髪の軽騎兵士官に、笑わされそうになるのをやっとのことでこらえていた。軽騎兵士官はにこりともせず、じっと据えた目の表情も変えず、まじめな顔で連隊長の背中を見つめながら、その一挙一動をまねしていた。連隊長がピクリと身をふるわせて、前かがみになるたびに、まったく同じように、そっくりそのまま、軽騎兵士官もピクリと身をふるわせて、前かがみになるのだった。ネスヴィツキーは笑って、ほかの者を小突いて、あのひょうきん者を見ろと合図をしていた。

クトゥーゾフは、目の孔《あな》から飛び出さんばかりに、上官の姿を追っている数千の目のわきを、ゆっくり、力なく歩いて行った。第三中隊のわきにくると、彼は突然足を止めた。お付きの者たちは、そんなふうに立ち止まることを予想していなかったので、いやおうなしにクトゥーゾフに突き当たってしまった。

「ああ、チモーヒン！」総司令官は、青いコートのおかげで苦労した赤鼻の大尉に気づいて、言った。

連隊長に叱られたときにチモーヒンが見せた姿勢以上に、直立不動の姿勢をすることは不可能だ、という感じだった。ところが、総司令官が声をかけたこの瞬間、大尉は、総司令官がもう少しのあいだ彼を見ていたら、耐えきれまいという気がするほど、直立不動の姿勢をした。そこで、クトゥーゾフはその状態を悟ったらしく、耐えきれなくさせまいとして、万事うまくいくようにと励ましのことばをかけ、急いで顔をそむけてしまった。負傷で醜くなった、むくんだようなクトゥーゾフの顔に、目につくかつかないほどの微笑がよぎった。

「イズマイル（黒海沿岸の町。一七九〇年のロシア・トルコ戦争で、ここにあった難攻不落のトルコ軍の要塞をロシア軍が占領し、当時少将だったクトゥーゾフが大活躍した）のころからの仲間でね」彼は言った。「勇敢な将校だ！　君はあの男に満足してるかね？」クトゥーゾフは連隊長に聞いた。

するとと、連隊長は自分には見えないけれども、鏡のように軽騎兵士官に自分の姿を映しながら、ピクリと体をふるわせ、前の方に歩み寄って答えた。

「非常に満足であります、閣下」

「我々はみんな、弱点がないわけじゃない」クトゥーゾフは微笑を浮かべて、大尉のそばから離れながら言った。「あの男は酒神《バッカス》を信奉していたよ」

連隊長は自分にその責任があるのではないかと、びっくりして、何も答えなかった。軽騎兵士官はこの瞬間、鼻が赤くて、腹をぎゅっと締め上げた大尉の顔をすばやく見て取って、その顔と姿勢をそっくりまねたので、ネスヴィツキーは笑いをこらえることができなかった。クトゥーゾフがふり返った。どうやら、この士官は思いどおりに顔をあやつることができるらしく、クトゥーゾフがふり返った瞬間、すばやくしかめ面をし、それから、このうえもなくまじめで、うやうやしく、罪のない表情をつくろった。

第三中隊が最後だった。そして、クトゥーゾフは何かを思い出そうとする様子で、考え込んだ。アンドレイがお付きの群れから進み出て、フランス語で小声に言った。

「この連隊にいる、降格になったドーロホフのことを思い出させてくれ、とのご命令でした」

「どこにいるのかね？　ドーロホフは」クトゥーゾフはたずねた。

もう兵士用の灰色のコートに着替えていたドーロホフは、呼び出されるのを待ちきれなかった。澄んだ空色の目をした、金髪の兵士のすらりとした姿が隊列から進み出た。

彼は総司令官のそばに歩み寄って、捧げ銃をした。

「願いの筋かね？」ちょっと眉をひそめて、クトゥーゾフが聞いた。

「これがドーロホフです」アンドレイが言った。

「ああ！」クトゥーゾフは言った。「この教訓で君は立ち直ると期待している。ちゃんと勤めたまえ。陛下はご慈悲深い。わしも君を忘れんよ、君がそれだけの働きをすればな」

空色の澄んだ目が、連隊長を見たのと同じように、不敵に総司令官を見つめていた。それはまるで、総司令官と一兵卒とをはるか遠くに隔てている擬制のとばりを、その目の表情で引き裂こうとでもしているようだった。

「一つだけお願いがあります、閣下」彼はよく通る、しっかりした、あわてることのない声で言った。「わたくしの罪をそそぎ、皇帝陛下とロシアに対するわたくしの忠誠を証明する機会をお与えください。お願いいたします」

クトゥーゾフは横を向いた。その顔には、チモーヒン大尉から顔をそむけたときと同じような目の微笑が、ちらりと浮かんだ。彼は横を向いて、顔をしかめた。まるで、ドーロホフが言ったことはみな、この男がこのおれに向かって言えるようなことはみな、自分はずっと昔から知っていて、そんなことはみな、もう自分は飽き飽きしているし、そんなものはみな、全然必要なものではないということを、その表情で見せようとしているかのようだった。彼は顔をそむけて、幌馬車の方に向かった。

連隊は中隊ごとに分かれて、ブラウナウ近辺の、割り当てられた宿舎へ向かい出した。宿舎に着けば、靴をもらい、服をつくろい、たびかさなる苦しい行軍の疲れを癒《い》やせるという期待があった。

「不服を言っちゃいかんぞ、わしのことを。チモーヒン君！」連隊長は指定の場所に向かって行く第三中隊を馬で追い越し、先頭を進むチモーヒン大尉のそばに寄りながら、言った。連隊長の顔は、閲兵がうまくすんだので、抑えきれないうれしさを浮かべていた。「軍務は皇帝陛下のためだ……いかん……この次、隊列のなかでわしが食ってかかったら……わしが自分から先にあやまる。君もわしという人間を知ってるだろう……君には大いに感謝しておったんだ！」そして、彼は中隊長に手を差し出した。

「とんでもございません、将軍、わたくしがそんな大それたことを！」大尉は鼻を赤くし、にっこり笑って、イズマイルの戦闘で銃の尻《しり》でたたき折られた二本の前歯の欠けた跡を、その笑いでむき出しにしながら、答えた。

「ま、ドーロホフのだんなにも伝えてくれよ、あの人が安心できるように、わしもあの人のことを忘れんようにするとな。よく言っといてくれよ、いいね。わしはあの人がどんな具合か、どんな態度か、たずねようとずっと思っておったんだ。そして、ずっと……」

「勤務の方はちゃんとしております、閣下……しかし、性格が……」チモーヒンが言った。

「どうなんだね、どうなんだね性格が？」連隊長がたずねた。

「急に変わるんであります、閣下、その日次第で」大尉は言った。「時には頭もよく、学もあれば、気立てもいいんであります。ところが時には、けだもので。ポーランドでは、あやうくユダヤ人を殺しかけまして。ご存じでありましょうが……」

「ふん、そうか。ふん、そうか」連隊長は言った。「なんといっても、不幸な目にあった若者はかわいそうに思ってやらなきゃならん。なにしろ、たいした縁故があるし……だから君はその……」

「かしこまりました、閣下」チモーヒンは上官の希望がわかっていることを、微笑で感じ取らせながら、言った。

「ふん、そうか。ふん、そうか」

連隊長は隊列のなかにドーロホフを探し出すと、馬の歩みを抑えた。

「最初の戦闘までに、肩章をな」彼はドーロホフに言った。

ドーロホフはふり返り、何も言わず、馬鹿にしたように笑っている口の表情を変えなかった。

「さて、これでよし」連隊長は続けた。「みんなに、わしからウォツカ一杯ずつだ」彼は兵隊たちに聞こえるように、大声で付け加えた。「ありがとうみんな！　おかげでうまくいった！」そして、彼はこの中隊を追い越すと、別の中隊の方に近づいた。

「ま、あの人は、ほんとに、いい人だ。あの人となら勤めていける」チモーヒンは自分のかたわらを歩いていた新参の士官に言った。

「一言で言えば、ハートのカードですね！……(連隊長はハートのキングというあだ名だった)」笑いながら、新参の士官は言った。

閲兵のあとの上官たちの幸せな気分は兵隊たちにも移った。中隊は楽しそうに進んで行った。前後左右から兵士たちの話し声が飛び交っていた。

「なんでみんな言いおったのかのう？　クトゥーゾフは目っかちじゃ、片目じゃて」

「そうでないことあるまいが！　ほんまに目っかちじゃ」

「いんや……おまえ、おまえよりでかい目だぞ、長靴も脚絆《きゃはん》もみんなじろっと見よった……」

「わしの足を見たときの目つきはどうじゃ、おまえ……いや、もう！　わしが思うに……」

「もう一人の方はよ、オーストリアの野郎、クトゥーゾフといっしょにいたやつ、チョークを塗りたくったようじゃ。粉みたいに白くてよ！　おおかた、武器みたいにみがき立てとるんじゃろ」

「ところでどうじゃ、フェジェーシォウ！……いつ戦争が始まるとかなんとか、クトゥーゾフが言っとらんかったか？　おまえの方が近くに立っとったろう？　ブルノボ(ブラウナウの訛り)にブナパルトが自分で出て来とると、あいかわらずの噂《うわさ》じゃったが」

「ブナパルトがおるだと！　嘘《うそ》じゃ、あほう！　なんも知らんな！　今、プロシアの野郎が騒ぎ出してよ、オーストリアの野郎がそれを、つまり、しずめとるんじゃ。それが収まったら、それからブナパルトとの戦争が始まるんじゃ。だのによ、ブルノボにブナパルトがおるなんて言いよる。それが馬鹿な証拠じゃ、もっといろいろ聞いてみろ」

「ちぇっ、宿営係のくそったれ！　第五中隊は、見ろ、もう村の方に曲がって、粥《かゆ》でも煮ようかというのに、わしらはまだ寝場所にも行きつけん」

「乾パンでもよこせ、畜生」

「タバコならきのうやったろうが？　どうだ見ろ、こいつ。ま、やるわ、しょうがない」

「せめて小休止でもさせてくれんかな。さもなきゃ、あと五キロばかり食わずに歩きづめだ」

「ドイツ人が幌馬車を出してくれたときはよかったのう。すずしい顔で乗って行けて――たいしたもんじゃ！」

「ここじゃ、おまえ、百姓たちが素《す》寒貧《かんぴん》になってしもうて。向こうじゃまるでポーランド人のようだった、みんなロシアの国民なのによ。ところが今じゃ、おまえ、すっかりドイツ人になってしもうた」

「唱歌兵、前へ！」大尉の叫び声が聞こえた。

すると中隊の前方に、あちこちの隊列から、二十人ほどの人間が走り出た。音頭取りの太鼓手が唱歌兵たちの方に顔を向け、片手をひとつ振って、〈夜明けじゃないか、朝日が燃えて……〉で始まり、〈よいか兄弟、われらと父なるカメンスキー（ロシアの元帥。ロシア・トルコ戦争、ナポレオン戦争に参加）に誉《ほま》れあれ……〉ということばで終わる、テンポののろい兵士の歌をうたい出した。この歌はトルコでつくられ、今オーストリアで歌われていたが、ただ〈父なるカメンスキー〉のところに〈父なるクトゥーゾフ〉ということばを入れ替えた点だけが違っていた。

兵隊調にこの最後のことばを引きちぎり、まるで何かを地面に投げ捨てるように両手をひと振りすると、太鼓手をしている、四十がらみの痩《や》せた男前の兵隊が、厳しく唱歌兵たちを見まわし、目を半眼に閉じた。それから、みんなの目が自分に注がれているのをたしかめると、彼はまるで何か貴重な物を両手で頭上に用心深く持ち上げ、そのまま数秒捧げ持って、急に死に物狂いでそれを投げ捨てるようにした。

〈ああ、家の戸、わが家の戸！〉

〈新しいわが家の戸……〉二十の声があとを受けた。すると、スプーン型カスタネット打ちが、装備の重さをものともせず、さっと前に飛び出し、肩を小きざみに動かし、スプーン型カスタネットでだれかを叱りつけるような手つきをしながら、後ろ向きになって中隊の前を歩き出した。兵士たちは歌の拍子に合わせて大きく腕を振りながら、自然と足をそろえて、のびやかな歩調で歩いて行った。中隊の後ろから車のひびき、スプリングのきしみ、馬のひづめの音が聞こえた。クトゥーゾフがお付きの者たちをしたがえて、町へ帰って行くところだった。総司令官は兵士たちがそのまま遠慮なく歩きつづけるように合図した。そして、踊るように手を振っている兵士と、元気よく進んでいく中隊の兵士たちを見、歌のひびきを聞いて、総司令官の顔にも、お付きの者みんなの顔にも、満足の色が浮かんだ。幌馬車が追い越していく中隊の右翼の二列目に、空色の目をした兵士、ドーロホフが嫌でも目についた。彼はひときわ活発に、颯爽と歌に合わせて歩いていた。そして、今中隊といっしょに歩いていないすべての者をまるで哀れむような表情で、馬車や馬で行く者たちの顔をながめていた。連隊長のまねをしてふざけていた、クトゥーゾフのお付きの軽騎兵少尉補が、幌馬車のあとに残って、ドーロホフのそばに馬を近づけた。

軽騎兵少尉補ジェルコフは一時ペテルブルグで、ドーロホフが親分格だった乱暴者仲間に入っていた。国外に来てジェルコフは一兵卒になったドーロホフに会ったが、知らん顔をしていればいいと思った。今、クトゥーゾフがこの降格された兵士とことばを交わしたあとになって、彼は旧友らしくうれしそうにドーロホフに声をかけた。

「よう君ぃ、どうだ?」彼は自分の馬の歩調を中隊の歩調にそろえながら、歌のひびくなかで言った。

「おれがどうだって?」ドーロホフは冷たく答えた。「見てのとおりだ」

ジェルコフがしゃべっている、なれなれしい陽気な口調と、ドーロホフの返事のわざと構えた冷たさに、活発な歌が一種とくべつの意味を付け加えていた。

「どうだ、上官とうまくやってるか?」ジェルコフがたずねた。

「まあな、いい連中だ。おまえはどうやって本部にもぐりこんだ?」

「一時派遣されたのよ、当番さ」

二人は口をつぐんだ。

〈タカを放った、右の袖から〉歌のことばが言った、活気のあふれる、楽しい気分を自然とかき立てながら。二人の会話は、もし歌のひびきのなかで話しているのでなかったら、別のものになったことだろう。

「どうだ、本当か、オーストリア軍がやっつけられたっていうのは?」ドーロホフが聞いた。

「あんな野郎ども、知ったことじゃねえが、そういう噂だ」

「うれしいね」ドーロホフは短く、はっきり答えた。歌がそうさせたのだ。

「どうだ、晩になったらおれたちのところに来い、ファラオ(カード・ゲームの一種)がやれるぞ」

ジェルコフが言った。

「金でもたくさんできたのか?」

「来いよ」

「だめだ。誓いを立てたんだ。将校に戻るまで、飲まず、打たずってな」

「ま、いいだろ、最初の戦闘まで……」

「その時になりゃわかる」

また二人は黙った。

「何か必要だったら、寄れよ。なんでも本部で力を貸してもらえる……」ジェルコフが言った。

ドーロホフはにやりと笑った。

「おまえは心配せん方がいい。何か必要なら、おれは頼まん、自分で取る」

「ま、いいさ、おれはただなんということなく……」

「うん、おれもなんということなく、だ」

「さよなら」

「元気でな……」

〈高く、そしてまた遠く
　ふるさとの国へ……〉

ジェルコフは馬に拍車をあてた。馬はいきり立ち、どちらの足から踏み出せばいいのかわからずに、二、三度足をばたつかせ、なんとかうまくいくと、やはり歌の拍子に合わせて、中隊を追い越し、幌馬車に追いついて行った。

3

閲兵から戻ると、クトゥーゾフはオーストリアの将軍をともなって、自分の執務室に入った。そして副官を呼んで、到着してくる部隊の状態に関連した二、三の書類と、前衛軍を指揮しているオーストリア大公フェルディナントから来た手紙を持ってくるように命じた。アンドレイ公爵は求められた書類を持って総司令官の執務室に入った。テーブルに広げられた見取図を前にして、クトゥーゾフと宮廷軍事協議会の委員が座っていた。

「ああ……」クトゥーゾフはこのことばで副官にしばらく待っていてくれと伝えるように、アンドレイの方をふり返りながら言った。そして、フランス語で話しはじめていた会話を続けた。

「わたしが言っているのはただひとつだけです、将軍」ゆっくり話されるひとつひとつのことばに思わず聞き惚《ほ》れるような、言いまわしと抑揚を気持よく上品にひびかせて、クトゥーゾフが言った。どうやらクトゥーゾフ自身、自分でも満足して自分のことばを聞いているようだった。「わたしが言っているのはただひとつだけです、将軍。もしも作戦がわたしの個人的な希望で左右できるものでしたら、フランツ皇帝陛下（オーストリア皇帝フランツ一世）のご意志はずっと前に果たされていたはずなのです。わたしはもうずっと前に大公と合流していたでしょう。それに、わたしのことばに偽りのないことをお信じいただきたいのですが、わたし個人にとっては、わたし以上に識見と手腕に長じた将軍に――そういう人材にオーストリアは事欠きませんが――軍の最高指揮権を譲り、自分の肩からこの重い責任をすっかり下ろしてしまうことは、わたし個人にとっては喜ばしいことでありましょう。しかし、さまざまな事情の方が我々の力より強いことがあるものです、将軍」

そして、クトゥーゾフはまるでこう言わんばかりの表情で微笑した。《あなたがわたしを信じないのは、まったくご随意ですし、あなたが信じているかどうかは、わたしにはむしろ、まったくどうでもいいことです。しかし、わたしに向かってその不信を言う根拠をあなたは持っておられない。そして、まさにそれが肝心なところなのです》。

オーストリアの将軍は不満そうな顔をしていたが、同じ調子でクトゥーゾフに答えざるを得なかった。

「とんでもありません」彼は口にしているお世辞たっぷりなことばの意味とはまった

くうらはらな、不平がましい、怒ったような口調で言った。「とんでもありません、閣下が作戦全般に関与されておられることは、皇帝陛下も高く評価あそばされております。しかし、我々が判断いたしますに、現在のような遷延によって、栄光あるロシア軍とその司令官諸氏は、戦いで勝ちとる習いとなっている勝利の桂冠《けいかん》を、失うことになるのです」彼はどうやら用意していたらしい美辞麗句を言い終わった。

クトゥーゾフは笑顔を変えずに、頭を下げた。

「しかし、わたしは確信いたしております、フェルディナント大公殿下から賜わりました最新の書簡にもとづいて推測もいたしておりますが、オーストリア軍はマック将軍のような、実に練達の補佐役の指揮のもとに、現在すでに決定的な勝利を収めており、もはや我々の援助は不必要でありましょう」クトゥーゾフは言った。

将軍は眉をしかめた。オーストリア軍の敗戦についてはっきりした情報はなかったものの、広まっているよくない噂を裏書きする状況があまりにもたくさんあった。だから、オーストリア軍の勝利というクトゥーゾフの推測は、まるで人を馬鹿にしたようなものだった。しかし、クトゥーゾフはあいかわらず、自分はこう推測する権利を持っているというような表情で、おだやかに微笑していた。たしかに、マックの軍から彼が受け取った最新の手紙は、勝利と、このうえもなく有利なマック軍の戦略的状況を伝えていた。

「こちらへよこしたまえ、あの手紙を」クトゥーゾフはアンドレイに向かって言った。

「ほら、このとおりです」そう言ってクトゥーゾフは唇の端にからかうような微笑を浮かべて、フェルディナント大公の手紙から次の箇所をドイツ語でオーストリアの将軍に読んで聞かせた。「我々は完全に集結した約七万の兵力を有しているため、敵がレヒ川（ドナウ川の支流）を渡河する場合、それを攻撃し粉砕することが可能であります。我々はすでにウルム（ミュンヘンの西約百二十キロ、ドナウ川沿岸の都市）を確保しているため、ドナウ川両岸を制圧する利点を有し、したがって、敵がレヒ川を渡らぬ場合は、ドナウを渡河して、敵の連絡路を襲い、それより下流においてふたたびドナウを渡り、敵がもしその全力を信義篤《あつ》きわれらの同盟軍に向けんと企てれば、その意図の遂行を許さぬことが可能であります。かくのごとくにして、我々は、ロシア帝国軍が十分準備をととのえ、しかるのち、敵が当然たどるべき運命を、われらとともに容易に用意しうる時機を、士気ゆたかに待ち受けているのであります」

　クトゥーゾフはこの長たらしい文章を読み終わって、大きく溜め息をつき、宮廷軍事協議会委員をじっと、愛想よく見つめた。

「しかし、ご存じのとおり、閣下、最悪のことを予想せよと教えている、かしこい規準がありますから」オーストリアの将軍は冗談にけりをつけて、本題に入りたそうな様子で、言った。

彼は不満そうに副官をふり返った。

「失礼します、将軍」クトゥーゾフはオーストリアの将軍をさえぎって、やはりアンドレイの方をふり向いた。「あのね、君、わが軍の密偵の報告をコズロフスキーのところから持って来てくれたまえ。これがノスティッツ伯（オーストリアの将軍。一八〇七年ロシア軍に入る）からの手紙二通、これがフェルディナント大公からの手紙、それからこれだ」彼はアンドレイにいくつかの文書を渡しながら、言った。「これ全部をもとにして、きれいに、フランス語でメモを、心覚えをつくってくれたまえ、オーストリア軍の行動について我々が得た情報全部を一目でわかるようにしておくためにな。いいね、それで、閣下にお見せしろ」

アンドレイは最初の二言三言で、クトゥーゾフの言ったことばかりでなく、言いたかったことまで悟ったしるしに、頭をちょっと下げた。彼は書類を集め、二人に向かって共通のお辞儀を一つし、静かに絨毯《じゅうたん》を踏んで、控えの間に出た。

アンドレイがロシアを離れて以来、それほど時がたっていないのに、彼はそのあいだに、かなり変わっていた。その顔の表情、動作、歩き方には以前のわざとらしさ、くたびれた、面倒くさそうな様子はほとんど認められなかった。彼は自分が他人に与える印象のことなど考えるひまがなく、楽しくて、おもしろい仕事をしている人間という感じだった。その顔には自分とまわりの者に以前より満足している表情が表れていた。その微笑と目つきは以前より明るくて、魅力的だった。

クトゥーゾフは――まだポーランドにいるあいだに、アンドレイは追いついたのだが――実に愛想よく彼を迎え、君のことは忘れないと約束し、ほかの副官たちから区別して、自分といっしょにウィーンへ連れて行き、ほかの者より重要な任務を与えた。ウィーンからクトゥーゾフは自分の旧友である、アンドレイの父親に手紙を出した。

「ご子息は」と彼は書いた。「知識、不屈の精神、任務遂行能力の点で衆に抜きんでた士官になれるという期待をいだかせます。小生はこのような部下を身近に持って、幸せに存じます」

クトゥーゾフの本営でいっしょに勤務している同僚のあいだで、また、軍全体で、アンドレイはペテルブルグの上流社会と同じように、二つの正反対の評判を得ていた。一部の、少数派の者たちは、アンドレイを何か自分とも、ほかのだれとも違う特別の者と認め、彼が大変な出世をするものと期待し、彼の言うことを聞き、感心し、そのまねをしていた。そして、こういう人間に対してはアンドレイはざっくばらんで、感じがよかった。ほかの、多数派の者たちはアンドレイを好かず、彼を威張った、冷たい、感じの悪い人間と考えていた。しかし、こういう連中に対して、アンドレイは自分を尊敬させ、恐れさせるような態度をとるすべを心得ていた。

クトゥーゾフの執務室から控えの間に出ると、アンドレイは、本を持って窓ぎわに座っている、同僚の当直副官コズロフスキーのそばに、書類を持って歩み寄った。

「やあ、なんです、公爵?」コズロフスキーが聞いた。

「なぜ前進しないかというメモを作るように命令されたんだよ」

「なぜですかね?」

アンドレイは肩をすくめた。

「情報はありませんか? マックから」コズロフスキーがたずねた。

「ない」

「マックが撃破されたというのが、もし本当なら、情報が来るはずですがね」

「多分ね」とアンドレイは言って、出口の方に足を向けた。が、その時、彼の方に向かってドアを音高く開けて、背の高い、一見してよそからやって来た、燕尾服型の軍服のオーストリアの将軍が控えの間に入って来た。黒い布で頭に包帯をし、首からはマリア・テレサ勲章を下げている。アンドレイは足を止めた。

「クトゥーゾフ将軍は?」やって来た将軍は、左右を見まわし、足を止めずに執務室のドアの方に進みながら、ひどいドイツ訛《なまり》で早口に言った。

「将軍は執務中です」コズロフスキーが、見知らぬ将軍の方に急いで歩み寄り、ドアへ行く途中に立ちはだかって、言った。「なんとお取り次ぎいたしましょうか?」

見知らぬ将軍は軽蔑《けいべつ》した目つきで、背の低いコズロフスキーを上から下まで、じろりとながめまわした。それはまるで、おれを知らんなどということがあるのか、と驚いているようだった。

「将軍は執務中です」コズロフスキーは落ち着き払ってくり返した。

将軍の顔はゆがみ、唇は引きつって、ふるえ出した。彼は手帳を取り出し、すばやく鉛筆で何か走り書きし、そのページを破り取って渡すと、足早に窓ぎわに歩み寄り、体を椅子に投げ出して、なんでおれを見てるんだ? とたずねるかのように、部屋にいた者たちを見わたした。それから将軍は頭を上げ、まるで何か言おうとするかのように首を伸ばしたが、すぐさま無造作に鼻歌でも歌うかのように、妙な音を出した。そして、それはすぐに途切れてしまった。執務室のドアが開き、敷居の上にクトゥーゾフが姿を現した。頭に包帯をした将軍は、まるで危険からのがれようとするかのように、前かがみになって、大股《おおまた》に、すばやく痩せた足を運んで、クトゥーゾフの方に歩み寄った。

「ご覧になっているのは、不幸なマックです」彼はほとばしり出るような声で言った。

執務室の戸口に立っていたクトゥーゾフの顔は、数瞬のあいだまったく動かないままだった。やがて、波のように顔にしわが走り抜け、額がなめらかになった。彼は丁重に頭を下げ、目を閉じて、黙ったまま自分のわきを通してマックを部屋に入れ、自ら後ろ手にドアを閉めた。

もう前から広まっていた、ウルム付近でのオーストリア軍壊滅と全軍降伏の噂は正しかったのだ。三十分後にもう、命令をたずさえた副官たちが各方面に派遣された。その命令は、これまで実戦に加わっていなかったロシア軍もまもなく、敵を迎え撃たなければならないことを確認したものだった。

アンドレイは、戦闘の全般的な推移におもな関心を向けている、参謀本部ではめずらしい将校の一人だった。マックを見、その敗北の詳細を聞いて、彼は戦いがなかば敗《ま》けてしまったことを悟り、ロシア軍の状態の困難さを十分に理解し、全軍が直面している事態と、そのなかで自分が果たさなければならない役割を、はっきりと思い描いた。自信過剰のオーストリアが面目をつぶしたことや、一週間後に、スヴォーロフ以後はじめてのロシア軍対フランス軍の衝突を自分が見、それに参加することになるかもしれないということを考えると、ひとりでに彼は沸き立つようなうれしさを感じるのだった。しかし彼は、ロシア軍がいかに勇猛果敢でも、それ以上に強いことを思い知らされそうなボナパルトの天才を恐れていた。そして、それでいて、自分の英雄ナポレオンが恥をかくことを許すことはできなかった。

こうした考えに興奮し、いら立って、アンドレイは毎日書くことにしている父への手紙を書くために、自分の部屋に行った。彼は廊下で同室のネスヴィツキーとひょうきん者のジェルコフに出くわした。二人は例によって、何か笑っていた。

「なんだって君はそんなに陰気な顔をしてる?」ネスヴィツキーが青ざめて、目のギラギラ光ったアンドレイの顔に気づいて、たずねた。

「何も楽しいことがないからだ」アンドレイは答えた。

アンドレイがネスヴィツキーとジェルコフに出くわしたとき、廊下の反対側からこちらへ向かって、ロシア軍の食糧を監察するためにクトゥーゾフの本営についていたオーストリアの将軍シュトラウフと、宮廷軍事協議会の委員がやって来た。この二人はゆうべ到着したのだった。広い廊下には、将軍たちが三人の将校と楽にすれ違えるだけのゆとりは十分あった。ところが、ジェルコフはネスヴィツキーを手で脇へ押しやりながら、息せき切った声で言った。

「お通りだ!……お通りだ!……わきに寄れ、道をあけるんだ! さあ、道をあけて!」

将軍たちはわずらわしい丁重さはご免こうむりたいという顔で通り過ぎようとした。

ひょうきん者のジェルコフの顔に、まるで抑えきれなかったように、馬鹿げたうれしそうな微笑がふいに浮かんだ。

「閣下」彼は前に進み出て、オーストリアの将軍に向かってドイツ語で言った。「謹んでお祝い申し上げます」

彼は頭を下げ、ダンスを習っている子どものようにぎごちなく、左右の足を交互に引きずるように後ろに下げはじめた。

宮廷軍事協議会委員の将軍が厳しい目で彼をふり返った。しかし、間の抜けた笑顔がふざけているだけではないのを見て取ったので、ちょっと注意を向けずにはいられなかった。彼は聞いているしるしに、目を半眼に閉じた。

「謹んでお祝い申し上げます。マック将軍がご到着になり、まったくご壮健で、ただちょっと、ここのところに怪我をなさっただけで」彼は満面に笑みを浮かべて、自分の頭を指さしながら、言い添えた。

将軍は顔をしかめ、横を向いて、先へ進み出した。

「ふん、まぬけ！」彼は五、六歩離れてから、腹を立てて言った。

ネスヴィツキーは大笑いをしてアンドレイに抱きついたが、アンドレイの方はますます青くなり、顔に憎しみの表情を浮かべて、ネスヴィツキーを突きのけ、ジェルコフの方を向いた。マックの様子を見、その敗戦の知らせを聞き、ロシア軍を待ち受けるもののことを考えたためにかき立てられた、ぴりぴりしたいら立ちが、ジェルコフの場所をわきまえない冗談に怒りをぶちまけることで、はけ口を見出した。

「ジェルコフさん、もしもあなたが」アンドレイは甲高い声で、ちょっと下顎をふるわせながら、言いはじめた。「道化師におなりになりたいのなら、わたしがそれを邪魔することはできません。しかし、はっきり申し上げておきますが、もしあなたがわたしのいる前でもう一度臆面もなくふざけたまねをなさったら、わたしはあなたにまともな態度のとり方を教えてあげます」

ネスヴィツキーとジェルコフはこの突拍子もない態度にあきれかえって、黙ったまま、目を大きく開けて、アンドレイを見つめていた。

「いやなに、僕はただお祝いを言っただけで」ジェルコフは言った。

「わたしはあなたと冗談の言い合いをしているんじゃありません。お黙りなさい！」アンドレイはどなりつけると、ネスヴィツキーの手をつかんで、なんと答えればいいか、とっさに思いつけないでいるジェルコフから離れて歩き出した。

「おい、どうしたっていうんだ、君」ネスヴィツキーがなだめようとして言った。

「どうしたとはなんだ?」アンドレイは興奮して足を止めながら、言い出した。「いいかよく考えてみろ、おれたちは皇帝と祖国に仕え、全体の成功を喜び、全体の失敗を悲しむ士官なのか、それとも、主人のことなんかどうでもいい従僕なのか。四万の人間がぶち殺され、我々の同盟軍が惨敗したのに、君らはそれを笑いの種にしている」彼は自分の考えをフランス語の表現を使うことでいっそう確かなものにしようとでもするように、言った。「こういうことはつまらん小僧っ子ならいい、君が友だちにしているあの人物のようにね。しかし、君はいかん、君はいかん。小僧っ子だけだ、あんなふざけ方をしていいのは」アンドレイは自分の話がまだジェルコフに聞こえそうなのに気づいて、「小僧っ子」ということばをフランス風のアクセントで発音しながら、ロシア語で言い添えた。

彼は軽騎兵少尉補が何か返答をしないか、しばらく待っていた。だが、少尉補はくるりと背を向けて、廊下から出て行ってしまった。

4

パヴログラード軽騎兵連隊はブラウナウから三キロほどのところに駐屯していた。ニコライ・ロストフが見習士官として勤務していた中隊は、ザルツェネックというドイツ人の村に配置されていた。デニーソフのワーさんという名で騎兵旅団じゅうに知られているワシーリー・デニーソフ大尉には、村でいちばんいい宿舎があてがわれていた。ニコライ・ロストフ見習士官はポーランドで部隊に追いついて以来、この中隊長といっしょに生活していた。

十月八日、ちょうど本営でマック敗北の報に全体が騒然となった日、中隊本部では陣中生活が今までどおり、のんびり続いていた。ひと晩じゅうカードをやって負けてしまったデニーソフがまだ宿舎に帰って来ないうちに、ニコライは朝早く、馬に乗って出かけ、飼料徴発から戻ってきた。見習士官の制服を着たニコライはちょっと馬に拍車を当てて、玄関の昇降段のわきに乗りつけ、しなやかな、若々しい身のこなしで片足をはね上げ、馬と別れるのを惜しむように、あぶみの上にしばらく立ってから、やっと飛び降りて、伝令兵を大声で呼んだ。

「ああ、ボンダレンコ、ご苦労さん」彼は自分の馬のそばにまっしぐらに飛び出して来た軽騎兵に言った。「少し引きまわして息をしずめてやってくれ、頼む」彼は、りっぱな若者が幸せなときにだれに対しても見せるような、うちとけた明るいやさしさで言った。

「かしこまりました、見習士官どの」ウクライナ出身の兵隊は、楽しそうに頭を振りながら、答えた。

「いいか、よくしずめてやってくれよ！」

もう一人の軽騎兵がやはり馬の方に飛んで来たが、ボンダレンコはもうくつわの手綱を自分の肩に投げかけてしまっていた。この見習士官が酒代《チップ》をはずんでくれるので、その世話をすると得なのだということが、すぐにわかった。ニコライは馬の首を、それから尻を撫でて、玄関の昇降段に立ち止まった。

《すばらしい！　馬はこうじゃなくっちゃ！》彼は心のなかで言った。そして、微笑を浮かべながら、サーベルを押さえ、拍車をカタカタ鳴らして、玄関の昇降段を駆け上がった。宿舎の主人のドイツ人が、綿入れを着、とんがり帽子をかぶって、糞《ふん》の掃除に使っている熊手を持ったまま、牛小屋からのぞいた。ニコライを見たとたん、ドイツ人の顔は急に明るくなった。彼は楽しそうに笑って、ウィンクをした。「おはようございます！　おはようございます！」彼はこの青年にあいさつをするのが楽しいというような様子でくり返した。

「もう仕事かい！」ニコライは生き生きした顔から消えない、さっきと同じうれしそうな、親しみのこもった微笑を浮かべたまま、言った。「オーストリア軍万歳！　ロシア軍万歳！　アレクサンドル皇帝万歳！」彼はドイツ人の主人がよく言っていることばをそのままくり返して、言った。

ドイツ人は声をたてて笑うと、牛小屋の戸口からすっかり出てしまって、とんがり帽子をむしり取り、それを頭の上で振って、叫んだ。

「そして、全世界万歳！」

ニコライの方もドイツ人と同じように頭の上で軍帽を振り、笑いながら叫んだ。「そして、全世界万歳！」牛小屋を掃除しているドイツ人にも、小隊を引きつれて干し草を集めに行ってきたニコライにも、とくに喜ぶような理由は何ひとつなかったのだが、この二人はそろって、沸き上がるような幸せな喜びと、うちとけた愛情をこめて顔を見合わせ、おたがいに好きだというしるしに首を振り、にこにこ笑いながら別れて、ドイツ人は牛小屋へ、ニコライはデニーソフといっしょに宿舎にしている百姓家に入った。

「旦那はどうした？」ニコライはデニーソフのこすっからい従卒（従僕を意味する軍隊用語）で、連隊じゅうに有名なラヴルーシカにたずねた。

「晩方からおられません。おおかた、ばくちですっかり負けてしまわれたんでしょう」ラヴルーシカは答えた。「ちゃんとわかってますよ。勝ったら、早く帰っておいでになって自慢しますがね、朝まで留守となりゃ、つまり、すってんてんでさ。怒ってご帰館でしょう。コーヒーはいかがでございましょう？」

「入れてくれ、入れてくれ」

十分後にラヴルーシカがコーヒーを持ってきた。

「お帰りですよ」彼は言った。「さあ、えらいことだ」

ニコライは窓をのぞいて、家に戻ってくるデニーソフを見つけた。デニーソフは赤ら顔で、光った黒い目と、黒いもじゃもじゃの口ひげに黒い髪の毛の、小柄な男だった。彼は騎兵の制服の上着の前をはだけ、折り目のとれた広い騎兵ズボンをはき、頭の後ろの方にしわくちゃの軽騎兵帽をかぶっていた。彼は陰気に首を垂れて、玄関の昇降段の方に近づいてきた。

「ラヴルーシカ」彼はどなった。大声で、いらいらしていた。「おい、ぬがせんか、でくのぼう！」

「あの、いつもちゃんとぬがしておりますが」ラヴルーシカの声が答えた。

「ああ！　おまえもう起きてたのか」デニーソフは部屋に入りながら、言った。

「だいぶ前に」ニコライは言った。「僕はもう干し草徴発に行って、マチルド嬢に会ってきたよ」

「ふん、そうか！　こっつぃはな、おまえ、ゆうべはすってんてんだ、畜生《つくしょう》みたいに」

デニーソフは独特の発音で、どなった。「みじめなもんだ！　みじめなもんよ！……おまえが帰ったあとですぐ、始まってな。おい、お茶《つぁ》！」

デニーソフはまるで薄笑いをするように顔をしかめて、短い頑丈な歯を見せながら、林のように突っ立った黒い濃い髪を、指の短い両方の手で、かきむしりはじめた。

「畜生《つくしょう》、運悪くあのネズミ(というのは士官のあだ名だった)が相手で」彼は両手で自分の額と顔をこすりながら、言った。「嘘みたいだが、一《いっ》枚も、ただの一《いっ》枚、ただの一《いっ》枚も札を出してくれん」

デニーソフは火をつけて渡されたパイプを取ると、わしづかみに握り、火をまきちらしながら、パイプで床をひっぱたいて、どなり続けた。

「普通のときは勝たせといて、倍賭《ばいが》けは取りやがる。普通のときは勝たせといて、倍賭けは取りやがる」

彼は火をまきちらし、パイプをたたき割って、放り投げてしまった。それから、しばらく黙っていたが、急にキラキラ光る黒い目で明るくニコライを見た。

「せめて女でもいりゃいいんだが。ここじゃ、飲むほかに、することがない。早いとこ、ひと戦争やった方がまだしもましだぜ……」

「おい、だれだ?」彼は、拍車をガチャつかせて太い長靴の足が止まり、うやうやしく咳払《せきばら》いをするのを聞きつけ、ドアの方に向かって言った。

「曹長です！」ラヴルーシカが言った。

デニーソフはさっきよりもっと顔をしかめた。

「たまったもんじゃない」彼は金貨が数枚入った財布を取り出しながら、言った。「ロストフ、すまんがそん中にどいだけ残っているか勘定して、財布を枕の下に突っ込んどいてくれ」彼は言って、曹長の方に出て行った。

ニコライは金を出し、機械的に、古い金貨と新しい金貨を取り分け、山にしてそろえながら、かぞえはじめた。

「ああ！　ツェリャーニン！　こんつは！　きのうはこてんこてんだ」隣の部屋からデニーソフの声が聞こえた。

「だれのところでですか？　ブイコフのところですか、ネズミのところですか？……知ってますよ」別の細い声が言った。そして、それに続いて、同じ中隊の小柄な将校、チェリャーニン中尉が部屋に入って来た。

ニコライは財布を枕の下に放り込むと、自分に向かってさし出された、小さな、湿った手を握った。チェリャーニンは遠征の直前に、何かの理由で近衛連隊から配置変えされてきたのだった。部隊での彼の態度はしごくよかったが、人には好かれなかった。とくに、ニコライはこの士官に対するいわれのない嫌悪感を、抑えることも隠すこともできなかった。

「ところで、いかがです、ロストフ君、うちのグラーチクはちゃんと勤めていますか?」彼はたずねた(グラーチクというのはチェリャーニンがロストフに売った、控えの乗馬だった)。

中尉は話している相手の目をぜったいに見なかった。彼の目はたえずあちこちに忙しく動いていた。

「僕見ましたよ、あなたが今日、乗って通ったのを……」

「まあまあですね、いい馬ですよ」ニコライは答えたが、実のところ、七百ルーブルで買ったこの馬は、その値段の半分の値打ちもなかった。「左の前足を引きずりはじめましたが……」彼は言い添えた。

「ひづめにひびが入ったんですよ! そんなことなんでもありません。どういう留め金をつければいいか、僕が教えてあげます。やって見せてあげますよ」

「そうですね、見せてください、お願いします」

「見せてあげます、見せてあげますよ、そんなこと秘密でもなんでもない。ま、馬の方は感謝していただけると思いますよ」

「じゃ、馬を連れてくるように言いつけましょう」ニコライはチェリャーニンをやっかいばらいしたくて、そう言うと、馬を連れてくるように命令するために、外に出た。

玄関ではパイプをくわえたデニーソフが、敷居の上に身をかがめて、曹長の前にうずくまっており、曹長は何かを報告していた。ニコライを見ると、デニーソフは顔をしかめ、チェリャーニンのいる部屋を肩ごしに親指で指しながら、また顔をしかめ、嫌らしそうに身ぶるいした。

「ふうっ、あのおにいさんは好かねえよ」彼は曹長がいるのもかまわず言った。

ニコライは《僕もそうだけど、仕方がないよ！》というように肩をすくめ、命令をして、チェリャーニンのいる部屋に戻った。

チェリャーニンはロストフが彼を残して出て行ったときと同じ、だらけた姿勢で、小さな白い手をこすりながら、座っていた。

《こういう嫌な顔が時々あるもんさ》ニコライは部屋に入りながら、思った。

「どうです、馬を連れてくるように言いつけましたか？」チェリャーニンは立ち上がって、なんとなくあたりを見まわしながら、言った。

「言いつけました」

「いや僕らが自分で行きましょうよ。僕はただきのうの命令のことをデニーソフに聞くために寄っただけなんですからね。命令は受け取りましたか？　デニーソフさん」

った。

「いや、まだだ。で、君らはどこへ？」

「実はね、この若い人に馬の蹄鉄《ていてつ》のつけ方を教えようと思って」チェリャーニンは言った。

二人は玄関の昇降段に出て、馬小屋に向かった。中尉は留め金のつけ方を見せて、自分の宿舎に戻って行った。

ニコライが戻ると、テーブルにウォツカの入った罎《びん》とソーセージが置かれていた。デニーソフはテーブルの前に座り、ペンをきしませながら、紙の上に走らせていた。彼は陰気な目でニコライの顔を見た。

「女に手紙を書いてるんだ」彼は言った。

彼はペンを手に持ってテーブルに肘をつき、どうやら、自分が書こうと思っていることをすっかり、手っ取り早く口で言える機会ができてうれしいらしく、自分の手紙の内容をロストフに話して聞かせた。

「わかるか、おまえ」彼は言った。「おれたちは恋をしてないうちは、眠ってる。おれたちは土くれ《つつ》の子だ……ところが、恋をしたら、人間は神だ、創造の最初の日のように純潔だ……いったいだれだ？　とっとと追い返せ。ひまがない！」彼は全然おじける様子もなくそばにやってきたラヴルーシカを、どなりつけた。

「だれだか決まってますでしょ？　ご自分で言いつけたんですから。曹長が金を取りに来たんでさ」

デニーソフは顔をしかめ、何かどなろうとして、黙ってしまった。

「ひでえことだ」彼は独り言を言った。「その財布にいくら残ってた？」彼はニコライに聞いた。

「新しいのが七枚に古いのが三枚」

「ああ、ひでえ！　おい、何を突っ立ってる、山田のかかし、曹長《そうつおう》をこっつに来させろ！」デニーソフはラヴルーシカにどなった。

「頼む、デニーソフ、僕の金を使ってくれよ、僕は持ってるんだから」ニコライは赤くなりながら、言った。

「好かんな、仲間から借りるのは、好かん」デニーソフは口のなかで言った。

「友だちらしく、僕から金を借りてくれないなら、怒るよ。本当に、僕はあるんだから」ニコライはくり返した。

「ふん、ありもしないくせに」

そう言って、デニーソフは枕の下から財布を取り出すために、ベッドのそばに寄った。

「おまえどこに置いたんだ？　ロストフ」

「下の枕の下だよ」

「いや、ないな」

デニーソフは枕を二つとも床に放り投げた。財布はなかった。

「こいつは不思議だな！」

「ちょっと待て、落としたんじゃないか？」ニコライは一つずつ枕を持ち上げて、ふるいながら、言った。

彼は毛布を引っぱがして、ふるった。財布はなかった。

「まさか僕が忘れたんじゃないだろうな？　いや、僕は君がまるで宝物みたいに頭の下にしまうんだな、とまで思ったもんな」ニコライは言った。「僕はここに財布を置いたんだぞ。どこにやったんだ？」彼はラヴルーシカに言った。

「わたしは入りませんでしたよ。お置きになったところに、あるはずですがね」

「いや、ない」

「あなたたちはいつもそうなんですからね、どこにでも放り出して、忘れておしまいになる。ポケットのなかでも見てごらんなさい」

「いや、かりに僕が宝物みたいだなんて思わなかったにしても、置いたことは覚えてる」

ラヴルーシカは寝具を全部ひっかきまわし、その下やテーブルの下をのぞき、部屋じゅうひっかきまわしたあげく、部屋の真ん中に突っ立った。デニーソフは黙ってラヴルーシカの動きを目で追っていた。そして、ラヴルーシカがどこにもないと言って、不思議そうに両手を広げたとき、デニーソフはニコライをふり返った。

「ロストフ、おまえ子どもみたいな……」

ニコライはデニーソフの視線を自分の上に感じて目を上げ、その瞬間に伏せてしまった。どこか喉《のど》の下の方に閉じこめられていた血が全部、顔と目にどっとのぼってきた。彼は息をつくことができなかった。

「なんしろ、部屋には中尉とお二人ご自身のほかにゃ、だれもいなかったんですからね。どっかこのへんにありますよ」ラヴルーシカが言った。

「おい、こん畜生《つくしょう》、キリキリ動いて、探せ」ふいにデニーソフは、真っ赤になり、脅かすような身構えで従僕に飛びかからんばかりにして、どなった。「財布が出てくるようにしろ。でないと、ぶったたくぞ。みんなぶったたいてやる！」

ニコライはデニーソフをじろりと見ながら、上着のボタンをかけはじめ、サーベルをさげ、軍帽をかぶった。

「財布が出てくるようにしろって言ってるんだ」デニーソフは従卒の肩をつかんで揺

すり、壁に押し付けながら、どなった。

「デニーソフ、放してやれよ。だれが盗《と》ったか、僕にはわかってる」ニコライは戸口の方に歩み寄りながら、目を上げずに、言った。

デニーソフはやめて、ちょっと考えた。そして、ニコライのほのめかしたことを悟ったらしく、その腕をつかまえた。

「馬鹿な!」彼は血管が縄のように首と額にふくれ上がるほどの声でどなった。「おいこら、おまえ気が狂ったな。そんなことおれが許さん。財布はここにある。このろくでなしの皮をひんむいてやりゃ、ここに出てくる」

「だれが盗ったか、僕にはわかってる」ニコライはふるえる声で言って、戸口の方に歩き出した。

「言ってるだろう、そんなこと強引にやってはいかん」デニーソフはニコライを引き留めようとして、飛びかからんばかりの勢いで、叫んだ。

しかし、ニコライは自分の腕をふりほどくと、デニーソフがまるで自分の最大の敵であるかのような憎しみをこめて、まっすぐ、しっかり彼を見据えた。

「君は自分の言ってることがわかってるのか?」彼はふるえる声で言った。「僕以外、部屋にはだれもいなかった。つまり、あいつじゃないとすると、それはつまり……」

彼はしまいまで言い切ることができずに、部屋を走り出た。

「ああ、畜生《つくしょう》、勝手にしやがれ、貴様も、どいつもこいつも」これがニコライに聞こえた最後のことばだった。

ニコライはチェリャーニンの宿舎に着いた。

「旦那はお留守です。本営にお出かけになりました」チェリャーニンの従卒が言った。

「まさか、何かあったわけでは？」ニコライの取り乱した顔に驚いて、従卒が言い添えた。

「いや、何も」

「もうちょっとでお会いになれたんですが」従卒は言った。

本営はザルツェネックから三キロ離れたところにあった。ニコライは宿舎には寄らずに、馬を出して、本営に出かけた。本営が陣取っている村には、将校たちがやってくる飲み屋があった。ニコライは飲み屋に馬を乗りつけた。玄関の昇降段のわきに、彼はチェリャーニンの馬を見つけた。

飲み屋の二つめの部屋に、中尉がウィンナー・ソーセージ一皿と、ワイン一本を前にして、座っていた。

「ああ、あなたも来たんですか、ロストフ君」彼はにこにこ笑って、眉《まゆ》を高く上げげながら、言った。

「ええ」ニコライはこの一言を口に出すのに、ずいぶん苦労したような様子で言うと、隣のテーブルに向かって座った。

二人とも黙っていた。部屋にはドイツ人が二人と、ロシア人の将校が一人座っていた。みんな黙っていて、聞こえるのは皿に当たるナイフの音と、中尉がむしゃむしゃ食う音だけだった。チェリャーニンは食事を終えると、ポケットから二つ折りの財布を引っぱり出し、上向きにそり返った、小さな白い指で留め金を広げ、金貨を一枚取り出し、ちょっと眉を上げて、ボーイに金を渡した。

「頼むよ、早いとこ」彼は言った。

金貨は新しかった。ニコライは立ち上がって、チェリャーニンのそばに寄った。

「失礼ですが財布を見せていただけませんか」彼は聞こえるか聞こえないぐらいの、小さな声で言った。

目を忙しく動かしながら、それでもやはり眉を上げたまま、チェリャーニンは財布を渡した。

「そう、ちょっといい財布でね……そう……そう……」彼は言って、急に青くなった。

「どうぞご覧ください、ロストフ君」彼は言い添えた。

ニコライは財布を手に取って、財布も、その中にあった金も、チェリャーニンもじっと見た。中尉はいつもの癖であちこち見まわしていた。そして、急にひどく陽気になったように見えた。

「ウィーンに行ったら、全部散財するだろうけれど、このへんのけちな町じゃ出すところがない」彼は言った。「さあ、返してください、ロストフ君、僕は行くから」

ニコライは黙っていた。

「君はどうします？　やっぱり飯を食いますか？　料理はかなりいけますよ」チェリャーニンは続けた。「返してくれたまえ」

彼は手を伸ばして、財布をつかんだ。ニコライは財布を離した。チェリャーニンは財布を取り、それを乗馬ズボンのポケットにすべり込ませようとした。そして、その眉はなんとなく釣り上がり、口はまるでこう言わんばかりに、ちょっと開いた。《そう、そうなのさ、ポケットに自分の財布を入れてるのさ。だから、これは実にあたりまえのことでね、だれにも関係のないことだよ》。

「おい、どうしたんだよ、ロストフ君」彼は溜め息をついて、眉の下からニコライの目を見て、言った。なにか、目の光が電気のスパークする速さで、チェリャーニンの目からニコライの目へ、その逆、逆また逆に走った。すべて一瞬のあいだだった。

「こちらへ来てください」ニコライはチェリャーニンの腕をつかみながら、言った。彼はほとんど引きずるようにチェリャーニンを窓ぎわにつれて行った。「それはデニーソフの金です、あなたはその金を盗《と》ったんです……」彼は声をひそめてチェリャーニンの耳もとで言った。

「なに？……なにを？……君はよくもそんなことを……なんだって？」チェリャーニンは言った。

しかし、そのことばのひびきは、哀れっぽい、必死の叫び声と赦《ゆる》しを乞う哀願のようだった。この声のひびきを聞いた瞬間に、ニコライの心から大きな疑惑の石がすべり落ちた。彼は喜びを感じると同時に、自分の前に立っている不幸な人間がかわいそうになった。しかし、始めたことは最後までやり抜かなければならなかった。

「ここだと人になんと思われるかわかりません」チェリャーニンは帽子をつかみ、小さな空いた部屋の方へ足を向けながら、つぶやいた。「はっきり話をしなくちゃ……」

「僕にはわかってるし、僕は証明してみせる」ニコライは言った。

「僕は……」

チェリャーニンのおびえた、青白い顔は筋肉をひとつ残らずふるわせはじめた。目はあいかわらずせわしなく動いていたが、どこか下の方に向けられていて、ニコライの顔までは上がらなかった。それから、すすり泣きが聞こえた。「伯爵！……台無しにしないでください……若い人間を……これがその悲劇の……金です、持って行ってください……」彼はその金をテーブルに投げ出した。「僕には年寄りの父親がいます、おふくろも！……」

ニコライはチェリャーニンの視線を避けながら、金を取ると、一言も言わずに、部屋を出ようとした。しかし、戸口で彼は立ち止まり、中に戻った。

「なんということです」彼は目に涙を浮かべて言った。「よくもこんなことができたもんですね」

「伯爵」チェリャーニンは見習士官のニコライにすり寄りながら、言った。

「僕にさわらないでください」ニコライは身を避けながら、言った。「もしあなたが困ってるなら、この金を取っておきなさい」彼はチェリャーニンに向かってその財布を放り投げると、飲み屋から走って出てしまった。

5

同じ日の晩、デニーソフの宿舎で、中隊の士官たちが熱を入れて話し合っていた。

「ロストフ君、君は連隊長に謝罪すべきだと、僕は言ってるんですよ」真っ赤になって、興奮しているニコライに向かって、髪と口ひげの白くなりはじめた、目鼻立ちが大づくりで、しわが目立つ顔の、背の高い二等大尉が言った。

この二等大尉キリステンは自分の名誉をまもって決闘をしたため、二度兵卒に下げられ、二度昇進してきたのだった。

「僕が嘘をついてるなんて、だれにも言わせるもんか!」ニコライは叫んだ。「僕が嘘をついてるって、連隊長が言ったから、僕は、連隊長の方が嘘をついてるって言ったんだ。そのまま物別れさ。僕に毎日、当番を命じてもいい、逮捕して拘禁してもいい。しかし、僕に謝罪を強要することはだれにもできない。なぜかと言うと、あの人は自分が連隊長である以上、僕とは決闘する価値がないと思うのなら……」

「ま、ちょっと待たんかね、君。僕の言うことを聞きたまえ」二等大尉は長い口ひげを悠然と撫《な》でながら、さびのきいた声でさえぎった。「君はほかの将校たちのいる前で連隊長に向かって、ある将校が盗みをしたと言う……」

「僕が悪いんじゃありませんよ、ほかの将校たちの前で話題がそこへ行ったのは。みんなの前で言うべきじゃなかったかもしれないけれども、僕は外交官じゃないから。僕が軽騎兵になったのは、ここならこせこせする必要はないと思ったからだのに、あの人は僕が嘘をついていると言う……それなら決闘を申し込めばいい……」

「それで結構じゃないか、だれも君が臆病《おくびょう》者だなんて思っていない。しかし、問題はそこじゃない。デニーソフ君に聞いてみたまえ、見習士官が連隊長に決闘を申し込むなんて、そんなたぐいのことがあるものかどうか」

デニーソフは口ひげを噛《か》んで、むずかしい顔で話を聞いていたが、口をはさみたくなさそうな様子がありありと見えていた。二等大尉の質問に、彼は首を横に振った。

「君が将校たちの前で、連隊長にああいう聞くに堪えんことを話して」二等大尉は続けた。「ボグダーヌイチのおっさん（ボグダーヌイチのおっさんというのは連隊長のことだった）が君の口を封じた」

「口を封じたんじゃない、僕が嘘を言ってると言ったんです」

「ま、ともかく、君も馬鹿なことをさんざん言ったんだから、あやまらなくちゃ」

「とんでもない！」ニコライは叫んだ。

「思いもかけなかったね、君がこんなことをするとは」真剣に、厳しく二等大尉が言った。「君は謝罪しようとしない。ところがね、君、君がまったく悪いんだよ、連隊長ばかりじゃなくて、連隊全体に対して、僕たちみんなに対して。つまりだね、この問題をどう処理するか、君が考えて、人に相談でもしたのならともかく、遠慮会釈なく、しかも将校たちのまえで、バッとやっちまった。これじゃどうすればいいんだね、連隊長は。その将校を裁判にかけて、連隊全体に泥を塗らなきゃならないのかね？　たったひとりのろくでなしのために、連隊全部を恥さらしにしろって言うのかね？　そういうことなのかね？　いったい、君の考えでは。僕らの考えだと、そうじゃない。ボグダーヌイチのおっさんも見上げたもんさ、君に、嘘をついてるって言ったんだから。いい気分はしないだろうが、仕方がないよ、君。自分が突っかかったんだから。だのに今になって、事件をもみ消そうと人がしているときに、君はなんだか偉そうな顔をして、謝罪しようともせずに、なにもかも話してしまおうとする。当番をやることになれば、腹が立つだろうが、年をとった、真っ正直な将校に謝罪するのは、なんのこともないじゃないか！　ボグダーヌイチのおっさんはどんな人間にしろ、ともかく、真っ正直で、勇敢な連隊長だ、だのに君は腹を立てている。連隊に泥を塗るのは、君にはなんでもないんだ！」二等大尉の声はふるえ出した。「君、君はこの連隊に来て日が浅い。今日はここにいたかと思うと、あすはどこかの副官になって移っちまう。君は鼻もひっかけんだろう、「パヴログラード連隊の将校には泥棒がいるぞ！」って言われても。しかし、僕らは平気な顔ではおられん。そうじゃないかね？　デニーソフ君。平気ではおられんだろう？」

デニーソフはあいかわらず黙って、身じろぎもせずに、時折りきらきら光る黒い目でニコライを見ていた。

「君は自分のお高い鼻の方がたいせつなんだ、謝罪する気はないんだ」二等大尉は続けた。「ところが、我々年寄りは、連隊で育って、うまくいきゃ、連隊で死ぬことになる。だから、僕らには連隊の名誉がたいせつで、ボグダーヌイチのおっさんもそれを心得ている。いやあ、実にたいせつなんだよ、君！　だのに、こんなことはよくない、よくない！　君が気を悪くしようとすまいと、僕はいつもズバリ本当のことを言う。よくないね！」

そして、二等大尉は立ち上がると、ニコライに背を向けた。

「まったくだ、畜生《つくしょう》！」デニーソフが、ぱっと立ち上がりながら、どなった。「そうなんだよ、ロストフ、そうなんだ！」

ニコライは赤くなったり、青くなったりして、二等大尉を見たり、デニーソフを見たりしていた。

「いや、みんな、いやちがう……そんなふうに思わないでください……僕はよくわかってる。まちがいですよ、僕のことをそんなふうに考えるのは……僕は……僕にとって……僕は連隊の名誉をまもる……じゃ、どうすればいい？　僕は行為でそれを示す、僕にだって連隊旗の名誉は……いや、ともかく、ほんとうに、僕が悪いんだ！……」涙が彼の目に溜まっていた。「僕が悪い、まったく悪いんだ！……さあ、これで十分だろう?」

「そうそう、それでいいんですよ、伯爵」ふり向きながら二等大尉が叫んで、大きな手でニコライの肩をたたいた。

「だから言ってるだろう」デニーソフがどなった。「こいつはすばらしいやつだって」

「その方がいいんですよ、伯爵」まるでニコライが非を認めた返礼に、伯爵という称号で呼びはじめたように、二等大尉はくり返した。「行って、謝罪していらっしゃい、伯爵。そうですよ」

「みなさん、僕はなんでもやります、だれにも一言も言いません」哀願するような声でニコライは言った。「しかし、謝罪することはできない。正直言って、できない、なんと思われようと！　どうして僕が謝罪なんかするんですか、子どもみたいに、許してください、ごめんなさいなんて言うんですか?」

デニーソフは笑い出した。

「君がかえって損をする。ボグダーヌイチのおっさんは執念ぶかい。強情張った報いは受けますよ」キリステンは言った。

「正直な話、強情じゃない！　どういう気持か説明はできない、できないけど……」

「ま、お好きなように」二等大尉は言った。「どうなんだ、あのいけ好かない野郎はどこに行った？」彼はデニーソフに聞いた。

「病気だつうことで、あした命令で除隊《ぞたい》になる」デニーソフは言った。

「あれは病気だ。さもなきゃ説明がつかん」二等大尉が言った。

「病気だろうと、なかろうと、おれの目の前に出て来ないようにしないと——ぶっ殺す！」血に飢えたようにデニーソフがどなった。

部屋にジェルコフが入って来た。

「君はなんだ？」将校たちは入ってきたジェルコフに、いっせいに言った。

「出動だ、諸君。マックが降伏した、軍もろとも、全部」

「嘘つけ！」

「自分で見たんだ」

「なんだって？　生きてるマックを見たのか？　手も足もついてたか？」

「出動！　出動！　こいつに一本おごらなきゃ、こんな知らせを持ってきたお礼に。君はいったいどうしてここへやって来た？」

「また連隊に追い返されたのさ、あの畜生野郎のマックのおかげで。オーストリアの将軍が文句を言ったんだ。おれがその将軍にマック生還おめでとうと言ったもんで……君はどうした？　ロストフ、まるで風呂から上がったみたいじゃないか」

「うちじゃ、君、えらいごたごたが足かけ二日だ」

連隊副官が入ってきて、ジェルコフのもたらした知らせを裏づけた。翌日進軍することが命じられた。

「出動だ、諸君！」

「ま、ありがたいことさ、座りすぎて、しびれが切れた」

6

クトゥーゾフは後方でイン川（ブラウナウ市内）とトラウン川（リンツ市内）の橋を破壊しながら、ウィーンに向かって撤退した。十月二十三日、ロシア軍はエンス川を渡ろうとしていた。ロシア軍の物資輸送車、火砲、行軍縦隊が昼ごろにはエンス市を縦断して、橋のこちら側と向こう側にのび広がっていた。

その日は暖かい、秋の雨模様の日だった。ひろびろとした展望が、橋の掩護《えんご》にあたっているロシア軍の砲兵隊の陣取る高地からひらけていたが、時にはそれがふいにレースのカーテンのような横なぐりの雨に隠され、時にはふいに広くひらけて、日の光のもとに遠く、はっきりと、まるで漆《うるし》をかけられたようなさまざまな物が見えたりするのだった。足もとには白い家々と、赤い屋根と、寺院と、橋のある小さな町が見え、橋の両側にはロシアの大軍がひしめきながら、流れ進んでいた。ドナウの湾曲点に船と、島と、ドナウにそそぐエンスの流れに囲まれた城と庭園が見え、絶壁をなして、松林におおわれたドナウの左岸が、はるかかなたの神秘的な緑の頂と、青ずんだ峡谷とともに、見えていた。一見人跡未踏と思える松の原始林の奥から、さしのぞく修道院の尖塔《せんとう》が見え、エンスの対岸のはるか前方の山上には、敵の偵察隊が見えた。

高地の大砲のあいだに、後衛隊長の将軍がお付きの士官をしたがえて、望遠鏡で地形を観察しながら、立っていた。その少し後ろでは、総司令官から後衛隊に派遣されたネスヴィツキー公爵が大砲の砲身に腰かけていた。ネスヴィツキーに付き添っているコサック兵が小さな袋と水筒を渡した。そして、ネスヴィツキーは将校たちにピロシキと本物のドッペルキュンメル（キャラウェイなどの入った甘くて強い酒）をふるまった。将校たちは喜んで彼のまわりに集まり、湿った草の上に、ある者は膝をついて、ある者はトルコ人のようにあぐらをかいて座った。

「まったく、馬鹿じゃなかったんだね、ここに城を建てた、このオーストリアの公爵

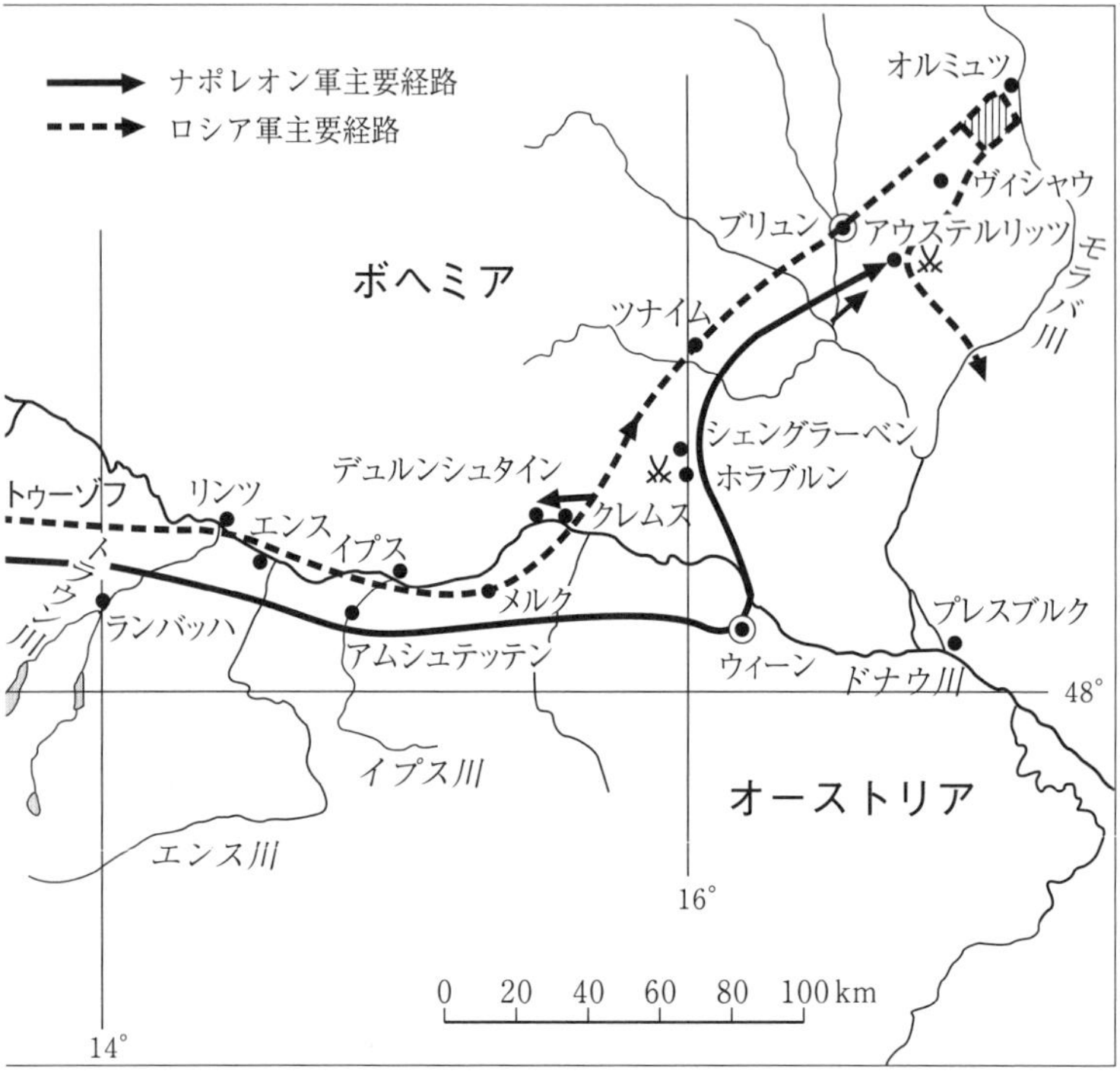
ナポレオン軍主要経路
ロシア軍主要経路
オルミュッツ
ヴィシャウ
ブリュン
アウステルリッツ
モラバ川
ボヘミア
ツナイム
シェングラーベン
ホラブルン
デュルンシュタイン
クレムス
トゥーゾフ
リンツ
エンス
イプス
メルク
トラウン川
ランバッハ
アムシュテッテン
ウィーン
プレスブルク
ドナウ川
48°
イプス川
オーストリア
エンス川
16°
0 20 40 60 80 100 km
14°

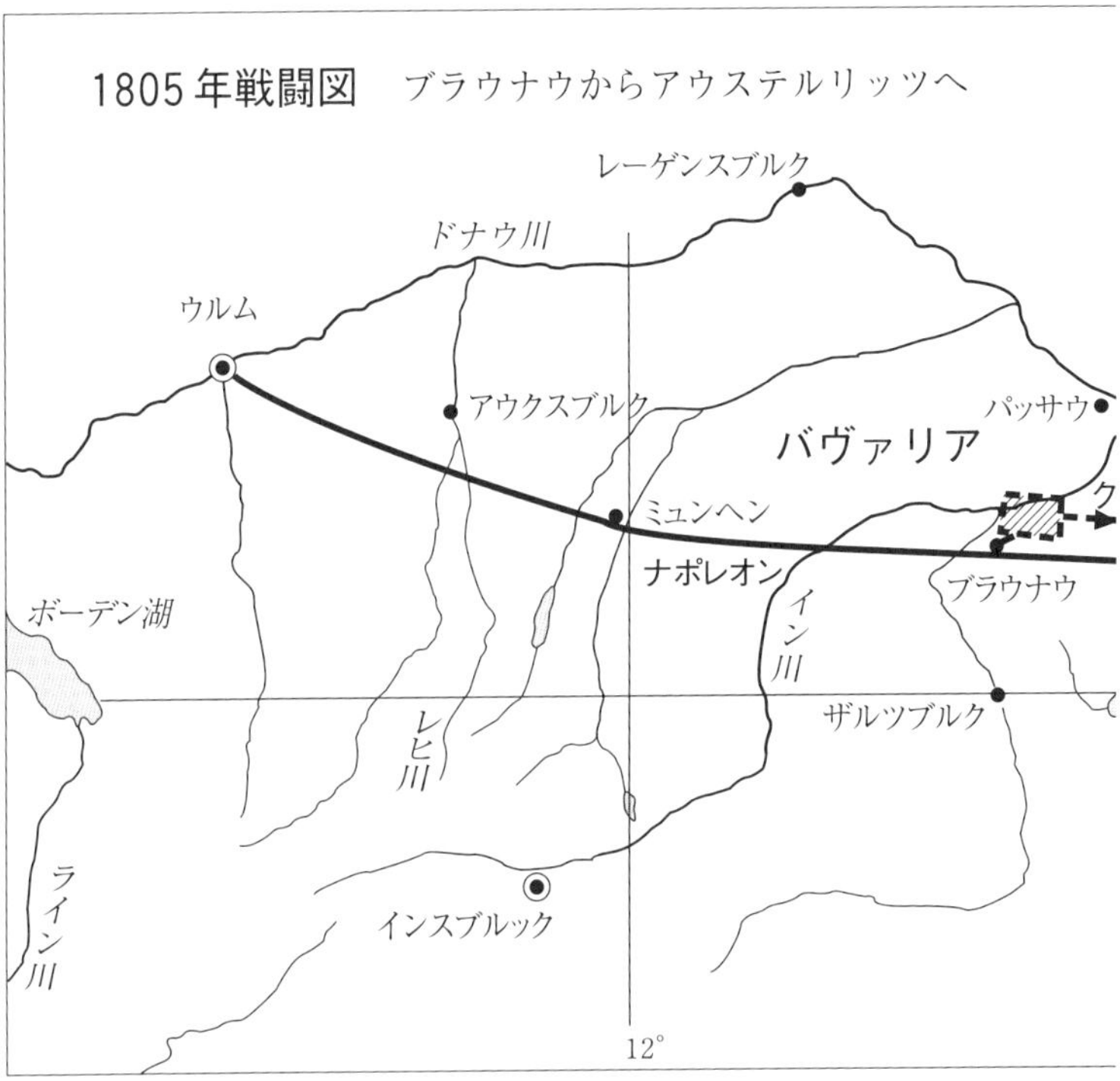
1805 年戦闘図　ブラウナウからアウステルリッツへ
レーゲンスブルク
ドナウ川
ウルム
アウクスブルク
パッサウ
バヴァリア
ミュンヘン
ナポレオン
ブラウナウ
ボーデン湖
イン川
ザルツブルク
レヒ川
ライン川
インスブルック
12°

は。すばらしいところだ。どうして食わないんだい？　みんな」ネスヴィッキーは言った。

「まことにありがとう存じます、公爵」将校の一人が、こういう偉い司令部の係官と話をかわすことを得意に思いながら、答えた。「実にいいところです。わたくしどもは庭園のすぐそばを通って来たんですが、シカを二頭見ましたし、屋敷ときたら、そりゃもう、すごいもんで！」

「ご覧ください、公爵」別の将校が言った。この男はもう一つピロシキを取りたかったのだが、気がひけたので、地形を見わたしているようなふりをしていた。「ご覧になってください、うちの歩兵がもうあんなところまで入り込みましたよ。ほらあそこじゃ、村の向こうの草地のところですがね、三人が何か引っ張っています。あの御殿をすっからかんにするんだな」彼は明らかにそれに賛意を示しながら、言った。

「なるほど、なるほど」ネスヴィッキーは言った。「いや、でもね、僕だったら」彼は美しい、しっとりした口でピロシキを噛みながら、付け加えた。「ほら、向こうの方にもぐり込みたいね」

彼は山の上に見えている、塔のついた修道院を指さした。彼はにやりと笑った。その目は細くなって、光を帯びた。

「いや、たしかにいいぜ、みんな！」

将校たちは笑い出した。

「あそこの尼さんたちをちょっと脅かしてやりたいね。イタリア女で、若いのがいるって話だぜ。まったく、五年ぐらいの人生を捧げてもいい！」

「尼さんたちだって退屈してるんですからね」ちょっと大胆になった将校が笑いながら言った。

一方、前の方に立っているお付きの将校が、将軍に何か指さして示していた。将軍は望遠鏡をのぞいていた。

「うん、たしかにそうだ、たしかにそうだ」将軍は望遠鏡を目から下ろし、肩をすくめながら、怒ったように言った。「たしかにそうだ、渡河地点めがけて撃ってくるぞ。それだのに、あの連中はなにをぐずぐずしてるんだ？」

向こう側に敵とその砲兵隊が肉眼で見え、ミルクのように白い煙が砲兵隊から見えた。煙につづいて遠い砲声がひびいた。そして、ロシア軍が渡河地点であわて出したのが見えた。

ネスヴィッキーは息をふうっと吐きながら立ち上がり、笑顔で将軍のそばに寄った。

「ちょっと召し上がりませんか？　閣下」彼は言った。

「よくないね、情勢が」将軍は返事をせずに言った。「もたついたよ、わが軍は」

「行ってまいりましょうか？　閣下」ネスヴィッキーが言った。

「うん、行って来てくれたまえ。頼む」将軍はすでに一度こまかく命令してあったことをくり返しながら、言った。「軽騎兵隊に言ってくれたまえ。わしが言ったように、軽騎兵が最後に渡って、橋に火をつけるように。それから橋の上の可燃物をもう一度点検するように」

「かしこまりました」ネスヴィッキーは答えた。

彼は馬を連れたコサック兵を呼び、袋と水筒をかたづけるように命じると、重いからだを軽く鞍《くら》の上にはね上げた。

「ほんとに、尼さんのところに寄って来るよ」彼は自分の方を笑顔でながめている将校たちに言い、曲がりくねった小道づたいにくだって行った。

「おいどうだ、大尉、どこまで届くか、やってみるか！」将軍が砲兵に向かって言った。「退屈しのぎにちょっと楽しんでみろ」

「砲手、砲につけ！」将校が命令すると、たちまち楽しそうに焚き火を離れて、砲兵たちが駆け出し、砲弾を装塡《そうてん》した。

「一号砲！」命令の声が聞こえた。

勢いよく一号砲が反動で後ろにはね返った。耳をつんざくばかりに、大砲が金属的なひびきを発し、山の下のロシア軍全体の頭上を越えて、ヒュルヒュルうなりながら、榴《りゅう》弾《だん》が飛んで行った。そして、敵のはるか手前までしか届かずに、落下点を煙で示して、炸裂《さくれつ》した。

兵隊と将校の顔はその音を聞いて陽気になった。みんな立ち上がり、手に取るように見える下の方の味方の動きと、前方の、近づいてくる敵の動きを観察しはじめた。太陽がちょうどそのとき雲のかげからすっかり姿を現した。そして、一発だけのこの発射の美しい音ときらめくばかりの太陽が一つに溶け合って、活気あふれる、明るい印象をかたちづくった。

7

橋の上をもう敵の砲弾が二発とび過ぎたので、橋の上では押し合いへし合いが始まった。橋の中ほどには、馬から下りて、太った体を欄干《らんかん》に押しつけられたまま、ネスヴィツキーが立っていた。彼は二頭の馬の手綱をにぎって、五、六歩後ろに立っている部下のコサック兵の方を、笑いながらふり返っていた。ネスヴィツキーが前に進もうとしたとたんに、また兵士たちと荷馬車が彼の方にのしかかり、またしても彼を欄干に押しつけてしまったので、にやにや笑っている以外、どうしようもなかった。

「なんだよ、おい、こいつ！」コサックは、馬車の車輪と馬のすぐわきに群がっている歩兵たちにのしかかってきた、荷馬車を引いた輸送兵に言った。「なんだよ、こいつ！　よせ、ちょっと待たにゃ。見ろ、将軍さまのお通りだ」

しかし、輸送兵は将軍という称号には耳も貸さずに、自分の道をふさいでいる兵士たちにどなった。

「おい！　おらが国の衆！　左に寄れや、ちょっと止まれ！」

しかし、おらが国の衆は、肩と肩とで押し合い、銃剣をからませながら、引きも切らずに、ぎっしりひとかたまりになって橋の上を動いて行った。欄干ごしに下の方をちらりとながめると、ネスヴィツキーの目に、早くて、ざわめいている、あまり高くないエンスの川波が見えた。それは一つに溶け合い、さざ波を立て、橋の杭《くい》のまわりを渦巻きながら、たがいに追いこして行った。橋の上をちらりとながめて、彼はやはりみんな同じような兵士たちの生きた波を見、軍帽の房、カバーをかけた丈の高い軍帽、背嚢《はいのう》、銃剣、長い銃、軍帽の下からのぞいている頬骨《ほおぼね》の広い、頬の落ちくぼんだ、くよくよしないが、くたびれた表情の顔、くっつけて橋板にまで運んで来た、ねばっこい泥の上を動いている足を見た。時折り、全部同じような兵士たちの波のあいだを押し分けて、エンスの川波のなかの白い泡のしぶきのように、レインコートを着て、兵士たちとは違った顔つきをした将校がすり抜けていった。時には、川の波にもまれている木っ端《こぱ》のように、徒歩の軽騎兵や、従卒や、住民が橋の上を歩兵たちの波に押し流されていった。時には、川を流れていく丸太のように、四方を囲まれて、上まで荷を積み上げ、革の覆いをかけた、中隊長や将校の荷馬車が橋の上を流れていった。

「どうだ、こいつら、まるで堤が切れたみてえだ」あきらめて突っ立ったまま、コサックが言った。「おまえら、まだたくさんいるのかよ？」

「百万人に一人欠けるよ！」そばを通っていた、破れたオーバーコートの陽気な兵隊が、ウィンクをしながら言って、見えなくなった。その後ろから別の、年とった兵隊が通った。

「やつが（やつというのは敵のことだった）橋を焼きにかかったら」老兵士は戦友に向かって陰気に言った。「体なんか掻《か》くのは忘れるぞ」

そして、その兵隊も通り過ぎた。そのあとから、別の兵隊が荷馬車に乗って行った。

「畜生、どこに脚絆を突っ込んだ？」従卒が荷馬車のあとについて走りながら、後ろの方を手でさぐって、言った。

この兵隊も荷馬車といっしょに通り過ぎた。

そのあとから陽気で、どうやら、一杯飲んだらしい兵隊たちが歩いて行った。

「あいつはよう、なあおまえ、いきなり銃の尻でやつの歯をぶったたいたんだぜ……」オーバーコートの裾を高くはしょった一人の兵隊が、手を大きく振りまわしながら、うれしそうに言った。

「そうだそうだ、うめえハムだよな」もう一人が大声で笑いながら、答えた。

そう言って、この兵士たちは通り過ぎてしまったので、ネスヴィツキーはだれの歯をぶったたいたのか、ハムというのは何のことなのか、わからなかった。

「これで急いでるのかよ！　やつが冷やっこいのを一発ぶっぱなしたら、まあ、皆殺しだ」下士官が怒って、責めるように言った。

「あれがおれのそばを飛んでいくとよ、おっさん、弾丸《たま》がよ」やっと笑いをこらえながら、ひどく口の大きい兵隊が言った。「おれ、すっかりぼうっとなっちまった。まったく、ほんとに、おったまげたよ、ひでえもんだ！」この兵隊は驚いたことを、まるで自慢するように、言った。

この兵士も通り過ぎた。そのあとから、これまで通ったどの馬車とも違う荷馬車が来た。それは家全体を積み込んだのかと思えるほどの、二頭立てのドイツの荷馬車《フォルシュパン》だった。

ドイツ人が引いている荷馬車の後ろには、きれいな、まだらの、乳房の大きな雌牛がつながれていた。羽ぶとんの上に乳飲み子を抱いた女と、老婆と、若くて真っ赤な、血色のいい、健康そうな、年頃のドイツ人の娘が座っていた。避難して行くこの市民たちは、おそらく特別の許可で通されたのだろう。兵士たちみんなの目が女たちにそそがれた。そして、一歩ずつ動きながら馬車が通り過ぎるあいだ、兵士たちの会話はすべて、二人の女のことばかりだった。その女にみだらな考えをめぐらして、みんなの顔にほとんど同じような薄笑いが浮かんでいた。

「へえ、ドイツ人《ソーセージ》でもやっぱりひきあげるのか！」

「おっかあを売ってくれー」目を伏せて、怒ったように、しかも、おびえたように大《おお》股《また》で歩いているドイツ人の男に向かって、別の兵隊がいちばん後ろの音を引き伸ばしながら言った。

「どうだ、うまくひきあげたじゃねえか！　こん畜生！」

「よう、おまえが付き添ってやりてえだろ、フェドートフ！」

「見たかよ、兄弟！」

「どこへ行くんです？」リンゴを食べていた歩兵将校が、やはりちょっと含み笑いをして、きれいな娘を見ながらたずねた。

ドイツ人の男は、目を閉じて、わからないという様子をした。

「欲しかったら、取っときな」将校は娘にリンゴを渡しながら、言った。

娘はにっこり笑って、受け取った。ネスヴィツキーも、橋の上にいる者たちみんなと同じように、女たちが通り過ぎるまで、目を離さなかった。ドイツ人が通り過ぎてしまうと、また同じような兵士たちが、同じような話をしながら進んで行き、とうとうみんなが立ち往生してしまった。よくあるように、橋を出るところで中隊長の荷馬車の馬が進むのをしぶりはじめたので、人馬の群れ全体が待たなければならなかったのだ。

「ちぇっ、なんで止まるんだ？　めちゃくちゃだぜ！」兵士たちは言った。「どこへ行きやがるんだよ？　畜生！　待ってるわけにゃいかねえんだよ。やつが橋を焼き出したら、もっとひでえことになるぞ。見ろ、将校さんまで押し込められてら」立ち往生した群れが、おたがいに見まわしながら、四方八方から言った。そして、たえず橋から出る方に向かって前の方に押し合っていた。

橋の下のエンスの流れを見わたしたとき、ネスヴィツキーはふいにまだ聞いたことのない音を耳にした。すばやく近づいてくる……何か大きい、何か水のなかにパシャリと落ちた物の音だ。

「おい、こいつ、どこへ行きやがる！」そばに立っていた兵隊が、音の方をふり返りながら言った。

「もっと早く渡るように、景気づけてるのよ」もう一人が不安そうに言った。群れはふたたび動き出した。ネスヴィッキーはそれが砲弾だということを悟った。「おい、コサック、馬をよこせ！」彼は言った。「こら、おまえたち！　どいてくれ、どけ！　道をあけろ！」

彼はひどい苦労をして馬のところまでたどりついた。ひっきりなしにどなりながら、彼は前に進んだ。兵士たちは彼に道をあけるために身を寄せ合ったが、また押し寄せて来て、彼の足を踏んづけた。すぐそばの者も悪いわけではなかった。というのは、自分たちの方がもっとひどく押されていたからだ。

「ネスヴィッキー！　ネスヴィッキー！　おい、こん畜生《つくしょう》！」その時、後ろからしゃがれた声が聞こえた。

ネスヴィッキーはふり返った。そして、動いて行く歩兵隊の生きた塊をへだてて、十五、六歩離れたところに、赤くて、黒くて、髪がもつれて、帽子を後ろにずらして、上着を小粋に片方の肩にひっかけたデニーソフを見つけた。

「命令しろ、この畜生《つくしょう》の悪魔どもに、道《みっ》をあけろって」デニーソフはどうやら、カッといきり立っているらしく、血走った白目のなかで、炭のように真っ黒な目を光らせて動かしながら、顔と同じように赤い、むき出しの小さな手に握った、鞘《さや》に入ったままのサーベルをふりまわして、どなった。

「よう！　デニーソフのワー公！」ネスヴィツキーはうれしそうに答えた。「どうしたんだおまえ？」

「中隊《ちゅうたい》が通れねえんだ」デニーソフは憎らしそうに白い歯をむき出し、美しい黒毛のベドゥイン号に拍車をあてながら、どなった。ベドゥイン号はぶつかりそうになる銃剣を避けて耳をひくつかせ、鼻息を荒らげ、くつわから泡のしぶきを口のまわりに吹き出し、くつわを鳴らして、ひづめで橋板をたたいていた。そして、もし騎手が許してくれるなら、橋の欄干でさえも飛び越しそうに見えた。

「なんだこれは？　まるで羊だ！　まるっきり羊だ！　どけ……道《みつ》をあけろ！……待たんか！　この、荷馬車、畜生《つくしょう》め！　サーベルでぶった切るぞ！」彼は本当にサーベルを鞘から抜き出して、振りまわしながら、どなった。

兵士たちはおびえた顔でおたがい同士かたまり合ったので、デニーソフはネスヴィツキーといっしょになった。

「どうして酔ってないんだ？　今日は」デニーソフがそばに乗りつけたとき、ネスヴィツキーは彼に言った。

「酒くらうひまもくれねえ!」デニーソフは答えた。「一日《いっんつ》じゅうあっつ、こっつ連隊を引っぱりまわして。一戦やるなら、まともにやりゃいい。それが、こりゃいったいなんだ、畜生《つくしょう》!」

「えらく今日は格好つけてるな!」デニーソフの新しい上着と鞍のカバーを見まわしながら、ネスヴィツキーが言った。

デニーソフはにやりと笑って、雑嚢から香水の匂《にお》いのただようハンカチを取り出し、ネスヴィツキーの鼻に突きつけた。

「だめだぞ、戦いに行くんだからな! ひげを剃《そ》って、歯をみがいて、香水をふりかけてきたんだ」

コサック兵をしたがえたネスヴィツキーの堂々とした姿と、サーベルを振りまわし、死に物狂いにどなっているデニーソフの断固とした態度が効果をあらわしたおかげで、二人は橋の向こう側に通り抜け、歩兵部隊を押しとどめた。ネスヴィツキーは、命令を伝える必要のあった連隊長を橋から出るところで見つけ、任務を果たすと、もどって行った。

道をすっかりあけると、デニーソフは橋に入るところで立ち止まった。仲間の方へ行きたがって、足をばたつかせている雄馬を無造作に抑えながら、彼は自分の方に向かって進んでくる騎兵中隊を見守っていた。まるで数頭の馬が走って行くような、澄んだひづめの音が橋板にひびいて、騎兵中隊が将校たちを先頭に、四人ずつ横に並んで、橋の上に延び、前方の対岸に出て行きはじめた。

立ち往生させられた歩兵たちは、橋のそばの踏み荒らされた泥の上に群がって、整然と自分たちのわきを通り過ぎていく、小ぎれいで、格好のいい軽騎兵たちを、とくべつ底意地の悪いよそよそしさと、せせら笑うような気持で見つめていた。それは兵種の違う部隊が出会ったときによくあることだった。

「おしゃれなやつらよ！　モスクワの公園にでも出るんならいいが！」

「なんの役に立つんだ！　ただ見せかけに連れて歩いてるのよ！」別のが言った。

「歩兵さまだぞ、埃《ほこり》を立てるな！」乗馬がちょっと荒れて、歩兵に泥をはねかけた軽騎兵が冗談を言った。

「貴様に背嚢しょわせて、二行程ばかし歩かせてやりてぇよ、紐《ひも》がちっとすり切れるぐらいにな」顔の泥を袖で拭きとりながら、歩兵が言った。「さもねえと、人間じゃなくて、鳥が乗ってるも同じだ！」

「そう、そう、ジーキン、おまえを馬に乗せた方がいいぜ、器用に乗るだろ」上等兵が背嚢の重さに身をかがめた、痩せた兵隊を冷やかした。

「丸太ん棒を足の間にはさんでみな、それがおまえの馬にならあ」軽騎兵が応じた。

8

残りの歩兵隊は橋に入るところで密集し、漏斗《じょうご》のような形になって、あわただしく橋を通って行った。やっと荷馬車が全部通り、混雑は少なくなり、最後の砲兵隊が橋にさしかかった。ただデニーソフの中隊の軽騎兵たちだけが敵に相対して、橋の向こう側に残っていた。対岸の山上から遠くに見える敵は、下の方の橋からはまだ見えなかった。というのは、川の流れている低地からでは、半キロも離れていない高地で地平線がさえぎられていたからだった。前方には荒野があって、そのあちこちに、味方のコサック偵察兵の小さな塊がいくつかうごめいていた。ふいに道の向こう側の高地に、青いコートを着た部隊と砲兵隊が姿を現した。それはフランス軍だった。コサック騎兵の偵察隊は早足で坂をくだって後退した。デニーソフの中隊の将校と兵士たちは、みんな別のことを話し、わきの方を見ようと努めてはいたものの、あの山の上にあるのは何かということばかりたえず考え、地平線に出てくる点々をひっきりなしにじっと見つめ、それが敵軍だということをしだいに確認していった。天気は昼すぎにはまた晴れて、太陽がドナウ川とそのまわりの黒ずんだ山々の上に明るく傾いていた。静かだった。そして、その山上から、時折り敵の角笛の音と叫び声が届いてきた。騎兵中隊と敵のあいだには、ごくわずかな偵察隊以外、もうだれひとりいなかった。がらんとした空間が、五、六百メートルにわたって、敵と騎兵隊をへだてていた。敵は砲撃をやめた。すると、二つの敵対する部隊を分けている、厳しく、恐ろしく、越えがたく、とらえがたい一線がいっそうはっきり感じられた。

《生きている者と死んだ者をへだてている一線を思わせるこの線を一歩越えたら――不可思議と、苦悩と、死だ。そして、その向こうには何があるんだ？　向こうにはだれがいるんだ？　向こうの、この野原や、木や、太陽に照らされている屋根のかなたには？　だれも知らないし、知りたがっている。この一線を越えるのは恐ろしいし、越えてもみたい。そして、みんなわかってるんだ――遅かれ早かれ、この線を越えて、あちらに、線の向こう側に何があるかを知ることになる。それはちょうど、あちらに、死の向こう側に何があるかを知ることが避けられないのと同じだ、ということを。ところが、自分自身は強くて、健康で、陽気で、しかも、いら立っていて、そして、こんなに健康で、いらいらと活気にみちた人間たちに囲まれている》。敵を目のあたりにしている者はだれでも、たとえこう考えないにしても、こんなふうに感じる。そして、この感覚が、こういう時に生じるありとあらゆるものに、一種とくべつな印象のきらめきと、心たのしいような鋭さを与えるのだ。

　敵側の塚の上に発射の煙が見えた。そして、砲弾が口笛のような音を立てて、軽騎兵中隊の頭上を飛び過ぎた。同じ所に立っていた将校たちはそれぞれ別の場所に散った。軽騎兵たちは懸命に馬を一線に並べようとしはじめた。中隊のなかではすべてが静まりかえった。みんな命令を待ち受けながら、時々前方の敵と中隊長を見ていた。二発目、三発目の砲弾が飛び過ぎた。軽騎兵めがけて撃っているのは明らかだった。だが、砲弾は、一定のリズムで、すばやく、口笛のような音を立てながら、軽騎兵の頭上を飛び過ぎて、どこか後ろの方に当たった。軽騎兵たちはふり向きはしなかったが、飛び越えていく砲弾の音が聞こえるたびに、同じようで、それぞれ別の顔の中隊全員が、号令をかけられたように、砲弾の飛んでいるあいだ、息をひそめ、あぶみの上でちょっとからだを浮かしては、また、沈めるのだった。兵士たちは首をまわさずに、おたがいに横目で見ながら、好奇心で仲間の反応をさぐっていた。どの顔にも、デニーソフからラッパ手にいたるまで、唇と顎のあたりに、あせりや不安と闘っている共通の特徴《しるし》が浮かんでいた。曹長は兵士たちを見まわしながら、罰をくらわすぞと脅かすように、眉をしかめていた。見習士官のミローノフは砲弾が飛び過ぎるたびに身をかがめた。ニコライは左翼に立って、拍車の傷はついているけれども、見栄えのいいグラーチク号にまたがり、りっぱな成績のとれる自信がある試験を受けるために、大勢の公衆の前に呼び出された生徒のような、幸せな顔つきをしていた。彼は自分が砲弾の下で平然と立っているのを注目してくださいと言わんばかりに、澄んだ、明るい目でみんなを見まわしていた。しかし、その意志にさからって、彼の顔にもやはり、何か新しくて、厳しいものの特徴《しるし》が口のあたりに現れていた。

「だれだ、あそこでおじぎをしてるのは？　見習士官のミローノフか！　だめだぞ、おれを見ろ！」ひとつところに立っていられなくて、馬で中隊の前を行ったり来たりしているデニーソフがどなった。

団子鼻で、髪の黒いデニーソフの顔と、筋張った（毛むくじゃらな、短い指の）手をした、小柄で、がっちりした姿は、その手に抜き身のサーベルの柄を握っていたものの、まったくいつもと同じで、とくに、日暮れ方に二本ほど飲んだあとと同じだった。彼はただいつもより赤くて、水を飲むときの鳥のように、毛のもつれた頭を上の方にそらし、みごとなベドゥイン号の横腹に小さな足を容赦なくたたきつけると、後ろに落ちそうな格好で、中隊の反対の端に馬を走らせ、ピストルを点検しろと、しゃがれ声で叫んだ。彼はキリステンの方に近づいた。二等大尉が横幅の広い、堂々とした雌馬にまたがって、並足でデニーソフの方に向かって来た。二等大尉は例によって長い口ひげをはやし、いつものとおりきまじめだったが、ただ、その目はいつもより光っていた。

「なんだってんだ?」彼はデニーソフに言った。「チャンチャンバラバラまでいかないぞ。今にわかる、おれたちは退却だ」

「畜生《つくしょう》、いったい何をやってやがる!」デニーソフが呻《うめ》くように言った。「おお! ロストフか!」彼はその楽しそうな顔を見て、見習士官のニコライに叫んだ。「どうだ、待つに待ったものが来たぞ」

そして、彼はどうやらニコライの様子が気に入ったらしく、ほめそやすようににっこり笑った。ニコライはまったく幸せな気分だった。そのとき、隊長が橋の上に姿を現した。デニーソフはそのそばに馬を走らせた。

「閣下! 攻撃させてください! わたしが撃退してみせます」

「攻撃どころの話じゃない」隊長はうるさいハエを追い払うように顔をしかめながら、飽き飽きした声で言った。「それになんで君らはここに突っ立ってるのかね? 見たまえ、側衛隊が退却してるだろう。中隊を後退させたまえ」

中隊は一人も失わずに橋を渡って、射程外に出た。そのあとから、散開していたもう一つの騎兵中隊も渡り、最後のコサック兵たちが対岸から撤退した。

二つのパヴログラード騎兵中隊は橋を渡ると、次々に坂道をのぼって後退した。連隊長ボグダーノヴィッチ・シューベルトはデニーソフ中隊に馬を近づけ、ニコライのそばを並足で進んで行ったが、チェリャーニンのことで衝突してから今はじめて顔を合わせたというのに、ニコライには全然目もくれなかった。ニコライは申し訳ないことをしたと今では思っているこの人の手に、前線では自分の生殺与奪の権が握られているのを感じて、連隊長のスポーツマンのような背中と、薄茶色の髪の後頭部と、赤い首から目を離さなかった。時にはニコライには、ボグダーヌイチのおっさんはわざと素知らぬふりをしているだけで、彼の目的は今、ただただ見習士官ロストフの勇気をためすことにあるのだと思えたので、胸を張り、楽しそうに左右を見まわしていた。時にはボグダーヌイチのおっさんが自分の勇気をニコライに見せるために、わざと近くを進んでいるような気がした。時にはこの自分の敵が自分、つまりニコライをこらしめるために、わざと今中隊を捨て身の攻撃に向かわせるのだ、というような気がした。時には、攻撃がすんだあと、彼が自分のそばに歩み寄り、傷ついた自分に広い心で和解の手をさしのべるのだ、というような気がした。

パヴログラード連隊の者たちにはなじみ深い、肩をそびやかしたジェルコフの姿が(彼は最近自分の連隊を転出したばかりだった)連隊長に近づいた。ジェルコフは参謀本部から追い出されたあと、自分は前線でこき使われるような馬鹿じゃない、本部に属していれば、何もせずに、褒美《ほうび》はその方がたくさんもらえると言って、連隊には残らず、伝令将校としてバグラチオン公爵の側近にうまく入りこんだ。彼は後衛隊長バグラチオンからの命令を持って、もとの上官のところへ来たのだった。

「連隊長」彼はいつもの気むずかしい、まじめくさった様子でニコライの敵に向かって、同僚たちを見まわしながら、言った。「命令です。停止して、橋を焼くようにと」

「だれ命令ですか?」連隊長が訛のあるロシア語で不機嫌にたずねた。

「いや、私にはわかりません、連隊長、だれ命令か」まじめくさってジェルコフが答えた。「しかしともかく私には公爵が命令したんです。「行って、連隊長に言え。軽騎兵ははやく引き返し、橋を焼くように」と」

ジェルコフのあとから、同じ命令を持って司令官付きの将校が軽騎兵連隊長のところに来た。司令官付きの将校のあとから、駆け足でやっと騎手を運んでいるコサック馬に乗って、太ったネスヴィツキーが来た。

「どうしたんです、連隊長」彼はまだ馬が走っているうちに叫んだ。「私は橋を焼くようにと言ったのに、今ごろになってだれかがまちがえて伝えてしまったんですよ。みんな頭がおかしくなって、さっぱりわけがわからん」

連隊長はあわてずに、連隊を停止させて、ネスヴィッキーに向かって言った。

「あなたわたしに燃やす物のこと言いましたが」彼は言った。「火をつけること、何も言いませんでした」

「いやとんでもない、おやじさん」馬を止めて、ネスヴィッキーは帽子を取り、汗に濡れた髪をふっくらした手で撫でつけながら、言い出した。「とんでもない、可燃物を置いたら、橋を焼くんだっていうことを、言わないはずがないでしょう」

「わたしあなたの『おやじさん』でないですが、佐官さん、橋を焼くべしということ、あなた言いませんでした！　わたし勤務知ってます、わたし命令厳しく守る癖あります。あなた橋焼く言いましたが、だれ焼くか、わたしひょっともわかりません……」

「まあ、いつもこうなんだ」片手をひとつ振って、ネスヴィッキーは言った。「おまえはなんでここにいる？」彼はジェルコフに向かって言った。

「なに、同じことを言いにさ。それにしてもおまえはぐしょ濡れだな、絞ってやろうか」

「あなた言いました、佐官さん……」連隊長は憤然とした口調で続けた。

「連隊長」司令官付きの将校がさえぎった。「急がないと、敵が散弾の射程内に火砲を前進させます」

連隊長は黙ったまま司令官付きの将校と、太った佐官と、ジェルコフを見て、眉をひそめた。

「わたし橋に火つけるです」彼はものものしい口調で言った。それはまるで、自分はどんなに不愉快なことをされても、ともかくするべきことをするのだ、と言わんばかりだった。

まるでなにもかも馬の責任のように、長い筋肉質の足で馬を蹴《け》ると、連隊長は前に進み出て、ニコライがデニーソフの指揮のもとで勤務していた、まさにその第二騎兵中隊に、橋へ戻るように命令した。

《なるほど、やっぱりそうなんだ》ニコライは思った。《あいつはおれを試そうとしてるんだ！》彼の心臓は締めつけられたようになって、血がどっと顔にのぼった。《見てろよ、おれが臆病者かどうか》彼は思った。

中隊の者たちの陽気な顔すべてにまた、砲弾の下に立っていたときのような、真剣な特徴《しるし》があらわれた。ニコライは目を離さずに、自分の敵である連隊長を見つめて、自分の推測を裏付けるようなものを、その顔に見つけようとしていた。しかし、連隊長は一度もニコライの方を見ず、前線でのいつもの例にもれず、厳しく、いかめしい目をしていた。号令が聞こえた。

「急げ！　急げ！」彼のまわりでいくつかの声が言った。

サーベルを手綱にからませ、拍車をひびかせて、急ぎながら、軽騎兵たちは自分でも何をするのかわからずに、馬から下りた。軽騎兵たちは十字を切った。ニコライはもう連隊長を見ていなかった――そんな暇はなかった。彼はほかの軽騎兵たちから後れてはいけないと、不安に思っていた。心臓が止まるほど不安だった。馬を馬丁にあずけるとき、彼の手はふるえていたし、ドキドキと音を立てて血が心臓に流れ込むのを感じていた。デニーソフが後ろにのけぞりながら、何か叫んで、彼のわきを馬で走り過ぎた。ニコライは自分のまわりを走り、拍車をからませ、サーベルを鳴らしている軽騎兵以外、何も目に入らなかった。

「担架！」だれかの声が後ろで叫んだ。

ニコライは担架の要求が何を意味しているのか、考えもしなかった。彼はともかく先頭になろうと懸命になって走った。しかし、橋のすぐたもとで、彼は足もとを見ていなかったので、ねばっこい、踏み荒らされた泥のなかにはまってしまい、つまずいて、倒れて両手を突いてしまった。彼をほかの者が追い越して行った。

「両方側に、大尉」ニコライの耳に連隊長の声が聞こえた。連隊長は前に進み出ると、馬にまたがったまま、勝ち誇ったような、明るい顔で橋の近くに立ち止まった。

ニコライは汚れた手を乗馬ズボンにこすりつけて拭きながら、自分の敵をふり返った。そして、もっと前の方へ行けば行くほどいいのだと思い込んで、もっと先へ走ろうとした。しかし、ボクダーヌイチのおっさんは、ニコライを見てもおらず、それがニコライだともわからなかったのに、彼をどなりつけた。

「だれ橋の真ん中走ってる？　右の方！　見習士官、さがれ！」彼は腹を立ててどなった。そして、勇気をひけらかして、馬に乗ったまま橋板に踏み込んだデニーソフに向かって言った。

「なんで危険する、大尉！　馬おりて」連隊長は言った。

「へぇっ！　悪いことをすると、すぐ見つかるぜ」デニーソフは鞍の上で体をひねりながら、応じた。

一方、ネスヴィツキーと、ジェルコフと、司令官付きの将校は、いっしょに射程外に立って、橋のまわりにひしめいている、黄色い帽子、モールで飾ったダークグリーンの上着、青いズボンを身に着けたこちら側の連中の小さな塊を見たり、向こう側の、はるかかなたから近づいてくる青いコートや、馬といっしょのいくつかの群れを見たりしていた。それは大砲だとわけなく見て取れた。

《橋に火をつけるか、つけないか？　どちらが先か？　あいつらが走りついて、橋に火をつけるか、それともフランス軍が散弾の射程距離に迫って、あいつらを皆殺しにするか？》こういう問いを相当な数の部隊のなかのひとりひとりが、心臓の止まる思いで、知らず知らず自分に発していた。彼らは橋を見下ろして立ち、明るい夕暮れの光のなかで、橋や軽騎兵と、向こう側の、銃剣や大砲といっしょに迫ってくる青いコートを見ていたのだった。

「ああ！　やられるぞ軽騎兵が！」ネスヴィツキーが言った。「もう散弾の射程内だ」

「いかん、連隊長はあんなにたくさんの人間を行かせてしまって」司令官付きの将校が言った。

「まったくだ」ネスヴィツキーは言った。「ここは二人ばかし生きのいいのを送ればよかった、おんなじことじゃないか」

「いやあ、公爵」ジェルコフが口をはさんだ。軽騎兵から目を離さずにいたが、あいかわらず、まじめに言っているのかどうか、見当のつかないような、無邪気な口調だった。「いやあ、公爵！　その見方はどうも！　二人だけ送ったんじゃ、我々にだれがいったいリボン付きのヴラジーミル勲章をくれますか？　ま、こうやってぶっ殺されても、中隊を代表して、自分はリボン付きをもらえる。うちのボグダーヌイチのおっさんは筋を心得てる」

「ほら」司令官付きの将校が言った。「ありゃ散弾だ！」

彼は砲車の前部からはずされて、急いで離れて行ったフランス軍の砲を指さした。

フランス軍の側で、火砲のある群れのなかに小さな煙が一つ、二つ、三つ見え、ほとんど同時に、しかも、最初の発射の音が届いた瞬間に、四つめが見えた。二つの音が続き、さらに三つめが聞こえた。

「あ、あっ！」ネスヴィツキーが焼けつく痛みを感じたように、司令官付きの将校の腕をつかみながら、呻いた。「見たまえ、倒れましたよ、一人、倒れた、倒れた！」

「二人、じゃないですか？」

「おれが皇帝だったら、ぜったい戦争はせん」ネスヴィツキーは顔をそむけながら言った。

フランス軍の砲にはふたたびあわただしく砲弾がこめられた。青いコートを着た歩兵隊が駆け足で橋めがけて移動した。ふたたび、しかし、間隔はばらばらに、煙が見え、散弾が橋にパシッ、パラパラと当たった。しかし、今度はネスヴィツキーには、橋の上で起こっていることが見えなかった。橋から濃い煙が上がった。軽騎兵がうまく間に合って橋に火をつけたのだ。そして、フランス軍の砲兵隊はもう阻止するためにではなく、大砲を向けてしまったし、撃つ相手がいたために、軽騎兵めがけて撃っていたのだった。

軽騎兵が馬丁たちのところに戻る前に、フランス軍は三度散弾を発射することができた。二度の一斉射撃は不正確で、散弾は全部飛び過ぎてしまったが、そのかわり三度目の発射はひとかたまりの軽騎兵の真ん中に落ちて、三人を倒した。

ニコライはボグダーヌイチのおっさんに対する自分の態度が気になって、どうしてよいかわからぬまま、橋の上に棒立ちになっていた。斬《き》り倒す(彼はいつでも戦闘をそんなふうに思い描いていた)相手はいなかった。橋に火をかける手伝いもやはりできなかった。というのは、ほかの兵隊たちのように火付けの藁《わら》を持って来なかったからだった。彼は立ったまま、左右を見まわしていた。するとふいに、クルミをばらまいたように、橋の上にパラパラと音がして、彼のいちばん近くにいた軽騎兵の一人が、呻き声をあげて欄干に倒れた。ニコライはほかの者たちといっしょにそのそばに駆け寄った。またたれかが――「担架!」と叫んだ。その軽騎兵を四人の者がかかえて、持ち上げはじめた。

「おおおっ!……ほっといてくれ、頼む」負傷兵はわめいた。しかし、それでもやはり抱き上げられて、乗せられてしまった。

ニコライは顔をそむけて、まるで何かを探し求めるように、遠くを、ドナウの流れを、空を、太陽を見はじめた。空がなんとすばらしく見えたことか、なんと青く、静かに、深く！　落ちてゆく太陽はなんと明るく、荘厳なことか！　なんとやさしく、つやつやと、かなたのドナウの流れがきらめいていたことか！　そして、遠くの、ドナウのかなたに青ずんでいる山々と、修道院と、神秘的な峡谷と、梢《こずえ》まで霧にひたされた松林はそれにもましてすばらしかった……向こうは静かなのだ、幸せなのだ……《何も、何もおれは望まないんだがな、何も望まないんだがな、ただただあそこにいられさえすれば》ニコライは思った。《ただおれのなかに、そして、あの太陽のなかにあふれるばかりの幸せがある……だが、ここには……呻き、苦しみ、恐怖、そして、この混濁、このあわただしさ……ほら、また何かわめいている、そして、またみんながどこか後ろの方に走り出した。おれもみんなといっしょに走っている。そして、ほら、あいつが、あいつが、死がおれの上に、おれのまわりに……一瞬で、おれにはもう永久にあの太陽、あの水、あの谷が見えなくなる……》。

その時、太陽が雲のかげに隠れはじめた。ニコライの前に別の担架が現れた。すると、死と担架を恐れる気持も、太陽と生を愛する気持も、すべてがひとつの病的で不安な印象に溶け合った。

《ああ神さま！　かなたの空のなかにいる神よ、私を救い、赦《ゆる》し、護《まも》りたまえ！》ニコライは胸のなかでつぶやいた。

軽騎兵たちは馬丁のそばに走り寄り、声は大きく、穏やかになり、担架は視界から消えた。

「どうだ、おい、火薬のにおいを嗅《か》いで来たか？……」耳もとでデニーソフの声が叫んだ。

《何もかもすんだ。しかし、おれは臆病者だ、そうだ、おれは臆病者だ》ニコライは思った。そして、大きく息をつきながら、足を一本わきの方に突き出しているグラーチク号を馬丁の手から取ると、乗ろうとした。

「なんだったんだい、あれは。散弾かい？」彼はデニーソフにたずねた。

「うん、おまけにものすごいやつだぜ！」デニーソフは叫んだ。「てきぱき任務を果したぜ！　ひでえ任務だけどな！　攻撃ならお手のもんだ、ずたずたにぶった斬《ぎ》りゃいい。だけど、これじゃ、畜生《つくしょう》、あんまりだぜ、標的みてえに撃たれてさ」

そして、デニーソフはニコライのそば近く立っている、連隊長、ネスヴィツキー、ジェルコフ、司令官付きの将校などの群れの方へ行ってしまった。

《しかし、だれも見てなかったらしい》心のなかでニコライは思った。たしかに、だれも何も見ていなかった。それは、砲火の洗礼を受けたことのない見習士官がはじめて経験する気持はだれでも知っていたからだった。

「これで戦闘報告がりっぱにできる」ジェルコフが言った。「まあ、僕も少尉に昇進だ」

「公爵に報告してください、わたし橋焼いたこと」連隊長は勝ち誇ったように、明るく言った。

「で、損害について聞かれたら?」

「たいしたことないね!」連隊長が低音《バス》で言った。「軽騎兵二人負傷、一人即死」彼はいかにもうれしそうに、幸せな微笑を抑えることができずに、即死という美しいことばをよく通る声で歯切れよく発音しながら言った。

9

ボナパルト指揮下の十万のフランス軍に追撃され、敵意をいだいた住民に迎えられ、もはや自分の同盟軍を信頼せず、食糧の不足を実感し、予測されていた、戦争のすべての条件の外で行動することを余儀なくされた三万五千のロシア軍は、クトゥーゾフ指揮のもと、敵に追いすがられたところで踏みとどまり、後退に必要なかぎりで、後衛軍の活動で敵をはね返し、重い荷物を失わずに、ドナウ川に沿って下流へあわただしく後退して行った。ランバッハ、アムシュテッテン、メルク付近で戦闘があった。しかし、敵みずからが認める、勇猛、頑強なロシア軍の奮闘ぶりにもかかわらず、これらの戦いの結果はいっそう退却の速度を増しただけにすぎなかった。ウルム付近で捕虜になるのをまぬがれて、ブラウナウの近くでクトゥーゾフに合流したオーストリア軍は、今ではロシア軍から離れてしまい、クトゥーゾフは自分の非力な、疲れきった兵力だけに命運を預けることになった。ウィーンをこれ以上守ることなどは考えられもしなかった。クトゥーゾフがウィーンに滞在中、オーストリアの宮廷軍事協議会が彼に計画をさずけた、戦略学という新しい学問の法則にしたがって熟慮された攻撃戦のかわりに、今クトゥーゾフの前にある唯一の、ほとんど実現する見込みのない目的は、ウルム付近のマックのように軍を壊滅させることなく、ロシアから進軍中の部隊と合流することだった。

十月二十八日、クトゥーゾフは軍をひきいてドナウの左岸に渡り、自軍とフランス軍主力部隊のあいだにドナウをはさんで、はじめて踏みとどまった。三十日に彼はドナウの左岸にいたモルチエ旅団を攻撃し、それを粉砕した。この戦闘ではじめて、軍旗、火砲などの戦利品を奪い、敵の将軍二人を捕えた。二週間の退却のあとではじめてロシア軍は踏みとどまり、戦いのあとで戦場を確保したばかりでなく、フランス軍を退却させた。部隊は着るものもなく、疲れ果て、落伍者、負傷者、戦死者、病人のために、三分の一を失って弱体化していたにもかかわらず、敵の人間愛にゆだねるというクトゥーゾフの手紙を添えて、病人と負傷者をドナウの対岸に残して来たにもかかわらず、救護所になったクレムスの大きな病院や建物は、もはや全部の病人と負傷者を収容しきれなかったにもかかわらず——こうしたすべてのことにもかかわらず、クレムス付近に踏みとどまり、モルチエ軍に勝利したことは大いに軍の士気を高めた。ロシアからの部隊が近づいてもいないのに近づいているとか、オーストリア軍が何か勝利を収めたとか、驚いたボナパルトが退却したなどという、正しくはないけれども、このうえもなく楽しい噂が全軍と本営に広まった。

　アンドレイ公爵は戦闘のとき、この戦いで戦死したオーストリアのシュミット将軍のそばにいた。彼の乗っていた馬は負傷し、彼自身も弾丸《たま》で腕に軽いかすり傷を受けた。総司令官がとくに目をかけているしるしに、彼はこの勝利の知らせを持って、オーストリア宮廷に送られた。それはもうフランス軍におびやかされているウィーンではなく、ブリュン（現チェコのブルノ）にあった。戦闘のあった夜、興奮はしているが、疲れずに（強くなさそうに見える体格にもかかわらず、アンドレイは最高に頑丈な連中よりもはるかによく、肉体的な疲労に耐えることができた）、ドフトゥロフ（ロシアの将軍。一八一二年の戦争にも参加）のもとからクレムスのクトゥーゾフのところへ報告をたずさえて馬で到着したあと、アンドレイはすぐその夜に急使としてブリュンに遣わされた。急使として遣わされることは、恩賞のほかに、出世の重要な一歩になることを意味していた。

その夜は闇夜《やみよ》で、星が降るようだった。ゆうべ、戦いの日に降った雪が白々と見え、そのあいだを道が黒く走っていた。過ぎ去った戦闘の印象をひとつひとつ思い起こしたり、自分が勝利の知らせをもたらして引き起こす印象を心たのしく思い描いたり、司令官や同僚たちの見送りを思い出したりしながら、アンドレイは郵便馬車に揺られて、長いあいだ待った末、ついに望んでいた幸福のいとぐちをつかんだ人間の気持を味わっていた。目をつぶるとすぐに、彼の耳のなかには小銃と大砲の一斉射撃の音がひびき、それが馬車の車輪の音や勝利の余韻と溶け合うのだった。時には彼はロシア軍が敗走し、自分自身は戦死してしまったような気がしはじめることがあった。しかし、彼はあわてて正気にかえり、そんなことは何もなかったのだし、逆に、フランス軍が敗走したのだということを、幸せな気持で今さらのように確認するのだった。彼はもう一度勝利の一部始終を隅々まで思い起こし、戦いのときの自分の沈着な勇敢さを思い起こし、安心して、まどろんだ……月のない星のかがやく夜のあとに、きらめくばかりの、楽しい朝がおとずれた。雪は日なたで解け、馬は快速で飛ばし、そして、右にも左にも同じように、さまざまに変わる新しい森、野原、村が過ぎていった。

ある宿場で、彼はロシア軍の負傷兵の馬車の一隊を追い越した。輸送隊をひきいていたロシア人の将校は先頭の馬車にふんぞりかえって、乱暴なことばで兵隊を罵《ののし》りながら、何かどなっていた。長いドイツ式の荷馬車《フォルシュパン》に血の気のない、包帯をした、汚れた負傷兵が六人ずつ、あるいは、それ以上も乗って石ころ道を揺られていた。そのなかのある者は話をしていた(アンドレイはロシア語の話し声を耳にした)。ある者はパンを食べていた。いちばん傷の重い者たちは、黙ったまま、穏やかで、病人らしい子どものような関心を持って、自分たちのそばを走り抜けていく急使を見つめていた。

アンドレイは馬車を止めるように命じて、どの戦闘で負傷したのかと、一人の兵隊にたずねた。

「おとついドナウでよ」兵隊は答えた。アンドレイは財布を出して、金貨を三枚兵隊に与えた。

「みんなに」彼はそばに来た将校に向かって、言い添えた。「元気になるんだぞ、みんな」彼は兵士たちに向かって言った。「まだ役目はたくさんある」

「なんですか、副官どの、どういう知らせですか?」将校がいろいろ話をしたそうな様子でたずねた。

「いい知らせだ！ 進め」彼は御者に叫ぶと、先へ飛ばした。

もうすっかり暗くなったころに、アンドレイはブリュンに入り、高い家々や、店、家々の窓、街灯などの明かりや、舗装道路を音高く走っているきれいな馬車や、陣中生活のあとの軍人にはいつでもたまらない魅力のある、大きな活気にみちた町の雰囲気全体などに自分が包まれているのを見た。アンドレイは、馬車は速く走っていたし、一晩眠っていなかったのに、宮殿に近づきながら、自分が昨夜よりもっと活気にあふれているのを感じていた。ただ、目が熱に浮かされたように光り、異常な速さとあざやかさで、考えが次々に移り変わった。戦闘の一部始終がふたたび、今度はもう漠然とではなく、はっきりした形で、自分が想像のなかでフランツ皇帝に述べる、簡潔な叙述のかたちで、ありありと彼の脳裏に描かれた。自分に向けられるかもしれない思いつきの質問や、自分がそれに対してする答えも、ありありと脳裏に浮かんだ。彼はすぐに皇帝に謁見させられるだろうと思っていた。しかし、宮殿の大きな玄関の前で、彼の方に一人の役人が走り出て、急使だと知ると、別の玄関に案内した。

「廊下から右です。そこに当直の侍従武官がおります、副官どの」役人が彼に言った。「侍従武官が軍事大臣のところに案内します」

当直の侍従武官はアンドレイを迎えると、しばらくお待ちいただきたいと言って、軍事大臣のところに行った。五分ほどして侍従武官は戻って来ると、とくべつ丁重に頭を下げ、アンドレイに自分の前を進ませて、廊下を通り抜け、軍事大臣が執務している個室に案内した。侍従武官はロシアの副官がうちとけた態度をとろうとするのを、洗練された丁重さで防ごうとしているように思えた。軍事大臣の部屋の戸口に近づくあいだに、アンドレイのうれしい気持はかなり弱まってしまった。彼は体面を傷つけられたような感じがし、体面を傷つけられた感じは彼自身も気づかぬまま一瞬のうちに、なんの根拠もない軽蔑の気持に変わった。回転の速い頭脳が、侍従武官も軍事大臣も当然軽蔑できるような視点を、彼に教えてくれた。《火薬のにおいを嗅いだことがないから、勝利を収めるのがこいつらには、きっと、しごく簡単に思えるんだろう！》彼は思った。その目は軽蔑したように細くなった。彼はことさらゆっくり軍事大臣の部屋に入った。大きな机にかがみ込むように座って、最初の二分ばかり入って来た者には目もくれなかった軍事大臣を見たとき、その気持はいっそう強まった。軍事大臣は禿《は》げた、もみ上げの白い頭を、二本のロウソクのあいだに伏せて、鉛筆でしるしをつけながら、書類を読んでいた。彼が頭を上げずに、書類を読み終えようとしていたとき、ドアが開いて、足音が聞こえた。

「これを持って行って、渡してくれたまえ」軍事大臣は書類を渡しながら、急使にはやはり目もくれずに、自分の副官に言った。

アンドレイは、この軍事大臣がかかえているあらゆる問題のなかで、クトゥーゾフ軍の行動は最低の関心しかひかないのか、そういうことをロシア軍の急使に感じさせる必要があるのか、そのどちらかだと感じた。《しかし、おれにはそんなことどっちでもまったく同じだ》彼は思った。軍事大臣は残りの書類をわきへ押しやって、その端をそろえ、頭を上げた。彼の首から上は、頭のいい、強情そうな感じだった。しかし、アンドレイの方を向いた瞬間、軍事大臣の頭のよさそうな、しっかりした顔の表情は、おそらく、いつもの癖で、意識的に変わった。その顔には、次から次にたくさんの請願人を接見している人間の、間の抜けた、わざとらしい、しかも、そのわざとらしさを隠そうともしない微笑が凝り固まった。

「クトゥーゾフ元帥のところからですな?」彼はたずねた。「よい知らせだと思いますが? モルチエと衝突があったんですな? 勝ちですか? もうそろそろ勝ってもいい!」

彼は自分宛の至急報を手に取って、それを読みはじめ、悲しそうな表情になった。

「ああ、なんということだ! なんということだ! シュミットが!」彼はドイツ語で言った。「実に不幸なことだ、実に不幸なことです!」

至急報を走り読みすると、彼はそれを机の上に置き、何か思いめぐらしている様子で、アンドレイを見た。

「いや、実に不幸なことです！　この戦いが決定的だと、あなたはおっしゃるんですか？　モルチエはつかまってませんね、いずれにしても。（彼はちょっと考えた）。あなたがよい知らせを持って来てくださったことは実にうれしい、シュミットの戦死は勝利に対する高い代価ですけれども。陛下はきっとあなたにお会いになることをご希望になるでしょうが、本日ではありません。ありがとう存じます、お休みになってください。あす閲兵式のあと、お目通りのときにいらしてください。ともかく、わたしがお知らせしますが」

話しているあいだに消えてしまった間の抜けた微笑が、ふたたび軍事大臣の顔に現れた。

「いずれまた。どうもありがとう存じます。皇帝陛下は、おそらく、あなたにお会いになることをご希望になるでしょう」彼はもう一度言って、軽く頭を下げた。

宮殿を出たとき、アンドレイは勝利が授けてくれたすべての興味と幸福が今では置き去られて、軍事大臣と丁重な侍従武官の冷淡な手に渡されてしまったのを感じた。彼の考え方全体が一瞬のうちに変わってしまった。あの戦闘が彼にははるか昔の、遠い思い出のように思えたのだ。

10

アンドレイはブリュンで、知人であるロシアの外交官ビリービンのところに泊まった。「これは、公爵、これ以上うれしいお客はありませんよ」ビリービンはアンドレイを迎えに出ながら、言った。「フランツ、わしの寝室に公爵の荷物を!」彼はアンドレイを案内してきた召使いに向かって言った。「なんです、勝利の使者ですか? それはいい。僕の方はご覧のとおり、病気で引きこもっていますが」

アンドレイは、顔や手を洗い、着替えをして、外交官のぜいたくな書斎にやって来ると、用意されてあった食事の前に座った。ビリービンは暖炉のそばにゆったり腰を落ち着けた。

アンドレイは旅行のあとだったばかりでなく、生活を清潔に、上品にととのえてくれる快適なものがひとつもない陣中生活がずっと続いたあとだったので、子ども時代から慣れてきた、ぜいたくな生活環境のなかで、こころよい休息感を味わっていた。しかも、オーストリア式の接待のあとで、ロシア語ではないにしても(彼らはフランス語で話していた)、オーストリア人に対するロシア人共通の(今とくに身にしみて感じられる)嫌悪感を共有していると、アンドレイには思えるロシア人を相手に、話をするのはこころよいことだった。

ビリービンは三十五、六の独身者で、アンドレイと同じ上流社会の人間だった。彼らはペテルブルグにいたころから知り合いだったが、アンドレイがクトゥーゾフといっしょに最近ウィーンに来たときに、いっそう近しく知り合うようになった。アンドレイが軍人の世界でかなり上まで行く見込みのある青年だったのと同じように、いやそれ以上に、ビリービンは外交官の方で期待が持てた。彼はまだ若かったが、外交官としては、もう若いとは言えなかった。なぜなら、彼は十六歳から勤務を始め、パリやコペンハーゲンに行き、今はウィーンでかなり重要な地位を占めていたからだった。オーストリアの首相も、ウィーン駐在のロシア公使も彼をよく知っており、高く買っていた。極上の外交官になるためには、消極的な長所だけを持っていればいい、つまり、ある種のことはせずに、フランス語がしゃべれればいいというような大勢の外交官のたぐいに、ビリービンは入っていなかった。彼は仕事が好きで、仕事のできる外交官の一人であり、怠惰なところもあったのに、時には幾晩もデスクに向かって過ごすこともあった。彼は仕事の本質がどんなものであるにしろ、変わりなくりっぱに仕事をした。彼が関心を持っていたのは《なんのために？》という問題ではなく、《どのようにして？》という問題だった。どういう点に外交上の問題があるのかは、彼にはどうでもよかった。それにひきかえ、回文書、覚書、報告書をうまく、的確に、体裁よく作ること、それが彼の大きな喜びだった。文書の仕事のほかに、上流社会で人と接したり、話をしたりする手腕にかけても、ビリービンはよくやると認められていた。

ビリービンは仕事が好きだったのと同じように、会話も好きだったが、ただし、会話が上品で、気のきいたものになる可能性のある場合に限ってだった。人なかで彼は何かすばらしいことを言う機会をたえず待ち受けていて、そういう状況でなければ会話に加わらなかった。ビリービンの会話には、みんなの興味をひくような、独特で気のきいた、ピシリと決まった名文句が、いつもふんだんにちりばめられていた。こういったことばは、くだらない上流人士が手軽に覚えて、客間から客間へ持ち運ぶために、まるでわざわざポータブルにあつらえたように、ビリービンの頭のなかの工房で作り上げられるのだった。実際、みんなが言っていたように、ビリービンのことばはウィーンのサロンに広まって、いわゆる重要な事柄に影響を与えることもしばしばだった。

痩せた、やつれたような、土気色の彼の顔は一面に大きなしわでおおわれており、そのしわは風呂から上がったあとの指先のように、清潔に、念入りに洗い立てられているような感じがいつもしていた。そのしわの動きが彼の顔の表情の移り変わりの中心になっていた。時には額に広いひだのようなしわができて、眉が上にあがり、時には眉が下にさがって、頬に大きなしわができた。奥に引っ込んだ、小さな目はいつもまっすぐ、明るく見つめていた。

「さて、それじゃあなたのお手柄を話して聞かせてください」彼は言った。

アンドレイはごく控え目に、一度も自分のことには触れずに、戦闘と軍事大臣の接見の模様を話した。

「この知らせを持って来た僕を、あの連中は、ボーリング場に入って来た犬のように（邪魔者扱いするという意味のフランス語の表現）迎えましたよ」彼は締めくくりに言った。

ビリービンはにやりと笑って、皮膚のひだを伸ばした。

「しかしね、あなた」彼は遠くから自分の爪をためつすがめつ眺め、左の目の上の皮膚をつまみながら、言った。「僕は《正教ロシアの軍隊》を大いに尊敬しているけれども、正直に言えば、今度の勝利は本当の勝利らしいものではありませんね」

彼は軽蔑してことさら目立たせようとしたことばだけを、ロシア語で発音しながら、あいかわらずフランス語で続けた。

「どういうことなんです？　あなたたちはたった一個旅団しかない哀れなモルチエに、全軍あげて襲いかかって、そのモルチエはあなたたちの手のあいだをすり抜けてしまってるじゃないですか？　いったいどこが勝利なんです？」

「しかし、まじめな話」アンドレイは続けた。「ともかく僕たちはうぬぼれなしに言えますよ、今度の方がウルムより少しはましです……」

「どうしてあなたたちは一人でも、せめて一人でも元帥をつかまえてくれなかったんですかね？」

「それはすべてが予定通りに、パレードのときのように規則正しくいくわけではないからです。僕がお話ししたように、午前七時までに背後にまわる予定だったのに、午後の五時になっても到着しなかったんですからね」

「どうして午前七時までに到着しなかったんですかね？　午前七時に到着するべきだったんですよ」微笑しながら、ビリービンは言った。「午前七時に到着するべきだったんですよ」

「どうしてあなたたちはジェノヴァを放棄した方がいいということを、外交的な方法でボナパルトに納得させなかったんですかね？」同じ口調でアンドレイが言った。

「わかってますよ」ビリービンがさえぎった。「暖炉の前のソファーに座って、元帥を捕虜にするならごく簡単だ、とあなたは思っている。それは本当です。しかし、ともかく、あなたたちはなぜ元帥をつかまえなかったんです？　ですからね、軍事大臣ばかりでなく、神聖ローマ帝国皇帝であるフランツ国王もあなたたちの勝利でたいして幸せな気分にならなかったからといって、驚いてはいけませんよ。ロシア大使館のしがない書記官の僕だって、とくべつうれしいとは思っていません……」

　彼はまっすぐアンドレイを見つめて、寄せていた皮膚を急に額から下にさげた。

「今度は僕があなたに「なぜ」って聞く番ですね、ビリービン君」アンドレイは言った。「正直に言えば、僕はわからないんです。もしかすると、ここには僕の弱い頭を越えた外交的な秘術があるのかもしれませんが、僕にはわからないんです。マックは全軍を失う、フェルディナント大公とカルル大公（オーストリアの大公。対ナポレオン戦で活躍）はまるで生きてる気配も見せずに、次から次に失策をやる。やっとクトゥーゾフだけがはっきりした勝利を収めて、フランス軍の呪力《シャルム》をぶちこわす。それでいて軍事大臣は詳細を知ろうという興味さえない！」

「まさにそれが原因ですよ、あなた。つまり、万歳！　皇帝のために、ロシアのために、信仰のために！　っていうやつです。これはみなすばらしい。しかし、我々に、つまり、オーストリアの宮廷にということですが、あなたたちの勝利がなんの関係がありますかね？　この我々のところに、カルル大公かフェルディナント大公が――ご承知のとおり、どっちも似たようなもんです――せめてボナパルトの消防部隊でもいいから破ったという、気のきいた知らせを持って来てくれれば、そりゃ別問題です。我々は祝砲を撃って大騒ぎしますよ。ところが、これは当て付けみたいに、我々をいら立たせるだけなんです。カルル大公は何もしない、フェルディナント大公は恥をかくばかり。ウィーンをあなたたちは捨てて、もはや守ろうとしない。まるで我々はあなたたちにこう言われたみたいです――おれたちには神さまがついてるから大丈夫、おまえたちも、おまえたちの都も神さまがついているから、その思《おぼ》し召《め》しどおりに滅びてしまえ。我々みんなが好きだった唯一の将軍はシュミットです。あなたたちはそのシュミットを弾丸《たま》の当たるところに出して、我々に勝利おめでとうございますと言うんです！……あなたが持って来た知らせ以上にしゃくにさわるものは考えつかない、ということを納得してもらいたいですね。これはまるで当て付けです、まるで当て付けですよ。おまけに、ねえ、あなたたちが本当にめざましい勝利を収めたにしろ、たとえカルル大公が勝利を収めたにしろ、それで大勢がどう変わるんですか？　今となってはもう遅い。ウィーンがフランス軍に占領されてしまったというのに」

「占領されたですって？　ウィーンが占領されたんですか？」

「占領されたばかりか、ボナパルトがシェーンブルン（ウィーンにあるオーストリア皇帝の宮殿）に入って、伯爵が、あの愛すべきヴルブナ伯爵（オーストリアの政治家。ウィーンを占領された後、講和交渉にあたる）が、命令をもらいにボナパルトのところに向かうところです」

疲れたあとだし、旅のさまざまな印象や大臣の接見のあとで、ことに、食事のあとなので、アンドレイは聞いていることばの意味を、自分がよく理解していないような気がした。

「けさ、ここにリヒテンフェルス伯爵が来ました」ビリービンは続けた。「そして、ウィーンでのフランス軍のパレードをくわしく書いた手紙を僕に見せてくれました。ミュラ親王やその他もろもろが……おわかりでしょう、あなたたちの勝利がたいしてうれしいものではないし、あなたが救世主のように迎えられるはずのないことが……」

「本当の話、僕にはどうでもいいことです、まったくどうでもいいことです！」オーストリアの首都占領のような事件から見れば、クレムス付近の戦闘を知らせた彼の報告は、実際たいした重要性を持たないことを悟りはじめながら、アンドレイは言った。「どうしてウィーンが占領されたんです？　橋は、名高い橋頭堡《きょうとうほ》は、それに、アウエルスペルク公爵（オーストリアの元帥）は？　僕らのあいだでは、アウエルスペルク公爵がウィーンを守っているという噂でしたが」彼は言った。

「アウエルスペルク公爵はこちらの、我々の側に踏みとどまって、我々を守ってくれていますよ。僕が思うに、ひどく下手な守り方ですが、ともかく守っています。ところが、ウィーンは川の向こう側にあるんでね。いや、橋はまだ取られていませんし、多分、取られないでしょう。というのは爆薬をしかけてあって、爆破するように命令が出ているからです。でなければ、僕らはとっくの昔にボヘミアの山のなかにいて、あなたもあなたたちの軍隊も二つの砲火にはさまれて、十五分ほどひどい目にあったでしょうね」

「でも、それで戦争が終わったということにはならないでしょう」アンドレイは言った。

「いや、僕は終わりだと思いますね。ここにいる空《から》っぽ頭の連中もそう思ってるんですが、それを公言しないんですよ。僕が戦争の初期に言ったようになりますね。つまり、事を決するのはデュルンシュタイン付近でのあなたたちの小競り合いや、一般論として、火薬なんかじゃなくて、それを考え出した連中なんです」ビリービンは自分の名文句の一つをまた引っぱり出して言うと、額の皮を伸ばし、ちょっとことばを止めた。「問題はアレクサンドル皇帝とプロシア王のベルリン会談が何を言うか、ということだけです。もしプロシアが同盟に加われば、オーストリアもいや応なしでしょうから、また戦争になりますね。そうならなければ、問題はただひとつ、新しいカンポ・フォルミオ（一七九七年ナポレオンとオーストリアの講和条約が結ばれた場所）の草案を作成する場所を取り決めることだけですね」

「しかし、なんてすごい天才なんだ！」アンドレイは小さな手を握りしめて、テーブルをたたきながら、ふいに叫んだ。「それになんて運がいいんだ、あの男は！」

「ブオナパルトが？」ビリービンが額にしわを寄せて、今すぐ名文句が出ることを感じさせながら、たずねかけるように言った。

「ブオナパルトが？」彼はことさらブゥオナパルトと発音しながら、言った。「ともかく、僕が思うに、シェーンブルンからあの男がオーストリアの法律を定めている今となっては、ブゥなどという下品な呼び方は勘弁してやらないとね。僕は断然改革を行って、あの男をすっきりボナパルトと呼ぶよ」

「いや、冗談抜きで」アンドレイは言った。「いったい、あなたは戦争が終わったと思ってるんですか？」

「僕はこう思う。オーストリアは馬鹿を見たんだが、この国はそういうことに慣れていない。だから、仕返しをしますね。で、オーストリアが馬鹿を見たというのは、第一に、田舎が荒廃し（正教っていうのは略奪にかけてはものすごいという話ですよ）、軍隊が粉砕され、首都を取られたからですが、そうしたことはみんなサルデーニャ王には無償だったんです（一七九七年の講和でサルデーニャ王はナポレオンにかなりの領土を渡し、ナポレオンを優位に立たせたが、ナポレオンは見返りを与えなかった）。だから、ここだけの話ですがね、僕の勘では、今度は僕らが馬鹿な目を見させられそうですよ。僕の勘ではフランスと接触して、講和の、単独で結ぶ秘密講和の草案を作ってますね」

「そんなこと、まさか！」アンドレイは言った。「それじゃあんまり卑劣すぎる」

「そのうちわかりますよ」ビリービンは話が終わったしるしに、もう一度皮膚を伸ばしながら、言った。

アンドレイが自分のために用意された部屋に入り、きれいな下着で、羽ぶとんと香りのいい温めた枕に身を横たえたとき、自分が報告をたずさえて来たあの戦闘が、自分からはるか遠く離れてしまったのを感じた。プロシアの同盟、オーストリアの裏切り、ボナパルトの新しい勝利、あすの謁見やら、軍事パレードやら、フランツ皇帝のレセプションが彼の心をとらえていた。

彼は目を閉じた。しかし、その瞬間彼の耳に砲撃、一斉射撃、馬車の車輪のひびきがはじけるように聞こえ、ふたたび一線に延びた銃兵が坂をくだり、フランス軍が発砲した。そして、彼は心臓がふるえるのを感じ、シュミットと並んで馬を進め、弾丸が彼のまわりで楽しそうに唸《うな》り、そして、彼は子ども時代からずっと味わったことのないような、幾層倍にもふくれ上がった生の喜びを感じるのだった。

彼は目を覚ました……。

「そうだ、これは全部あったことなんだ！……」。彼は幸せそうに、子どものようにひとりほほえみながら言った。そして、ぐっすり、若々しい眠りに落ちた。

11

次の日、彼はおそく目を覚ました。過ぎ去った一日の印象をあらためてよみがえらせながら、彼は今日フランツ皇帝にお目通りしなければならないことを、真っ先に思い出し、軍事大臣、丁重なオーストリアの侍従武官、ビリービン、そして、ゆうべの会話を思い出した。宮殿に行くために、もう長いこと着たことのない大礼服に着替えると、彼は生き生きと、元気を取りもどし、みごとな男振りで、腕には包帯をして、ビリービンの書斎に入った。書斎には外交団の四人の紳士がいた。大使館書記のイポリット・クラーギン公爵とは、アンドレイは知り合いだった。ほかの者にはビリービンが紹介してくれた。

ビリービンのところに出入りしていた上流の、若い金持の陽気な連中は、ウィーンでもここでも、とくべつのサークルを作っており、このサークルの中心だったビリービンはそれをおれたちの仲間、レ・ノートルと呼んでいた。ほとんど外交官だけから作られたこのサークルには、どうやら、戦争や政治とは何ひとつ共通点のない、上流社会や、あれこれの女性との関係や、勤務の事務的な面など、自分たち自身の関心があったらしい。この連中は喜んで、自分たちの仲間として(それは少数の者にしか与えない名誉だった)、アンドレイを自分たちのサークルに迎え入れた様子だった。礼儀として、また、会話を始めるための話題として、彼に軍と戦闘の質問をいくつかすると、会話はまたくずれて、とりとめのない陽気な冗談や棚おろしになってしまった。

「しかし、とくにいいのはね」一人が同僚の外交官の失敗について話しながら言った。「とくにいいのはね、首相があいつに、君のロンドン赴任は栄転で、君もそう思わなくちゃいかんと、ずばり、そう言ってのけたことさ。その時のあいつの格好が目に浮かぶだろう？……」

「しかし、いちばん悪いのはね、諸君、僕はクラーギンの裏をぶちまけてやるけど、こいつは不幸な人間で、しかも、それをちゃんとこのドン・ファアンは利用してるんだよ、このひどい男は！」

イポリットは両足を腕木にかけて投げ出して、ヴォルテール風の背の高い肘掛け椅子に寝そべっていた。彼は笑い出した。

「話してもらいましょう」彼は言った。

「おい、ドン・ファアン！　おい、まむし！」いろいろな声が聞こえた。

「あなたは知らないでしょう、ボルコンスキー君」ビリービンはアンドレイに向かって言った。「フランス軍の（もうちょっとで僕はロシア軍と言うところだった）やったどんな恐ろしいことだって、この男が女性のあいだでさんざんやったことにくらべれば、ものの数じゃない」

「女は男の友」イポリットはそう言うと、持ち上げた自分の足を柄付き眼鏡《ロルネット》でながめはじめた。

ビリービンと仲間たちはイポリットの目を見て、大笑いした。アンドレイは自分が（白状しなければならないが）妻のことでほとんど嫉妬していたこのイポリットが、この仲間では道化なのだということを見て取った。

「いや、あなたにクラーギンをとっくり味わっていただかなきゃ」ビリービンがそっとアンドレイに言った。「あいつは政治のことを論じるとすてきなんですよ、その貫禄《かんろく》は一見の価値がある」

彼はイポリットのそばに腰を下ろし、額に例のひだを寄せて、彼と政治の話を始めた。アンドレイとそのほかの者たちは二人のまわりに集まった。

「ベルリン政府は、同盟についての意見を表明できない」イポリットは、意味ありげにみんなを見まわしながら、始めた。「表明せずに……最後の覚書のように……わかるでしょう……わかりますね……しかし、皇帝陛下が我々の同盟の原則にそむかなければ……」

「お待ちなさい、僕はまだ終わってません……」彼はその手をつかんで、アンドレイに言った。「僕が思うに干渉の方が不干渉よりたしかです。それに……」彼はちょっと口をつぐんだ。「十一月二十八日付の我々の急報を受け取らなかったことで、もう終わりだとみなすわけにはいきません。こうすれば終わりになるんですよ」

そう言って、彼はこれですっかり終わったことを示しながら、アンドレイの手を放した。

「デモステネスよ、わたしはおまえが黄金の口のなかに隠している石によって、おまえを見分けるのだ！（ギリシアの雄弁家デモステネスが若い頃、明晰な発音を訓練するために、口に石を含んでしゃべったという故事による）」ビリービンが言った。満足のあまり、その帽子のような髪の毛が頭の上でちょっと動いた。

みんな笑った。イポリットがだれよりも大きな声で笑った。彼は見るからに苦しそうで、息を詰まらせていたが、いつもは動きのない顔を引き伸ばすような、手放しの笑いを抑えることができなかった。

「おい、こう思うんだがな、諸君」ビリービンが言った。「ボルコンスキー君はうちと、このブリュンで僕のお客なんだから、僕はこの男にここの生活の楽しみをなにもかも、できるかぎり堪能《たんのう》させてやりたいんだ。ウィーンだったら、そんなこと簡単なんだが、このみすぼらしいモラヴィアの穴蔵じゃ、こいつはちょっとむつかしい。そこで諸君に応援を頼む。この男に恥ずかしくないブリュンのもてなしをしてやらなくちゃ。君は芝居を引き受けたまえ、僕は社交界、イポリット、君はもちろん女だ」

「この男にアメーリを見せてやらなくちゃ、すばらしいぞ！」仲間の一人が指先にキスをしながら、言った。

「大体、こういった血に飢えた兵隊は」ビリービンが言った。「もっと人間愛に富んだ見方をさせるようにしなくちゃ」

「みなさんのおもてなしは、どうやら受けられそうもありません。もうそろそろ行かなくちゃなりませんから」時計を見ながら、アンドレイが言った。

「どこへ？」

「皇帝のところに」

「へ、へ、へぇっ！」

「じゃ、さよなら、ボルコンスキー君！　さよなら、公爵。早めに食事に来たまえよ」いろいろな声が聞こえた。「僕らが君のことは引き受ける」

「皇帝と話すときは、食糧輸送と交通路が整備されていることをできるだけ褒《ほ》め上げたまえ」アンドレイを玄関まで送りながら、ビリービンが言った。

「たしかに褒めたいけれども、知ってるかぎりでは、褒められない」微笑して、アンドレイが答えた。

「ま、ともかくできるだけ多くしゃべりたまえ。皇帝の大好きなのは謁見だ。ところがね、自分は話すことは嫌いだし、できもしない。君もわかりますよ」

12

お目通りのとき、フランツ皇帝はオーストリア軍将校たちのあいだの指定された場所に立っていたアンドレイの顔をじっと見つめて、長い頭でうなずいただけだった。しかし、お目通りのあと、きのうの侍従武官がアンドレイに、謁見を許すという皇帝のご意志をうやうやしく伝えた。フランツ皇帝は部屋の真ん中に立ったまま、アンドレイを謁見した。話を始める前に、皇帝がまるでなんと言えばいいかわからずに、まごついたような様子で赤くなったのに、アンドレイは驚いた。

「いつ戦闘が始まったか、話してくれますか?」彼はあわてててたずねた。

アンドレイは答えた。この質問のあとに「クトゥーゾフは元気ですか?　クトゥーゾフがクレムスを出たのはいつ頃ですか?」などという、別の、同じように単純な質問が続いた。皇帝はまるで一定数の質問をすることだけに、目的のすべてがあるような表情でしゃべっていた。その質問に対する答えの方は、あまりにもわかりきったことで、皇帝の興味をひくはずがなかった。

「何時に戦闘が始まりましたか？」皇帝がたずねた。

「前線の方では何時に戦闘が始まったか、陛下にご報告申し上げることができませんが、私のおりましたデュルンシュタインでは、午後五時すぎに一部隊が攻撃を始めました」アンドレイは元気づき、自分が知っていること、見たことを残らず正確に説明することばが、すでに自分の頭のなかに用意されていたので、それをこの機会に披露できると思って、言った。

しかし、皇帝は微笑して、彼をさえぎった。

「何キロですか？」

「どこからどこまででございましょうか？　陛下」

「デュルンシュタインからクレムスまでです」

「約五キロ半でございます、陛下」

「フランス軍は左岸を放棄したのですか？」

「斥候兵《せっこう》の報告によりますと、夜半にいかだで最後の部隊が渡河いたしました」

「クレムスには飼い葉は十分にありますか？」

「飼い葉は必要量まで供給されてはおりま……」

皇帝はさえぎった。

「シュミット将軍が戦死したのは何時ですか？」

「七時、だと思います」

「七時？　実に悲しい！　実に悲しいことです！」

皇帝はありがとうと言い、軽く頭を下げた。アンドレイが退出すると、たちまち四方八方から廷臣たちに囲まれた。四方八方から愛想のいい目が彼を見つめ、愛想のいいことばが聞こえた。きのうの侍従武官がどうして宮殿に泊まってくれなかったのかと、アンドレイを責め、自分の家にどうぞと言った。軍事大臣は皇帝がアンドレイに授けた勲三等マリア・テレサ章のお祝いを言いながら、彼のそばに来た。皇后の侍従が彼に皇后陛下のもとに来るようにと招いた。大公夫人も彼に会いたいというご希望だった。アンドレイはだれに返事をすればよいかわからずに、数秒のあいだ考えをまとめようとしていた。ロシア公使が彼の肩をつかんで、窓ぎわに引っぱって行き、話を始めた。

ビリービンのことばを裏切って、アンドレイのもたらした知らせは、喜んで迎えられた。感謝の祈禱式が取り決められた。クトゥーゾフにはマリア・テレサ大十字章が授けられ、全軍も報賞を受けた。アンドレイは四方八方から招待を受け、午前中ずっとオーストリアの重臣たちのところを訪問してまわらなければならなかった。午後四時すぎに訪問を終え、戦闘と自分のブリュン行きを父に伝える手紙を頭のなかでつづりながら、アンドレイは泊まっているビリービンの家に戻って行った。ビリービン家に戻る前に、アンドレイは行軍中に読む本を買い込むために本屋に行き、その本屋で長居をしてしまった。ビリービンが借りている家の玄関の昇降段の近くに、半分まで荷物を積み込んだ乗用馬車が止まっていた。そして、ビリービンの召使いのフランツが苦労してカバンを引きずりながら、ドアから出てきた。

「なんだ？　いったい」アンドレイはたずねた。

「いやあ、士官さま！」フランツはやっとのことでカバンを馬車に押し上げながら言った。「もっと遠くへ行くんですよ。悪党がまた後ろから追っかけて来るんで！」

「なんだって？　なに？」アンドレイは聞いた。

ビリービンがアンドレイを迎えに出た。いつも落ち着いているビリービンの顔に動揺が見られた。

「いや、いや、認めなきゃいけませんよ、こいつはおみごとだ」彼は言った。「タボール橋（ウィーンにある橋）のことですがね。彼らは抵抗を受けずに渡ってしまったんです」

アンドレイは何もわからなかった。

「いったい君はどこから帰って来たんです？　もう町じゅうの御者でもみんな知っているることを知らないなんて」

「大公夫人のところからです。向こうじゃ何も聞きませんでしたよ」

「そこいらじゅうで荷物を積んでるのを、見なかったんですか？」

「見ませんね……ともかくどうしたんです？」アンドレイははやく知りたくて、たずねた。

「どうしたって？　要するに、アウエルスペルクが守っている橋をフランス軍が渡って、橋は爆破されなかったもので、ミュラが今ブリュンに通じる道をすっとばしているんです。それで、今日あすにはここへ来るんですよ」

「ここへですって？　でも、どうして橋は爆破されなかったんですか、爆薬をしかけてあったのに」

「いや、それは僕が君に聞きたいですよ。こいつはだれにも、ボナパルトご本人にだって、わからない」

アンドレイは肩をすくめた。

「しかし、橋を渡ったのなら、つまり、軍隊もおしまいでしょう……分断されてしまいますから」彼は言った。

「そこのところが肝心なんでね」ビリービンが答えた。「いいですか。僕が言ったように、ウィーンにフランス軍が入る。万事上々でね。次の日、つまりきのうですが、ミュラ、ラン、ベリヤールの元帥諸公が馬にまたがって、橋へ行く。（いいですか、三人ともみんな、ほら吹きのガスコーニュ出身ですよ）。諸君――一人が言う――ご承知だろうが、タボール橋には爆薬がしかけてあって、不発装置もしかけてある。そして、橋の前方には恐るべき橋頭堡と一万五千の部隊がいて、橋を爆破し、我々を通さないようにと命令されている。しかし、わがナポレオン皇帝陛下は、もし我々がこの橋を奪ったら、お喜びになるだろう。三人で行って、この橋を奪おうじゃないか。行きましょう、あとの二人が言う。そして、彼らは進んで行って、橋を奪って、それを渡って、今は全軍ひきつれてドナウ川のこちら側で、我々や、あなたたちや、我々の連絡路めがけて押し寄せてるんです」

「たくさんですよ、冗談は」悲しそうに、真剣にアンドレイが言った。

この知らせはアンドレイには悲しくもあり、同時に楽しくもあった。ロシア軍がまったく絶望的な状態にあるのを知った瞬間、彼の頭にこんな考えが浮かんだ――ほかならぬ自分こそがこの状態からロシア軍を救い出す使命を持っているのだ。これこそが自分を無名の将校の群れから引き出して、栄光への最初の道を開いてくれるトゥーロン（ナポレオンがはじめて勲功を立てた場所）なのだ！　ビリービンの話を聞きながら、彼はもう軍に戻り、作戦会議で自分が軍を救う唯一の意見を出すのを、そして、自分一人にその作戦の遂行が任されるのを、頭に描いていた。

「たくさんですよ、冗談は」彼は言った。

「冗談じゃありません」ビリービンは続けた。「これ以上正しく、悲しいことはないんですよ。例の諸公だけが橋のそばに来て、白いハンカチを上げる。休戦だ、我々元帥たちがアウエルスペルク公爵と交渉に行くのだと言いきかせる。当番将校が彼らを橋頭堡に通す。彼らはガスコーニュ式の口から出まかせを山ほど話す。戦争は終わった、フランツ皇帝がボナパルトとの会見を取り決めた、自分たちはアウエルスペルク公爵に会いたいのだ、などと言ってね。将校がアウエルスペルクを呼びに使いを出す。元帥諸公は将校たちを抱いて、冗談を言って、大砲に腰をかけたりする。そのうちに、フランス軍の大隊が見つからないように橋に入って、可燃物の入った袋を水に投げ捨て、橋頭堡に近づく。やっと中将どのご自身が、愛すべきアウエルスペルク・フォン・マウテルン公爵があらわれる。「敵ながらあっぱれな将軍！　オーストリア軍の花、トルコ戦の英雄！　憎み合いは終わりました。我々はおたがいに手を握り合えるんです……ナポレオン皇帝はアウエルスペルク公爵にお会いしたいという気持に燃えています」要するに、この諸公は、さすがにガスコーニュ出身だけのことはあって、すばらしいことばをアウエルスペルクに浴びせかけ、アウエルスペルクの方はこんなに早くフランスの元帥たちと親密になれてすっかりいい気分になり、ミュラのマントとダチョウの羽を見てすっかり目がくらんでしまったものだから、相手の火のように派手な様子しか目に入らず、自分が放たなければならない、敵に向かって放たなければならない、大砲の火を忘れてしまう。（やっきになって話していたのに、ビリービンはこのしゃれのあとで、それを味わってもらうために、ちょっと間を置くのを忘れなかった）。フランス軍の大隊が橋頭堡に駆け込む、大砲にふたをしてしまう、それで橋が奪われてしまったんですよ。いや、しかし、いちばん傑作なのは」彼は自分の話のみごとさに興奮していたが、少し落ち着いて、話しつづけた。「それはですね、下士官が、爆薬に火をつけて橋を爆破する合図を出すはずの大砲のそばに配置されていましてね、その下士官が橋に向かってフランス軍が走り寄ってくるのを見て、すぐ発砲しようとしたんですが、ランがその手を押しのけた。どうやら、将軍より利口だったらしい下士官は、アウエルスペルクに歩み寄って、「公爵、あなたは騙《だま》されています、ほらフランス軍です！」ミュラはこの下士官にしゃべらせたら、事が失敗すると見て取る。彼はあきれたふりをして（本物のガスコーニュ人ですよ)、アウエルスペルクに向かって、「世界じゅうの称賛の的のオーストリア軍の規律とも見えませんな」と言う。「よくもあなたは部下にこんな口のきき方を許すもんですよ!」これは天才的ですよ。アウエルスペルク公爵は体面を傷つけられて、下士官を逮捕するように命令する。いや、しかし、認めなくちゃいけませんよ、タボール橋のいきさつはみごとなもんです。これは馬鹿げたことでも、卑劣なことでもない……」

「それはもしかすると裏切りじゃないですか」アンドレイは灰色のオーバーコート、負傷、硝煙、一斉射撃の音、そして、自分を待ち受けている栄光を、ありありと思い描きながら言った。

「それもちがいますね。これは宮廷を実にひどい立場におとしいれているんですよ」ビリービンは続けた。「これは裏切りでも、卑劣な行為でも、馬鹿げた行為でもない。これはウルムの時と同じです……」彼は表現を探しながら、考え込んだような様子をした。「これは……これはマック流です。我々はマック化したんです」ビリービンは、自分は洒落《しゃれ》を言った、しかも新しい洒落を、くり返し口にされるような洒落を言ったと感じながら、締めくくった。

それまで額に寄せられていたしわは、満足したしるしにすばやくゆるんだ。そして、彼はちょっと微笑しながら、自分の爪を念入りに眺めはじめた。

「どちらへ？」立ち上がって、自分の部屋に行こうとしたアンドレイに向かって、ビリービンはふいに言った。

「僕は出かけます」

「どこへ？」

「軍にです」

「でも、あと二日滞在のおつもりだったでしょう？」

「こうなったらすぐに行きます」

そして、アンドレイは、出発の指図をして、自分の部屋に引っ込んだ。

「実はね、ボルコンスキー君」ビリービンが彼の部屋に入りながら、言った。「僕はあなたのことを考えたんですが。なんのために行くんです？」

そして、この考えはくつがえせないという証拠に、しわが全部さっと顔から消えた。

アンドレイはたずねかけるように相手を見て、何も答えなかった。

「なんのために行くんです？　僕にはわかっています、軍が危険に瀕《ひん》している今、自分の義務は軍に駆けつけることだ、とあなたは考えているんでしょう。それはわかりますよ、あなた、それはヒロイズムというものです」

「とんでもない」アンドレイは言った。

「しかし、あなたは哲学者ですからね、徹底的に哲学者になって、物事を別の面から見てごらんなさい。そうすればあなたは、自分の義務が、逆に、自分を大事にすることだ、ということを悟りますよ。そんなことは、それ以外なんの役にも立たないほかの連中に任せておきなさい……あなたは帰って来いと命令されているわけではないし、ここから出て行っていいとも言われていません。つまり、あなたは残って、僕たちといっしょに行ってもいいわけですよ、不幸な運命のみちびくところへね。噂では、オルミュッツに行くそうです。オルミュッツは実に感じのいい町ですよ。それに、僕たちはいっしょに、僕の幌馬車でゆっくり行くことになる」

「冗談はやめてください、ビリービン君」アンドレイは言った。

「僕は本気で、友人として言ってるんです。よく考えてごらんなさい。今どこへ、なんのために行くんです？　ここに残っていられるのに。あなたを待ち受けているのは二つのうち一つです（彼は左のこめかみの上の皮膚にしわを寄せた）。行きつかないうちに、講和が結ばれるか、それとも、クトゥーゾフの全軍といっしょに敗けて、辱しめを受けるか」

そう言うと、ビリービンは自分の両刀論法《ジレンマ》は反論できないと感じて、皮膚を伸ばした。

「そんなことを僕は議論していられない」アンドレイは冷ややかに言って、《軍を救うために行くのだ》と考えた。
「ボルコンスキー君、あなたは英雄だ」ビリービンは言った。

13

その夜、軍事大臣に別れのあいさつをすると、アンドレイは軍のいそうな方へ向かって行ったが、どこで軍に会えるか自分でもわからず、しかも、クレムスへ向かう途中でフランス軍に捕えられる不安をいだきながらであった。

ブリュンでは宮廷関係の住民はみんな荷造りをしており、もう荷物がオルミュッツに送られていた。エッツェルスドルフ付近でアンドレイは、ロシア軍がこのうえもなくあわてふためき、このうえもなく混乱して移動している道に出た。道はすっかり荷馬車でうずめられて、馬車で通ることはできなかった。コサック隊長から馬一頭とコサック兵一人をもらうと、アンドレイは腹をへらし、疲れたまま、荷馬車の列を追い越し、総司令官を、それにまた自分の荷物の馬車を探しに行った。軍の状態について、このうえもなく不吉な噂が途中で彼の耳にまで達しており、混乱して退却している軍の様子がその噂を裏書きしていた。

《イギリスの金によって地の果てから運ばれて来たこのロシア軍に、我々は同じ運命（ウルムの軍隊の運命）を嘗《な》めさせんとするものである》。彼はナポレオンが戦いの前に自分の軍に与えた命令のことばを思い出した。そして、そのことばは彼の心に、天才的な英雄に対する驚きと、誇りを傷つけられた気持と、栄光への期待とを同じようにかき立てるのだった。《だが、もし死以外何も残らないとすれば？》彼は思った。《まあいい、それが必要なら！　おれはそれをだれにも負けずにやってみせる》。

アンドレイは果てしなく続く、乱雑にまじりあった部隊、荷馬車、物資輸送隊、砲兵隊、そしてまた、おたがいに追い越し合いながら、三列、四列になって泥の道をうずめているありとあらゆる種類の荷馬車、荷馬車、荷馬車を、さげすむように見ていた。四方八方から、後ろでも前でも、耳でとらえられるかぎり、車輪の音、車体や、荷馬車や、砲架のひびき、馬のひづめの音、鞭《むち》で打つ音、馬をはげます叫び、兵士、従卒、将校たちの罵《ののし》る声が聞こえていた。道の両端に、倒れて皮を剝《は》がれたり剝がされていない馬や、すっかりこわれてしまって、そばで孤立した兵隊が、何かを待ち受けながら座っている荷馬車や、部隊から離れ、群れをなして近隣の村へ押しかけたり、村からニワトリ、ヒツジ、藁、何かいっぱい詰まった袋などを引きずり出してくる兵隊などが、ひっきりなしに見えた。道が下り坂や上り坂になると、人馬の群れはいっそうひしめき合い、ひっきりなしに叫ぶ声が呻《うめ》きとなって渦巻いた。兵士たちは膝まで泥にはまりながら、大砲や荷馬車をかかえ上げていた。鞭が当たり、ひづめがすべり、引き綱が切れ、胸は叫び声に張り裂けんばかりだった。移動を指揮している士官たちは、荷馬車のあいだを縫って前に後ろに馬を走らせた。その声は全体のどよめきのあいだでは弱々しく聞こえ、この混乱をおしとどめることはできないと諦めかかっているのが、その顔から見て取れた。《これが愛すべき正教の軍勢だ》。アンドレイはビリービンのことばを記憶によみがえらせながら、思った。

総司令官はどこにいるのか、この連中のだれかにたずねたいと思って、彼は荷馬車の列に近づいた。彼の目の前に馬を一頭だけつけた、奇妙な馬車が進んでいた。それは兵隊が持っていた物でこしらえた手製らしく、荷馬車と、一人乗りの馬車と、幌馬車の中間のような形をしていた。この馬車では一人の兵隊が馬を御しており、革の幌の下の雨よけの後ろには、からだ全体を何枚ものスカーフでくるんだ女が座っていた。アンドレイが近寄って、兵隊に質問をしかけたとき、幌馬車に乗っている女のものすごい叫び声に注意をひかれた。馬車の列を指揮していた将校が、ほかの者を追い越そうとしたと言って、この幌馬車の御者をしている兵隊を打とうとし、鞭が馬車の雨よけに当たったのだ。女は金切り声でわめいていた。アンドレイを見つけると、彼女は雨よけの下から身を乗り出して、毛織りのスカーフの下から突き出た細い手を振りながら、叫んだ。

「副官！　副官さま！……お願いでございます……お守りくださいまし……なんということでしょう？……あたくし、第七猟兵隊の医者の女房でございます……通してもらえません。遅れてしまいまして、部隊からはぐれて……」

「せんべいみたいにたたきつぶすぞ、回れ右！」いきり立った将校が兵隊にどなった。

「回れ右して引っ返せ、あばずれ女もいっしょに！」

「副官さま、お守りください。なんということです？」医者の女房は叫んだ。

「この馬車を通したまえ。これが女性だということが見えないんですか？」アンドレイは将校の方に馬を近づけながら、言った。

将校は彼をちらりと見て、返事をせずにまた兵隊の方を向いた。

「この野郎、踏みつぶしてやるぞ……下がれ！」

「通しなさいと言ってるでしょう」口をぐっと結んで、アンドレイがまたくり返した。

「おまえはいったいだれだ？」急に酔っ払ったようにカッとなって、将校がアンドレイに言った。「おまえはいったいだれだ？　おまえは（彼はことさら力をこめておまえと言った）指揮官なのか、え？　ここではおれが指揮官だ、おまえじゃない。この野郎、下がれ」彼はまた言った。「せんべいみたいにたたきつぶすぞ」

この言いまわしが、どうやら、将校の気に入ったらしい。

「みごとに副官の小僧っ子をはねつけたぜ」後ろで声が聞こえた。

アンドレイは、将校が理由もない怒りの発作で酔っ払ったようになっており、こういう場合に人間は自分が何を言っているのか意識がないのだ、と見て取った。彼は自分が幌馬車に乗った医者の女房の味方をしているのは、自分がこの世でいちばん恐れているもの、つまり滑稽《リディキュール》と呼ばれているものの塊だ、ということがわかっていたが、本能が別のことをささやいた。将校が最後のことばを言うか言わないうちに、アンドレイは怒りにゆがんだ顔で将校のそばに寄り、鞭を振り上げた。

「とぉし・た・ま・え！」

将校は手をひとつ振って、急いでわきに離れた。

「いつでも混乱は全部この、参謀本部の連中のおかげなのよ」彼はぼやいた。「好きなようにおやりくださいってんだ」

アンドレイは急いで、目を伏せたまま、自分を救い主と呼んでいる医者の女房から離れてしまった。そして、この恥さらしないざこざの細部を、いまわしい気持で思い起こしながら、総司令官がいると言われた村をめざして、さらに馬を走らせた。

村に入ると、彼は馬から下り、せめて少しの間でも休んで、何か食べ、自分を悩ませている、この誇りを踏みにじるような考えを、残らずはっきりさせようと思い、いちばん手前の家の方へ歩いて行った。《これはやくざ者の群れだ、軍隊じゃない》。彼はいちばん手前の家の窓に近づきながら思った。そのとき聞き覚えのある声が彼の名を呼んだ。

彼はふり返った。小さな窓からネスヴィツキーの美しい顔がのぞいていた。ネスヴィツキーはしっとりした口で何か嚙みながら、手を振って、彼を呼んでいた。

「ボルコンスキー、ボルコンスキー！　聞こえないのか、いったい。早く来い」彼は叫んだ。

家に入って、アンドレイは何か軽い食事をしているネスヴィツキーと、ほかにもう一人の副官を見つけた。二人はアンドレイに何か新しいことを知らないかと、すかさず質問を向けた。よく知っている二人の顔に、アンドレイは動揺と不安の表情を読み取った。その表情はいつも笑っているネスヴィツキーの顔にとくに目立った。

「どこだい、司令官は？」アンドレイはたずねた。

「ここです、あの家ですよ」副官が答えた。

「おい、どうなんだ、本当かい？　講和と降伏っていうのは」ネスヴィツキーが聞いた。

「僕が君たちに聞きたいよ。僕は何も知らないな、自分がやっとここまでたどり着いたということ以外」

「いや、ここは、君、えらいことだぜ！　ひどいもんだ！　悪かったよ、君、マックのことを笑ってたが、自分たちはもっとひどいことになりそうだ」ネスヴィツキーが言った。「ま、座れよ、何か食え」

「今となっては、公爵、荷物の車も、何も見つかりませんよ。あなたの従卒のピョートルもどこへ行ったやら」もう一人の副官が言った。

「本営はいったいどこにあるんだい？」

「ツナイムで宿営です」

「おれは必要な物を全部、二頭の馬にしこたましょわせたんだ」ネスヴィツキーは言った。「みごとに積み上げた馬の荷ができた。ボヘミアの山脈を越えてずらかることだってできるんだが。状況は悪いね、君。それにしても君はどうした、体が悪いんだろう？　そんなにがたがたふるえてるんじゃ」アンドレイが電気に触れたように、ピクリと体をひきつらせたのを見つけて、ネスヴィツキーがたずねた。

「平気だよ」アンドレイは答えた。

その瞬間、彼はさっきの医者の女房と輸送将校の衝突を思い出した。

「司令官はここで何をしてるんだ？」彼はたずねた。

「まるでわからん」ネスヴィッキーが言った。

「僕は一つだけわかってる。なにもかも低劣で、低劣で、低劣だ」アンドレイは言って、司令官の駐屯している家へ向かった。

クトゥーゾフの馬車と、お付きの者たちの疲れきった乗馬と、大声で話し合っているコサックたちのわきを通り過ぎて、アンドレイは玄関に入った。クトゥーゾフ自身は、アンドレイが知らされたところによると、バグラチオンやワイロータ一といっしょに百姓家にいた。ワイロータ一というのは戦死したシュミットに代わった、オーストリアの将軍だった。玄関には小柄なコズロフスキーが書記の前にしゃがんでいた。書記はさかさに伏せた小さな桶《おけ》の上で、制服の袖の折り返しをたくし上げて、忙しく書いていた。コズロフスキーの顔はやつれていた。この男もやはり一晩眠らなかったらしい。彼はアンドレイをちらりと見て、会釈もしなかった。

「第二軍は……書いたか？」彼は書記に口述しながら、続けた。「キエフ擲弾《てきだん》部隊、ポドリスク猟兵隊……」

「早すぎてついていけませんよ、佐官どの」書記がコズロフスキーの方を向きながら、無遠慮に怒って言った。

ドアのかげからその時、熱を帯びた不服そうなクトゥーゾフの声が聞こえ、それを別の、聞き覚えのない声がさえぎっていた。その二つの声のひびき、コズロフスキーが自分を見たときのそっけなさ、疲れはてた書記の無遠慮さ、書記とコズロフスキーがこんなに司令官の近くで、床の桶のそばに座っていること、馬を預かっているコサックたちが家の窓の下で大声を出して笑っていること――こういったことすべてから、アンドレイは何か重要な、不幸なことが起こるにちがいないと感じた。

アンドレイは強引にコズロフスキーに質問した。

「今じきですよ、公爵」コズロフスキーは言った。「バグラチオンに与える兵力配置計画です」

「じゃ降伏は?」

「とんでもない。戦闘の手はずがなされてますよ」

アンドレイは声の聞こえてくるドアに足を向けた。しかし、彼がドアを開けようとしたとき、部屋の声がしずまって、ドアがひとりでに開いた。そして、クトゥーゾフが、ふっくらした顔に例の鷲鼻《わしばな》で、敷居に姿を見せた。アンドレイはクトゥーゾフの真ん前に立っていた。しかし、片方しか見えない司令官の目の表情から見て、司令官はすっかり思索と心労にとらわれて、目に膜が張ったようになっているのだ、ということがわかった。彼は自分の副官の顔をまっすぐ見ていて、それがだれだかわからなかった。

「おい、どうだ、終わったか?」彼はコズロフスキーに向かって言った。

「今すぐであります、閣下」

背が低く、東洋風の固い、動きのない顔の、痩《や》せた、まだ老いてはいないバグラチオンが司令官の後ろについて出て来た。

「お目通りいたします」アンドレイは封筒を渡しながら、かなり大きな声でくり返した。

「ああ、ウィーンからか? よし。あとで、あとで!」

クトゥーゾフはバグラチオンといっしょに玄関の昇降段に出た。

「では、公爵、失礼」彼はバグラチオンに言った。「無事で。大きな殊勲を立てることを祈る」

クトゥーゾフの顔がふいにゆるんで、目に涙がにじんだ。彼は左手でバグラチオンを引き寄せ、指輪のはまっている右手では、見るからに慣れた手つきで彼に十字を切り、ふっくらした頰を差し出したが、バグラチオンは頰のかわりに首に接吻した。

「無事でな!」クトゥーゾフはくり返して、幌馬車に歩み寄った。「いっしょに乗れ」

彼はアンドレイに言った。

「閣下、私はここでお役に立ちたいと存じます。どうかバグラチオン公爵の部隊に残らせてください」

「乗れ」クトゥーゾフは言った。そして、アンドレイがぐずぐずしているのを見て取ると、「わしはいい将校が自分に必要なんだ、自分に必要なんだ」

二人は幌馬車に乗り、数分だまったまま行った。

「まだこの先いろいろなことがたくさん、たくさんある」彼は鋭く見通す老人らしい表情で、アンドレイの心のなかで生じていることをすべて悟ったように、言った。「もしあの男の部隊から、あす十分の一戻って来れば、わしは神に感謝する」クトゥーゾフは自分自身に言うように、付け加えた。

アンドレイはクトゥーゾフをちらりと見た。すると、三、四十センチ離れたところに、おのずと目に入ったのは、イズマイルで弾丸が頭を撃ち抜いた、こめかみの傷の縫い目と、つぶれた目だった。《そうだ、この人はあの連中の死をこんなに平然と言う権利を持っているのだ！》アンドレイは思った。

「ですから私は、あの部隊へ私を配属してくださるようにお願いしているのであります」彼は言った。

クトゥーゾフは答えなかった。彼はもう自分の言ったことは忘れて、思いにふけって座っているように見えた。五分ほどして、幌馬車のやわらかいばねに軽く揺られながら、クトゥーゾフはアンドレイの方を向いた。その顔には不安の跡さえなかった。彼はアンドレイに、微妙な皮肉をこめて皇帝との対面の一部始終や、宮廷で耳にしたクレムス戦の反響や、二人ともが知っている幾人かの女性のことについて、いろいろとたずねた。

14

クトゥーゾフは自分の指揮している軍をほとんど救いのない状態に立たせるような知らせを、十一月一日に自軍の斥候を通じて受け取った。膨大な兵力のフランス軍がウィーンの橋を渡り、クトゥーゾフとロシアから来る部隊とを結ぶ連絡路に向かった、と斥候は報告していたのだった。かりにクトゥーゾフがクレムスにとどまる決意をすれば、十五万のナポレオン軍はクトゥーゾフをあらゆる連絡路から断ち切り、その疲れ果てた四万の軍を包囲してしまい、クトゥーゾフはウルム付近のマックの状態になってしまう。かりにクトゥーゾフがロシアからの部隊と連絡がつく道を放棄すれば、彼は兵力にまさる敵を防ぎながら、道もなしにボヘミアの山脈の不案内な辺地に入りこみ、ブクスヘーヴェン(ロシアから来る軍の指揮官)と連絡をとる望みをまったく捨ててしまわなければならない。かりにクトゥーゾフがロシアからの部隊と合流するために、クレムスからオルミュッツへの道を退却する決意をすれば、ウィーンの橋を渡ったフランス軍にこの道で先を越され、その結果、行軍中に、荷物と荷馬車の列を引きつれたまま、三倍強力で、二方面から包囲している敵を相手に、やむをえず戦いに応じるという危険を冒すことになる。

クトゥーゾフはこの第三の方策を選んだ。

フランス軍は、斥候の報告によれば、ウィーンの橋を渡り、クトゥーゾフの退路にあって、その前方百キロ以上にあるツナイムめざして、強行軍で進んでいた。フランス軍より先にツナイムに着くことは、軍を救う大きな期待が得られることを意味していた。ツナイムでフランス軍に先回りを許すことは、まちがいなく、全軍をウルムと同じような恥に、つまり全滅の憂き目にあわせることを意味していた。しかし、全軍を引きつれてフランス軍の先を越すことは不可能だった。ウィーンからツナイムまでのフランス軍の道は、クレムスからツナイムまでのロシア軍の道より短くて、よかった。

知らせを受けた夜、クトゥーゾフは四千のバグラチオンの前衛部隊を、クレムス－ツナイム街道からウィーン－ツナイム街道へ向かって山づたいに、右の方に送った。バグラチオンは休みなしにこの行程を踏破し、ウィーンを前にツナイムを背にして停止しなければならなかった。そして、万一彼がフランス軍の先を越すことに成功すれば、できるかぎり、フランス軍を阻止しなければならなかった。クトゥーゾフ自身の方は荷物を全部引きつれて、ツナイムに向かった。

　腹をへらし、靴もない兵隊を引きつれ、道もなく、山づたいに、嵐の夜に四十五キロ歩き通し、落伍して三分の一を失った末、バグラチオンはウィーンからホラブルン（シェングラーベン）に迫っているフランス軍より数時間先に、ウィーン－ツナイム街道のホラブルンに出た。クトゥーゾフがツナイムにたどり着くためには、荷馬車の列を引きつれてあと数昼夜すすまなければならなかった。そこで、軍を救うためには、バグラチオンはホラブルンで遭遇した敵の全軍を、四千の飢え、疲れ果てた兵士たちとともに、数昼夜にわたって食い止めなければならなかった。それは、明らかに、不可能だった。しかし、奇妙な運命が不可能を可能にした。戦わずにウィーンの橋をフランス軍の手にゆだねた、あの詐術の成功にそそのかされて、ミュラはクトゥーゾフをも欺こうとした。ミュラはツナイム街道でバグラチオンの弱小部隊に遭遇して、それがクトゥーゾフの全軍だと考えた。その軍をまちがいなくたたきつぶすために、彼はウィーンから来る途中で後れてしまった部隊を待っていた。そして、そのために、両軍とも位置を変えず、その場から動かないという条件で、三日間の休戦を申し出た。ミュラはもう講和の交渉が進んでいる、だから、無益な流血を避けて、自分は休戦を提案するのだ、と説得をこころみた。前哨だったオーストリアの将軍ノスティッツ伯爵はミュラの軍使のことばを信用して後退し、バグラチオンの部隊を敵の前にさらした。もう一人の軍使が同じ和平交渉の知らせを告げ、ロシア軍に三日間の休戦を提案するために、ロシア軍の散兵線に行った。バグラチオンは自分には休戦を受け入れたり、受け入れなかったりすることはできないと答え、自分が受けた提案の報告を持たせて、副官をクトゥーゾフのもとに送った。

休戦はクトゥーゾフにとっては、時間をかせぎ、疲れ果てたバグラチオンの部隊を休ませ、輸送馬車や重い荷物を(その動きはフランス軍の目から隠されていた)ツナイムまでせめて一行程でも余計に進ませる、唯一の手段だった。休戦の提案は軍を救う唯一の、予期しない可能性を与えてくれようとしていた。この知らせを受け取ると、クトゥーゾフは自分のそばについていた侍従将官ヴィンツィンゲローデを、すぐさま敵の陣営に送った。ヴィンツィンゲローデは休戦を受け入れるばかりでなく、降伏の条件を提案する手はずになっていた。一方、クトゥーゾフは副官たちを後方に送って、クレムス－ツナイム街道を進む全軍の荷馬車の移動をできるだけ急がせた。疲れきって、飢えたバグラチオンの部隊だけが、この荷馬車と全軍の動きを掩護《えんご》しながら、八倍も強力な敵の前にじっととどまっていなければならなかった。

なんの束縛ももたらさない降伏提案が、一部の荷馬車を通過させる時間を与えてくれるだろうという点でも、また、ミュラの失策はすぐに明らかになるにちがいないという点でも、クトゥーゾフの見込みは的中した。ホラブルンから二十五キロ離れたシェーンブルンにいたナポレオンは、ミュラの報告と、休戦や降伏の提案を受け取るとすぐ、ごまかしを見て取って、ミュラ宛に次のような手紙を書いた。

「ミュラ親王へ。シェーンブルン、一八〇五年 霧《ブリュメール》 月二十五日午前八時

余の不満を貴下に表現すべき言葉を見出すことができない。貴下は余の前衛部隊を指揮するのみであり、余の命令なしに休戦する権利を有しない。貴下は余に戦いの果実を失わしめんとしている。ただちに休戦を破棄し、敵に向かって進撃せよ。降伏に署名した将軍はそれをなす権利を有せず、その権利を有するのは、ロシア皇帝のみであることをかの将軍に宣告せよ。

しかしながら、ロシア皇帝が記されたる条件に同意するならば、余も同意するであろう。しかし、これは奸計《かんけい》にほかならない。進撃せよ、ロシア軍を撃滅せよ……貴下はその輸送物資とその火砲を奪う立場にあり。

ロシア皇帝の侍従将官は一個の虚言家なり……将校は権能を有しないとき、何ものでもなく、かの侍従将官もなんら権能を有しない……オーストリア軍はウィーンの渡橋の際に欺かれたが、貴下は一侍従将官によって欺かれんとしている。

ナポレオン」

ボナパルトの副官はミュラ宛のこの威嚇《いかく》的な手紙を持って全速力で馬をとばした。ナポレオン自身は自分の将軍たちを信用せず、近衛隊を全部ひきつれ、おあつらえむきの犠牲《いけにえ》をのがしては大変とばかり、戦場へ向かって動きだしたが、四千のバグラチオン軍は、楽しく焚き火をおこして、着ているものを乾かし、温まり、三日ぶりにはじめて粥《かゆ》を炊いた。そして、部隊の者はだれひとり、目前に迫っているものを知らず、考えようともしなかった。

15

午後三時すぎ、アンドレイはクトゥーゾフに願い出たことを貫き通して、グルント（ウィーン－ツナイム街道にある村）に到着し、バグラチオンに目通りをした。ボナパルトの副官はまだミュラの部隊に到着しておらず、戦闘はまだ始まる気配がなかった。バグラチオンの部隊では全体の成り行きがまったくわからず、講和が噂されていたが、その可能性は信じられていなかった。戦闘の噂もあったが、やはり戦闘が間近だとは信じられていなかった。

バグラチオンは、アンドレイを愛すべき、信用できる副官と知っていたので、とくに上官として目をかけている様子で、寛大に彼を迎え、おそらく、今日か明日、戦闘があるだろうと彼に説明し、どちらでもよいと、完全な自由を彼に与えた。それは、戦闘のあいだ自分のそばにいるか、後衛隊にいて後退の手順を観察するかで、「これもやはり重要なことだ」と言った。

「しかし、今日は、多分、戦闘はないだろう」バグラチオンはアンドレイを安心させるように言った。

《これが勲章をもらうために送られてくる、ありきたりの参謀本部の気取り屋なら、後衛隊にいても恩賞はもらう。もしおれといっしょにいたいなら、いさせておこう……勇敢な将校なら、役に立つ》バグラチオンは思った。アンドレイは何も答えずに、任務を受けた場合、どこへ行けばよいかわかるように、陣地をひとまわりして、部隊の配置をたしかめることをお許しいただきたいと頼んだ。美男で、気取った服装をして、人さし指にダイヤの指輪をはめ、下手だがフランス語を話したがる、バグラチオン部隊の当番将校が、アンドレイの案内を申し出た。

濡れて、憂鬱《ゆうう》な顔をして、まるで何かを探し求めているような将校と、戸や、腰掛けや、桓根を、村から引きずってくる兵隊たちが四方八方に見えた。

「このとおり、公爵、この連中には苦労させられます」佐官がその連中を指さしながら、言った。「指揮官が集まるなと言っているんですが。ほらここに」彼はテントを張った飲食屋を指さした。「集まっては、座りこんでいるんです。けさ、みんな追い出したんですが、ご覧なさい、またいっぱいで。行って、脅かしてやりませんと、公爵。すぐです」

「寄ってみましょう、僕もチーズとパンを買います」まだ食事をするひまのなかったアンドレイが言った。

「どうしておっしゃらなかったんです? 公爵。私がおもてなししましたのに」

二人は馬を下りて、飲食屋のテントの下に入った。真っ赤な、くたびれきった顔の将校が数人、テーブルの前に座って、飲んだり食べたりしていた。

「おい、なんということです、諸君!」佐官は同じことをもう何回もくり返して言った者らしく、非難の口調で言った。「だめじゃないか、こんなふうに部署を離れちゃ。一人も残らんようにと、バグラチオン公爵の命令だ。おい、君、二等大尉」彼は小柄な、汚れて、痩せた砲兵将校に向かって言った。彼は長靴をはかずに(乾かすために飲食屋のおやじに預けたのだ)、靴下だけで、入って来た二人の前に立ち上がり、あまり自然とはいえない笑顔を見せていた。

「おい、君、トゥシン大尉、恥ずかしくないのかね?」佐官は続けた。「君は砲兵将校として、模範を示さなければいかんと思うんだが、長靴もはいていない。非常呼集があったら、君は長靴もはかんで、いいざまになるぞ。(二等大尉はにやっと笑った)。部署に行きたまえ、諸君、みんな、みんなだ!」彼は上官らしくいばって言った。

アンドレイはトゥシン二等大尉をちらりと見て、思わず微笑した。黙って、にやにや笑いながら、トゥシンははだしの足を足踏みさせて、大きな、利口そうな、人のいい目でアンドレイと、佐官を交互に、たずねかけるように見ていた。

「兵隊たちが言いますが、靴をぬぐのが早ければ……」トゥシン大尉は自分のぶざまな状態を切り抜けて、茶化した調子に移ろうと思ったらしく、にやにや笑いながらもびくついて、言った。

しかし、彼はまだ言い終わらないうちに、自分の冗談が相手にされず、うまくいかなかったのを感じた。彼はもじもじした。

「行きたまえ」佐官はまじめさを保とうと努めながら、言った。

アンドレイはもう一度、砲兵将校の小さな姿を見た。その姿には何かとくべつなものが、まったく軍人らしくなくて、ちょっと滑稽だが、とても人をひきつけるものがあった。

佐官とアンドレイは馬に乗って、先へ行った。

村の外に出て、歩いて行くいろいろな部隊の兵隊や将校を、ひっきりなしに追い越したり、すれちがったりしているうちに、二人は左手に新しい、掘り起こしたばかりの粘土が赤く見えている、構築中の防御土塁を見た。数個大隊の兵隊が、冷たい風が吹くのにシャツ一枚で、白アリのようにその防御土塁の上でうごめいていた。土塁のかげからは、だれがやっているのか見えないが、赤い粘土をシャベルで掘って、ひっきりなしに投げ捨てていた。二人は防御土塁に近づき、それを見てまわり、先に進んだ。防御土塁のすぐ後ろで、二人はひっきりなしに入れかわって、防御土塁から駆け下りている数十人の兵隊に出くわした。二人はその悪臭にけがされた空気から脱出するために、鼻を押さえて、馬を走らせなければならなかった。

「あれが陣中生活の快適なところですよ、公爵」当番将校の佐官が言った。

彼らは反対側の山の上に出た。その山からはもうフランス軍が見えた。アンドレイは馬を止めて、じっくり見はじめた。

「ここにわが軍の砲兵中隊がいるんです」佐官はいちばん高い地点を指さしながら、言った。「長靴もはかずにいたあの変わり者の部隊ですよ。あそこから全部見えます。まいりましょう、公爵」

「どうもありがとうございます。もう僕一人で行きます」アンドレイはこの佐官から解放されたくて、言った。「どうかご心配なく」

佐官はあとに残り、アンドレイは一人で行った。

彼が前へ、敵の近くに行けば行くほど、部隊の様子はきちんとして、陽気になっていった。いちばんひどい混乱と無気力が見られたのは、アンドレイが朝追い越した、ツナイムの手前の馬車の一隊で、それはフランス軍から十キロ離れていた。グルントでもやはりある程度の不安と、何かを恐れる気持が感じられた。しかし、アンドレイがフランス軍の散兵線に近づくにつれて、ロシア軍の様子はしだいに自信に満ちてきた。一列に並んで、オーバーコートを着た兵隊が立ち、曹長と中隊長が人数をかぞえながら、各班の端の兵隊の胸を指で小突いて、その兵隊に手を上げるように命じていた。あたり一帯に分散した兵隊たちが薪《たきぎ》や、細い枯れ枝を引っぱって来たり、楽しそうに笑って話し合いながら、バラックを建てたりしていた。焚き火のそばには服を着たのや裸のが座って、シャツや脚絆《きゃはん》を乾かしたり、長靴やオーバーコートの修繕をしたり、鍋と炊事係のまわりに群がったりしていた。ある中隊では食事ができあがり、兵隊たちはむさぼるような顔で湯気の立つ鍋を見つめて、補給係の下士官が自分たちのバラックの前の丸太に腰かけている士官に、味見を木の椀《わん》に入れて持っていくのを待っていた。

別の、もっと幸運な中隊では、というのは、全員にウォツカがあったわけではないからだが、兵隊たちが群がって、あばた面《づら》の肩幅のひろい曹長のまわりに立ち、曹長は順番に差し出される水筒のふたに、樽《たる》を傾けて注いでいた。兵隊たちはもったいなさそうな顔で水筒のふたを口に近づけ、それをあおると、口をすすぐようにして味わい、コートの袖でぬぐいながら、幸せになった顔で曹長のそばを離れるのだった。その顔はみんな実に落ち着いていて、まるですべてのことが、敵の見えるところで、少なくとも部隊の半分はその場に残されるにちがいない戦闘の前に行われているのではなく、まるで祖国のどこかで平穏な宿営を待っているようだった。猟兵連隊を通りすぎて、やはり同じように平和なことをしている、キエフ擲弾部隊の威勢のいい連中の列の中に、アンドレイはほかのとはひときわ違う、連隊長用の高いバラックのそばで、擲弾小隊の戦列に出くわした。その前には裸にされた男が横たわっていた。二人の兵隊がその男を押さえ、二人がしなやかな鞭を振り上げて、むき出しの背中を一定の拍子で打っていた。罰を受けている男は不自然にわめいていた。太った少佐が戦列の前を歩きながら、叫び声には耳も貸さずに、ひっきりなしに言っていた。

「兵隊が盗みをするのは恥だ。兵隊は心ただしく、品性高潔で、勇敢でなくちゃいかん。自分の仲間から盗んだとすれば、この男には心の正しさがない。こいつは卑劣なやつだ。もっと、もっとやれ！」

そして、あいかわらず、しなやかな鞭で打つ音と、死に物狂いだが、わざとらしい叫び声が聞こえていた。

「もっと、もっとやれ」少佐は歩きながら言っていた。

若い将校が納得のいかない、苦しそうな表情を顔に見せて、通り過ぎる副官の方をたずねかけるように振り返りながら、罰を受けている男から離れた。

アンドレイは第一線に出て、前線に沿って馬を進めた。わが軍とフランス軍の散兵線は、左翼と右翼ではおたがいに遠く離れて位置していたが、中央の、朝、軍使たちが通った場所では、散兵線がごく近くにくっついていて、おたがいの顔が見え、ことばを交わせるほどだった。この地点で散兵線をつくっている兵隊たち以外に、どちらの側にもたくさん物見高い連中が立っていて、笑いながら、自分たちから見れば奇妙で、なじみのない敵をじろじろながめていた。

散兵線に近づくのは禁止されているのに、朝早くから、隊長たちは物見高い連中を追い返すことができなかった。散兵線に立っている兵隊たちは、何かめずらしい物を見世物にしている人間のように、もうフランス兵の方は見ずに、やって来る人間の方を観察していた。そして、退屈して、交代を待ちわびていた。アンドレイはフランス軍をよく見るために馬を止めた。

「見ろや、見ろ」一人の兵隊がロシアの銃兵を指さしながら、同僚に言った。銃兵は将校といっしょに散兵線に近づき、何かしきりに、夢中になってフランス軍の擲弾兵と話していた。「どうだ、うまいことしゃべくるぜ！　フランス人でも追っつかねえ。おい、やってみろ、シードロフ……」

「待て、ちょっと聞いてみろ。いやあ、うめえもんだ！」フランス語をしゃべる名人と言われているシードロフが答えた。

笑っている連中が指さした兵隊は、ドーロホフだった。アンドレイはそれがドーロホフだとわかって、その話に耳をそばだてた。ドーロホフは自分の連隊が位置している左翼からこの散兵線に、自分の中隊長といっしょに来たのだった。

「おい、もっと、もっとやれ！」前の方に身をかがめて、自分にはわからないことばを一語も聞きもらすまいとしながら、中隊長がけしかけた。「頼む、もっとぺらぺらやれ。やつはなんて言ってる？」

ドーロホフは中隊長に返事をしなかった。彼はフランス軍の擲弾兵との激しい議論に引きずりこまれていた。彼らは、当然ながら、戦争の話をしていた。フランス兵はオーストリア軍とロシア軍を混同して、ロシア軍は降参して、ほかでもないあのウルムから逃げたじゃないか、と言い張った。ドーロホフは、ロシア軍は降参したことはないが、フランス軍をやっつけたことならあると言い張った。

「ここでおまえらを追っ払えって命令されてるんでな、追っ払ってやる」ドーロホフは言った。

「せいぜいがんばってくれ、コサックもろともおまえたちがとっつかまらないようにな」フランス人の擲弾兵が言った。

見物し、話を聞いているフランス兵たちが笑った。

「おまえたちは踊りをおどらされるぞ、スヴォーロフの前で踊ったみたいに」ドーロホフが言った。

「あいつは何を歌ってやがるんだ？」一人のフランス兵が言った。

「昔の話よ」もう一人が、昔の戦争が話題になっているのだと見当をつけて、言った。

「皇帝陛下がスヴァラ（スヴォーロフを訛った言い方）に思い知らせてくださるよ、ほかのやつらと同じように」

「ボナパルト……」ドーロホフが言いかけたが、フランス兵がさえぎった。

「ボナパルトなんかいない。いるのは皇帝だ！　こん畜生……」彼は怒ってどなった。

「くそ食らえだ、おまえたちの皇帝なんか！」

そして、ドーロホフはロシア語で、口ぎたなく兵隊式に罵ると、小銃を肩にのせて、そこから離れて行った。

「行きましょう、隊長」彼は中隊長に言った。

「いや、すごいフランス語だ」散兵線の兵隊たちが言った。「おい、やれよ、おまえ、シードロフ！」

シードロフはウィンクをすると、フランス兵たちに向かって、たたみかけるようにわけのわからないことばをしゃべりだした。

「カリ、マラ、タファ、サフィ、ムテル、カスカ」彼は自分のことばに表情たっぷりなイントネーションをつけようと努力しながら、早口でしゃべった。

「ホッ、ホッ、ホ！　ハ、ハ、ハ、ハ！　ウフ、ウフ！」兵隊たちのあいだに、実に健康で楽しそうな高笑いがどっとひびき、ひとりでに散兵線を越えてフランス兵の側にも伝わったので、こうなったからには、なるべく早く銃の弾丸《たま》を抜き、弾薬を爆発させて、なるべく早くみんなそれぞれの家に帰らなければならない、という気がしたほどだった。

しかし、銃には弾丸がこめられたままであり、建物や堡塁の銃眼はあいかわらず恐ろしく前をにらみ、砲車の前部からはずされた大砲は以前のまま変わらず、おたがい同士向き合ったままだった。

16

左翼から右翼まで全戦線を見てまわってから、アンドレイは佐官が戦場全体を見わたせると言った砲台にのぼっていった。ここで彼は馬から下り、砲車の前部からはずされた四門のうちのいちばん端の大砲のそばに立ち止まった。大砲の前には見張りの砲兵が歩いており、将校を見て直立不動の姿勢を取ろうとしたが、相手が合図をしたので、また一定の歩調で、退屈そうに歩きはじめた。大砲の後ろには砲車の前部が置いてあり、そのまた後ろには馬をつなぐ杭《くい》と砲兵たちの焚き火があった。左手の、いちばん端の大砲のほど近くには、小枝で編んだ仮小屋があって、そのなかから元気のいい将校の声が聞こえていた。

たしかに、この砲兵中隊からはロシア軍の配置のほとんど全部と、敵の大部分を展望することができた。砲台の正面の、向こう側の丘の地平線にはシェングラーベン村が見えた。その左と右には、フランス軍の焚き火の煙のあいだの三か所に、その大軍を見わけることができた。どうやら、その大部分は村のなかと山のかげにいるようだった。村の左手の煙のなかには、砲台のようなものが見えていたが、肉眼ではよく見きわめられなかった。味方の右翼はフランス軍の陣地を見おろす、かなり切り立った高地に位置していた。そこには味方の歩兵が陣取っていて、いちばん端には竜騎兵が見えていた。中央には――ちょうどそこにトゥシンの砲兵中隊があって、そこからアンドレイは陣地を見わたしていたのだが――ごくなだらかで、まっすぐな下り坂と上り坂がロシア軍とシェングラーベンをへだてている小川に通じていた。左の方では、わが軍は森に接しており、その森には薪を切っている味方歩兵の焚き火が見えていた。フランス軍の前線はロシア軍より幅が広く、フランス軍が容易に両側からわが軍を挟み撃ちにできることは明らかだった。味方の陣地の後ろには急な深い谷があり、砲兵や騎兵がそこを通って退却するのは困難だった。アンドレイは大砲に肘をつき、手帳つきの紙入れを取り出して、部隊の配置図を自分の心覚えに書いた。バグラチオンにそれを報告しようと思って、アンドレイは二か所に鉛筆で印をつけた。彼は第一に砲兵を全部中央に集めること、第二に、騎兵隊を谷の後ろ側に下がらせることを想定した。アンドレイはたえず総司令官のそばにいて、大きな集団の動きと軍全体におよぶ命令に注意をはらい、たえずさまざまな戦闘を歴史家のように書く仕事にたずさわっていたので、この目前の戦闘でも知らず知らず全般的な点だけから、きたるべき戦闘の成り行きを考えていた。彼の頭に浮かぶのは次のような大まかな出来事ばかりだった。《もし敵が右翼に攻撃をかけてきたら》

彼は心のなかで言った。《キエフ擲弾部隊とポドリスク猟兵部隊は中央の予備軍が駆けつけるまで、その陣地をもちこたえなければならない。そうすれば竜騎兵が端を突いて、敵を撃退することができる。また、中央攻撃を受けた場合は、我々はこの高地に中央の砲兵隊を出し、その掩護のもとに左翼を中央に引き寄せ、梯《てい》隊形で谷まで後退する》。彼は心のなかで考えをめぐらしていた……。

砲兵隊の大砲のそばにいたあいだずっと、彼は、よくあるように、バラックのなかで話している将校たちの声のひびきを、ひっきりなしに耳にしていながら、彼らが話していることが一言もわかっていなかった。ふいにバラックから聞こえる声のひびきが、あまりにも親身な口調で彼を驚かせたので、思わず聞き耳を立てはじめた。

「いや、君」感じのいい、まるでアンドレイになじみ深いような声が言った。「もし死んだあとどうなるかわかったら、おれたちはだれも死ぬのを怖がらないだろうって言うんだよ。そうだろう、君」

別の、もっと若い声がそれをさえぎった。

「いや、怖がろうと、怖がるまいと、どうせ――避けられっこない」

「でもやっぱり怖いんだよ！　なあおい、教養のある諸君」三人目の、男っぽい声が両方をさえぎりながら、言った。「そうなんだよ、君たち砲兵は実に教養があるんだ。

なにしろ、なんでも持って来れるからな、ウォッカでも、酒のさかなでも」

そして、歩兵将校らしい、男っぽい声の主は笑った。

「でもやっぱり怖いのさ」最初の聞き覚えのある声が続けた。「わからないこと、これが怖いんだ。魂は天国に行くんだと、いくら言っても……おれたちはちゃんと知ってるのさ、天国なんかない、あるのは空気だけだ、って」

また、男っぽい声が砲兵をさえぎった。

「おい、君の草入り酒《ひたしざけ》をおごってくれたまえ、トゥシン君」彼は言った。

《ああ、あれは飲食屋で長靴をはかずに立っていた例の大尉だ》。アンドレイは哲学談義をしている感じのいい声がだれなのかわかって、うれしい気持で思った。

「草入り酒《ひたしざけ》は飲んでもいいが」トゥシンが言った。「ともかく、来世を理解するのは……」彼はしまいまで言い終わらなかった。

その時、空中にヒュウという音が聞こえた。だんだん近く、だんだん速く、音高く、だんだん音高く、速くなって、砲弾はまるで必要なことを全部言い尽くさなかったかのように、非人間的な力で泥しぶきを吹きとばしながら、バラックの近くの地面にぶち当たった。地面が恐ろしい打撃を受けて、あっと叫んだようだった。

その瞬間バラックから真っ先に、横っちょにパイプをくわえて、小柄なトゥシンが飛び出した。人のいい、利口そうな顔は少し青ざめていた。そのあとから男っぽい声の主である、威勢のいい歩兵将校が出てきて、自分の中隊めがけて走り出し、走りながら服のボタンをかけていた。

17

アンドレイは砲弾が飛び出してきた大砲の煙を見ながら、馬にまたがったまま砲台に立っていた。その目は広い空間をあちこちに走った。彼に見えたのはただ、さっきまで動かなかったフランス兵の大軍がうごめき出したことと、左手にたしかに砲台があったことだけだった。砲台ではまだ煙が散っていなかった。馬に乗ったフランス兵が二人、おそらく副官だろう、山肌を走り過ぎた。坂をくだって、おそらく散兵線を強化するためだろう、はっきり見える敵の小部隊が移動していた。まだ最初の発射の煙が消えうせないうちに、次の煙と発射が見えた。戦いが始まったのだ。アンドレイは馬の向きを変え、バグラチオン公爵を探すためにグルントめざして引き返した。彼は背後で、砲撃がますます激しく、音高くなるのを聞いた。おそらく、わが軍が応戦しはじめたのだ。下の方の、軍使たちが通った場所では小銃の射撃が聞こえた。

ルマロア（ナポレオンの副官）がボナパルトの威嚇的な手紙を持って、たった今ミュラのところに駆けつけ、恥じ入ったミュラは自分の恥をすすごうとして、すぐさま軍を中央と両翼の側面に向けて動かし、夜にならぬうちに、そして、皇帝が到着するまでに、自分の前にいる取るに足りない部隊を、粉砕できるものと思っていた。

《始まったぞ！　いよいよ来た！》アンドレイは血が心臓に押し寄せる間合いが速くなってきたのを感じながら、思った。《しかし、どこなんだ？　どんなふうに現れるんだ、おれのトゥーロンは？》彼は思った。

十五分前に粥を食べ、ウォツカを飲んでいた中隊のあいだを通りながら、彼は整列し、めいめい銃を取り分けている兵士たちのいずれ劣らぬすばやい動きを、いたるところに見た。そして、彼は自分の胸にあった、活気のわき上がってくる気持を、みんなの顔にも見て取った。《始まった！　いよいよ来たぞ！　恐ろしい、そして楽しい！》すべての兵士と将校の顔が言っていた。

構築中の防御土塁までまだ行き着かないうちに、彼は馬に乗って自分の方に向かって来る数人の姿を、曇った秋の日の夕暮れの光のなかで見つけた。先頭の者は、袖なしコートを着、アストラカンの毛皮をつけた軍帽をかぶって、白い馬を走らせていた。それはバグラチオン公爵だった。アンドレイは馬を止めて、彼を待った。バグラチオン公爵はちょっと馬を止めて、アンドレイだとわかると、彼にうなずいて見せた。アンドレイが見てきたことを話しているあいだ、バグラチオン公爵は前方を見守りつづけていた。《始まった！　いよいよ来たぞ！》という表情は、まるで寝不足のような、なかば閉じて濁った目をした、バグラチオン公爵のひきしまった褐色の顔にさえ、あらわれていた。アンドレイは不安な好奇心をいだいて、この動かない顔を見つめた。そして、この瞬間この人は考えたり、感じたりしているのか、また何を考え、何を感じているのか？知りたい気がした。《大体、向こうに、この動かない顔の奥に、何かがあるのだろうか？》アンドレイはバグラチオン公爵を見ながら自問した。バグラチオン公爵はアンドレイのことばに同意したしるしにうなずき、生じていること、また自分に知らされていることはみな、まさに自分がすでに予見したことなのだというような表情で「よろしい」と言った。アンドレイは馬を速く走らせてきたので、息をはずませて、早口に話した。バグラチオン公爵はなにもあわてることはないと言い聞かせるように、東方系の訛で、ことさらゆっくりことばを発音していた。しかし、彼はトゥシンの砲兵中隊の方に早足で馬を進めた。アンドレイはお付きの者たちといっしょにそのあとにしたがった。バグラチオン公爵のあとについて行ったのは、お付きの将校、公爵個人の副官、ジェルコフ、伝令、イギリス風にしっぽを短くした、美しい馬に乗った当番佐官、好奇心から戦闘に行くことを願い出た文官の法務官（軍事裁判の取調官兼検察官。戦地では輸送や宿舎の手配もする事務官）だった。太った顔をした、太った男の法務官は、無邪気なうれしそうな笑顔であたりをながめまわしながら馬に揺られていたが、軽騎兵や、コサック騎兵や、副官たちのあいだでは、粗毛織物《ゴロフクレン》のコートを着て、輸送兵用の鞍にまたがっているのは、奇妙な姿だった。

「ほら、戦争を見たいんだってさ」法務官を指さしながら、ジェルコフがアンドレイに言った。「そのくせ、もうみぞおちが痛くなってる」

「いや、いい加減にしてください」法務官は、無邪気そうでいて、抜け目のなさそうな微笑を満面に浮かべて言った。まるで自分がジェルコフの冗談の種になっているのがいい気持のようであり、わざと実際以上に馬鹿な様子をしようと骨折っているようでもあった。

「実におもしろいですね、ムッシュー公爵」当番佐官が言った。（彼は、公爵の称号をフランス語では何かとくべつな言い方をするということは覚えていたが、どうしてもうまくいかなかったのでムッシューにした）。

その時、みんなはもうトゥシンの砲兵中隊に近づいていた。すると彼らの前に砲弾が落ちた。

「いったい何が落ちたんですか」無邪気な笑顔を見せながら、法務官が聞いた。

「フランスのせんべいですよ」ジェルコフが言った。

「あれで殺すんですか？　つまり」法務官が言った。「おお、こわいこわい！」

そして、彼は満足のあまり顔じゅうゆるんでしまったように見えた。彼が言い終わるひまもなく、また思いがけず恐ろしい音がヒュウとひびき、なにか水のような物に当たってその音がふいに途切れた。そして、バシッと音がして、法務官の右後ろを進んでいたコサック兵が、馬もろとも地面にくずれ落ちた。ジェルコフと当番佐官は鞍の上にちょっと身をかがめ、馬をわきの方にまわした。法務官はまじまじと好奇の目でコサックを見ながら、その真ん前に立ちつくした。コサックは死んでおり、馬はまだもがいていた。

バグラチオン公爵は、目を半眼に閉じて、ふり返り、動揺が起こった原因を見て取ると、まるで《くだらんことにかかわっていていいのか！》と言わんばかりに、素知らぬ顔で向こうを向いてしまった。彼は名騎手らしい手綱さばきで馬を止め、少し身をかがめて、コートにからまった剣の位置を正した。剣は昔ながらのもので、今みんなが下げているようなものではなかった。アンドレイはイタリアでスヴォーロフが自分の剣をバグラチオンに贈ったという話を思い出した。そして、この時にはとくにこの思い出が彼にはこころよかった。彼らはアンドレイが戦場を観察していたときに立っていた例の砲台に近づいた。

「だれの中隊だ?」バグラチオンは砲弾の箱のそばに立っていた砲兵下士官に聞いた。彼は《だれの中隊だ?》とたずねたが、実際は《おまえたちは今、怖がっていないだろうな?》とたずねていたのだった。そして、砲兵下士官はそれを悟った。

「トゥシン大尉のであります、閣下」赤毛で、そばかすのいっぱいある顔の砲兵下士官が直立不動の姿勢をしながら、明るい声で叫んだ。

「そうか、そうか」バグラチオンは何か思いめぐらしながら言うと、砲車の前部のわきを通って、端の大砲の方へ行った。

彼が近づこうとしたとき、その砲から、バグラチオンとお付きの者の耳をつんざくばかりに、発射の音がひびき、ふいに大砲を包んだ煙のなかに、大砲をかかえ、急いで力をこめて、もとの場所へ押し戻そうとしている砲兵たちが見えた。肩幅の広い、図抜けて大柄の兵隊で、砲身掃浄用の長いブラシを持った一号砲手が、足を広く開いて、大砲の車の方に飛びすさった。二号砲手がぶるぶるふるえる手で砲身に砲弾を入れようとしていた。小柄な猫背の男が——それはトゥシンだった——砲の後尾につまずいて、前に走り出、将軍に気づかずに、小さな手をかざしてながめていた。

「あと五ミリ増やせ、そうすりゃちょうどだ」彼は細い声で叫び、その姿に似合わぬ威勢のよさを、その声に付け加えようと努めていた。「二号砲」彼は甲高い声で言った。

「やっちまえ、メドヴェーデフ！」

バグラチオンはこの将校を呼んだ。するとトゥシンは、おずおずした、ぶきっちょな動作で、軍人が敬礼するのとはまったく違って、司祭が祝福するように、三本の指を帽子のひさしに当てて、将軍に歩み寄った。トゥシンの砲は低地を砲撃するのが任務だったのに、彼は前方に見えるシェングラーベン村を焼夷弾《しょうい》で砲撃していた。村の前にフランス兵の大軍がうごめいていたのだ。

だれもトゥシンにどこへ何で砲撃せよと命令しなかったので、彼は自分が大いに尊敬しているザハルチェンコ曹長と相談して、村を焼くのがいいだろうと決めたのだった。

「よろしい！」トゥシンの報告に対してバグラチオンはそう言うと、まるで何か考えめぐらすように、自分の前にひらけている戦場全体をながめはじめた。右側からフランス軍がいちばん近くに迫っていた。キエフ連隊がいる高地のやや下の、小川の流れている低地で、胸をふるわすような断続的な小銃のひびきが聞こえた。そして、はるか右の竜騎兵の向こうを、お付きの将校が指さして、わが軍の側面を迂回《うかい》しようとしているフランス軍の一隊を公爵に示した。左は近くの森で地平線が限られていた。バグラチオン公爵は二個大隊に、中央から右翼の応援に行くように命じた。お付きの将校がこの二個大隊が行ってしまえば、大砲は掩護がなくなってしまうと、思い切って公爵に指摘した。バグラチオン公爵はお付きの将校の方を向いて、濁った目で黙って彼を見た。アンドレイには、お付きの将校の指摘が正しくて、実際何も言うことはないように思えた。しかし、その時、低地にいた連隊長からの副官が駆けつけ、低地づたいにフランス兵の大軍が進んでおり、連隊は算を乱して、キエフ擲弾部隊の方に退却しているという報告をもたらした。バグラチオンはそれに同意し、承認するというしるしにうなずいた。並足で彼は右に進み、フランス軍を攻撃せよという命令を持たせて、副官を竜騎兵部隊に送った。しかし、そこへ送られた副官は三十分後に帰ってきて、竜騎兵連隊長はもう谷の後ろに退却した、なぜなら、連隊は激しい砲火を浴びて、兵隊を犬死にさせそうになったので、射撃兵を下馬させ、徒歩で森に向かわせたからだ、という報告をもたらした。

「よろしい!」バグラチオンは言った。

彼が砲台を離れようとしたとき、左の方でも森のなかで銃声が聞こえた。そして、左翼からあまりに遠くて、自分では行くのが間に合わなかったので、バグラチオン公爵はそこへジェルコフをやって、右翼はおそらく長くは敵を支えられそうもないから、左翼部隊もできるだけ急いで谷の後ろに後退するようにと、古参の将官に伝えさせた。それはブラウナウでクトゥーゾフに連隊の閲兵を受けた、あの将官だった。ところが、トゥシンとそれを掩護していた大隊のことは忘れられてしまった。アンドレイはバグラチオン公爵と指揮官たちの会話や、彼らに与えられる命令を、入念に聞き取ろうとしていた。そして、驚いたことに、命令は何も与えられず、バグラチオン公爵はなにもかも、必然や、偶然や、個々の指揮官の意志で行われているのだし、なにもかも自分の命令によってではないが、自分の意図に沿って行われているのだ、という素振りをしようと努めているのを、見て取った。バグラチオン公爵が発揮するこのたくみな態度のおかげで、これらの出来事は偶然に生じ、指揮官の意志とは無関係だったにもかかわらず、バグラチオン公爵の存在が実に多くのことをしたのを、アンドレイは見て取った。取り乱した顔でバグラチオン公爵のところに来る指揮官たちは落ち着き、兵隊や将校は楽しそうに彼を歓迎し、彼のいるところでは元気づき、明らかに彼の前で自分の勇敢さを誇示しようとするのだった。

18

バグラチオン公爵は自軍の右翼のいちばん高い地点に出ると、下へおりはじめた。下の方では断続的な射撃が聞こえ、硝煙のために何も見えなかった。低地の近くにおりるにつれて、視界はいっそう悪くなったが、まさに主戦場の近いことが、いっそう切実に感じられるようになった。彼らの方に向かって来る負傷兵に出くわすようになった。血だらけの頭をして、帽子のなくなった一人の兵隊を、二人の兵隊が両脇をかかえて引っぱっていた。彼はぜいぜい言って、つばを吐いていた。弾丸が口か喉《のど》に当たったらしい。彼らが出くわしたもう一人は、銃を持たずに、大声で唸り、受けたばかりの痛みに腕を振りまわしながら、元気に一人で歩いていたが、その腕からは、鬢《びん》からこぼれるように、血がコートに流れていた。その顔は苦しんでいるというより、驚いているように見えた。彼はたった今負傷したばかりだった。道を横切って、バグラチオンたちが急角度でおりはじめると、横たわっている数人の人間が坂の上に見えた。彼らの方に向かって兵士の一群が来た。そのなかには負傷していない者もいた。兵士たちは大きく息をつきながら、坂をのぼってきた。そして、将軍の姿が見えているのに、大声でしゃべったり、手を振りまわしたりしていた。前方の煙のなかに、もう灰色のコートの列が見えた。そして、一人の将校が、バグラチオンを見つけると、群れをなして歩いて行く兵隊たちのあとをどなりながら追いかけ、引き返せと命じた。バグラチオンは隊列に近づいた。隊列のそこかしこで、発射の音がすばやくカタカタと鳴って、話し声や号令の叫びをかき消していた。大気はすっかり硝煙に満たされていた。兵隊たちの顔はどれも、火薬の煤《すす》に汚れ、活気づいていた。ある者は装塡《そうてん》棒を突っ込み、別の者が薬池に火薬を振りまき、袋から砲弾を取り出し、さらに次の者が発射した。しかし、だれをめがけて撃っているのか、それは風で吹きはらわれていかない硝煙のために、見えなかった。ブルル、ヒュウという気持のいい音がかなり短い間合いで聞こえた。《いったい、これはなんだ?》アンドレイはその兵隊の群れに近づきながら思った。《これが散兵線のわけはない、兵隊がかたまってるんだから! 攻撃のわけはない、動いてないんだから。方陣のわけがない、そんなふうに並んでないんだから》。

痩せた、一見弱々しい老人の連隊長が、感じのいい笑顔を浮かべ、まぶたで年寄りくさい目を半分以上隠して、それが風采におだやかさを添えていたが、バグラチオン公爵のそばに寄り、家の主人がだいじな客を迎えるように、迎えた。彼は自分の連隊にフランス軍の騎兵攻撃があったこと、しかし、攻撃は撃退されたものの、連隊は半数以上の人員を失ったことを、バグラチオン公爵に報告した。連隊長が攻撃は撃退されたと言ったのは、自分の連隊に生じたようなことを、軍隊ではそう言うのだと思いついたからだった。しかし、彼は自分に委ねられた部隊に、何がこの半時間に起こったのか、実は自分でもよくわからず、攻撃が撃退されたのか、それとも自分の連隊が攻撃を受けて粉砕されたのか、確実には言うことができなかった。戦闘の発端で彼にわかっていたのは、連隊全体めがけて砲弾と榴弾《りゅうだん》が飛び、人を殺しはじめたこと、そして、やがてだれかが「騎兵だ！」と叫んで、味方が発砲しはじめたことだけだった。そして、今まで撃っていたのだが、もはや姿を消した騎兵隊にではなく、低地に現れて、わが軍に発砲している、フランス軍の歩兵をめがけてだった。バグラチオン公爵は、すべてこれはまったく、自分が希望し、予想したとおりだというしるしにうなずいた。副官に向かって、彼は今自分たちがそのわきを通り過ぎてきたばかりの、第六猟兵連隊の二個大隊を、丘の上からこちらへ移動させてくるように命令した。アンドレイはその時、バグラチオン公爵の顔に生じた変化に驚いた。その顔は暑い日に水に飛び込もうとして助走を終わろうとしている人のような集中力と、幸せそうな決意をあらわしていた。寝不足の濁った目も、とりつくろった考え深そうな顔もなかった。その動作にはさっきまでの悠長さと規則的なリズムが残っていたものの、丸い、しっかりした、鷹《たか》のような目は明らかにどこにも止まらずに、喜びにあふれ、いくらか軽蔑をこめて前方を見つめていた。

連隊長はバグラチオン公爵に向かって、ここはあまりにも危険だから、後ろに下がっていただきたいと、強く頼んだ。「とんでもないことです、公爵、お願いでございます！」彼は相槌《あいづち》を打ってもらいたくて、お付きの将校を見ながら言ったが、お付きの将校は顔をそむけてしまった。「どうか、ご覧ください！」彼はひっきりなしに彼らのまわりで悲鳴をあげ、歌い、口笛を吹いている弾丸に注意を向けさせようとした。彼は、手斧《ちょうな》に手を出した旦那に大工が、《わしらには、慣れた仕事ですが、旦那さまはお手に豆をこしらえておしまいになります》と言うような、懇願と非難の口調で言った。彼はこの弾丸が彼自身を殺すはずはないというような調子で言い、なかば閉じた目がそのことばの表現を、いっそう説得力のあるものにしていた。佐官が連隊長の説得に味方した。しかし、バグラチオン公爵は彼らに返事をせず、ただ、射撃をやめ、近づいてくる二個大隊に場所をあけるように隊列をととのえよ、と命令しただけだった。彼がそう言っているうちに、まるで見えない手に動かされたように右から左に、吹き起こった風のために、低地を隠していた煙のとばりが流れ、向こう側の丘が、その上を動いているフランス兵もろとも、バグラチオン公爵たちの前にひらけた。みんなの目は自分たちの方に迫ってきて、地形の凹凸に沿って蛇行しているフランス軍の一隊に、いや応なしに向けられた。もう兵隊たちの毛のふさふさした帽子が見えた。もう兵卒と将校を区別することができた。旗が旗竿《はたざお》にパタパタと当たるのが見えた。

「みごとにやって来るな」バグラチオンのお付きの者のだれかが言った。

隊列の先頭はもう低地におりた。衝突は坂のこちら側で起こるにちがいなかった……。

戦闘に加わっていた味方の連隊の生き残りは、急いで隊列をととのえながら、右に寄った。その後ろから、遅れた者を追い立てながら、第六猟兵連隊の二個大隊が整然と近づいてきた。彼らはまだバグラチオンのわきまでは来ていなかったが、一群の人間がみんなで歩調をそろえている、重々しい、ずっしりした足音がもう聞こえていた。左翼からバグラチオンのいちばん近くに歩いて来るのは中隊長で、間の抜けた、幸せそうな顔の表情をした、丸顔の、均斉のとれた男で、それはバラックから駆け出したあの男だった。彼は格好よく司令官たちのそばを通り過ぎようということ以外、なにひとつこの瞬間には考えていない様子だった。

最前線にいるのだという得意の表情を浮かべて、彼は筋肉質の足で軽快に進んでいた。彼はなんの苦もなく手足を伸ばし、隊長と歩調を合わせて進んでいる兵隊たちの鈍重な歩調とは、ひときわ違う軽快さを目立たせながら、まるで泳いでいるようだった。彼は足のわきに抜き身の、細くて、薄い剣を持ち（武器とは見えない、曲がった小さな剣だった）、司令官たちを見たり、後ろをふり返ったりしながら、歩調をゆるめずに、頑丈な上体全部をしなやかにまわしていた。どうやら、彼の精神力はすべて、最高のかたちで司令官のそばを通ることだけに向けられており、その仕事をうまくやりとげていると感じているので、幸せだった。《左……左……左》彼は一歩おきに、心のなかで言い添えているように見えた。そして、その拍子に合わせて、重い背嚢と銃を負った兵士の体の壁が、さまざまに厳しいいくつもの顔といっしょに動いていた。それはまるでこの数百の兵士たちのひとりひとりが頭のなかで一歩おきに《左……左……左……》と言い添えているようだった。太った少佐が、ふうふう息をついて、歩調を半端にしながら、通り道にある灌木《かんぼく》を迂回した。遅れた兵隊が一人、息せき切って、自分のだらしなさに驚いた顔で、駆け足で中隊を追いかけていた。砲弾が大気を圧しながら、バグラチオン公爵とお付きの頭を飛び越え、《左、左!》という拍子に合わせて、隊列に命中した。《密集隊形をとれ!》中隊長の気取った声が聞こえた。砲弾が命中したところで、兵隊たちは急に曲がって、何かを迂回した。そして、年とった騎兵で、いちばん端にいた下士官は、戦死者のそばにとどまっていたが、隊列に追いつくと、ちょっと跳ぶようにして、足を変え、歩調を合わせ、怒ったようにふり返った。すごみをはらんだ沈黙と、いっせいに地面をたたきつける足の単調な音のかげから、《左……左……左……》と聞こえてくるように思えた。

「がんばるんだぞ、みんな!」バグラチオン公爵が言った。

「神のためにぃ・い・い・い!……」声が隊列にひびきわたった。左側を歩いている気むずかしい顔の兵隊は叫びながら、まるで《言われなくてもわかってるよ》というような表情で、バグラチオンの方に目だけでふり向いた。もう一人はふり向かず、まるで気を散らすのを恐れるように、口を大きく開けて叫び、通り過ぎていった。

停止して、背嚢をはずすように命じられた。

バグラチオンは自分のそばを通りすぎた隊列を追い越して、馬から下りた。彼は手綱をコサック兵に渡し、袖なしコートをぬいで渡すと、足をまっすぐ伸ばし、頭の軍帽をかぶり直した。フランス軍の一隊の先頭が、将校たちを先に立てて、丘のかげから現れた。

「神の御加護あらんことを！」バグラチオンはしっかりした、よく聞こえる声で言い、一瞬、先頭部隊の方をふり向いた。そして、ちょっと腕を振りながら、まるで苦労しているように、騎兵特有の不格好な歩き方で、でこぼこの畑を前に進み出した。アンドレイはなにか抵抗できない力が自分を前に引っぱるのを感じ、大きな幸せを味わっていた。

もうフランス軍が近くにいた。バグラチオンと並んで歩いていたアンドレイはもう、フランス兵の肩帯、赤い肩章、さらには顔までもはっきり見分けた。（彼は、ゲートルをつけたがに股の足で、灌木につかまりながら、苦労して坂をのぼっている、一人の年とったフランス軍の将校をはっきり見た）。バグラチオン公爵は新しい命令を与えず、あいかわらず黙ったまま隊列の前を進んでいた。ふいにフランス兵のあいだではじけるように発射の音が一発ひびき、二発目、三発目が続いた……そして、乱れた敵の隊列全体に煙が広がり、はじけるような一斉射撃の音がひびきはじめた。わが軍が数人倒れた。そのなかには、あれほど楽しそうに、一生懸命歩いていた丸顔の将校もいた。しかし、最初の一発がひびいた瞬間、バグラチオンはふり返って、叫んだ。「ウラー!」「ウラァ・ア・ア・アー!」長く尾を引く叫びとなって、わが軍の戦列に広がった。そして、バグラチオン公爵とおたがい同士を追い越しながら、整然とではないが、明るく、活気にみちた群れをなして、わが軍は坂を駆けおり、算を乱したフランス軍のあとを追った。

19

第六猟兵連隊の攻撃は右翼の後退を容易にした。中央では、忘れられていたトゥシン砲兵中隊の活動が、シェングラーベンに火をつけることに成功し、フランス軍の動きを止めた。フランス軍は風にあおられて広がる火事を消しているうちに、敵に後退の余裕を与えた。谷を越えねばならない中央の後退はあわただしく、騒々しく遂行された。それでも、部隊は後退するときに、いろいろな命令で混乱させられることはなかった。しかし、兵力にまさるランヌ指揮のフランス軍に攻撃と包囲を同時に受けた、アゾフおよびポドリスク歩兵連隊とパヴログラード軽騎兵連隊からなる左翼は混乱におちいった。バグラチオンはただちに退却せよという命令を持たせて、ジェルコフを左翼の将軍のもとに送った。

ジェルコフは、勢いよく、手を帽子から離さずに、馬を駆って、走り出した。しかし、バグラチオンのそばを離れるとたちまち、力が抜けたようになった。彼は抑えきれない恐怖にとりつかれて、危険な所へ行くことができなかった。

左翼の部隊のそばまで来ると、彼は射撃の行われている前方へは行かずに、将軍と指揮官を、いるはずもないところで、探しはじめた。そんなわけで、彼が命令を伝えることはなかったのだ。

左翼の指揮は年功順によって、ブラウナウでクトゥーゾフに閲兵を受け、ドーロホフが兵隊として勤務している、あの連隊の連隊長の手にあった。ところが、最左翼の指揮は、ニコライ・ロストフの勤務しているパヴログラード連隊の隊長にあらかじめ定められていたので、行き違いが生じてしまった。連隊長は二人ともおたがいにひどく癇《かん》にさわっていたので、右翼ではずっと前にすでに戦いが行われており、フランス軍がすでに攻撃を始めたときになっても、連隊長は二人ともおたがいに侮辱することを目的にした話し合いをやっていた。一方、連隊は騎兵連隊も歩兵連隊も同じように、目前の戦闘の準備をほとんどしていなかった。連隊の者は、兵隊から将軍にいたるまで、戦闘を予期せず、騎兵隊では馬に飼い葉をやり、歩兵隊では薪を集めるという、平和な仕事をしていた。

「たしかにあの人、ともかく、階級、わたしより上ね」ドイツ人の軽騎兵連隊長が、自分のそばに寄ってきた副官に向かって、赤くなりながら言った。「彼が好きなようにするの、ほっとけ。わたし自分の軽騎兵、犠牲できない。ラッパ手！　退却ラッパ吹け！」

しかし、事態は忙しくなってきた。砲撃と銃撃が、まざり合いながら、右手と中央でとどろき、ランの狙撃兵のフランス式のコートがもう水車小屋の土手を越え、こちら側で二段銃撃の隊形に整列していた。歩兵連隊長はふるえるような歩き方で馬のそばに寄り、それにまたがって、ひどくまっすぐ、高い姿勢になると、パヴログラード連隊長のところに行った。二人の連隊長はうやうやしく頭を下げ、胸に憎しみを隠して、近づいた。

「かさねてですが、連隊長」将軍は言った。「わたしは、ともかく、半数の者を森に遺棄することはできません。わたしからお願いします、お願いいたします」彼はくり返した。「陣を敷いて、攻撃の準備をしてください」

「わたしお願いします、自分のことでないの、口出さないでください」連隊長はむきになって、答えた。「あなたもし騎兵だったら……」

「わたしは騎兵じゃありません、連隊長。しかし、わたしはロシアの将軍です。そして、もしあなたがそれをおわかりでないのでしたら……」

「とてもわかってます、閣下」馬を動かしながら、連隊長は真っ赤になって、ふいに叫んだ。「散兵線いらっしゃるよろし。わたしたち見るですね、これの陣地どこでも役立つことないの。わたしあなた満足のため、自分連隊、皆殺ししたくないです」

「あなたは正気を失ってます、連隊長。わたしは自分の満足が大事だと思っているわけではありませんし、そんなことを言うのも許さない」

将軍は連隊長が誘いをかけた勇気くらべの勝負を受けて立ち、胸をそらして、眉を寄せると、彼といっしょに散兵線の方に向かった。それはまるで彼らの対立がすべて、そこで、散兵線の弾丸の下で決せられるとでもいうようだった。彼らは散兵線に来た。数発の弾丸が彼らの頭上を飛び過ぎた。そして、彼らは黙って馬を止めた。散兵線で見るものは何もなかった。なぜなら、彼らがこれまで立っていた場所からも、灌木や谷間のあいだで騎兵が活動するのは不可能なこと、フランス軍が左翼を迂回しようとしていることは、はっきりしていたからだ。将軍と連隊長は闘いの身構えをしている二羽の雄鶏のように、厳しく、意味深長におたがいを見つめ合い、気後れのしるしを待ち受けていたが無駄だった。両方とも試験は合格だった。何も言うことはなかったし、どちらも自分が先に弾丸の下から抜け出した、と相手に言わせる口実を与えたくなかったので、もしもその時、ほとんど彼らの背後の森で、銃撃の音と、にぶく一つに溶け合う叫び声が聞こえなかったら、彼らはおたがいに勇気をためしながら、そこに長いこと立っていたかもしれない。フランス軍が、薪をかかえて森にいた兵隊たちに襲いかかったのだ。軽騎兵はもう歩兵といっしょに後退することはできなかった。彼らは左への退路をフランス軍の散兵線によって遮断されてしまっていた。今では、地形がどれほど不利にしても、自分の道を切りひらくために、攻撃せざるを得なかった。

ニコライの勤務していた騎兵中隊は、馬に乗ったばかりだったが、敵の前に正面を向いて立たされてしまった。またしても、エンスの橋のときと同じように、騎兵中隊と敵のあいだにはだれひとりいなかった。そして、そのあいだには、両者をへだてて、やはり同じ未知と恐怖の一線が横たわっていた。それはあたかも死者と生者を分ける線のようだった。みんながこの線を感じていた。そして、自分たちはこの線を越えるのか、越えないのか、また、どんなふうに越えるのかという問いが、彼らの心を騒がせていた。

前線に連隊長が馬を近づけ、将校たちの問いに何か腹を立てて答え、必死に自分の考えに固執している人間のように、何か命令を与えた。だれひとり、何ひとつはっきりしたことは言わなかったが、攻撃の噂が騎兵中隊に流れた。整列の号令がひびきわたり、それに続いて、鞘から抜かれたサーベルがガチャリと鳴った。しかし、あいかわらずだれひとり動かなかった。左翼の部隊は、歩兵も軽騎兵も、指揮官たち自身がどうしてよいのかわからないのだと感じていた。そして、指揮官のためらいが部隊に伝わった。《早く、早くしてくれ》。ニコライは同僚の軽騎兵たちからあれほど沢山聞いていた攻撃の快感を味わうときがついに来たのを感じていた。

「神の御加護あれ、みんな!」デニーソフの声がひびいた。「早足、前へ!」

前列で馬の尻が揺れ出した。グラーチクは手綱を引っぱって、自分で動きだした。

右にニコライは自分の中隊の軽騎兵の前列を見た。そのもっと前の方には黒っぽい縞が見えた。彼はそれをよく見定めることができなかったが、敵だろうと思った。射撃の音が聞こえていたが、離れたところだった。

「速度を増せ!」号令が聞こえた。そして、ニコライはグラーチクが駆け足に移りながら、尻で彼を押し上げるのを感じた。

彼は前もってグラーチクの動きを察し、だんだん楽しくなってきた。彼は一本ぽつんと立っている木を前方に見つけた。その木ははじめ前の方に、つまり、あれほど恐ろしく思えた線の中ほどにあった。ところが、その線を越えてしまったのに、何も恐ろしいことはなかったばかりか、ますます楽しく、活気にあふれてきた。《ああ、おれはやつをどんなふうに斬ってやろうか》。ニコライはサーベルの柄を握りしめながら、思った。「ウラァ・ア・ア・アー!!」いくつもの声がごうっと、とどろいた。《よし、こうなったらだれでも来い》。ニコライはグラーチクに拍車を当てながら思った。そして、ほかの者を追い越しながら、グラーチクに全速力を出させた。前にはもう敵が見えた。突然、幅の広いほうきのように、何かが中隊をさっと払った。ニコライは斬る構えをして、サーベルを上げたが、そのとき前で馬をとばしていた兵隊のニキーチェンコが彼から離れた。そして、ニコライは夢のなかのように、異常な速さで前に疾走しつづけながら、それと同時にその場に止まっているのを感じた。後ろから顔なじみの軽騎兵バンダルチュークが彼の方にのしかかるように馬を走らせ、怒った目で見た。その馬は飛びすさって、バンダルチュークはわきを走り抜けた。

《いったい何だ、これは? おれは動いてないのか? ——おれは落馬した、おれは殺された……》。一瞬のうちにニコライは問いかけ、答えた。彼はもう畑のなかにたったひとりになっていた。動いていた馬と軽騎兵たちの背中のかわりに、彼は自分のまわりに動かない地面と刈り入れのすんだ切り株を見た。温かい血が体の下に流れていた。

《いや、おれは負傷して、馬が殺されたんだ》。グラーチクは前足で立ち上がろうとしたが、騎手の足を押さえつけて、倒れてしまった。馬の頭から血が流れていた。馬はもがいていて、立つことができなかった。ニコライは立ち上がろうとして、やっぱり倒れてしまった。図嚢《ずのう》が鞍にひっかかっていたのだ。どこに味方がいるのか、どこにフランス軍がいるのか、彼はわからなかった。だれもまわりにいなかった。

足を抜き出すと、彼は立ち上がった。《今はどこに、どちら側に行ってしまったのか、あれほどはっきり二つの部隊を分けていたあの線は？》彼は自問して、答えることができなかった。《もう何か悪いことがおれの身に起こったのではないか？　こんな場合があるのだろうか？　それに、こんな場合何をしなければならないのだろうか？》彼は立ち上がりながら、自分で自分にたずねた。そして、そのとき感覚のなくなった左腕に何か余計なものが下がっているような感じがした。その手首は他人のもののようだった。彼は腕を見まわして、血を探したがむだだった。《よし、あそこに人がいる》。彼は自分の方に走ってくる数人の者を見つけて、うれしく考えた。《あいつらが助けてくれる！》その連中の先頭に奇妙な高い帽子をかぶり、青いコートを着た、黒い、日に焼けた、鷲鼻の者が一人走っていた。それから二人、それからさらにたくさんの者が後ろを走っていた。そのうちの一人が何か奇妙な、ロシア語でないことばを言った。後ろの同じような帽子をかぶった、同じような人間のあいだに、一人だけロシアの軽騎兵がいた。その軽騎兵は腕をつかまれていた。後ろにはその馬がつかまえられていた。

《多分、味方の捕虜だ……そうだ。いったいおれもつかまるのか？　あれは何者なんだ？》ニコライは自分の目が信じられずに、あいかわらず考えていた。《いったいフランス兵なのか？》彼は近づいてくるフランス兵たちを見つめていた。そして、一瞬前にはただただ、このフランス兵たちに襲いかかり、斬り倒すために馬をとばしていたのに、今では彼らが近づいていることがあまりにも恐ろしく思えたので、彼は自分の目を信じなかった。《だれだあれは？　なんのために走ってるんだ？　本当におれの方に？　本当におれの方に走って来るのか？　いったいなんのために？　おれを殺すためか？　みんなにあれほど好かれているおれを？》自分に対する母、家族、友人たちの愛情が、思い出された。そして、自分を殺そうという敵の考えなど、あるはずがないように思えた。《でも、もしかしたら……殺すかも！》彼はその場から動かず、自分の立場を理解せずに、十秒以上立っていた。先頭の鷲鼻のフランス兵はすぐそばまで駆け寄ってきたので、もうその顔の表情が見えるほどだった。そして、銃剣を水平に構え、息をおさえて、軽快に自分の方に走って来るその男の、ほてった、なじみのない顔つきが、ニコライを驚かした。彼はピストルをひっつかむと、それを撃つかわりに、フランス兵めがけて投げつけ、ありったけの力で灌木の茂みの方に走り出した。エンス橋に行って戻ったときにいだいていた、あの懐疑と闘争の感情をいだいて走っていたのではなく、犬からのがれるウサギの気持だった。ただ自分の若い、幸福な人生を失うのを恐れるという、その一点にしぼられた気持だけが彼の全存在をとらえていた。鬼ごっこのときに走るように、まっしぐらに、あぜをすばやく飛び越えながら、彼は畑を飛ぶように走って、時たま青ざめた、人のいい、若々しい顔を後ろにふり向けた。そして、恐ろしさのあまり寒気が背筋を走った。《いや、見ない方がいい》と彼は思ったが、灌木の茂みのそばまで走り寄って、もう一度ふり返った。フランス兵は後ろの方に遅れてしまっていた。そして、彼がふり返ったときでさえ、先頭の兵士がたった今、早足を並足に変えたところでふり向いて、後ろの同僚に何か強く叫んだ。ニコライは立ち止まった。《何か変だ》彼は思った。《ありえない、あいつらがおれを殺そうとしてるなんて》。だがそれとは別に、左の腕がひどく重くて、まるで三十キロもある錘《おもり》をつり下げたようだった。彼はもうそれ以上走ることができなかった。フランス兵も止まって、狙いを定めた。ニコライは目をなかば閉じて、身をかがめた。一発、また一発、弾丸がシュルシュルと音をたてて、彼のわきをかすめ飛んだ。彼は最後の力をふりしぼり、左手を右手でつかんで、灌木の茂みまで走った。灌木のあいだにはロシアの狙撃兵たちがいた。

20

森のなかで不意を襲われた歩兵連隊は森から走り出、各中隊がほかの中隊とまじり合い、てんでんばらばらな群れになって、逃げて行った。おびえた一人の兵隊が「分断された!」と、戦場では恐ろしいことばであり、しかも、無意味なことばを口走った。すると、そのことばが恐怖の気持とまじり合って、群れ全体に伝わった。

「後ろにまわられた! 分断された! だめだ!」逃げる者たちの声が叫んだ。

連隊長は後ろに銃声と叫び声を聞いた瞬間、何か恐ろしいことが自分の連隊に生じたのを悟った。そして、自分が、模範的で、長年勤務してきて、何ひとつ非の打ちどころのない将校が、不注意、あるいは統率力不足で司令部に責任を問われるかもしれないという考えが彼に衝撃を与えたので、その瞬間、彼は命令に従わない騎兵連隊長のことも、将軍としての自分の威厳も忘れ、それどころか、危険も自分の身を守る気持もまったく忘れて、鞍の端をつかみ、馬に拍車を当てながら、連隊の方へ馬をとばした。弾丸はあられのように降ってきたが、運よく彼には当たらなかった。彼が望んでいるのはただひとつ——事態がどうなっているかを確かめ、援助をし、誤りが自分の側にあるのなら、どんなことをしてでもそれを正し、二十二年勤務して、なんの咎《とが》めも受けたことのない、模範的な将校の自分が責任を問われないようにする、ということだけだった。

運よくフランス軍のあいだを走り抜けると、彼は森の後ろの畑に馬を近づけた。味方はその森を通って逃げ、命令を聞かずに、坂をくだっていた。戦いの運命を決する、精神的動揺の瞬間が訪れた。この混乱した兵隊の群れが指揮官の声を聞くか、それとも、指揮官をちょっとふり返って、先へ逃げてしまうか。今までは兵隊たちにとってあれほど恐ろしかった連隊長の声が必死に叫んでいるのにもかかわらず、普段とは打って変わって、怒り狂った、真っ赤な連隊長の顔にもかまわず、剣をふりまわしているのにもかまわず、兵隊たちはあいかわらず逃げ、私語を交わし、空中に発砲し、命令を聞こうとしなかった。戦いの運命を決する精神的動揺は、明らかに、恐怖の方が優勢になりかけていた。

将軍は大声をあげたのと、火薬の煙のために咳きこみ、途方に暮れて立ち尽くした。すべてがおしまいだという気がした。しかしその時、わが軍に襲いかかっていたフランス軍が理由もよくわからぬまま逃げ出して、森の草地から姿を消し、森のなかにロシア軍の狙撃兵が現れた。それはチモーヒンの中隊だった。この中隊だけが混乱せずに森に踏みとどまり、森のそばの溝に待ち伏せて、突然フランス軍を攻撃したのだ。チモーヒンがものすごい叫び声をあげてフランス軍に突進し、狂気のような、酒に酔ったような思い切りのよさで、小さな剣一本だけをひっさげて、敵に襲いかかったので、フランス軍は気を取り直すひまもなく、武器を捨てて、逃げ出した。チモーヒンと並んで走っていたドーロホフは、銃口を押し当てんばかりにして一人のフランス兵を殺し、降伏した将校の襟を真っ先につかんだ。逃げていた者が引き返し、二つの大隊が集まった。そして、左翼の部隊を二つに分断しかけていたフランス軍は、一瞬撃退された。応援部隊が合流することができ、命令を聞かずに逃げていた兵隊たちも逃げるのをやめた。連隊長がエコノーモフ少佐といっしょに橋のわきに立って、後退する中隊を通していたとき、一人の兵隊がそばに寄り、あぶみをつかんで、ほとんど彼にもたれかかるようにした。兵隊は青っぽい、工場製の上等のラシャのオーバーコートを着ており、背嚢と軍帽はなく、頭に包帯をし、肩にはフランス軍の弾薬の袋をかけていた。彼は手に将校用の剣を握っていた。その兵隊は青ざめており、空色の目は不敵に連隊長の顔を見つめ、口もとは笑っていた。連隊長はエコノーモフ少佐に命令を与えるのに忙しかったのに、この兵隊に注意を向けずにはいられなかった。

「閣下、このとおり戦利品二つです」ドーロホフはフランス兵の剣と袋を指さしながら、言った。「わたしです、将校を捕虜にしたのは。わたしが中隊を踏みとどまらせたんです」ドーロホフは疲労のために大きく息をしていた。彼はことばを、くぎりくぎり言った。「中隊全員が証人になってくれます。ご記憶ください、閣下！」

「よろしい、よろしい」連隊長は言うと、エコノーモフ少佐の方を向いた。

しかし、ドーロホフは離れなかった。彼は包帯をほどき、それをむしり取って、髪のあいだにこびりついた血を見せた。

「銃剣の傷です、わたしは前線に踏みとどまりました。覚えておいてください、閣下！」


トゥシンの砲兵中隊のことは忘れられてしまった。そして、やっと戦闘のいちばん最後になって、バグラチオン公爵は、あいかわらず中央で砲撃の音がするので、なるべく早く退却するように砲兵中隊に命令するために、当番佐官を送り、そのあとで、アンドレイを行かせた。トゥシンの大砲のそばにいた掩護部隊は戦闘のなかばに、だれかの命令によって引き上げてしまった。しかし、砲台はあいかわらず砲撃を続け、フランス軍に占領されなかった。それはただ、守る者もない四門の砲がこれほど不敵に砲撃するとは、敵が予想しなかったからだった。それどころか、この砲台のエネルギッシュな活動を見て、敵はこの中央にロシア軍の主力が集中されているものと予想していた。そして、二度この地点の攻撃をこころみたが、二度とも、この高地に孤立している四門の砲の散弾砲撃で追い散らされてしまった。

バグラチオン公爵が去ったすぐあとで、トゥシンはシェングラーベンに火をつけるのに成功した。

「見ろ、あわててるぞ！　燃えてる！　見ろ、煙だぞ！　うまい！　すごい！　煙だ、煙だ！」砲手たちは、意気さかんになって、言い出した。

全部の砲が命令なしで火事の方に向かって撃っていた。まるで追い立てるように、一発ごとに兵隊たちは合の手を入れて叫んだ。「うまい！　そう、そう、そうだ！　この野郎……すごいぞ！」風にあおられた火事はすばやく広がった。村の外に出ていたフランス軍の部隊が引き返したが、この自分たちの失策の報復として罰をくわせるために、敵は村の右側に十門の砲をすえて、トゥシンの方をめがけて撃ち出した。

火事に興奮して子どものようにはしゃぎ立て、フランス軍をみごとに砲撃して夢中になっていたので、味方の砲兵たちがこの敵の砲兵隊に気づいたのはやっと、二発の砲弾と、それに続いて四発が大砲のあいだに当たり、一発が二頭の馬を倒し、もう一発が弾薬車の御者の足をもぎ取ったときになってだった。いったん盛り上がった活気は、しかし、おとろえなかったが、ただ雰囲気は変わった。馬は予備の砲架からはずした別のものと取り替えられ、負傷者は運び去られ、四門の砲が十門の砲兵隊に対面するように向きを変えられた。トゥシンの同僚である将校は戦闘のはじめに戦死し、一時間のあいだに四十人の砲手のうち十七人が戦列を離れたが、砲兵たちはあいかわらず陽気で、活気に満ちていた。二度彼らは下の方の、自分たちの近くに、フランス軍が現れたのを見つけ、その時はそれを散弾で砲撃した。

小柄な男が、貧弱な、不格好な動作で、「この褒美《ほうび》にもう一服」と言っては、ひっきりなしに従卒にタバコを詰めさせ、パイプから火をまき散らしながら、前に走り出、小さな手をかざしてフランス軍を見ていた。

「やっつけろ、みんな!」彼はそう言いながら自分も大砲の車をかかえて、ねじを回して抜いたりした。

煙のなかで、一発ごとに彼の身をふるわせる射撃の音に耳も聞こえなくなりながら、トゥシンは短いパイプを離さずに、大砲のあいだを駆けめぐり、狙いを定めたり、弾薬を数えたり、死傷した馬の交代や付け替えを指図したりし、例の貧弱な、細い、迫力のない声で叫んだりしていた。その顔はだんだん活気を帯びてきた。ただ人間が死んだり、負傷したときだけ、彼は顔をしかめ、戦死者から顔をそむけて、例によって負傷兵や死体を抱き起こすのにぐずぐずしている者たちを、怒ってどなりつけた。兵隊たちはたいてい屈強の美男だったが(例によって、砲兵中隊では、兵隊は将校より頭二つも背が高く、二倍も肩幅が広かった)、みんな、困ったときの子どものように、自分の隊長を見ていた。そして、隊長の顔に出た表情が、そのまま兵士たちの顔に映し出されるのだった。

こうして恐ろしい音が唸り、ざわめき、注意を集中して活動しなければならなかったので、トゥシンは少しも不愉快な恐怖の気持を感じなかったし、自分は殺されるか、ひどい傷を受けるかもしれないという考えは頭に浮かばなかった。それどころか、彼はますます楽しくなってきた。自分が敵を見つけ、最初の一発を発射した瞬間はもうずっと前、ほとんどきのうのことだし、自分が立っている畑の片隅は前からなじみ深い、切っても切れない縁のある場所だという気がした。彼はもっとも優秀な将校がこういう立場に置かれたときにできるようなことは、すべて念頭に置き、考えめぐらし、やっていたものの、熱に浮かされているか、酔っ払っている人間のような状態にあった。

四方で耳をつんざくばかりにひびく味方の大砲の音の奥から、敵の砲弾の唸る音やぶち当たる音の奥から、大砲のまわりで汗だくになり、真っ赤になり、忙しく動いている砲手たちの姿の奥から、人や馬の血の奥から、向こう側にいる敵の煙の立つ奥から(その煙のあとから、きまって砲弾が飛んで来て、地面や、人間や、大砲や、馬にぶち当たった）――そういったさまざまなものの見える奥から、彼の頭のなかに自分独特の幻想的な世界ができあがり、それが今、彼の陶酔を生み出していた。敵の大砲は彼の空想のなかでは大砲ではなくて、目に見えない愛煙家が時たま輪を吹き出しているパイプだった。

「ほら、またパッと出た」山から煙の輪が浮き上がり、左の方に帯のようになって風に流されていったときに、トゥシンはつぶやくように独り言を言った。「今度はボールが来るぞ――投げ返してやらなくちゃ」

「何かご命令ですか？ 隊長どの」彼が何かつぶやいているのを聞いて、そばに立っていた下士官がたずねた。

「なんでもない、榴弾をやれ……」彼は答えた。

《いいかい、マトヴェーヴナおばさん》彼は心のなかで言った。彼の想像の世界ではマトヴェーヴナおばさんになっていたのは、大きな古い型の、端の大砲だった。敵の大砲のまわりにいるフランス兵はアリのように思えた。二番目の砲の一号砲手をつとめている、美男の飲んべえは、彼の世界ではおじさんだった。トゥシンはだれよりもこの男に目を向けることが多かったし、そのひとつひとつの動作に見惚《みほ》れていた。時には収まり、時にはまた強まる、丘の下の小銃の撃ち合いは、彼にはだれかの呼吸のように思えた。彼はその音がしずまったり、激しくなったりするのに耳をかたむけていた。

《ほら、また息をしはじめた、息をしはじめたぞ》彼は心のなかで言った。

自分自身はフランス軍に向かって両手で砲弾を投げ飛ばしている、ものすごく背の高い、剛力の男のように思えた。

「さあ、マトヴェーヴナおばさん、助けてくれよ」彼は大砲のそばを離れながら、言った。その時、頭上でなじみのない、聞き覚えのない声がひびいた。

「トゥシン大尉！　大尉！」

トゥシンはびっくりしてふり返った。それは彼をグルントから追い出した、あの佐官だった。佐官は息をはずませた声で彼にどなっていた。

「どうしたんです、気でも狂ったんですか？　君は二度も退却の命令を受けたのに、君は……」

《ふん、なんでこいつらはおれを？……》こわごわ上官を見ながら、トゥシンは心のなかで思った。

「私は……何も……」彼は二本の指をひさしに当てながら、言った。「私は……」

しかし、大佐は言おうとしたことを、しまいまで言えなかった。近くを飛び過ぎた砲弾のために彼は思わず頭を下げ、馬の上にかがみこんだ。口をつぐんで、また何か言おうとしたとたん、砲弾が彼の口を封じた。彼は馬の向きを変えて、飛びすさった。

「退却！　全員退却！」彼は遠くから叫んだ。

兵隊たちは笑い出した。まもなく副官が同じ命令を持ってやって来た。

それはアンドレイだった。トゥシンの大砲が立っている場所に出たとき、彼が見た最初のものは、砲車につながれた馬のそばでいないている、砲車からはずされた、足の折れた馬だった。その足からは、湧《わ》き水のように、血が流れていた。いくつかの砲車の前部のあいだに、数人の戦死者が横たわっていた。彼が近づくあいだに、砲弾が次々に頭上を飛び過ぎ、背中がピリピリとふるえるのを感じた。しかし、自分は怖がっていると考えただけで、彼はまた奮い立った。《おれが怖がるはずはない》。彼はそう思うと、大砲のあいだでゆっくり馬から下りた。彼は命令を与えても、砲台から去らなかった。彼は自分がここにいて、大砲を陣地からはずし、移動するのだと決心した。トゥシンといっしょに、死体をまたいで、フランス軍の恐ろしい砲火の下を歩きながら、彼は大砲の撤去に取りかかった。

「いやね、たった今上官が来たけども、えらく早いとこ雲隠れだ」下士官がアンドレイに言った。「副官どのとはちがう」

アンドレイはトゥシンとは何も話さなかった。彼らは二人とも忙しいので、おたがいに目にも入らないといった感じだった。四門のうち無事だった二門の砲を前車につけて、みんなが坂を下りはじめたとき(破壊された大砲一門と多目的砲《ユニコーン》は置き去りにされた)、アンドレイはトゥシンのそばに馬を近づけた。

「じゃ、さよなら」アンドレイはトゥシンに手を差し伸べて、言った。

「さよなら、いやどうも」トゥシンは言った。「いやあ、助かりました！　失敬します、どうもどうも」なぜかわからないが、ふいに目にあふれてきた涙を浮かべて、トゥシンは言った。

21

風はしずまった。黒い雲が戦場に低く垂れこめて、地平線で硝煙と溶け合っていた。暗くなってきた。そして、それにつれて空を焦がす火事の明かりが、二か所でますますはっきりと見えてきた。砲撃は弱まってきたが、後方と右手の小銃のひびきは、ますます頻繁《ひんぱん》に、近くに聞こえるようになった。トゥシンが自分の隊の大砲を引いて、負傷兵を追い越したりすれ違ったりしながら、砲火の届かないところに出て、谷に下りるとすぐに、上官や副官たちが彼を迎えた。そのなかには佐官も、二度行かされて、一度もトゥシンの砲兵中隊までたどり着かなかったジェルコフもいた。どのようにして、どこへ行くべきかという命令を、みんなが先を争って与えたり、伝えたりし、トゥシンを非難したり、叱ったりした。トゥシンはなんの処置もしようとせず、ひとこと言うたびに、自分でもなぜかわからないけれども、泣き出しそうになったので、口をきくのが怖くて、黙ったまま、砲車をひく駄馬にまたがって、後ろからついていった。負傷者は放置せよと命じられていたが、その多くは身を引きずるようにして部隊のあとについて行き、大砲の上に乗せてくれとせがむのだった。戦闘の前にトゥシンの仮小屋から飛び出した、あの威勢のいい歩兵将校は、腹に弾丸《たま》を撃ち込まれて、マトヴェーヴナおばさんの砲架に乗せられていた。丘の下で青ざめた軽騎兵見習士官が、片方の腕を別の手でささえながら、トゥシンのそばに来て、乗せてくれと頼んだ。

「大尉どの、頼みます、腕を打撲したんです」彼はおずおずと言った。「頼みます、歩けないんです。頼みます！」

この見習士官はもう何度かどこかに座らせてくれと頼んで、至る所で断わられたらしかった。彼はおずおずとした、哀れっぽい声で頼んだ。

「乗せていいと命令してください、頼みます」

「乗せてあげろ、乗せてあげろ」トゥシンが言った。「コートを敷いてあげろよ、おい、おじさん」彼は自分のお気に入りの兵隊に向かって言った。「それはそうと、負傷した将校はどこに行った?」

「おろしました、いかれちゃったんで」だれかが答えた。

「乗せてあげろ。お乗りなさい、さあ、お乗りなさい。コートを敷け、アントーノフ」

その見習士官はニコライだった。彼は片方の手でもう一方の手を押さえて、青ざめており、悪寒《おかん》のために下顎ががたがたふるえていた。彼はマトヴェーヴナおばさんの上に乗せられた。それは死んだ士官がおろされた、その大砲だった。敷いたコートには血がついていて、ニコライの乗馬ズボンと手がその血で汚れた。

「どうしたんです、負傷したんですか? 見習士官さん」トゥシンがニコライの乗っている大砲のそばに寄って、言った。

「いいえ、打撲傷です」

「じゃ、どうして台に血なんかが?」トゥシンがたずねた。

「これは、隊長どの、将校の血がついたんです」砲兵がコートの袖で血を拭き取りながら、大砲が汚れていたのを詫《わ》びるように、答えた。

歩兵の応援でやっと大砲を丘の上へ引き上げ、グンテルスドルフ村にたどり着いて、みんな停止した。もうすっかり暗くなって、十歩離れると兵隊たちの制服も見分けられないほどだった。撃ち合いもしずまりだした。ふいに近くの右側に、また叫び声と射撃の音が聞こえた。射撃をするともう暗闇のなかで光が見えるようになっていた。それはフランス軍の最後の攻撃で、村の家のかげにひそんでいた兵隊がそれに応戦したのだ。またみんなが村からどっと走り出したが、トゥシンの砲は動くことができなかった。砲兵たちと、トゥシンと、見習士官は運を天に任せて、黙ったまま目を見交わしていた。撃ち合いはしずまり出した。そして、わきの道から、ことばを交わして元気づいた兵隊たちが大勢出てきた。

「無事か？ ペトロフ」一人が聞いた。

「痛い目にあわせてやったぜ、兄弟。もうもぐり込みやすまい」もう一人が言った。

「なんにも見えねえ。野郎ども、自分の味方をやっちまってよ！ 見えねえもんな、暗くって、兄弟。飲むもんねえかな？」

フランス軍は最後にまたしても撃退された。そしてまた、真っ暗な闇のなかを、トゥシンの砲は、ざわめいている歩兵たちに枠のように囲まれて、どこか前の方へ動き出した。

闇のなかで、まるで目に見えない陰気な川が、ひたすら同じ方向に向かって、ささやき声や、話し声や、ひづめの音や、車輪の音をざわめかせながら、流れていくようだった。全体のざわめきのなかで、ほかのあらゆる音を突き破って、なによりもはっきりと、夜の闇のなかで負傷兵の呻きや声が聞こえていた。その呻きが、部隊を包んでいるこの闇全体を、満たしているように思えた。負傷兵の呻きとこの夜の闇——それは同じものだった。しばらくして、動いていく群れのなかに動揺が生じた。だれかがお付きをしたがえ、白い馬に乗って通り過ぎ、通り過ぎながら、何か言ったのだ。

「なんて言った？　今度はどこへ行く？　宿営か？　ありがとうとでも言ったのか？」四方八方からむさぼるような問いが聞こえ、動いている群れ全体がおたがいに押し合いはじめた(前の者が止まったらしい)。そして、停止命令が出たという噂が流れた。みんな歩いていたときのまま、泥んこ道の真ん中で止まった。

明かりがともされ、話し声が大きくなった。トゥシン大尉は中隊に指図を与えてから、見習士官のための包帯所か医者を探しに、一人の兵隊を行かせ、兵隊たちが道の上におこした焚き火の近くに座った。ニコライも火のそばに、よろよろと移って来た。痛みと、寒さと、湿気のために悪寒がし、体じゅうがたがたふるえていた。我慢のできないほど眠かったが、うずいて、ぶらぶらしている腕のひどい痛みのために、眠ることができなかった。彼は目を閉じたり、真っ赤に燃えているように彼には見える火をながめたり、そのそばにあぐらをかいている、猫背の貧弱なトゥシンの姿を見たりしていた。大きくて、やさしくて、賢そうなトゥシンの目が思いやりと同情をこめて、彼を見つめていた。彼は、トゥシンが心の底から自分を助けてやりたいと思ってくれているのだが、どうにもできないでいるのを見て取った。

徒歩や馬で通り過ぎる者たちと、あたりに場所を占めようとしている歩兵部隊の足音と話し声が、四方から聞こえていた。声、足音、泥のなかで足踏みする馬のひづめの音、近くや遠くで薪のはじける音が、ひとつの揺らめく鈍いひびきに溶け合っていた。

今ではもう、さっきのように、闇のなかで見えない川が流れているのではなく、ちょうど嵐のあとで陰鬱な海がおさまりかけて、さざ波を立てているようだった。ニコライは自分の前と自分のまわりで起こっていることを、うつろに見つめ、聞いていた。一人の歩兵が焚き火に近づき、しゃがんで、手を火にかざし、顔をふり向けた。

「かまいませんか？ 隊長どの」彼はトゥシンにたずねかけながら、言った。「中隊から落伍してしまったんです、隊長どの。自分でもどこにいるかわからないんです。困りました！」

兵隊といっしょに、頬に包帯をした歩兵将校が焚き火に近づき、荷馬車を通すために、ちょっとばかし大砲をわきに寄せるように命令してほしいと、トゥシンに向かって頼んだ。中隊長のあとから二人の兵隊が焚き火の方に走って来た。彼らはおたがいにどこからか持ってきた片方だけの長靴をもぎ取ろうとしながら、死に物狂いに罵り合い、つかみ合っていた。

「なにを、きさまが拾ったんだって？　へっ、手のはやい野郎だ！」一人がしゃがれ声でどなった。

それから、血に染まった脚絆を首に巻きつけた、痩せた、青い顔の兵隊が近づき、水をくれと怒った声で砲兵たちに要求した。

「どうだい、死ななきゃならねえのかよ、いったい、犬みてえに」彼は言った。

トゥシンはこの男に水をやるように命じた。それから、陽気な兵隊が歩兵部隊に持って行く火をくれと言って、駆け寄って来た。

「ほっかほかの火をちょいと歩兵にくださいな！　では、ごゆるりと、お故郷《くに》のみなさん、火をどうもありがとう。利子をつけて返しますからね」彼は赤く光る燃えさしの木を、どこか闇のなかに持って行きながら、言った。

その兵隊のあとに、四人の兵隊が何か重い物を、オーバーコートを担荷がわりにして運びながら、焚き火のわきを通り過ぎた。そのうちの一人がつまずいた。

「ちぇっ、畜生、道に薪を置いてやがる」彼がぶつぶつ言った。

「いかれちまった。しょうがねえだろ？　こいつを持って歩いても」一人が言った。

「なにを、この野郎！」

そして、彼らはその荷物を持ったまま闇のなかに隠れた。

「どうです？　痛みますか？」トゥシンが小声でニコライにたずねた。

「痛みます」

「隊長どの、将軍がお呼びです。ここの百姓家におられます」下士官がトゥシンのそばに歩み寄って、言った。

「すぐ行くよ、どうも」

トゥシンは立ち上がると、オーバーコートのボタンをかけ、服装をととのえながら、焚き火から離れた。

砲兵たちの焚き火のほど近くの、司令官のために用意された百姓家のなかで、バグラチオン公爵は座って食事をしながら、彼のもとに集まった数人の隊長たちと話をしていた。そこには、むさぼるように羊の骨をかじっている、目を半分閉じた老人も、ウォッカを一杯飲み、食事をして真っ赤になった二十二歳の非の打ちどころのない将軍も、名前入りの指輪をはめた佐官も、落ち着きなくみんなを見わたしているジェルコフも、青ざめて、唇をしっかり結び、熱病のように目をぎらぎら光らせているアンドレイもいた。

百姓家には、奪い取ったフランスの軍旗が、片隅に立てかけてあった。そして、無邪気な顔をした法務官が旗の布をさわって、腑《ふ》に落ちないというように、首を振っていた。それは、本当に彼が旗の布地や模様に興味があったからかもしれないし、彼が食事をするには食器が足りなかったので、腹をへらしたまま食事を見ているのが、辛かったからかもしれなかった。隣の百姓家には竜騎兵が捕虜にしたフランス軍の連隊長がいた。そのまわりに、わが軍の将校たちが群がって、じろじろ見ていた。バグラチオン公爵はひとりひとりの隊長たちに礼を言い、戦闘の詳細と損害についてくわしくたずねた。ブラウナウで閲兵を受けた連隊長は、戦闘が始まるとすぐ、自分は森から撤退し、薪を切っていた者たちを集め、自分より後ろに撤退させ、二個大隊を引き連れて突撃し、フランス軍を撃退した、と報告した。

「私は第一大隊が混乱したのを見た瞬間、公爵閣下、道に立って、思いました。《こいつらは撤退させて、連続射撃で応戦しよう》。そのとおりにやったのであります」

連隊長はそうしたいと心から思っていたし、それをやる余裕がなかったのを、心から残念に思っていたので、こういうことが全部本当にあったような気がした。たしかに、もしかすると、本当にあったのではあるまいか？　あの混乱のなかで、いったい何があり、何がなかったかを、見分けることができるのだろうか？

「そのうえ、申し上げておかなければなりませんが、公爵閣下」彼はドーロホフとクトゥーゾフの会話や自分がさっきこの降格兵と会ったことを思い出しながら、ことばを続けた。「一兵卒の、降格になったドーロホフが、私の目の前でフランス軍の将校を捕虜にし、ひときわ目覚ましい働きをいたしました」

「ここで私は、公爵閣下、パヴログラード連隊の攻撃を見ました」落ち着きなくあたりを見まわしながら、ジェルコフが口をはさんだが、彼はこの日、全然軽騎兵など見たことはなく、歩兵将校から軽騎兵の話を聞いただけだった。「方陣を二つ踏みつぶしました、閣下」

ジェルコフが話し出すと、数人の者はいつものとおり冗談が出てくるのを期待して、にやりと笑った。しかし、彼の言っていることは、やはりわが軍の名誉と今日の一日をたたえようとするものだと見て取って、ジェルコフの話はなんの根拠もない嘘だということが、多くの者にはわかっていたけれども、まじめな表情になった。バグラチオン公爵は年寄りの連隊長の方を向いた。

「ありがとう、諸君、どの部隊もみごとに戦った。歩兵も、騎兵も、砲兵も。どうして中央で二門の砲が遺棄されたのかね?」彼はだれかを目で探しながら、たずねた。（バグラチオン公爵は左翼の砲のことはたずねなかった。彼は左翼では戦闘の最初に全部の大砲が放棄されたことを、すでに知っていた）。「君に頼んだような気がするが」彼は当番佐官に言った。

「一門は破壊されましたが」当番佐官は答えた。「もう一門は、私にはわかりません。私自身ずっと左翼にいて、命令をしておりまして、離れましてからすぐ……激戦でした、まったく」彼は控え目に言い添えた。

だれかがトゥシン大尉はこの村のすぐそばに宿営しており、もう迎えに使いが出された、と言った。

「そうそう、君も行ったんだったな」バグラチオン公爵はアンドレイに向かって、言った。

「さようでございます、私たちはだいたい、いっしょでした」当番佐官は感じのいい笑顔をアンドレイに向けながら、言った。

「残念ながら、私はあなたを見かけませんでした」アンドレイは冷ややかに、ぴしりと言った。

みんな黙ってしまった。敷居にトゥシンが姿を現し、おずおずと将軍たちの背中のかげから入ってきた。狭い百姓家のなかで将軍たちのわきをまわりながら、いつものとおり、上官たちを見てうろたえていたので、トゥシンは旗竿がよく目に入らず、それに蹴《け》つまずいた。何人かの声が笑った。

「どうして砲が遺棄されたのかね？」バグラチオンは大尉よりむしろ、笑った者に眉をしかめて――そのなかでいちばん大きく聞こえたのは、ジェルコフの声だった――たずねた。

トゥシンはいかめしい司令部の面々を目のあたりにして、今はじめて、自分が生き残っていながら、二門の砲を失ってしまった罪と不名誉を、このうえもなく恐ろしく感じ取った。彼はすっかり興奮していたので、この瞬間までそういうことを考える余裕がなかったのだ。将校たちの笑い声が彼をますますうろたえさせた。彼は下顎をふるわせながらバグラチオンの前に立って、やっとこう言った。

「わかりません……公爵閣下……人間がおりませんでした、公爵閣下」

「掩護部隊から借りることもできたはずだろう！」

掩護部隊がいなかったことは、まぎれもない事実だったが、トゥシンはそれを言わなかった。それを言って別の部隊長をおといいれるのを恐れたので、答えのわからない生徒が試験官を見るように、黙ったまま、据わった目で、まっすぐバグラチオンの顔を見つめていた。

沈黙はかなり長かった。バグラチオン公爵は、どうやら厳しい態度はとりたくないらしく、なんと言えばよいのかわからずにいた。ほかの者たちはあえて話にくちばしを入れようとしなかった。アンドレイは上目づかいにトゥシンを見ながら、その手の指が神経質に動いていた。

「公爵閣下」アンドレイが持ち前のきっぱりした声で沈黙を破った。「閣下は私をトゥシン大尉の砲兵中隊につかわされました。私はそこへ行って、人馬の三分の二がなぎ倒され、二門の砲が無残な姿になり、掩護部隊などまったくいないのを見ました」

バグラチオン公爵とトゥシンは今では、抑制しながら、興奮して話しているアンドレイを、同じようにじっと見つめていた。

「そしてもしも、公爵閣下、私の意見を申し述べることをお許しいただけるのでしたら」彼は続けた。「本日の戦果は、なによりもこの砲兵隊の活動と、トゥシン大尉およびその中隊の烈々たる不屈の精神のおかげであります」アンドレイは言った。そして、答えを待たずに、すぐに立ち上がって、テーブルを離れた。

バグラチオン公爵はトゥシンを見た。そして、きっぱりしたアンドレイの断定に疑いを示したくはないが、それでいて、彼をすっかり信じることもできないという気がしている様子で、トゥシンにちょっとうなずいて、さがってよいと言った。アンドレイはそのあとについて外に出た。

「どうもありがとう、助かりました、どうもどうも」トゥシンが彼に言った。

アンドレイはトゥシンをじろっと見て、何も言わずに、彼のそばを離れた。アンドレイは悲しく、辛かった。これらはすべてあまりにも変なことで、彼が期待していたものからは、あまりにもかけ離れていた。

《何者なんだ、こいつらは？　なんのためなんだ、こいつらは？　何が必要なんだ、こいつらは？　それに、こんなことはみんな、いつ終わるんだ？》ニコライは自分の前で移り変わっていく影を見ながら、考えていた。腕の痛みはますます辛くなってきた。眠気は抑えきれなくなり、目のなかに赤い輪が飛び交っていた。そして、あの多くの声、あの多くの顔の印象と孤独感が痛さの感覚と一つに溶け合った。あの連中が、あの負傷したり、負傷していないあの兵隊たちが――まさにあの連中が、折れた彼の腕と肩の血管を押さえつけ、圧迫し、ひっくり返し、肉を焼いていたのだ。その連中からのがれるために、彼は目を閉じた。

彼はちょっとのあいだ我を忘れたが、その短い忘我のあいだに、無数のものを夢に見た。彼は自分の母とその大きな白い手を見た。ソーニャの痩せた肩、ナターシャの目と笑い、例の声と口ひげをしたデニーソフも、チェリャーニンも、チェリャーニンやボグダーヌイチのおっさんと自分とのいざこざの一部始終も見た。その一部始終は、あのするどい声をした兵士と同じものだった。そして、あの一部始終とあの兵隊が彼の腕をひどく、しつこくつかまえ、押さえつけ、たえず同じ方向に引っ張っていた。彼はそれを避けようとしたが、それは彼の肩を髪の毛一筋ほども、一秒も離そうとしなかった。それが引っ張らなかったら、肩は痛まなかっただろうし、正常なはずだった。しかし、それからのがれることはできなかった。

彼は目を開いて、上を見た。黒い夜のとばりが、燃えきって炭になった薪の光の上六、七十センチのところに垂れこめていた。その光のなかに、落ちてくる雪の粉が舞っていた。トゥシンは戻って来ず、医者は来なかった。彼はひとりぼっちだった。ただどこかの兵隊が今では裸になって火の向こう側に座り、痩せた黄色い体を温めているだけだった。

《だれにも必要がないんだ、おれは!》ニコライは思った。《だれも助けてくれも、哀れんでくれもしない。でも、おれだって以前は家にいて、丈夫で、陽気で、好かれていたんだ》。彼は溜め息をつき、溜め息といっしょに思わず呻き声を上げた。

「あっ、痛むんですかい?」兵隊が火の上で自分のシャツを振りながら、たずねた。そして、返事を待たずに、グッと呻いて、言い添えた。「一日のうちにずいぶん人間をだめにしちまった――ひでえもんだ!」

ニコライは兵隊の言うことを聞いていなかった。彼は火の上を舞っている雪の片《ひら》を見つめていた。そして、温かくて明るい家、ふかふかした毛皮のコート、速い橇《そり》、健康な肉体があり、家族のありったけの愛情や心づかいに満ちたロシアの冬を思い起こした。《いったいなんのために、おれはこんなところに来てしまったんだ！》彼は思った。

次の日、フランス軍は攻撃を再開せず、バグラチオン支隊の生き残りはクトゥーゾフ軍に合流した。

『戦争と平和』年表

・標準字体は作中の(大部分は架空の)事件．
・太字は歴史的事件．＊印は日本の事件．
・本年表における年月日は，1918年までロシアで使われていたユリウス暦(旧露暦)を基本とし，グレゴリウス暦(現在のロシア，西欧，日本で使われている暦法)を(　)で適宜補った．

1787-93　＊寛政の改革.
1789　4月　ワシントン，アメリカの初代大統領(-97)となる.
4月(5月)　フランス全国三部会開会.
6月　国民議会成立宣言.
7月　フランス革命始まる.
8月　人権宣言.
1790　6月　ラジーシチェフの『ペテルブルグからモスクワへの旅』発行，すぐに発禁.
1791　9月(10月)　フランス立法会議成立.
＊ロシアに漂流した伊勢の船頭大黒屋光太夫，女帝エカテリーナ2世に拝謁.
1792　3-6月　ジロンド派とフイヤン派の抗争.
9月　フランス第1共和政.
ノヴィコフ逮捕(ロシアのフリーメーソン弾圧).
＊ロシア最初の遣日使節ラクスマン根室へ．その船で大黒屋光太夫10年ぶりに帰国.
1792-93　第1次対仏大同盟結成(オーストリア，プロシア，スペイン，イギリスなど).
12月(1月)　ルイ16世，死刑.
1793　2月(3月)　革命裁判所設置.
3月(4月)　公安委員会設置.
5月　ロシアとプロシアによる第2次ポーランド分割(第1次は1772年，オーストリアも含め三国で).
6月　共和国憲法可決.
9月(10月)　マリー・アントワネット，死刑.
12月　ナポレオン，トゥーロン港の奪回で戦功を上げ，少佐から少将に三段とび昇進.

1794　7月　テルミドールのクー・デタ，ロベスピエール派の逮捕，処刑.
9月　イギリス，ロシア，オーストリアの対仏同盟結成.
＊桂川甫周『北槎聞略』成稿(大黒屋光太夫から聞いた，ロシアなどについての情報をまとめた貴重な資料).
1795　10月　フランス，総裁(5人)政府成立.
王党派の反乱の鎮圧でナポレオンが活躍，国内軍最高司令官に任命される.
同10月　第3次ポーランド分割の結果，ポーランド滅亡.
1796　2月(3月)　ナポレオン，ジョゼフィーヌと結婚.
イタリア遠征軍総司令官となり，イタリアに侵攻.
11月　エカテリーナ2世死去. その子パーヴェル1世即位.
ナポレオン，北イタリアでオーストリアを撃破.
1797　10月　カンポ・フォルミオ和約.
1798　5月　ナポレオン，エジプトに遠征.
7月　カイロ占領.
7月(8月)　フランス艦隊はアブキール湾で，ネルソンの率いるイギリス艦隊に敗北.
1799　ナポレオン軍のエジプト遠征の副産物として，ロゼッタ石が発見される.
第2次対仏大同盟結成(イギリス，ロシア，オーストリア，ナポリ王国，オスマン＝トルコなど).
10月　ロシア，対仏大同盟を脱退.
10月(11月)　ナポレオン，総裁政府を打倒し，統領(3人)政府を樹立，政権を握る(ブリュメールのクー・デタ).
12月　共和暦8年憲法採択.
1800　4月　ナポレオン，対オーストリア戦で，ふたたびイタリア遠征開始.

5月　ナポレオン，サン＝ベルナール峠を通って雪のアルプスを越える.

1801　3月　宮廷クー・デタによりパーヴェル1世殺害，その子アレクサンドル1世即位.

同3月　イギリス首相ピット(対仏強硬派)辞任.

7月　ナポレオン，ローマ法王と和解.

1802　3月　イギリスとフランスは和約を結び(アミアンの和約)，第2次対仏大同盟解消.

1802-09　＊十返舎一九『東海道中膝栗毛』出版.

1803　5月　ナポレオンがイギリス商品のヨーロッパ大陸進出を阻んだため，イギリスはアミアンの和約を破棄.

1804　3月　ナポレオン法典公布，近代民法の模範を作る.

4月(5月)　ピット，ふたたびイギリス首相になる.

5月　ナポレオン，皇帝となる.

＊ロシア使節レザノフ長崎に来る.

1804-30　＊文化文政時代．日本人は泰平の世を楽しむ.

【文庫 第一巻】

1805　4月　第3次対仏大同盟結成(イギリス，ロシア，オーストリアなど).

7月頃　ピエール・ベズーホフ，遊学先の外国から帰国.

7月　ペテルブルグのアンナ・シェーレル邸の夜会.

ピエール，警察署長に乱暴をはたらき，モスクワに追放.

8月　ボリス・ドルベツコイ，エリート部隊であるセミョーノフ近衛連隊に配属され，戦地に向かう.

モスクワのロストフ伯爵家で，伯爵夫人と次女のナターシャの「名の日」の祝いが行われる．長男ニコライはパヴログラード軽騎兵連隊に入隊.

ピエールの実父ベズーホフ伯爵死去．遺言により，庶子のピエールがベズーホフ伯爵となり，莫大な財産を相続する．
アンドレイ・ボルコンスキー公爵，身重の妻リーザを，父の老公爵と兄思いの妹マリアの住む領地ルイスイエ・ゴールイに残して，戦地へ向かう．　　　　——**第1部 第1篇**
10月　ウルムでプロシア軍はフランス軍に大敗．オーストリア軍の将軍マック降伏．
同10月　フランス艦隊，トラファルガー沖でネルソンの率いるイギリス艦隊に大敗．この結果，フランス軍のイギリス本土攻撃は不可能になる．
10月　クトゥーゾフ将軍，オーストリアのブラウナウでロシア軍を閲兵．
アンドレイ公爵，クトゥーゾフの使者として，オーストリア皇帝のいるブリュンに行く．
11月1-2日(13-14日)　ナポレオン軍，ウィーンを占領．
11月4日　シェングラーベン戦．バグラチオン将軍が4000人の部隊で，フランスの大軍に善戦．庶民出身の砲兵将校トゥシンの孤軍奮闘．その隠れた功績をアンドレイが明らかにする．　　　　——**第1部 第2篇**

（コラム/地図/年表　藤沼 貴）

戦争と平和（一）〔全6冊〕
トルストイ作　　　　　　ワイド版岩波文庫 376

2014年7月16日　第1刷発行

訳　者　藤沼《ふじぬま》 貴《たかし》

発行者　岡本 厚

発行所　株式会社 岩波書店
〒101-8002 東京都千代田区一ツ橋 2-5-5

案内 03-5210-4000　販売部 03-5210-4111
文庫編集部 03-5210-4051
http://www.iwanami.co.jp/

印刷 製本・法令印刷　カバー・半七印刷

ISBN 978-4-00-007376-9　　Printed in Japan

読書子に寄す

——岩波文庫発刊に際して——

岩波茂雄

真理は万人によって求められることを自ら欲し、芸術は万人によって愛されることを自ら望む。かつては民を愚昧ならしめるために学芸が最も狭き堂宇に閉鎖されたことがあった。今や知識と美とを特権階級の独占より奪い返すことはつねに進取的なる民衆の切実なる要求である。岩波文庫はこの要求に応じそれに励まされて生まれた。それは生命ある不朽の書を少数者の書斎と研究室とより解放して街頭にくまなく立たしめ民衆に伍せしめるであろう。近時大量生産予約出版の流行を見る。その広告宣伝の狂態はしばらくおくも、後代にのこすと誇称する全集がその編集に万全の用意をなしたるか。千古の典籍の翻訳企図に敬虔の態度を欠かざりしか。さらに分売を許さず読者を繋縛して数十冊を強うるがごとき、はたしてその揚言する学芸解放のゆえんなりや。吾人は天下の名士の声に和してこれを推挙するに躊躇するものである。このときにあたって、岩波書店は自己の責務のいよいよ重大なるを思い、従来の方針の徹底を期するため、すでに十数年以前より志して来た計画を慎重審議この際断然実行することにした。吾人は範をかのレクラム文庫にとり、古今東西にわたって文芸・哲学・社会科学・自然科学等種類のいかんを問わず、いやしくも万人の必読すべき真に古典的価値ある書をきわめて簡易なる形式において逐次刊行し、あらゆる人間に須要なる生活向上の資料、生活批判の原理を提供せんと欲する。この文庫は予約出版の方法を排したるがゆえに、読者は自己の欲する時に自己の欲する書物を各個に自由に選択することができる。携帯に便にして価格の低きを最主とするがゆえに、外観を顧みざるも内容に至っては厳選最も力を尽くし、従来の岩波出版物の特色をますます発揮せしめようとする。この計画たるや世間の一時の投機的なるものと異なり、永遠の事業として吾人は微力を傾倒し、あらゆる犠牲を忍んで今後永久に継続発展せしめ、もって文庫の使命を遺憾なく果たさしめることを期する。芸術を愛し知識を求むる士の自ら進んでこの挙に参加し、希望と忠言とを寄せられることは吾人の熱望するところである。その性質上経済的には最も困難多きこの事業にあえて当たらんとする吾人の志を諒として、その達成のため世の読書子とのうるわしき共同を期待する。

昭和二年七月

ワイド版 岩波文庫

荘子（全四冊） 金谷治訳注
新訂 孫子 金谷治訳注
大学・中庸 金谷治訳注

〈仏教〉

ブッダのことば 中村元訳
ブッダの真理のことば・感興のことば 中村元訳
ブッダ最後の旅 中村元訳
般若心経・金剛般若経 中村元・紀野一義訳註
法華経（全三冊） 坂本幸男・岩本裕訳注
浄土三部経（全二冊） 中村元・早島鏡正・紀野一義訳註

歎異抄 金子大栄校訂
正法眼蔵随聞記 懐奘編 和辻哲郎校訂
禅林句集 足立大進編

〈歴史・地理〉

ヘロドトス歴史（全三冊） 松平千秋訳
ヨーロッパ文化と日本文化 ルイス・フロイス 岡田章雄訳注
明治百話（全二冊） 篠田鉱造

〈哲学・教育・宗教〉

ソクラテスの弁明・クリトン プラトン 久保勉訳
饗宴 プラトン 久保勉訳

2013. 2. B